中國古典戲劇語言運用研究

王永炳著

臺灣 學生書局 印行

自　序

　　1971 年，我獲東南亞教育部長組織獎學金到臺灣大學中文研究所修讀文學碩士學位課程。承蒙張清徽（敬）師悉心指導，以《琵琶記研究》為題涉足古典戲劇范圍。自此得窺門徑，深感曲海浩瀚，蘊藏無窮。清徽師披閱我的碩士論文，獎勵之餘，囑我繼續努力攻讀博士學位課程。無奈生活所逼，自 1974 年完成碩士課程後，便回返教學崗位至今。這期間，清徽師不時來信催讀，而我也始終縈繞著繼續進修的意念。

　　1991 年，南洋理工學院與國立教育學院合併而升格為大學，原中文組也升格為中國語言文化系（簡稱中文系）。大學當局鼓勵教職員自我提升。我認為進修良機不可失，便把想法告訴中文系主任周清海教授與已故文學院院長關介明教授，他們欣然同意我的進修計劃。周主任更答應當我的論文指導教授，給我莫大的鼓舞。

　　我的興趣在中國古典戲劇文學。在中國文學史上，元明戲劇與唐宋詩詞都享有崇高地位，但就創作難度而言，古典戲劇要比詩詞高。古典戲劇匯集眾流，舉凡詩詞歌賦、經史子集、方言俚語，無不兼容並包，可說是集各種體裁之大成。就閱讀方面而言，也比詩詞來得難。雖說劇作家運用了新鮮特殊的語言，描寫特定場景人物，聲形如見，可是在閱讀時，往往在字句之間，出現一些特殊字眼，不經見的詞匯，有些文句中又夾雜著一些少數民族的語詞，再加上劇作家運用語言技巧也與其他文體的作家有別，無形中妨礙了

人們對劇本的理解與欣賞，有些人更把閱讀古典戲劇視爲畏途。這是很可惜的。有鑒於此，我決定從古典戲劇作家的語言運用方面入手，以求一窺古典戲劇語言關的堂奧。與周教授作進一步的討論後，便確定了研究論題：《中國古典戲劇語言運用研究》。

1994 年 9 月，我獲中國國家教育委員會頒發的「中華文化研究獎學金」，到北京大學中文系作爲期五個月的學術研究。在北大期間，除了盡力搜集資料外，又蒙研究顧問蔣紹愚教授多方協助與指點，受益良多。回返新加坡後，便著手趕寫論文。周教授在繁忙的工作條件下，還不辭勞苦地爲我的論文手披目送，提出改進意見。1997 年初論文終於完成並通過答辯。但是，清徽師竟然來不及聽到我的佳音，溘然病逝於臺北，令我悲痛不已。

在漫長而艱苦的研究日子裡，一些不斷鼓勵與支持我的師友，我僅在此致以衷心謝意。我也特別向內子黃秀書女士與女兒們致意，他們盡量分擔一切家務，使我心無旁騖地完成研究工作。

是爲序。

一九九八年十二月於新加坡

中國古典戲劇語言運用研究

目　錄

第一章 緒 論

第一節 真戲曲

中國真正戲曲起於何時？據王國維所下定義：「戲曲者，謂以歌舞演故事也。」❶中國真戲曲當起於宋代。但是，他又說：

> 然宋金演劇之結構，雖略如上，而其本則無一存。故當日已有代言體之戲曲否，已不可知。而論真正之戲曲，不能不從元雜劇始也。❷

這是王國維首次明確地提出了「真戲曲」的概念。但有人不同意這樣的推斷，例如林風，所持的理由是：

一、如果以後發現了宋金時期任何一種戲曲劇本，那麼，「論真正之戲曲不能不以元雜劇開始」這個觀點就必須改變；

二、王國維寫定《宋金戲曲考》（1912）後十九年，葉恭綽在倫敦小古玩鋪發現《永樂大典》卷一三九九一的戲文三種即《張協

---

❶ 王國維《戲曲考源》，見《王國維戲曲論文集》（北京：中國戲劇出版社，1957），頁 201。

❷ 王國維《宋元戲曲考》（臺灣：學人月刊雜誌社，1971），頁 78。

狀元》、《小孫屠》與《宦門子弟錯立身》，在一九三一年影
印出版。這戲文三種是金亡後宋亡前的作品。他以《張協狀
元》爲例，說明戲文已具備了眞正戲曲條件，所以，他認爲：
「眞正之戲劇，起於宋代。」❸

平心而論，王國維在《戲曲考源》（1909）所下定義未免簡
略，但在《宋元戲曲考》（1912）做了詳盡分析。他認爲元雜劇較
之古劇，即宋金所謂雜劇院本，有二大進步：

一、樂曲上之進步。雜劇或用大曲，或用諸宮調，格律較嚴，變化
　　較少。他說：

　　　元雜劇則不然，每則皆用四折，每折易一宮調，每調中之
　　　曲，必在十曲以上；其視大曲爲自由，而較諸宮調爲雄
　　　肆。❹

二、由敘事體而變爲代言體。宋大曲，都是敘事體；金諸宮調，雖
　　然有代言之處，而大體上只是敘事體。獨元雜劇於科白中敘
　　事，曲文全爲代言。所以他說：

　　　此二者之進步，一屬形式，一屬材質，二者兼備，而後我中

---

❸　林風《眞正之戲劇，起于宋代》，見《王國維學術研究論集》（第二輯）
　　（上海：華東師範大學出版社，1987），頁505。
❹　王國維《宋元戲曲考》，頁36。

國之眞戲曲出焉。❺

　　林風所例舉的《張協狀元》，實際上有幾點值得注意：
一、開場形式與元南戲不同，可見其時「家門」的特定形式尙未形
　　成；
二、「生」有「踏場數調」，其後夾有「斷送」，此後才上「正」
　　戲，和宋雜劇豔段和正雜劇有相仿之處。❻
　　所以說中國眞戲曲起於元代，是正確的說法。元明南戲較之元
雜劇變化更多，中國古典戲劇有了新的發展。換句話說，元代是中
國古典戲劇成熟階段，明代是中國古典戲劇全面繁榮階段。因此，
我們所說中國古典戲劇，一般上是指元明戲劇而言。

第二節　研究動機與目的

　　中國古典戲劇是在備受歧視摧殘的艱難環境中成長起來的。
　　南宋理學比較發達，著名理學家如朱熹、陳淳等不但直接反對
地方戲曲的演出，❼而且在他的思想影響下，也使許多人鄙視民間
的戲曲。有些文人更把南戲看作是「亡國之音」。❽元雜劇興起

---

❺　王國維《宋元戲曲考》，頁 69。
❻　王永炳《琵琶記研究》（北京：北京出版社，1994），頁 36。
❼　《漳州府志》卷 38 記朱熹于紹熙元年（1190）知漳州事，曾經反對當地
　　演戲，同卷又記陳淳曾上書傅寺丞論禁演戲。
❽　周德清《中原音韻》記前革余論說：南宋戲文爲「亡國之音。」

後，劇禁也就開始了。在《元典章》裡就有禁唱〔貨郎兒〕的法令。在《元史·刑法志》裡記載著元統治者禁止民間「教習雜戲」。明代對於所謂「誨淫」、「誨盜」的《西廂記》、《水滸傳》還是長期禁止流行的。同時，明代文人對於文辭俚俗、格律粗疏的戲曲一直抱著輕視的態度。這就是魯迅所說：「小說和戲曲，中國向來是看作邪宗的。」❾王國維也有同樣的感嘆：元曲因「托體稍卑」，一向為「正史」所不錄，亦為「儒碩」所「鄙棄不複道。」❿正因為如此，就給對古典戲劇語言的研究，造成種種困難。根據王學奇在《應當重視元曲語言的研究》⓫裡的分析歸納，這種困難有五：

一、反映時代風貌的詞彙，因當時未能系統解釋並記錄之，及時過境遷，風俗習尚已非昔比，再捕捉其語義，則渺無蹤跡。

二、歷史典故、傳說故事，在元代或有文字記載，或僅為口頭傳說，事隔六、七百年之久，書籍文獻，喪失既多，口頭傳說，亡佚變異。因而，當時雖屬婦孺皆知、習聞常見之事，到今天已成模糊影象。

三、金、元時代，蒙語、女真語以及其它兄弟民族語言，用於元曲者頗多，其中有關於蒙語、滿語的，亦有早經死亡而不用的，

---

❾　魯迅《徐懋庸作〈打雜集〉序》，見《魯迅全集》（第六卷）（北京：人民出版社，1981），頁 289-293。

❿　王國維《宋元戲曲考序》，見《王國維戲曲論文集》，頁 3。

⓫　王學奇《應當重視元曲語言的研究》，見《信陽師範學院學報〔社科版〕》，1984·1，頁 40-48。

故雖質之今天的蒙族或滿族同志，亦多有不知其原音者。

四、方言土語，本無定字，作者各就土音而筆之於書，今欲求其義，既乏資料查玫，又無義理可尋。

五、又因元劇多出於下層知識分子之手，其中有的文化水平不高，寫錯別字是難免的，在轉抄刻印之際，去繁就簡，又增加了許多別字、簡化字，魯魚亥豕，五花八門。

　　環境是如此惡劣，但是中國古典戲劇依然成長，而且是茁壯地成長。元明戲曲文學的成就在中國文學史上佔著極其崇高的地位便是明證。

　　時至今日，人們早已沒有戲曲是不登大雅之堂的末流小道觀念，甚至認為元明戲曲是值得重視的古典文學遺產而引進了大學講堂之上。但是，事實上，人們或能欣賞古典戲劇在舞臺上的演出，說到閱讀古典戲劇而能領略其美的，恐怕不多。原因無他，主要是無法通過古典戲曲文學的語言關。

　　戲曲是一門綜合藝術，語言在劇本構成中佔有特別重要地位。蔡鐘翔說：劇作的文學價值在很大程度上取決於語言的水平。劇中人物的內心活動固然要靠語言來傳達，由於古代演出大都不用佈景，連場面也要憑借語言來描繪，可以說語言還擔當了舞臺美術的一部份功能。⓬

　　在一般的中國文學史與有關戲劇理論著作中，論著者對中國古典戲劇文學的語言表現，幾乎眾口一辭地讚譽，推崇備至。由於文

⓬　蔡鐘翔《中國古典劇論概要》（北京：中國人民大學出版社，1988），頁159。

學史寫作體裁範圍所限，論著者的讚語都是極其概括的，如劉大杰
說：

> 曲辭明白如話，而又鋒利蒼勁，沒有一點故作文雅彫琢的地
> 方。對白大都是純粹的口語，對於每一個不同的人物能給以
> 適合身份的語調。⑬

實際上並非全是如此的。古典戲劇文學那獨特而陌生的語言有時會
令讀者瞠目以對，甚至無法卒讀。例如：關漢卿《鄧夫人苦痛哭存
孝雜劇》第一折一開始便是〔沖末淨李存信同康君立上〕〔李存信
云〕：

> 米罕整斤吞，抹鄰不會騎，弩門並速門，弓箭怎的射。撒因
> 答剌孫，見了搶著吃。喝的莎塔八。跌倒就是睡。若說我姓
> 名，家將不能記。一對忽剌孩，都是狗養的。⑭

讀者讀到這段文字，可能對每個字都懂，就是不知所云。讀者除了
對有如以上的蒙古語難以理解外，還有大量出現在元明戲曲裡的方
言俗語也令人感到困惑不解，以及宋元時代有些詞語語素的倒置，
稍一不慎，往往會產生誤解。如「子妹」，指妹妹而非姐妹，「弟

---

⑬　劉大杰《中國文學發展史》下冊（北京：中華書局，1983），頁 843。
⑭　所引例句爲蒙古語。米罕（肉），林鄰（馬），弩門（弓），速門
　　（箭），撒因答剌孫（好黃酒），莎塔八（酒醉），忽剌孩（強盜）。

兄」，指弟弟而非兄弟，比如：

> 《琵琶記》·19（即 19 齣，以後例子中的折數或齣數或本數均用數目
> 字表示）：「〔雙聲子〕娘分福，娘分福，看花誥紋犀軸。」

「分福」即「福分」之倒文，明人不知，改作「萬福」或「介
福」。
　　再如：

> 《合同文字記》·3：「〔滿庭芳〕將骨殖兒親擔的還鄉
> 故，走了些偌遠程途。」

「鄉故」即「故鄉」之倒文。今見各本，皆誤於「鄉」字作讀，既
失其韻，又失其義。❶

　　這就直接影響閱讀的效果與興趣。即使對古典戲曲研究卓有成
就的任訥也曾有這樣的感嘆：

> 今日展玩元曲，每苦於所有當時方言不能盡解，因而減
> 興。❶

---

❶　寧希元《元曲語詞解詁的幾個問題》，見《近代漢語研究》（北京：商務
　　印書館，1992），頁 113-114。
❶　《散曲叢刊》第十三種《中原音韻·作詞十法疏證》中任氏疏語（上海：
　　中華書局，1931）。

近四十年來，陸續有對古典戲曲中的方言、俗語、謠諺、歇後語及蒙語進行研究的專書問世。如：徐嘉瑞的《金元戲曲方言考》❼、張相的《詩詞曲語辭彙釋》❽、朱居易的《元劇俗語方言例釋》❾、王鍈的《詩詞曲語辭例釋》❿、顧學頡與王學奇合著的《元曲釋詞》⓫、陸澹安的《戲曲詞語彙釋》⓬、方齡貴的《元明戲曲中的蒙古語》⓭等。這些專著基本上為廣大讀者解決了不少疑難問題，功不可沒，但各書多少尚有缺誤之處。譬如朱居易評《金元戲曲方言考》說：

> 由於創始維艱，加以有些孤本，徐先生當時尚未見到，以致舉例不夠廣，因而不免產生了若干的錯誤。⓮

他對較後出版的《詩詞曲語辭彙釋》也作這樣的評論：「有些地方覺得不夠全面或不太盡善。」⓯蔣紹愚也認為此書最主要有以下三

---

❼　（上海：商務印書館版，1948）。

❽　（上海：中華書局版，1953）。

❾　（上海：商務印書館版，1966）。

❿　（北京：中華書局版，1980）。

⓫　（北京：中國社會科學出版社版，1983）。

⓬　（上海：古籍出版社版，1986）。

⓭　（漢語大詞典出版社，1991）。

⓮　朱居易《元雜劇俗語方言例釋·自序》（上海：商務引書館，1966），頁4。

⓯　朱居易《前言》，見《元雜劇俗語方言例釋》。

個缺點：

　　⑴義項分列過細，又沒有注意義項之間的聯繫；

　　⑵缺乏明確的語法觀念；

　　⑶在考釋詞義時，對語音注意得不夠。**㉖**

至於《元劇俗語方言例釋》，趙景深說：

> 其中也有商榷的地方，我認爲朱先生每每從上（按：疑漏下
> 字）文來猜想其意義，有時連最普通的詞語也解釋錯了,這是
> 較大的缺點。**㉗**

舉個例子說：「撒因」，朱居易解成「牛、牛肉」，誤。**㉘**其實
「撒因」是蒙古語「好」的意思。

　　從以上所說看來，前人爲掃除古典戲曲語言障礙所作的努力是
艱巨的，但仍有不足之處，可見這些方面的工作還是有必要繼續堅
持下去。何況，有跡象顯示，後來者在前人的基礎上繼續努力，往
往克服了前人所遇上的困難，同時，又發現了新問題。這是很正常
的現象。這也是誘發我進一步探討古典戲劇語言運用的動機。

㉖　蔣紹愚《古漢語詞彙綱要》（北京：北京大學出版社，1992），頁 246。

㉗　趙景深《讀〈元劇俗語方言例釋〉》見《中國戲曲叢談》（山東：齊魯出
　　　版社），頁 109-113。

㉘　方齡貴《元明戲曲中的蒙古語》，頁 293。

　　至於研究此課題的目的，我認爲：

　　其一、目前對元曲詞義的研究已取得的成績，距實際需要解決的問題，差距還很大。王力在《漢語史稿》第五十八節指出：

> 如果爲了編寫一部漢語大辭典，古人的研究是不夠用的，因爲：㈠他們只注意上古，不大注意中古以後的發展；㈡他們只注意單音詞，不大注意複音詞。㉙

張永綿在《近代漢語概要》中說：

> 古代漢語研究的歷史最久，已經積累比較豐富的材料和經驗；⋯⋯（與古代漢語的研究）相比之下，近代漢語研究比較薄弱，這給整個漢語史研究帶來一定困難。㉚

元明戲劇語言隸屬近代漢語範圍，因此，從事元明戲劇語言運用的研究實際上是對近代漢語研究上盡點棉力。

　　其二，到目前爲止，學者對古典戲劇語言的研究重點放在詞義詮釋方面，至於對語言運用技巧方面的研究尙嫌不足。呂叔湘說得很清楚：

> 語言是什麼？說是工具？說是「人們交流思想的工具」。可

㉙　　王力《王力文集》卷9，頁731。

㉚　　張永綿《近代漢語概要》（瀋陽：瀋陽出版社，1985），頁12。

是打開任何一種講語言的書來看，都只看見「工具」，「人們」沒有了。語言啊、語法啊、詞彙啊，條分縷析，講得挺多，可都講的是這種工具的部件和結構，沒有講人們怎樣使用這種工具。一聯繫到人，情況就複雜了。❸❶

因此，探討古典戲劇作家的語言運用也是本課題研究的目的之一。

第三節　研究範圍與方法

中國「眞戲曲」既然推斷起於元代，繁榮於明代，那麼，以這二代的戲曲作品作爲研究範圍當具有代表性。元明二代的劇作雖散佚不全，但留傳下來的依然可觀。單就《元曲選》與《元曲選外編》就有一百六十二種；明代有《六十種曲》；盛明雜劇九十四部。還有各種不同版本、刻本，數目眾多，難於盡錄。❸❷個人能力有限，勢不能閱覽所有劇作，只能從眾版本中作出選擇。❸❸元劇中

---

❸❶　呂叔湘《語言作爲一種社會現象》，見《呂叔湘語文論集》（北京：商務印書館，1983），頁 112-113。

❸❷　侯忠義·張其蘇·徐扶蓮編《古典小說戲曲目錄》（北京：北京大學圖書館，1992）。

❸❸　主要根據王學奇主編《元曲選校注》（河北：教育出版社，1994），《新刊巾箱蔡伯喈琵琶記》（巾箱本）（臺灣：中央圖書館藏書），中華書局編輯部《元曲選外編》（臺灣：中華書局，1967），毛晉編《六十種曲》（北京：人民出版社，1978），王季思校注《西廂記》（上海：古籍出版社，1993），俞爲民校注《宋元四大戲文》（江蘇：古籍出版社，1988），孔尚任《桃花扇》（北京：人民出版社，1958）等。

以關漢卿、王實甫的劇作爲代表，南戲則取高則誠的劇作，明傳奇則以湯顯祖的劇作爲主，其他劇作爲副。舉例儘量普遍，以期做到具體全面。

近代漢語的研究方法，蔣紹愚在《關於近代漢語詞彙的研究》中有詳細分析。㉞他說：

> 由於近代漢語詞彙研究的基礎比較薄弱，所以更需要「以一小部分一小部份做起」，而最終的目的，是要通過橫的和縱的研究，搞清楚近代漢語各個發展階段的詞彙的系統和近代漢語的詞彙發展史。具體地說，有以下幾方面的工作要做：(1)詞語的考釋(2)常用詞演變的研究(3)構詞法的研究(4)各階段詞彙系統的研究(5)近代漢語詞彙發展史的研究。

實際上，以上所提的每項工作都是艱巨的。在這裡，我所關注的是「詞語考釋」中的古典戲劇詞語部份。因爲這方面的探討還是大有可爲的。

關於中國古典戲劇詞語的研究方法早已有人加以探討，如：王季思認爲要了解曲詞用法的「所以然」，必須從「下列三方面下手」：㈠探源：一要探索各種特殊用語的社會根源，二要探索它從魏、晉、南北朝以來的演變，三要了解一些方言和少數民族語言。㈡釋例：從詞彙、語音、語法的變化中找到一些典型的例證，從中

㉞　蔣紹愚《古漢語詞彙綱要》，頁 253-270。

引出一些規律性的東西，「就可以舉一反三，解釋一連串的問題。」㈢沿流：「從明清以來北方口語中攷察它的運用」。如在一些明清以來的小說、唱本裡，仍可找到一些例證。❸❺

顧學頡提出一法兩途：㈠綜合法：「今日欲從事此項工作」，必須以古人、近人研究成果為基礎，擴大、充實資料收輯範圍，而後進一步從歷史、語言、社會風俗、典章制度各方面加以綜合攷察，「貫穿古今，旁通方域，始可窮源竟委，原始要終」。㈡兩途：一曰直求，上下求索，貫串今古，不可停留在平面上。二曰旁證，一則證之於兄弟各民族，二則證之於各地區，三則證之於民俗、方言等其他學科；不可局限於元劇、漢語及一時一地之文字記載。❸❻

白化文、趙匡華在《也談關於元代劇曲詞語的研究》中指出「較直接」的研究三途徑：㈠到現代北方語言，特別是北京土話的詞語中去搜尋；㈡到某些記錄當時「市語」的書籍中去搜尋；㈢到某些筆記、小說等「不登大雅之堂」的叢殘小語中去搜尋。❸❼

王學奇指出「解釋元曲詞語要注意三個方面的聯繫」：㈠從橫的方面講，要注意「元曲裡面詞與詞之間的內部聯繫。」元曲由於鄉談土語，有音而無定字，讀音又各有出入，故筆之於書，往往出

---

❸❺ 王季思《玉輪軒曲論新編》（北京：中國戲劇出版社，1983），頁 145-149。

❸❻ 顧學頡《元劇（曲）辭語詮釋舉例》，見《社會科學戰線》，1978，頁 306-310。

❸❼ 白化文·趙匡華《也談關於元代劇曲詞語的研究》，見《古典文學論叢》第二輯，頁 374-390。

現很多形異音同或音近的語言歧異現象。只有把它們「彙集起來，從語音上觀其會通」，才能找到它們之間的意義聯繫。㈡從縱的方面講，要注意「和特定歷史階段中所表現的語言特徵相聯繫」，必須「注意它們的時代性」。㈢尤其重要的，是要注意到「和曲文的思想內容聯繫起來」。❸

　　張永綿綜合前人研究，在方法上概括起來主要有三方面即：㈠以曲釋曲：作爲一種語言裡的詞語，有它的社會性，在同時代或同類作品中，絕大多數詞語不會是偶一使用的，因此從大量戲曲作品中排比攷察詞義和用法是完全可能的。而且，上下文和語意情景對確定詞義和用法關係極大，一個詞聯繫多方面的因素來看，有時比較隱晦，有時比較明顯，而後者往往能給正確解釋詞義以啓示。但是，此法也有它的局限性，有些詞的特定意思，從字面上、上下文中均無法確切了解。這種情況在劇作中屢見不鮮，需要其他方法來解決。㈡參以旁證：可以作爲旁證的範圍很廣，從廣義來說，舉凡上下古今的各類著作都可以作參證材料。㈢方言今證：古典戲曲中的方言與現代方言時間較短，語源上的聯繫比較清楚。因此，以今方言印證近代方言，不失爲一個有效的方法。更值得注意的是，重視活語言材料的作用，不僅能幫助我們糾正前人錯誤的解釋，而且對某些詞義的了解可以深入一些，元曲中近義詞細微差別的辨析將得到啓發。張永綿對此三法分別予以評介之後指出「實際上前人研

---

❸　王學奇《解釋元曲詞語要注意三個方面的聯繫》，見《河北師院學報》，1983‧2，頁100。

究從來都是綜合運用的，現在基本上也還是運用這些方法」。⓷⓽

　　我同意張永綿的說法。各家雖各有側重之點，但也有會通之處。運用起來，確是綜合的，互相補足。

　　如果針對整個近代漢語詞語（不只是古典戲劇詞語）的考釋來說，蔣紹愚所提的研究方法無疑是全面而具體的。他認爲大致應從下列幾個方面著手：㈠認字辨音。這需要熟悉唐宋以來的俗字以及語音的變化。㈡參照前人的詮釋。但必須要小心選擇。㈢排比歸納。這是考釋近代漢語詞語的基本方法，使用時有幾點需要注意：⑴掌握的資料要儘可能全面；⑵對使用的材料要加以分析，弄清楚某個詞語在句中呈現的意義究竟是它固有讀音意義，還是由於上下文影響而產生的意義；⑶根據同義或反義關係或根據異文來推求詞義時要愼重，否則容易出錯。㈣因聲求義。近代漢語詞彙有許多是詞無定形的口語詞，對詞義的考求只能「求諸聲」而不能「求諸字」；一些不同字形的口語詞，也只有從語音上攷察，才能發現它們之間的聯繫。㈤參證方言。這同樣要採取愼重態度，以防止主觀臆測的毛病。㈥推求語源。此法包括兩個方面：⑴弄清某個詞語的歷史來源；⑵弄清某個詞語的「得名之由」（或者叫「內部形式」）。⓸⓪

　　我想在前人研究的基礎上通過上述方法的綜合使用，對古典戲

⓷⓽　張永綿《元曲語言研究述略》，見《浙江師範學院學報〔社科版〕》，1984·2，頁 57-62。

⓸⓪　蔣紹愚《近代漢語研究概況》（北京：北京大學出版社，1994），頁 270-283。

劇詞語上再進行「一部份一部份」的探討，希望能得到點滴的成果。

　　其次，我試圖從文學語言的角度來探索古典戲曲作家運用語言的技巧。

　　什麼是文學語言？它也是屬於語言學範疇內的。本世紀初，被稱爲「現代語言學之父」的瑞典語言學家索緒爾（Ferdinand de Saussure, 1857-1913）掀起一場「結構主義革命」。❹在其劃時代的著作《普通語言學教程》中，他將語言行爲分爲「語言」（langue）和「言語」（parole）兩大部份。「語言」是不受個人意志支配的，是「一種表達觀念的符號系統」。這種符號由「能指」（即語音）和「所指」（即概念）組成。「言語」則是受個人意志支配的，也就是因人而異的，文學作品中那些帶有作家個人風格的語言，當然也包括在內。但是，索緒爾區分語言和言語的目的，是爲了研究純粹的語言結構體系，所以他說：「語言學唯一的，眞正的對象是就語言和爲語言而研究的語言。」這麼一來，文學語言自然地被排斥於語言學的研究對象之外了。索緒爾的觀點在相當長一段時間裡支配著整個語言學界。語言學的這種偏向，給其本身的研究留下一片不小的空白，同時也給文學帶來了一個不小的難題。一

---

❹　所謂「結構語言學」或「結構主義語言學」，語言學術語，指明顯地關注能根據結構和系統來描述語言特徵的任何語言分析方法。見戴維·克里斯特爾主編《語言學和語音學基礎詞典》，頁 370。

直到本世紀三十年代布拉格學派起，❷這個偏向才有所改變。此後，談論與研究文學語言的人也多了。趙代君說得相當具體：

> 文學語言是一種高度自覺的語言，是對語言進行技術加工後的產物，它傳遞著直覺意義和情感意義，傳達著語義信息與審美信息，是一種體現主觀能動性的符號編碼。❸

　　也就是說，文學作家在運用語言時，出於表達的需要，特意並且在一定限度上突破語音、詞彙、語法等種種常規而採取一種變通用法，它不是一種自然現象而是一種藝術手段。這種變通用法即所謂「變異」。變異是相對於常規而言的。例如說「綠色的葉多了，紅色的花少了」，是我們常規的說法，因而是常規的語言；說「綠」會「肥」，「紅」會「瘦」，有悖常理，因而「綠肥紅瘦」是變異了的語言。這變異了的語言，體現了一定的語言的技巧，成了技巧的語言，從而成為李清照的有代表性的佳句之一。語言的常規、變異與技巧之間的關係究竟是怎樣的？打個比方說：假設要對朋友的丈母娘生日說幾句祝壽的話，說「你的丈母娘是人」，是常規的語言，丈母娘聽了不會有什麼覺得高興的。若把她說成似是而

---

❷　布拉格學派（Prague School），也稱功能語言學派。結構主義語言學的主要流派之一。活動中心是布拉格語言學會。此學派學者認為語言的基本功能是作交際工具，語言是一個由多種表達手段構成的、為特定目的服務的功能系統，因此要用功能的觀點去研究語言。

❸　趙代君《論文學語言的特徵》，見《南京師大學報〔社科版〕》，1992·1，頁 91-95。

非或似非而是的人：「你的丈母娘是仙女下凡」，反而有點恭維的
味道。但現實生活中並不存在「仙女下凡」的人，因此句子有違事
理，也就有異于造出可接受句的常規，這是變異了的語言。但如果
乾脆對朋友說「你的丈母娘不是人」，這也是變異，只不過這個變
異太大了，誰聽到也會生氣。有人稱這個變異爲「畸變」。❹但
是，祝壽的人在說了「你的丈母娘不是人」後，還再添上一句：
「九宮仙女下凡塵」，那位丈母娘必會轉怒爲喜。把一句罵人的
話，「拯救」成爲祝頌之詞，這就是變異的語言轉化爲技巧的語言
的結果。這種修辭手法爲文學作家所常用。所有這些，說明一點：
語言在使用過程中確實會發生偏離規範的特殊變化。對於這種特殊
變化，必須加以承認，加以研究。承認與重視這種變化是很重要
的，正如《言語學概要》中所說：

> 在言語中臨時地突破語言規範，從修辭學角度看，這是實現
> 修辭效果的有效手段；從建構語言學的角度看，這是推動語
> 言發展的的重要因素。❺

從上所述，可見語言系統內部有二個層次。一個是語言層次
（又稱宏觀層次），語法起主要作用；一個是言語層次（又稱微觀

---

❹　徐盛桓《變異的語言和技巧的語言》，見《華南師範大學學報〔社科
　　版〕》，1988·4，頁78-84。
❺　姜劍雲主編《言語學概要》（成都：四川科學技術出版社，1990），頁
　　111。

層次），修辭起主要作用。這兩種作用互相制約，互相促進。語言中的宏觀層要「穩」，微觀層要「活」，二者和諧統一，就會達到「穩而不死，活而不亂」的境界。

　我想，從語言層次和言語層次來探討中國古典戲劇語言運用問題，是比較能取得實際的效果的。

第二章　曲文、賓白與科諢的語言特點

第一節　概　說

中國古典戲劇包括了元明雜劇、南戲與明傳奇。

元雜劇是在金代雜劇（即院本）的基礎上，又廣泛吸收當時北方流行的諸宮調、唱賺等說唱藝術和各族民間歌曲等多種藝術營養而形成的。南戲是早在南宋時期就已經流行於中國南部的戲文。因其產生於浙江溫州永嘉一帶，故又稱溫州雜劇，或永嘉雜劇。明傳奇則是由南戲發展而來，劇本與演唱體制，均與南戲一脈相承。

元雜劇與南戲傳奇在體制上有別。元雜劇一般上每本四折一楔子，一人主唱，用北曲。每折用同一宮調套曲，一韻到底。明雜劇因受南戲傳奇影響，體制上有了變化，例如它打破元雜劇四折一楔子的體制；演唱角色不一；曲調可用北曲或南曲，也可南北合套。南戲傳奇則長達數十出，各種角色均可唱，用南曲或南北合套，一出之中可換韻。元明戲劇體制不同，但它們都是代言體❶。所謂代

---

❶　李笠翁《閒情偶寄·賓白第四》卷之三，見《中國古典戲曲論著集成》冊七（北京：中國戲劇出版社，1982），頁54。

言體便是演員要以第一人稱的口吻扮演故事中的人物，而不能用第
三人稱的口吻向觀眾演示故事。詩歌可以「首句標其目，卒章顯其
志。」❷小說，散文可以隨時插入議論章節，戲劇卻不允許作家出
面，直接評價所描寫的人和事。劇中人物所說的話，只能是符合人
物性格的話，而不能是劇作者本身的話（表達劇作者的思想感情也
須通過劇中人物之口說出）。李笠翁認爲：「代此一人立言，先宜
代此一人立心」❸，人物的一言一語，都是內心的吐露，因此劇作
者首要把握劇中人物的「心曲隱微」。❹

正如孔尚任《桃花扇小引》中說：

> 傳奇雖小道，凡詩、賦、詞、曲、四六、小說家，無所不
> 備。至於摹寫鬚眉，點染景物，乃兼畫苑矣。

孔尚任這段話，準確地概括了戲曲文學對其他各種文學兼容並包的
特性。《中國戲曲通論》中說：

> 戲曲不僅把所有文學體裁的語言形式綜合了進來，而且幾乎
> 把所有藝術樣式也都綜合了進來，諸如音樂、舞蹈、繪畫、
> 曲藝、雜技、百戲等，都能爲它所用。這一點，比之西洋或

---

❷ 白居易《新樂府序》，見《白居易集》卷三（北京：中華書局出版社，
   1979）。

❸ 李笠翁《閒情偶寄·賓白第四》卷之三，頁54。

❹ 李笠翁《閒情偶寄·賓白第四》卷之三，頁54。

歌、或舞、或話的劇詩來，其綜合程度似要廣泛而多樣得
多。❺

可見得戲曲是一種高度綜合的藝術。但是，凡此種種，都不外爲塑
造劇中人物形像而服務。劇情的開展，人物形像的塑造（除了默
劇）都離不開語言。要探討古典戲劇語言的特點，個人以爲從「曲
文」、「賓白」與「科諢」這三個層面來討論較爲恰當。理由如
下：

一、元明雜劇、南戲傳奇的體制雖有別，但主要是由「曲文」、
　　「賓白」與「科諢」組合而成的；
二、這三個組成成份，在戲劇語言的具體表現上各有不同的要求與
　　特點，在劇情的開展與人物的塑造上都是密不可分，相輔相成
　　的。
　　所以，從這三個層面著手探討，較能看出古典戲劇語言的特
點。

第二節　曲　文

　　詩詞和曲文中雖說同源，但在表現上截然不同。曲文除具有詩
詞的特點如典雅、蘊藉之外，還應不避粗俗、淺顯、纖巧、新奇，
顯見曲文的表達範圍比詩詞大。至於談到曲與詩與詞的區別，王驥

---

❺　張庚‧郭漢城主編《中國戲曲通論》（上海：上海文藝出版社，1993），
　　頁 238。

德這樣說：

> 晉人言：「絲不如竹，竹不如肉。」以爲漸近自然。吾謂：
> 詩不如詞，詞不如曲，故是漸近人情。夫詩之限於律與絕
> 也，即不盡於意，欲爲一字之益，不可得也。詞之限於調
> 也，即不盡於吻，欲爲一語之益，不可得也。若曲，則調可
> 累用，字可襯增。詩與詞，不得以諧音方言入，而曲則惟吾
> 意之欲至，口之欲宣，縱橫出入，無之而無不可也。故吾
> 謂：快人情者，要毋過於曲也。❻

這說明了曲的限制比詩、詞小。主要有以下幾個方面：

一、字數。詩、詞中字數固定，不隨意增益，曲則可用「襯
字」，字數可以靈活。曲文的活潑是特殊的，也是強烈的。而其最
主要的原因，便是「襯字」的使用。❼「襯字」的作用是：

㈠增加語言的活潑性。

如《殺狗勸夫》第二折開頭（下例曲文中的小字爲襯字）：

> 〔正宮端正好〕黑黯黯凍雲垂，疏剌剌寒風起，遍長空六出花
> 飛，不停間雪兒緊風兒急，這場冷著我無存濟。

這種伴有襯字的長句歌詞形式，自然發生一種速度，因此產生了語

---

❻　王驥德《曲律》卷四（湖南：人民出版社，1983），頁211-212。
❼　吉川幸次郎《元雜劇研究》（臺灣：藝文印書館，1960），頁279。

言的活潑性。

㈡提高語言波動性。

襯字在句中屬輔助性質，代表較輕的意義，重要的意義都放在歌詞正文本身，這就合乎格律要求。如上例中的襯字「黑黯黯」代表較輕意義，只須口快地帶過就好，這便是王驥德所說的「搶帶」了。至於「凍雲垂」是正文，一定要字字加重語氣慢慢地唱出來。再如「不停間雪兒緊風兒急」，先唱「不停間雪」四字，輕輕地插入一個襯字「兒」，接著唱「緊風」後，又輕輕地插入一個襯字「兒」，最後又配合旋律唱出「急」字來。這種有輕重發音的語言安排，互相交錯配搭，形成了語言的波動。襯字所產生的波動，還有一種特殊現象，便是用在句首的三音連綴語的襯字。如「黑黯黯」「疏剌剌」「這場冷」等等，這種現象能引起激烈的波動。三音連綴語在中國語言裡比起兩音複合語或由複合語重疊而成的四音字是不穩定的語調，但古典戲劇作家卻運用來加強語勢的波動。古典戲劇語言裡的那股滾滾而來的洶湧澎湃撼人心弦的語勢，很多方面是從這裡產生的。

二、用語。不可入詩、詞的方言俚語卻可以入曲。正如吉川幸次郎所說：「無論多麼俗的語言，也不予拒絕。」❽雖然，周德清在《中原音韻》為散曲用語定下「造語」規則：

可　作─樂府語　經史語　天下通語

---

❽　吉川幸次郎《元雜劇研究》，頁 251。

> 不可作—俗語　蠻語　謔語　嗑語　市語　方語（各處鄉談
> 也）書生語（書之紙上，詳解方曉，歌則莫知所
> 云）　譏誚語（諷刺古有之，不可直述，托一景托
> 一物可也）　全句語　构肆語　張打油語　雙聲疊
> 韻語　六字三韻語　語病　語澀　語粗　語嫩❾

但是，令人感到有趣的是，周氏所定的界限，全給古典戲劇作家打
破了。除了「可作」部份不談外，「不可作」部份可說全派上用
場。例如「蠻語」，古典劇作中就有不少蒙古語或女真語；「六字
三韻語」就有《西廂記》第一本第三折「〔幺篇〕忽聽、一聲、猛
驚。」等等，不勝枚舉。曲「用韻既密，音調自更鏗鏘圓美。」❿
此外，古劇運用了不少特殊用語有如句首的三音助詞：「恰便是」
「恁時節」「一弄兒」「沒來由」「猛可裡」等；歌詞裡的「也
波」：《漢宮秋》‧4：「寒也波更」；「也那」：《金線記》‧
1：「不甫能鳳舞鸞飛也那出翠華」；「也麼」：《蝴蝶夢》‧3：
「暢如苦痛也麼天」；「也波哥」：《秋胡戲妻》‧2：「其實我
便覷不上也波哥，其實我便覷不上也波哥」；「也麼哥」：《金錢
記》‧2：「則被你便稱了心也麼哥，則被你便稱了心也麼哥」
等。這些語詞，專為歌詞調子而用，並沒有文字上的意義，但卻顯

---

❾　周德清《〈中原音韻正語作詞起例〉‧中原音韻》，見《中國古典戲曲論
　　著集成》冊一，頁231-234。

❿　王季思《詞曲異同的分析》，見《玉輪軒古典文學論集》（北京：中華書
　　局，1992），頁330。

現出口語的活潑生動。

　　三、字句重疊：詞字重複，爲詩詞中之所忌，而曲中每以此見長。正因爲如此，戲曲便正如王季思所說：「較詞爲駿快，爲流利，爲鋪張，爲發揚蹈歷，爲淋漓盡致。」**⓫**關於這點，以後將會論及。

　　從上所述，曲比詩、詞更能表達明白直快的人情和意境。古劇之所以廣受讚譽，主要是劇作家們善用語言技巧在較寬大的空間揮灑自如，做到：填詞則雅俗共賞，寫人則鬚眉如生，寫景則情景交融，寫情則迴腸蕩氣。

　　從另一角度看，曲的長處卻又轉化爲曲的難處。臧懋循說：

> 曲本詞而不盡取材焉，如六經語、子史語、二藏語、稗官野乘語，無所不供採掇；而要歸斷章取義，雅俗兼收，串合無痕，乃悅人耳。此則情詞穩稱之難。**⓬**

可見，曲的用語寬，固然比詩、詞更便於表達明白直快人情，但惟其用語寬，要將雅俗各種語彙和諧地串合一起，做到「情詞穩稱」，是很難的。古典戲劇作家深知此難而盡力以赴。所創作戲劇之佳者實都能兼顧各面，而做到李笠翁所說：「說何人肖何人，議

⓫　　王季思《詞曲異同的分析》，頁330。

⓬　　臧晉叔《元曲選序二》，見《元曲選校注》冊一上卷（河北：教育出版社），頁11-12。

某事切某事」，❸以及徐大椿所說：「因人而施，口吻極似」的境地。❹這都說明了劇作家們不僅僅運用最確切的曲文來表現不同人物的不同心情，他還力求語言風格能符合人物的身份，表現出他們品質和文化修養，所屬的地位與個性。

今舉數例加以說明：

關漢卿筆下的竇娥，原是個恪守婦道，孝敬婆婆，勤勞任怨的婦女，過著普通人家的生活，但是，無情的現實生活改變了她的命運，促使她一步步走上不滿與反抗之路。她對婆婆的軟弱屈從很不滿。例如《竇娥冤》第一折竇娥唱：

〔後庭花〕避凶神要擇好日頭，拜家堂要將香火修；梳著個霜雪般白鬏髻，怎將這雲霞般錦帕兜。怪不的女大不中留。你如今六旬左右，可不道到中年萬事休，舊恩愛一筆勾，新夫妻兩意投，枉教人笑破口。

她用譏諷與責怪的口氣表示對婆婆的不滿。劇作者把「女大不中留」用在這個六旬左右的老婦人身上，的確很怪，但是人「到中年萬事休」，婆婆還答應這門婚事，也就難怪對她要說：「女大不中留」了，這事只會「教人笑破口」。這段曲文非常口語化，如「日頭」、「笑破口」，都是口語詞，用得非常樸實自然而生動。

---

❸ 李笠翁《閒情偶記·結構第一》卷之一，見《中國古典戲曲論著集成》冊七，頁 26。

❹ 徐大椿《樂府傳聲》，見《中國古典戲曲論著集成》冊七，頁 157。

　　日常口語必須經過提煉才能深入淺出，才能生動傳神。例如
《看錢奴》第一折正末唱：

〔油葫蘆〕那一個胡臉兒閻王不是耍，一個捏胎鬼依正法，
一個注生的分數不爭差。這等人向公侯伯子難安插，去驢騾
馬豕剛投生下；又不曾油鼎裡插，劍樹上踏。據著他阿鼻罪
過天來大，得個人身也不虧他。
〔天下樂〕子好交披上片驢皮受罪罰。他前世托生在京華，
貪財心沒命煞，他油鐺見財也去抓。富了他三五人，窮了他
數萬家。今世交貧乏還報他。

　　這是一個劇作者捕捉具體、生動的形像化口語，提煉成舞臺語言的
例子。戲曲語言的中心任務就是塑造活生生的能打動人的舞臺形
像，這就要求語言具有鮮明的形像性，使觀眾不僅能聽到，而且似
乎能看到，達到真實地刻畫出栩栩如生的人物目的。日常口語這座
語言的寶庫是豐富的，提煉那些色彩鮮明，具體可感的語言，才能
更好地刻畫人物。劇作者在描繪賈仁形像時寫道：「他前世托生在
京華，貪財心沒命煞，他油鐺內見財也去抓。」最後一筆就生動逼
真地把賈仁貪得無厭的性格描繪出來。「油鐺」即油鍋。至今北方
還流傳著類似的話，「油鍋裡的錢也敢抓」，劇作者巧妙提煉這種
語言，既通俗又生動。

　　作為一種戲劇語言，不僅要具體可感，又要給人以聯想，讓觀
眾展開想像的翅膀，與作者共同完成形像的塑造。所以，選擇富於
想像力的口語加以提煉，也同樣重要。這裡，劇作者把賈仁的貪財

性格描述爲前世就如此，又借用佛教的輪迴果報說法，指出賈仁前世投胎時應「披上片驢皮受罪罰」，因而今世「得個人身也不虧他。」這在舊時代的廣大觀眾中間是可以引起很多聯想的。這樣的語言確實摻雜有宿命成份，然而終究是以富於想像力的形像詞彙，揭示了賈仁那種「富了他三五人，窮了他數萬家」的致富本質。

劇作家必須把詞句的淺顯與感情的深厚、立意的高遠結合起來，也就是說，劇作家必須通過淺顯易懂的曲文，傳達出深厚的感情和高遠的立意。例如《竇娥冤》第三折竇娥唱的兩支曲子：

〔正宮端正好〕沒來由犯王法，不提防遭刑憲，叫聲屈動地驚天。頃刻間游魂先赴森羅殿，怎不將天地也生埋怨。

〔滾繡球〕有日月朝暮懸，有鬼神掌著生死權，天地也，只合把清濁分辨，可怎生糊突了盜跖顏淵：爲善的受貧窮更命短，造惡的享富貴又壽延。天地也，做得個怕硬欺軟，卻元來也這般順水推船。地也，你不分好歹何爲地？天也，你錯勘賢愚枉做天！哎，只落得兩淚漣漣。

人間向來把天地視爲最公正的主宰者，現在卻是「怕硬欺軟」，「順水推船」。關漢卿運用這些感情激厲的語言是那麼地口語化，毫無彫琢的痕跡。這兩段曲文也最能說明，優秀的劇作家是怎樣把口語提煉成劇詩的。詞句的淺顯，感情的深厚，立意的高遠，三者渾然融爲一體，而且在這種融合中呈現出質樸、自然的美。它們是「從人心流出」的戲曲舞臺上的詩。

在南戲《琵琶記》裡，劇作家以非常貼切的語言刻畫了趙五娘

的形像。如第二十出《糟糠自厭》的〔孝順兒〕：

> 糠和米，本是兩倚依，誰人簸揚你作兩處飛？一賤與一貴，
> 好似奴家共夫婿，終無見期。丈夫，你便是米麼，米在他方
> 沒尋處。奴便是糠麼，怎的把糠救得人飢餒？好似兒夫出
> 去，怎的教奴，供給公婆甘旨。

這是一支膾炙人口的曲子，自古傳誦不絕。從表現手法來說，
這節動人的曲文，是屬於《詩經》中賦比興的「比」。但這裡的
「比」，並不用其他事物，而是用趙五娘正在舞臺上吃的「糠」來
比，所以更加具體生動。人吃糠，已經是感人的事，因吃糠而想到
米，而想到貴賤，而想到糠和米本來在一起，而現在卻無見期。在
文字運用上，確是字字本色，人人能懂。再如第三十三出《寺中遺
像》旦唱：

> 〔銷金帳〕凡人養子，最是十月懷耽苦，更三年勞役抱負。
> 休言他受濕推干，萬千勞苦。真個千般愛惜，萬般回護。兒
> 有些不安，父母驚惶無措。直待他可了，可了歡欣似初。
> 〔前腔〕兒行幾步，父母歡相顧，漸能言能出路。指望飲食
> 羹湯，自朝及暮。懸懸望他，知他幾度？爲擇良師，祇怕孩
> 兒愚魯。略得他長俊，可便歡欣賞賜。
> 〔前腔〕朝經暮史，教子勤詩賦，爲春闈催教赴。指望他耀
> 祖榮親，改換門户。懸懸望他，望他腰金衣紫。兒在程途，
> 又怕餐風宿露。求神問卜，把歸期暗數。

〔前腔〕兒還念父母，及早歸鄉土，看慈烏亦能返哺。莫學我的兒夫，把雙親耽誤。常言養子，養子方知父慈。算五逆兒男，和孝順爹娘之子，若無報應，果是乾坤有私。

這四支〔銷金帳〕，四十餘句，一韻到底，不用典故，一氣呵成，直如說話一般。女主角述說父母養育之苦，期望之切，人子亦應有反哺之孝，真的是詞淺意苦，懇切感人。

再說明代湯顯祖的《牡丹亭》曲文。他基於生活經驗，在繼承傳統上自鑄新詞，完成了這本「妙絕一時」的劇作。《牡丹亭》問世，在當時劇壇上可說成就最高，影響最大，但引起的爭論也最激烈。由於他勇於突破格律的限制，引起了當時以沈璟爲代表的吳江派和一些曲學家的非議，這便是戲劇史上著名的「湯沈之爭」。對此，湯顯祖直截了當地說出他寫劇的原則：

> 凡文以意趣神色爲主。四者到時，或有麗詞俊音可用。爾時能一一顧九宮四聲否？如必按字模聲，即有窒滯迸拽之苦，恐不能成句矣。⓯

至於什麼是「意趣神色」，顯祖並不作解釋，但他不只一次提到「意」，如：「凡文以意爲宗」、「自謂知曲意者」、「余意之所至」等等，可見他對「意」的重視。所謂「意」，除了理解爲作品

⓯ 湯顯祖《答呂姜山》，見《湯顯祖集》二（上海：人民出版社，1973），頁 1337。

的思想性之外，應兼指作家對生活的獨特理解。顯祖在《牡丹亭》題詞中對此有所解釋：

> 生者可以死，死可以生。生而不可與死，死而不可復生者，皆非情之至也。

顯然，這裡既有思想，又有形像，合起來這才是作者所要強調的「意」。至於「趣」可解作「趣味」，「神」可解作「風神」，「色」可解作「色彩」，四者涉及了戲劇的思想內容、情感、全劇氣度和文辭的美感意趣。為了達到這個要求，所以在曲文方面，他不惜突破格律的局限。站在戲曲藝術的發展上，顯祖是對的。例如《牡丹亭》第十出《驚夢》中的〔山坡羊〕，按通常句法，第六句應為上四下三七字句，如《琵琶記·吃糠》：「我待吃呵，怎吃得？」顯祖卻把它改成四個四字句：「睡情誰見？因循靦腆。幽夢誰邊，春光流轉？」這恐怕是「不依正格」了。但是經過藝人們的演唱，卻一直流傳至今。按〔山坡羊〕原為北方民歌，它對唱詞格律的要求，開始也許並不那麼嚴格。收入北曲、南曲之後，通常用以表達人物的悲苦，唱詞格律逐漸固定，如《琵瑟記·吃糠》、《漁家樂·藏舟》、《雷峰塔·斷橋》中的〔山坡羊〕，可以看做是較為典型的例子。而杜麗娘此時的心境，卻是「春情難遣」，「衷懷何處言」（〔山坡羊〕中曲文）。既不同於「吃糠」中趙五娘的悲苦無告，又不同於「藏身」中鄔飛韋的孤憤難平，更不同於「斷腸」中白素貞的怨恨交集。因此，隨著曲詞句式的變化，這段唱腔也就不像「吃糠」那樣悽愴怨慕，而是聽來婉轉、流暢、富於

變化。「驚夢」比「吃糠」字數多（加入襯字），所以唱腔就安排得很緊湊，又爲後面兩次起伏的高腔，留下從容時間。再通過「睡」字和「見」字兩個拖腔，把杜麗娘那火樣的願望及隱藏在心、無法表露出來的幽怨心情，表達得更爲充份。結果，這段有違正格的曲詞，反倒擴展了這支曲子反映生活的能力，起到了促進戲曲音樂發展作用。

《牡丹亭》中有麗詞（在寫景部份將引證），也有通俗曲文，請看第八出《勸農》農夫唱〔孝白歌〕：

> 泥滑喇，腳支沙，短耙長犁滑律的拿。夜雨撒菰麻，天晴出糞渣，香風醃鮓。

第十八出《診祟》春香唱〔金洛索〕：

> 夢去知他實實誰？病來只送的個盧盧的你。做行雲先渴倒在巫陽會。全無謂，把單相思害得忒明昧。又不是困人天氣，中酒心期，魆魆地常如醉。

首曲是農夫唱，語詞通俗，又用了摹聲詞，聲音響亮，全文描出了農作景象。次曲是麗娘丫環唱，文詞在雅俗之間，仍不失丫環身份。

在寫景上，戲曲與詩詞有同異之處。同者是它們都重視境界，異者是它們在境界的要求上各有側重點。例如：

> 鳥宿池邊樹，僧敲月下門（賈島詩）
>
> 孤舟簑笠翁，獨釣寒江雪（柳宗元詩）
>
> 疏影橫斜水清淺，暗香浮動月黃昏（林逋詩）

從上例可以看出詩人主觀的「意」和客觀的「境」達到高度統一，因而收到很好的藝術效果：不重情趣，而情趣橫生；不說清高而清高自見。詞既是詩之餘，詩人又往往兼寫詞，因而詞也重意境的創造。王國維說：

> 詞以境界為最上，有境界自成高格，自有名句。❶

但詞中的意境與詩中的意境畢竟有差異。在詩裡，詩人的主觀感情包藏得很深；在詞中，抒情者的形象一般都鮮明地站立在讀者面前。如：

> 多情自古傷離別，更那堪冷落清秋節！今宵酒醒何處？楊柳岸、曉風殘月。（柳永《雨淋鈴》）

前後兩句，一點一染，點染互用，寫出了古代讀書人求取功名在外浪游，彷徨苦悶的典型感受。再讀李清照《醉花陰》：

---

❶　王國維《人間詞話》卷上，見《蕙風詞話・人間詞話》（香港：商務印書館，1961），頁 191。

東籬把酒昏後，有暗香盈袖。莫道不銷魂，帘卷西風，人比
黃花瘦。

通過東籬、珠帘的映襯，西風黃花的烘托，創造一個多愁善感的仕
族女子形象。這些詞，思想容量（意）比詩少，形象（境）卻較詩
更鮮明瞭。詩境往往有幽深暗晦之感，而詞境則顯得明朗。也不全
如此，如周邦彥等詞亦暗晦，就大體上說詩以意勝，而詞以境勝。
但以之與曲相比較，則曲家仍嫌詞的形象不夠鮮明突出，要求毫無
掩飾地袒露抒情者的性格特徵。長篇的套曲固不消說，即令形式短
小的散曲也大體如此。試以白樸散曲《知幾》為例：

〔喜春來〕知榮知辱牢緘口，誰是誰非暗點頭。詩書叢裡且
淹留，閑袖手，貧煞也風流。

這首刻畫了一個處在元代黑暗社會的正直的知識分子形象。「牢緘
口」、「暗點頭」、「閑袖手」等語詞是明顯地帶著性格特徵的。
所以，戲曲兼得詩詞的長處，在意境的創造上相當突出。這也就是
王國維所說的：

寫情則沁人心脾，寫景則在人耳目，述事則如其口出是
也。⑰

---

⑰　王國維《宋元戲曲史》，頁125。

更值得注意的是：戲曲裡一折或一出中，只就其中某一首單曲來看，也往往不是一境一意，一幅畫面、一個人物，而是多境多意、一幅長卷、一組人物群像。同時，劇作家描繪景物時，還必須考慮所寫曲文不但寫出人物活動的環境，代替佈景的設置（中國古典戲劇以虛擬性爲表演特點，因此沒有設置佈景），而且它所提供的景物遠比佈景廣闊複雜，靈活多變。也就是說：

> 戲曲劇本不要寫得很實，文字不要太滿，要寫得簡潔空靈，以虛代實，虛實相生，給舞臺留出廣闊的空間，使演員能自由自在地運用舞蹈虛擬環境，塑造人物。⓮

換句話說，劇作家要能發揮曲文的語言力量，調動聽讀者的生活經驗和想像力，把劇作家筆下的景（虛）轉化爲聽讀者想像中的景（實），而且歷歷如在目前。

以下讓我們看看古典戲劇作家們的寫景特色：

> 《西廂記》·4·3：（旦唱）〔正宮·端正好〕：碧雲天，黃花地，西風緊，北雁南飛。曉來誰染霜林醉？總是離人淚。

這曲是鶯鶯通過對暮秋郊野景色的感受，抒發了痛苦壓抑的心情。

⓮　張庚·郭漢城主編《中國戲曲通論》，頁 237。

在這支曲子中，作者選取了幾樣帶有季節特徵的景物：藍天白雲，萎積的黃花，南飛的雁子，如丹的楓葉，它們在淒緊的西風中融成一體，構成了寥廓蕭瑟，令人黯然的境界。「曉來」兩句，使客觀景色帶上了濃重的主觀色彩。「染」「醉」二字，下得極有份量。前者不僅把外射的感受化爲具有動態的心理過程，而且令離人的漣漣別淚，宛然如見。後者既寫出了楓林的色彩，更賦予了在離愁的重壓下不能自持的人的情態。

再看〔一煞〕〔收尾〕兩支曲子：

> 青山隔送行，疏林不做美，淡煙暮靄相遮蔽。夕陽古道無人
> 語，禾黍秋風聽馬嘶。我爲甚麼懶上車兒內，來時甚急，去
> 後何遲？四週山色中，一鞭殘照裡。遍人間煩惱塡胸臆，量
> 這些大小車兒如何載得起！

這兩支曲子，刻畫了鶯鶯的這種悵望情景和依依心情。「夕陽」一句，看似平易，含情極深。日夕薄暮，本是當歸之時，而今都揮袂遠別，人何以堪！一個「古」字，不但平添了許多蒼涼況味，而且把別離的淒苦之情推及古今，引起讀聽者的豐富聯想。「無人語」道出了環境的寂靜，更刻畫了鶯鶯的孤獨感與無處申訴的痛苦心理。「四週」兩句，雖是淡淡景語，其實包含著無限情思。它使「長亭送別」留下了境界深遠、意味無窮的餘韻。

南戲《琵琶記》情景交融處多不勝舉。例如第三十七出《中秋賞月》（貼唱）〔念奴嬌引〕：

楚天過雨，正波澄木落，秋容光淨。誰駕玉輪來海底，碾破琉璃千頃。環佩風清，笙簫露冷，人在清虛境。

再唱〔念奴嬌序〕：

長空萬里，見嬋娟可愛，全無一點纖凝。十二欄杆光滿處，涼浸珠箔銀屏。偏稱，身在瑤臺，笑斟玉，人生幾見此佳景？（合）惟願取，年年此夜，人月雙清。

生（蔡伯喈）唱〔前腔換頭〕：

孤影，南枝乍冷，見烏鵲縹緲驚飛。棲止不定。萬點蒼山，何處是修竹吾廬三徑？追省，丹桂曾攀，嫦娥相愛，故人千里謾同情。

蔡伯喈與牛氏同看一景，但因心情各異，感受也就不同。牛氏心情愉快，所看到的是：「楚天過雨，正波澄木落，秋容光淨」，「長空萬里，見嬋娟可愛，全無一點纖凝」。蔡伯喈想起家中雙親與趙五娘，滿心愁思彷徨，竟然看到「南枝乍冷，見烏鵲縹緲驚飛。棲止不定」的景。李笠翁對此讚賞不已：

善詠物者，妙在即景生情。如前所云《琵琶賞月》四曲。同一月也，牛氏有牛氏之月，伯喈有伯喈之月。所言者月，所寓者心。牛氏所說之月，可移一句於伯喈？伯喈所說之月，

可挪一字於牛氏乎？夫妻二人之語，猶不可挪移混用，況他
人乎？人謂此等妙曲，工者有幾？⑲

再看明傳奇《牡丹亭》第十出《驚夢》杜麗娘所唱《皂羅
袍》：

原來吒紫嫣紅開遍，似這般都付與斷井頹垣。良辰美景奈何
天，賞心樂事誰家院！（恁般景致，我老爺和奶奶再不提
起。）
（合）朝飛暮卷，雲霞翠軒；雨絲風片，煙波畫船，錦屏人
忒看的這韶光賤！

這支曲子是寫杜麗娘被封建禮教束縛，悶處深閨，充滿煩懨之
情，她走到宅院旁側的一座園林中散悶，看到春光繚亂，艷紫嬌紅
的百花，開滿園林，不禁喚起她對自由幸福生活的嚮往和對自己身
世的慨嘆。曲文華美，情致嫵媚，確是好曲文。再看杜麗娘所唱
〔懶畫眉〕（《尋夢》曲文）：

最撩人春色是今年。少甚麼低就高來粉畫垣，元來春心無處
不飛懸。（絆介）哎，睡荼蘼抓住裙衩，恰便是花似人心好
處牽。

---

⑲　李笠翁《閒情偶寄·詞採第二》卷之一，見《中國古典戲劇論著集成》冊
七，頁27。

杜麗娘對愛情的渴望是和她週圍的景色一起傳達出來了。依靠景色的烘托，作家提示出麗娘內心深處的秘密而又無損於她的身份。寫景是爲了寫情，內心美則渲染了她的形體之美，可見這些語言是出色地爲創造典型而服務的。

第三節　賓　白

什麼叫做賓白？根據前人的解釋，概括言之有二：

一、明・單宇（正統十一年即公元 1446 年，進士）《菊坡叢話》：

> 兩人對說曰賓，一人自說曰白。[20]

二、明・徐渭（1521-1593）《南詞敘錄》：

> 唱爲主，白爲賓，故曰賓白。言其明白易曉也。[21]

二說之中以徐渭說法較爲合理。因爲，元代早期雜劇比較著重在唱，而白則在其次。但到後來，情況有了變化，就不再稱爲賓

---

[20]　見蔡鐘翔《中國古典劇論概要》第六章（北京：中國人民大學出版社，1988），頁 170。

[21]　徐渭《南詞敘錄》，見《中國古典戲曲論著集成》冊三，頁 246。

白,而通稱「說白」、「道白」。㉒

歷來曲論家論戲劇語言,多重曲文,而視賓白爲末著,更有視
賓白非出於劇作家之手者?臧懋循在《元曲選序》說:

> 其賓白,則演劇時伶人自爲之,故多鄙俚蹈襲之語。㉓

李笠翁《曲話》也說:

> 北曲之介白者,每折不過數言,即抹去賓白而止閱填詞,亦
> 皆一氣呵成,無有斷續,似並此數言亦可略而不備者,由是
> 觀之,則初時止有填詞,其介白之文,未必不系後來添
> 設。㉔

可是,王驥德《曲律》卻說道:

> 元人諸劇,爲曲皆佳,而白則猥鄙俚褻,不似文人口吻。蓋
> 由當時皆教坊樂工,先撰成間架說白,卻命供奉詞臣作曲,
> 謂之填詞。凡樂工所撰,士流恥爲更改,故事款多悖理,辭
> 句多不通,不似今作南戲者,盡出一手,要不得爲諸君子疵

㉒　王曉家《桃花扇凡例》釋義,見《戲劇藝術》(上海:戲劇出版社,
　　1981·2),頁 109。

㉓　臧晉叔《元曲選序二》,頁 1。

㉔　李笠翁《閒情偶寄·賓白第四》卷之三,頁 51。

也。㉕

　　前兩說，認為先由劇作家寫成曲詞，然後由藝人補入賓白。後一說，認為先由藝人寫成賓白，然後由劇作家補充曲詞。他們的說法，雖有分歧，但一致認為，曲詞與賓白不是出於劇作家一人之手。這種說法值得商榷：

一、事實上，在古典戲劇中，「曲白相生」不可分割。例如：《竇娥冤》中的曲白，精彩萬分，不能兩分；

二、如果說「白則猥鄙俚褻」，那是因為劇情需要，不能說賓白不似文人口吻，便斷定這不是出自劇作家之手；

三、在演出過程中，藝人們對劇本原有賓白作些改動，這是常有的事。所以，賓白與曲文應視為劇作家的傑作。

　　李笠翁說：「賓白一道，當與曲文等視」。他把曲之有白，喻之為「經文之于傳注」，「棟樑之于榱桷，」「肢體之于血脈。」同時他更進一步地指出：「有最得意之曲文，即當有最得意之賓白。」㉖李笠翁的主張成為論「賓白」之定論。

　　後之吳梅也說得好：

　　　　當筆酣墨飽之際，往往因得一二句好白，而使詞句亦十分暢
　　　　達，加倍生色者，是曲之佳否，亦繫於賓白也。㉗

㉕　王驥德《論插科第三十五》，見《曲律》卷三，頁 165。
㉖　李笠翁《閒情偶寄·賓白第四》卷之三，頁 51。
㉗　吳梅《詞餘講義》（臺灣：蘭臺書局，1971），頁 47-54。

吳梅的話，說出了賓白的語言功能。

古典戲劇的賓白大致可分三類：

一、韻白。韻白包括上下場對（都是兩句，字數不定）。上、下場詩（上場詩大都四句，間或八句，字數不定），下場詩（都是四句，字數不定，可獨念或分念），以及明傳奇的集唐詩（四句或八句，均取自唐代不同詩人的詩句，而又必須切合劇情，是很不容易的）。

二、散白。就形式而言，散白有以下幾種：獨白、對白、分白、同白、重白、帶白、插白、旁白、內白與外呈答云。

三、快板、順口溜、彈詞以及陶眞等民間流行的講唱文學形式（亦屬韻白一類，但作用不同）。

賓白的作用主要在於：劇中人物通報姓名、自敘身世、交代事件來龍去脈，說明人物活動的環境，人物之間的對話或者自述心事，等等。至於賓白的長短，何時用韻白或散白，賓白用在曲文前還是曲文後，或曲文中插白等等，則完全視劇情需要而定，靈活運用，對戲劇效果有決定性的影響。

作爲戲劇語言的賓白，它的特色有：一、明白如話，二、語求肖似，三、動作性強，四、聲務鏗鏘。具體例子如下：

《漁樵記》第二折中，朱買臣一入門便遭妻子玉天仙打罵，買臣很生氣，作勢要打。誰知玉天仙說：

> 你要打我那，你要打，這邊打，那邊打，我舒與你個臉，你打你打。我的兒，祇怕你有心沒膽敢打我也！

買臣叫妻子打火取暖。天仙說：

> 哎呀！連兒，盼兒，憨頭，哈叭，剌梅，鳥嘴，相公來家
> 也，接待相公。打上炭火，釃上那熱酒，著相公蕩寒。問我
> 要火，休道無那火，便有那火，我一瓢水潑殺了！便無那水
> 呵，一個屁也迸殺了！可那裡有火來，與你這窮弟子孩兒。

買臣說：「兀那潑婦，你休不知福。」天仙說：

> 甚麼福？是是是，前一幅，後一幅。五軍都督府，你老子買
> 豆腐，你奶奶當轎夫，可是甚麼福！

　　短短的句子，重複的詞語，連續的諧音，活畫出一個凶悍蠻
橫、長舌善言的潑婦形像。
　　當朱買臣說：

> 劉家女，你這等言語再也休說。有人算我明年得官也。我若
> 得了官，你便是夫人縣君娘子，可不好那！

結果，玉天仙嘲罵得更凶了：

> 娘子娘子，倒做著屁眼底下穰子。夫人夫人，在磨眼兒裡。
> 你砂子地裡放屁，不害你那口磣。動不動便說做官，投到你
> 做官，你做好桑木官、柳木官，這頭踹著那頭掀；吊在河裡
> 水判官，丟在房上晒不干。投到你做官，直等的那日頭不

紅，月明帶黑，星宿眨眼，北斗打呵欠；直等的蛇叫三聲狗
拽車，蚊子穿著兀剌靴，蟻子戴著煙氈帽，王母娘娘賣餅
料。投到你做官，直等的炕點頭，人擺尾，老鼠跌腳笑，駱
駝上架兒，麻雀抱鵝彈，木伴哥生娃娃。那其間你還不得做
官哩。看了你這嘴臉，口角頭餓紋，驢也跳不過去，你一世
兒不能勾發跡。將休書來，將休書來！

　這段對白的確精彩，民間語言運用得如此生動傳神，令人嘆為
觀止。一提到「投到你做官」，玉天仙便連珠炮似的嘲罵不停。她
針對朱買臣的「娘子」、「夫人」、「做官」用諧音「穰子」（有
外殼的穀物、水果、殼內的肉叫穰，這裡指沒有消化被排泄出來的
屎渣）、「麩仁」（在磨眼兒裡）、「做棺」（做的是桑木柳木的
棺材，但都不結實，所以「這頭蹺著那頭掀」）來嘲諷回去。「那
日頭不紅」等十五句：都是指不可能出現的事。這種排喻的句式，
常見于民間詩詞，有力地表現作者要加強的思想。嚴敦易特別讚賞
《漁樵記》的賓白，說它「達到頂高的成就」❷，同時比之《水滸
傳》詞話中的婦人聲口❷，猶有過之。

---

❷　嚴敦易《元劇斟疑》（上冊）（北京：中華書局，1960），頁251。

❷　《水滸傳》第 24 回，潘金蓮指著武大郎大罵道：「你這個腌臢混沌，有
　　什麼言語在外人處說來，欺負老娘！我是一個不帶頭巾的男子漢，叮叮噹
　　噹響的婆娘，拳頭上立得人，胳膊上走的馬，人面上行的人：不是那等搠
　　不出的鱉老婆！自從嫁了武大，真個螻蟻也不敢入屋裡來，有什麼籬笆不
　　牢，犬兒鑽得入來！你胡言亂語，一句句都要下落，丟下磚頭瓦兒，一個
　　個也要著地。」

在古典戲劇劇本中，各色人物，往往一開口，幾句賓白，就使觀眾如見其人，如聞其聲。的確做到「說一人，肖一人」，既不「雷同」，也不「浮泛」❸。例如：

> 「只等那老王林道出一個是字，你那做媒的花和尚，休要怪我一斧分開兩個瓢，誰著你拐了一十八歲滿堂嬌！」（《李逵負荊》）
> 「這老子詐死賴我，我也不怕，只當房檐上揭片瓦似的，隨你那裡告來。」（《蝴蝶夢》）
> 「人是賤蟲，不打不招。左右，與我選大棍子打著。」（《竇娥冤》）

嫉惡如仇的梁山好漢李逵，橫行霸道的皇親葛彪，昏憒殘暴的楚州太守，每人寥寥數語，口吻神肖，各具特點，毫不雷同。「一斧分開兩個瓢」，「只當房檐上揭片瓦似的」，「人是賤蟲」，出於不同人物之口，都很形像化。

劇作家有時必須運用具有動作性的言語來提示性格，增強氣勢。如《李逵負荊》第二折，李逵對宋江說：

> 我伏侍你，我伏侍你！一隻手揪住衣領，一隻手揪住腰帶，滴留撲摔個一字，闊腳板踏住胸脯，舉起我那板斧來，覷著

---

❸　李笠翁《閒情偶寄·賓白第四》卷之三，頁54。

脖子上，可叉！

這段賓白，誠然是快人快語，動作性強。從比劃揪住衣領，揪住腰帶，摔倒在地成一個「一」字，腳踏胸脯，直到舉斧，砍向脖子上，一連串動作，可以使腳色邊說邊做，活躍于舞臺上。

賓白也講究趣味與含蓄。如《琵琶記》第二十一出《琴訴荷池》，有一段妙趣橫生而又語帶雙關的對白：

（貼）怎地害風麼那！我卻知道你會操琴賣弄怎地？

（生）不是，這弦不中彈。

（貼）這弦怎地不中彈？

（生）當原是舊弦，俺彈得慣。這是新弦，俺彈不慣。

（貼）舊弦在那裡？

（生）舊弦撇了多時。

（貼）爲甚撇了？

（生）只爲有這新弦，便撇了舊弦。

（貼）怎地不把新弦撇了？

（生）便是新弦難撇。（介）我心裡祇想著那舊弦。

（貼）你撇又撇不得，罷罷。

有時，爲了劇情需要，也爲增強戲劇效果，劇作者也採用了民間流行的講唱文學形式來寫賓白。如《琵琶記》第二十八出《乞丐尋夫》。張大公對趙五娘的臨別叮嚀：

正是：畫虎畫皮難畫骨，知人知面不知心。蔡郎原是讀書
人，一舉成名天下聞。久留不知因個甚？年荒親死不回門。
小娘子，你去京城須仔細，逢人下禮問盧眞。見郎謾說千般
苦，只把琵琶語句訴原因。未可便說是她妻子，未可便說死
雙親。若得蔡郎思故舊，可憐張老一親鄰。我已如今七十
歲，比你公婆少一句。你去時猶有張老送，你回來未知張老
死和存。我送你去呵，正是和淚眼觀和淚眼，斷腸人送斷腸
人。

　　劇作者緊緊抓住這位內心激動，不放心五娘遠行，又飽懷人生
感嘆的老人在刹那間的複雜感情，若用散文式的對白交代過去，那
就味道大減，所以他改變形式以詩贊詞來表現老人的衷心叮嚀。這
時我們只聽到：鏗鏘的音韻，急促的節奏，蒼勁的風格和這位熱心
善良而飽經世故的老人，此刻感慨蒼涼和怨憤交織而成的內心，越
說越激動不己的神情，完全是和諧的。再看這段念白，句句如話，
人人能懂，又充滿著感情，所以在演出時，必能取悅觀眾，使觀眾
念念不忘。正如王驥德所說：「句字長短平仄，須調停得好，含情
意婉轉，音調鏗鏘，雖不是曲，卻要美聽。」❸明代有些傳奇作
家，逐漸向「美聽」發展。爲使「美聽」適應舞臺需要，劇作家便
反復推敲，著意熔鑄。如明人馮惟敏的《梁狀元不伏老》第一齣有
一段長長的定場白，寫來聲色俱佳，文采煥然。主人公八旬老人梁

---

❸　王驥德《論賓白第三十四》，見《中國古典戲劇論著集成》冊四，頁
　　141。

顯詳細地描述考場情況，試錄其開頭一段：

> 只見規模宏大，法度森嚴。明遠樓，高出廣寒宮；至公堂，
> 壓倒森羅殿。天字號，地字號，密匝匝擺列著數千百號。東
> 文場，西字場，齊截截，分定了一二三場。南卷中卷北卷，
> 都則是策論經書，《易經》、《書經》、《詩經》，更兼那
> 《春秋》、《禮記》。知貢舉，乃本部尚書，都總裁，是當
> 朝宰相。考試官、監試官、提調官、印卷官，也有那巡綽監
> 門官，多官守法。彌封所、對讀所、謄錄所，又有那收掌試
> 卷所，各所奉公。四邊廂往來擊拆，一周遭晝夜提鈴。往來
> 擊拆，只見那窮光棍閉著眼敲木皮，一下下道，怕怕他，怕
> 怕他。晝夜提鈴，磣油花背著手搖鐵片，一聲聲道，定定
> 鐸，定定鐸。

像這樣文字通俗工整，對仗自然，音韻諧和，當行本色而又形
像生動的賓白，眞不愧是一篇「白話的駢體賦」。近代日本學者青
木正兒評論這段上場白「以三葉之長文敘科場狀況，句調有一種獨
得之妙味，他無類比之賓白中奇文也。」❷

---

❷　青木正兒《中國近代戲曲史》（臺灣：商務印書館，1970），頁 191。

第四節　科　諢

　　科諢是「插科打諢」的簡稱。所謂插科，是指插入詼諧的動作；所謂打諢，是指滑稽的說話。插科打諢，在古典戲劇創作上，實在是不能忽略的。李笠翁說：

> 文字佳，情節佳，而科諢不佳，非特俗人怕看，即雅人韻士，亦有瞌睡之時。作傳奇者，雖有鈞天之樂，霓裳羽衣之舞，皆付之不見、不聞，如對泥人作揖、土佛談經矣。㉝

王驥德也說：

> 大略曲冷不鬧場處，得淨、丑間插一科，可博人哄堂，亦是戲劇眼目。若略涉安排勉強，使人肌上生粟，不如安靜過去。㉞

　　這都說明了科諢在戲劇表演上的作用。但是劇作家必須能獨運巧思，加強描繪，使之幽默雋永，妙趣橫生，也就是說做到「我本無心說笑話，誰知笑話逼人來」的境界。㉟
　　插科打諢在南戲也稱為「插科使砌」。「使砌」一詞來自宋話

㉝　李笠翁《閒情偶記‧科諢第五》卷之三，頁 61-64。
㉞　王驥德《論插科第三十五》，頁 141。
㉟　李笠翁《閒情偶記‧科諢第五》卷之三，頁 64。

本小說。羅燁在《醉翁談錄·小說開闢》中說：「白得詞，念得詩，說的話，使的砌。」《宋四大公大鬧禁魂張》話本就有一段「使砌」的實例，敘述一個姓張的員外，在路上拾得一文錢時，他便：

> 把來磨做鏡兒，捍做磬兒，掐做鋸兒，叫聲我兒，做個嘴兒，放入筐兒（使砌至此）。人見他一文不使，起他一個異名，喚做「禁魂」張員外。㊱

說明藝人們在講話時邊說邊做，而且帶有滑稽詼諧動作，從而突出其愛錢如命的慳吝性格。

這種「插科使砌」在早期的南戲如《張協狀元》等劇中隨處可見。如第十二出，丑扮小二向貧女求婚：

> （丑）我有些好事向你說。（笑）（旦）小二哥，有甚事？（丑）我有……。（笑）（旦笑）且說。（丑有介）（旦）有甚事，如何不說？（丑笑）我要說，又怕你打我。（旦）我不打你，你自說。（丑）我便說。（旦）你說。（丑）我爹和娘要教你與我做老婆。（旦）教你來與我……？（丑）教你來與我做老婆。（旦唾）打脊！不曉事底獸子，來傷觸人。打個貧胎！（打丑）（丑叫）好也！保甲，打老公！老

㊱　胡雪風·徐順平《試論南戲與民間文藝》，見《戲劇藝術》（戲劇藝術社，1982）。

婆打老公！

用字通俗，人人能懂，這種風趣的調侃是富於喜劇性的。據陶宗儀《輟耕錄》：「宋有戲曲、唱諢詞說。」唱諢也即說諢，正說明早期諢話中亦有唱詞的。如《張協狀元》第二十四出〔麻郎〕：

　　（淨）打脊箆篍賴秀！（丑）打脊箆篍賴狗！（末）兩個不
　　須動手。（生）各請住休得要應口。（淨）賊獼猴！（丑）
　　雌獼猴！（生末）看我面一齊住休。

這裡所用的都是些市井無賴言語。劇作者雖以市井無賴語入曲，但運用得十分自然生動，以致令人不覺得有任何受曲律約束的痕跡。

元雜劇的插科打諢保持著詼諧、滑稽的性質，具有諷刺勸諍的作用。例子甚多，略舉數個加以說明。如《竇娥冤》第二折中，淨扮楚州太守桃杌見張驢兒拖竇娥入廳告狀下跪，他亦下跪，祗侯云：

　　相公，他是告狀的，怎生跪著他？（孤云）你不知道，但來
　　告狀的，就是我衣食父母。

把「衣食父母」運用到這兒來，真有點令人啼笑皆非，但卻有力地諷刺了官吏們對老百姓打官司的時候，進行敲詐貪污的行為。同樣的情形也發生在孟漢卿的《魔合羅》第二折裡。令史（丑）見

到犯人李文道便說：

> 這廝，我那裡曾見他來。哦！這廝是那賽盧醫，我昨日在他
> 門首，借條板凳也借不出來，今日也來到我這衙門裡。張
> 千，拿下去打著者。（張拿科，李做舒三個指頭科，云）令
> 史，我與你這個。（令史云）你那兩個指頭瘸。

這是多麼尖銳的諷刺。在大堂上便可以公開行賄、納賄。「你
那兩個指頭瘸」這話表示令史貪得無厭，三個指頭的銀子嫌少，還
暗示把那兩個指頭也伸出來，湊個整數。這樣的科諢，必能令觀眾
大笑，而又寓意豐富。

劇作者還用科諢來譏嘲權貴者不學無術、徒有虛名。如楊顯之
《瀟湘夜雨》第二折中所插入的試官（淨）對崔甸士（沖末）的一
場復試：

> 試官云：你識字麼？
> 崔甸士云：我做秀才，怎麼不識字。大人，那個魚兒不會識
> 水。
> 試官云：那個秀才祭丁處❸不會搶饃頭吃。我如今寫個字你
> 認識，東頭下筆西頭落，是個甚麼字？
> 崔甸士云：是個一字。

---

❸ 舊時帝王在每年陰曆二月、八月上旬丁日祭祀孔丘，叫祭丁，或叫丁祭。

試官云：好不枉了中頭名狀元，識這等難字。我再問你會聯
詩麼？

崔甸士云：聯得。

試官云：河裡一隻船，岸上八個拽。你聯將來。

崔甸士云：若還斷了彈，八個都吃跌。

試官云：好好，待我再試一首，一個大青碗，盛得飯又滿。

崔甸士云：相公吃一頓，清晨飽到晚。

試官云：好秀才，好秀才，看了他這等文章，還做我的師父
哩！

　　把簡單的俚歌「插」入朝廷命官對考生的復試之中，不僅巧妙
地諷刺了科舉制度，也尖銳地揭露了試官與選擇的人才都是同樣的
無知和庸俗。

　　《琵琶記》的作者高則誠雖在開場時說：「休論插科打諢，也
不尋宮數調　，只看子孝與妻賢。」實際上，在該科諢處，他還是
很細心處理的。他在科諢處理上合乎「重關係」、「貴自然」的原
則。例如《丞相教女》第八出中的媒婆（淨）上場唱：

　　〔字字雙〕我做媒婆甚妖嬈，談笑。說開說合口如刀，波
　　俏。合婚問卜若都好，有鈔。祇怕假做庚貼被人告，吃拷。

〔字字雙〕為乾唱念曲，此用在媒婆（淨丑扮）身份，口吻神情逼
肖。在舞臺上，只見媒婆邊唱念邊做動作，的確妖嬈有趣，令人忍
俊不禁。

對於庸醫，也是劇作家拿來當作嘲諷的對象，如《幽閨記》·
25：

> （淨）我做郎中眞久慣，下藥且是不懶慢。熱病與他柴胡
> 湯，冷病與他五靈散。醫得東邊才出喪，醫得西邊已入殮；
> 南邊買棺材，北邊打點又氣斷。祖宗三代做郎中，十個醫死
> 九個半。你若有病請我醫，想你也是該死漢，小子姓翁，祖
> 居山東，藥性醫書看過，難經脈訣未通。做土工的是我姐
> 夫，賣棺材的是我外公。我若一日不醫死幾個，叫我外婆姐
> 姐在家裡喝風。你是哪個？

再如：南雜劇《丹桂鈿合》·5：

> 小子別號西泉，行醫三代流傳，脈訣念他數句，藥性記得幾
> 篇，說病何曾猜著，寫方一味歪傳，不管風寒暑濕，那知蟲
> 癩狂顛，虛勞的，與他硝黃瀉倒，悶滿的，卻將參木來煎，
> 害熱的，一點無附子，傷冷的，吃些黃柏黃蓮，老人家，說
> 他驚風吐乳，男子漢，說他產後胎前，醫得前街上，哭聲震
> 地，醫得後巷裡，叫苦連天。昨日東市頭，拿我替他唱歌送
> 殯，今早西市頭，請我一頓硬腳粗拳，專替閻羅王發橛，卻
> 與棺材店掙錢，幾番要丟了這樁道路，爭奈沒甚麼養活家
> 緣，送生不如送死，與他一樣威權。

罵盡庸醫伎倆，使人啼笑皆非，涉筆不只成趣，言成語重心長，這

正是作科諢的高手。

　　總之，古典戲劇作家理解到科諢的作用，故此努力汲取民間身邊事口中話做為素材，應用誇張、對比、比喻等表現手法，使插科打諢具有直接的和生動的感染力量。

第三章　古典戲劇的口語詞彙

第一節　民間語言

　　中國古典戲劇起源於民間，是一種旨在滿足廣大市民群眾的藝術形式，戲劇的創作，演出，發展與變化，無一不和廣大市民群眾息息相關。這些都得靠劇作家所運用的語言作出決定。由於戲劇是表演藝術，有說有唱，因此，爲了讓更多的人聽懂，說白儘量做到口語化。古典戲劇作家深切了解這一點，因此大量地運用民間語言寫作劇本，例如：

> 那一日俺婆婆身子不快，想羊肚兒湯吃，你孩兒安排了湯。
> 適值張驢兒父子兩個問病，道：「將湯來我嘗一嘗。」說：
> 「湯便好，只少些鹽醋。」賺的我去取鹽醋，他便暗地裡下
> 了毒藥。實指望藥殺俺婆婆，要強逼我成親。不想俺婆婆偶
> 然發嘔，不要湯吃，卻讓與老張吃，隨即七竅流血藥死了。
> （《竇娥冤》·4）
> 教你當家不當家，及至當家亂如麻。早晨起來七件事，柴米
> 油鹽醬醋茶。（《玉壺春》·1）
> 我叮囑他這樁事，則除是天知地知，你知我知，若是走透了
> 一點兒消息，我著俺姐姐打也打殺你。（《兒女團圓》·2）

這些例子都是劇作者純用當時口語詞寫成的文學語言片斷。他們根據這個創作原則，把抒情性（詩詞）和敘述性（說唱、散文）的語言轉變爲戲劇角色語言。他們在正統文人的無視或鄙視下默默耕耘，終而在文學的國度裡建立了沒世不朽的奇功大業。

所謂「文學語言」，實際上就是文學家把民間語言加工改造過的語言，也就是魯迅所說的「從活人的嘴上，採取有生命的詞彙，搬到紙上來。」❶簡言之，文學語言是對民間語言中的藝術成份的提煉和昇華。古典戲劇作家所運用的民間語言，即方言口語、成語、諺語、慣用語與歇後語等，它們中有些本來就是歷經群眾千錘百煉，廣爲流傳，具有精闢形像特點的，如某些諺語、成語、慣用語與歇後語等，可以直接「引入」作品中去；有些則只是作爲文學語言的「毛胚」，尚須經過作家加工才能成爲塑造藝術形像的「金玉」。但是，民間語言不論是否直接「引入」作品中去，對作家來說，都有一個進一步錘煉與選擇的過程，都同樣要凝注藝術的功力。以後所引用的例證，將可證明這點。

廣泛地精確地運用民間語言特徵創作劇本是古典劇作家的特長。以下就劇作裡所存在的民間語言中的方言口語詞加以析述。至於曲詞中的少數民族語言（主要是蒙古語詞）、諺語、歇後語、慣用語與成語等則留待另章討論。

---

❶　魯迅《人生識字糊塗始》，見《魯迅全集》第六卷，頁 234-235。

第二節　口語詞

　　古典戲劇作家爲了劇情與演出時語境的需要，大量地運用了口語詞，如「儂」、「家私」、「嬌客」、「症候」、「放乖」、「攛掇」、「灶頭」、「和哄」、「打火」、「面皮」、「日頭」、「巴臂」等等，這些口語詞固然增添了戲劇文學無限光彩，但也給閱讀欣賞者帶來困難。其間的原因不外是：民間有些口語詞本無定字，隨手拈一同音或音近的字以代，這是常有的事，如「巴臂」，就有「把臂」、「把背」、「巴鼻」、「靶鼻」、「芭壁」、「巴避」等寫法。再加上區域局限性與古今方言口語的差異，譬如一些「最具方言特色的語音，只存活於口耳之間，經寫錄與文字相結合、書面化之後，語音連同那殊異的地方色彩，被書面語言吞噬淹沒了」，❷這種情況更添閱讀理解上的困難。其次，過去正統文人認爲戲劇語言太過鄙俗，不屑一顧，因此，能爲戲劇語言作註釋工作者爲數極微。這樣一來，戲劇語言有相當多量的詞語不經見於字典辭書及典籍中，使後來有心於詮釋有關詞語語義、追溯語源、搜尋旁證的學者帶來極大的不便與困惑。

一、詞義

　　從事研究、詮釋元雜劇的方言口語及少數民族語詞的工作，從元代就已經開始了。陶宗儀在《南村輟耕錄》中就對「龐居士」、

---

❷　傅憎享《〈語論〉金瓶梅隱語揭秘》（天津：百花文藝出版社，1993），
　　頁 197。

「嬌姹」、「方頭」、「三姑六婆」等方言俗語及對「忽剌孩」、「答剌罕」等少數民族語詞進行詮釋工作。其後有徐渭、王驥德、凌濛初、閻遇五、金聖嘆、毛西河等人對《西廂記》都做了註釋工作。就以徐渭的《南詞敍錄》來說，這是最早一部關於南戲資料的著作。他早就賞識民間語言的妙用。他稱讚《琵琶記》說：「句句是常言俗語，扭作曲子，點鐵成金，信是妙手。」同時他把南戲中常用的方言詞義條舉解釋，共收 53 條。近年來，隨著人們普遍對古典戲劇價值認識的提高，相應的對戲劇語言的詮釋研究工作也有了很大的進展。除了顧肇倉、吳曉玲、王季思、錢南揚、徐朔方等人分別對《元人雜劇選》、《關漢卿戲曲集》、《永樂大典戲文三種》、《西廂記》、《琵琶記》、《牡丹亭》作注外，還出現了一批專門研究、詮釋古典戲劇方言俗語及少數民族語詞的書籍。如：徐嘉瑞《金元戲曲方言考》（1948，1956），張相《詩詞曲語辭彙釋》（1953），朱居易《元劇俗語方言例釋》（1956），王鍈《詩詞曲語辭例釋》（1980，1986），陸澹安《戲曲詞語彙釋》（1981），顧學頡與王學奇《元曲釋詞》（全四冊）（1983，1990），許政揚《許政揚文存》（1984），林昭德《詩詞曲語辭雜釋》（1986），方齡貴《元明戲曲中的蒙古語》（1991）等。

在一些學術刊物上，也常出現有關戲曲語言詞義的解釋及溯源問題的論著。經過幾十年的努力，成果確實斐然可觀，應予以肯定與稱道的。但是，這項工作還必須繼續做下去，因爲迄今爲止，各戲劇註釋專書及有關論著中對某些戲劇語詞的註釋上還存在著一些問題。

在閱讀古典劇作過程中，我發現有若干詞語在上述的專著中不

是解釋不妥就是根本無解，特臚列論析如下：

（一）　**賴秀**

《張協狀元》·24：「〔麻郎〕（淨）打脊篭簪賴秀！
（丑）打脊篭簪賴狗！」

「賴」，北方官話爲「不好」「壞」之意。❸至於「賴秀」，
上述各有關戲劇辭書都沒有收錄。

按：宋明行院中人稱「細」。《行院聲嗽·通用》：「細：
秀。」❹又：明代金陵六院中稱女人爲「細子」。《六院匯選江湖
方語》：「細子，乃婦人也。」❺所以，這裡的「賴秀」，即指壞
女人也。

旁證：

《羅李郎》·1：「我湯哥今日有一個新下城的色旦，喚作
什麼宜時秀。」

宋元時，女藝人多以地名冠于藝名之首，以示其得名之地，如
「梁園秀」、「大都秀」、「燕山秀」、「西夏秀」等等，可見，

---

❸　段開璉《中國民間方言詞典》（海口：南海出版公司，1994），頁 314。
❹　曲彦斌主編《中國秘語行話詞典》（北京：書目文獻出版社，1994），頁
　　840。
❺　曲彦斌主編《中國秘語行話詞典》，頁 799。

當時相當流行用「秀」來稱呼女腳色。

　　㈡　**漏面賊**

> 《竇娥冤》·2：「我做了個啣冤負屈沒頭鬼，怎肯便放了
> 你好色荒淫漏面賊。」
> 《延安府》·2：「〔尾聲〕（白）壞法欺公陋面賊。全無
> 報國忠君意。」

　　「陋面賊」即「漏面賊」。《戲曲詞語彙釋》解釋爲：臉上刺
字的囚徒。《元劇俗語方言例釋》則解爲：極端的壞旦。奸惡本藏
在內面，現已漏出臉上，可知極端兇惡。《宋元語言詞典》的解釋
是：罵人爲賊漢的話。《近代漢語詞典》則認爲：「漏面賊」亦做
「陋面賊」，罵人的話：「蒙面賊」。❻《關漢卿戲曲詞典》亦解
作「蒙面賊」。

　　漏面賊不是蒙面賊；也不可解釋爲「奸惡本藏在內面，現已漏
出臉上」，應解爲：古代罪犯面部刺字叫漏面，即「黥」，引申爲
極端的壞旦。「黥刑」，古代肉刑之一。刺刻面額，染以黑色，作
爲懲罰的標誌。商、周時叫「墨刑」，秦漢時叫「黥刑」。❼戲劇
中也有徑用「黥面」的，如：《氣英布》·4：「將那黥面的囚徒
夾領毛一把拿他見大王也。」

---

❻　高文達主編《近代漢語詞典》（北京：知識出版社，1992），頁 507。
❼　羅竹鳳主編《漢語大詞典》卷 2（香港：三聯·漢語大詞典出版社，
　　1995），頁 1371。

㈢ 黑閣落

《西廂記》·2·3：「〔喬牌兒〕老夫人轉關兒沒定奪，啞
謎兒怎猜破；黑閣落甜話將人和，請將來著人不快活。」

《玉鏡臺》·4：「〔豆汁黃〕你在黑閣落裡欺男兒。」

《張協狀元》·12：「老漢然雖是個村胳落裡人，稍通些人
事。」

「黑閣落」，王季思注爲「助詞」。❽《戲曲詞語彙釋》解
爲：「糊糊塗塗」。二解均誤。按「閣落」，在內蒙河套方言是
「牆角」的意思，如狀其暗，則加「黑」字。用作形容詞時，當
「暗地裡」講。❾今河南話亦稱「角落」爲「閣落」。現在河北省
中部農村及云南昭通方言中，仍較廣泛地使用「閣落」一詞，有時
也寫作「旮旯」，❿方言一律讀作 gela。亦作「胳落」。今之閩南
人讀作 gaklok。⓫

㈣ 胡哨（忽哨） 打哨子 打胡哨 打唿哨

---

❽　王季思校注《西廂記》第二本第三折（上海：上海古籍出版社，1993），
　　見31注，頁84。

❾　常虹《〈西廂記〉中的內蒙河套方言》，見《文學遺產》（未名書屋，
　　1982），頁106-111。

❿　林昭德《詩詞曲中四川方言例釋（二）》，見《西南師範學院學報》
　　1979·1，頁57-59。

⓫　廈門大學中國語言文學研究所漢語方言研究室主編《普通話閩南方言詞
　　典》（香港：三聯書店，1982），頁387。

《趙禮讓肥》·2：「（強人嘍囉打哨科，正末唱）颼颼的
幾聲胡哨。」

《鬧鍾馗》·1：「我是鬼大王，平生會打胡哨。」

《戲曲詞語彙釋》解釋：撮口作聲。此解不夠清楚。實際上，
「打胡哨」的方法是將拇指和食指合併，放入口中，運用胸部呼出
的氣流使之發生嗯哨聲。近代小說中此語詞亦常見，如《儒林外
史》·34：「那響馬賊數十人，齊聲打了一個忽哨，飛奔而來。」
今人仍有此技藝。

㈤　收拾

《琵琶記》·3：「（貼白）你怎麼不收拾了心下？」

《西廂記》·3·3：「畢罷了牽掛，收拾了憂愁。」

《宦門子弟錯立身》·4：「奴家今日身已不快，懶去勾欄
裡去。（虔）你爹爹去收拾去了。」

《藍采和》·1：「（淨）俺先去勾欄裡收拾去。（又正末
云）兄弟，有看的人麼？好時候也，上緊收拾」

《近代漢語詞典》對前二例中的「收拾」分別解爲「收起，約
束」與「解除」，這可說是「收拾」一般義，是正確的。其實，這
一般義亦見于王充《論衡·別通》：「蕭何入秦，收拾文書。」也
當「收斂」用，如《後漢書·光武帝紀》：「建武二十二年詔……
吏人死亡，或在壞垣毀屋之下，而家羸弱不能收拾者，其以見錢谷
取墉，爲尋求之。」但是，對上引第三、四中的「收拾」一詞的意

義，各戲曲辭書都沒有解釋。

　　按：第三、四例中的「收拾」是古代戲劇的行話。古時神廟或勾欄舞臺都有懸掛布幔的裝置，劇團自帶布幔流動作場，即于開演前先懸掛佈置，稱爲「收拾」。

㈥　早起

> 《救風塵》・3：「哦，早起杭州散了，趕到陝西，客火裡吃酒，我不與了大姐一分飯來？」
>
> 《馬陵道》・2：「只待早起修了天書，我便早起殺了那廝；晚夕修了天書，我便晚夕殺了那廝。我務要將他剪草除根，萌芽不發。」

　　「早起」，《戲曲詞語彙釋》解作「從前」，《近代漢語詞典》解作：「早先，先前」。二解均誤。其實，「早起」便是「早晨」。四川安岳、樂至、中江、遂寧一帶地方，有人把「早晨」說成「早起」。比如說：「昨日起」、「今早起」，就是指昨天早晨，今天早晨。❷當今閩南話也是如此說。❸同時，閩南人更把「早起」代「早飯」用，如「我有食早起」（閩南話的特殊語法：我有食早飯），即普通話所表達的：我吃早飯了/我吃過早飯/我已

---

❷　　林昭德《詩詞曲中四川方言例釋》，頁 57-59。

❸　　《普通話閩南方言詞典》：閩南人的「早起」發音如 zaki。

經吃早飯了（視當時的語境而定）。❹此外，與此同義的語詞有（以下括弧內的文字表示地區）：早浪（蘇州）、天光（溫州、潮汕、海南）、早頭（福州）、晨早（廣州）、早朝（佛岡、陽山）、朝早（連山、曲江、仁化）、早晨（樂昌）、朝頭早（清遠、英德、韶關）等等。❺

旁證：

《蝴蝶夢》·3：哥哥可憐見，一個老的被人打死了，三個孩兒又在死牢內，老身吃了早晨，無了晚夕，前街後巷叫化了些殘湯剩飯，與孩兒充飢。哥哥可憐見！

劇文中的「早晨」（借當「早飯」）與「晚夕」（借當「晚飯」）相對應，在《馬陵道》一劇裡，「早起」與「晚夕」相對應，從而可見，「早起」即「早晨」也。

㈦ 添力

《琵琶記》·26：「爲五娘行孝，交與他添力。」

「添力」，《近代漢語詞典》釋爲「送給勞苦者的慰問

---

❹ 周長輯《閩南話與普通話在語法方面的差異芻議》，見《語言文字應用》（北京：語文出版社，1995·3），頁73。

❺ 張曉山《粵北十縣（市）粵方言常用詞語的一致性和差異性》，見《語文研究》（北京：語文出版社，1995·1），頁60-65。

品。」⑯此解不妥。《琵琶記》此出寫趙五娘獨力爲公婆筑墳，感
動玉帝，特派猿虎二將前往相助，所以「添力」即「相助」或「助
力」，絕非「慰問品」。

（八）　打秋風

> 《牡丹亭》·13：「（生）坐吃三餐，不如走空一棍。
> （淨）怎生叫做一棍？（生）混名打秋風哩！（淨）咳，你
> 費工夫去撞府穿州，不如依本份登科及第。（生）你說打秋
> 風不好，茂陵劉郎秋風客，到大來做了皇帝。」

「打秋風」亦即「打抽豐」、「打秋豐」，爲明代常用口語
詞。戲劇辭書均無解。《七修類稿》卷 23：「俗以干人云打秋
風。」或說：「豐多處抽分之也。」⑰這也是現代民間慣用語，它
的意思正如《漢語大詞典》所說：「假借各種名義向人索取財
物」。⑱如馮夢龍《醒世通言》：「他自不會作家，把個大家事耗
盡了，卻來這裡打秋風。」今云南昭通方言中以語言或小技能詐人
財物曰「打秋風」。⑲

（九）　弟一　第一

---

⑯　高文達《近代漢語詞典》，頁 782。
⑰　段開璉《中國民間方言詞典》，吳語作「打抽豐」。頁 103。
⑱　羅竹鳳編《漢語大詞典》卷 6，頁 319。
⑲　姜亮夫《昭通方言疏證》（上海：上海古籍出版社，1988），頁 201-
　　202。

《劉知遠》·1：「在村弟一欺良善，沒尊卑，不近道理。」

《殺狗記》·34：「阿哥，孫大哥第一喜歡的是你，還是你先進去。」

各戲曲辭書對「弟一」「第一」均無解。其實，現今客家、成都、廈門、福州與海南等地方言都把「弟一」「第一」當成「最」解。今香港粵語常說：「弟一時間」，即最早時間之意。[20]近年來，新加坡廣播機構廣播員報告新聞時也已用上「第一時間」的語詞。

(十) 惡水

《神奴兒》·3：「又不曾下甚雨水，因甚這般濕泥淤。（搭旦白）是潑下的惡水。」

《秋胡戲妻》·2：「（正旦）妾身梅英是也。自從秋胡去了，又不覺十年光景；我與人家擔好水換惡水，養活著俺奶奶。」

戲曲辭書中只有《戲曲詞語彙釋》解釋「惡水」爲「污水」，此解不妥。盧甲文說：「惡水」就是「泔水」[21]，這是對的。其

---

[20] 段開璉《中國民間方言詞典》，頁 130。

[21] 盧甲文《戲曲詞語新釋》，見（《許昌師專學報〔社科版〕》，1991·2），頁 95-99。

實，目前北京地區還把這種水叫「泔水」。所謂「泔水」，根據
《現代漢語詞典》的解釋：「淘米、洗菜、洗刷鍋碗等用過的水。
有的地區叫潲水。」廣韻：「潲，豕食。」往時，豬吃的食物是人
吃剩的有臭味的餿魚敗肉飯菜。云南昭通人向來稱爲「淅米水」，
江浙人卻稱之爲「泔腳水」，魯東人叫做「淘米泔」，又叫「溲
水」，㉒潮汕話、廈門話都叫做「潘」p'un，海南話叫做 fen。有關
「潘」字解釋，由來已久，語見《左傳·哀公十四年》：「陳氏方
睦，使疾，而遺之潘沐……。」杜預注：「潘，米汁，可以沐
頭。」㉓

　　這種「惡水」裡有殘菜剩飯，主要留給家畜吃用，但窮苦人家
也常從中選取一些可吃的來吃用，所以，《秋胡戲妻》中的梅英
說：「我與人家擔好水換惡水，養活著俺奶奶。」如果說「惡水」
便是「污水」（髒水），如何吃用？爲什麼要擔「污水」來換「好
水」？這與常理不合。很顯然的，「惡水」不是「污水」，而是淘
米洗菜後或含有殘菜剩飯的水，貧窮人家可從中選取吃用。

　　按：筆者在五十年代的新加坡，曾親眼看到一般貧民從養豬的
「惡水」中揀取能食用的食物，清洗後再經過一番煮炒吃用，便是
一個活生生的例子。

　　㈡　**別卵**

㉒　姜亮夫《昭通方言疏證》卷六，頁 33。
㉓　李新魁·林倫倫《潮汕方言詞考釋》（廣東：人民出版社，1992），頁
　　85。

《宦門子弟錯立身》：「婦人剜了別，舍人割了卵。」❷

　　「別」與「卵」，有關戲曲辭書除了《元曲釋詞》只提及「婦人剜了別」，並說「別」即「女陰」，是錯別字；其他各戲曲書均無收錄。「別」與「卵」分別指女陰與男陰。❷其實，「別」並非錯別字，而是禁忌字。人們為了迴避女陰「屄」這個發音而讀成「別」的。長沙地方「屄」的本字是「鱉」字。長沙用「鱉」稱女陰好比福建永春人用「龜」字，都取龜鱉扁平之形。這裡的「卵」用法也適用于長沙、南昌與黎川三處。此三處的讀音如下，調類都是上聲：長沙讀如 loˇ，南昌讀如 lonˊ，黎川讀如 lon˥。❷《漢語大詞典》解「卵」為「睪丸」，亦泛指「男陰」。並在「卵脬」條說明這個詞是方言，意思是「陰囊」。❷《儒林外史》第 66 回：「除了呵外國人的卵脬，便是拍大人先生的馬屁」，魯迅《三閑記·我和〈語絲〉的始終》：「倘能做《魯賓遜教書論》或《蚊蟲叮卵脬論》，那也許倒有趣的，而我又沒有這樣的天才。」現今的海南、潮州、閩南等地人還是這樣說的。

　㈡　屄

❷　錢南揚校注《永樂大典戲文三種校注》（北京：中華書局，1979），頁222。

❷　李榮《禁忌字舉例》，見《方言》，（北京：商務印書館，1994·3），頁167。

❷　李榮《禁忌字舉例》，頁167。

❷　羅竹鳳主編《漢語大詞典》卷2，頁528。

《蝴蝶夢》· 3：「等我日（合）你奶奶歪屄」。

「屄」，女陰。❷各戲劇辭書均無收錄。一般註釋家都避開不
注。甚至在原文中用符號代替，如顧肇倉選注《虎頭牌雜劇》·
3：「我入你老婆的 Ｘ 心。」❷尤有甚者，由王學奇主編的《元曲
選校注》的《虎頭牌雜劇》，索性連「屄」也省去了，只這麼寫：
「我入你老婆的心。」❸

㈢　**邪魔外道**

　　《碧桃花》· 3：「不料孩兒染病在身，醫藥無效。老夫想
　　來必有邪魔外道迷著，不得痊可。」
　　《范張雞黍》· 2：「此事真假未辨，敢是甚麼邪魔外道向
　　你討祭祀來麼？」
　　《神奴兒》· 4：「你將金錢銀紙快安排，邪魔外道當攔
　　住，只把那屈死的冤魂放過來。」

「邪魔外道」，《近代漢語詞典》解之為「指妖魔鬼怪。亦比
喻不正當的貨色。」❸《漢語大詞典》中有四解：⑴指旁門左道；

---

❷　李榮《禁忌字舉例》，頁 164。
❷　顧肇倉選注《元人雜劇選》（北京：人民出版社，1956，1978），頁
　　293。
❸　王學奇主編《元曲選校注》冊一下卷，（河北：教育出版社，1990），頁
　　1140。
❸　高文達《近代漢語詞典》，頁 881。

⑵指不純正的學說或文字；⑶妖精鬼怪；⑷不好的途徑或行為。❸❷這些解釋全是引申義。實際上，此語出自佛教。佛教以一切煩惱、疑惑、貪戀等妨礙修行者為「魔」；將佛教以外的其他宗教哲學派別稱為「外道」，故稱妨害正道之言行作「邪魔外道」。《藥師經》下：「又信世間邪魔外道，妖孽之師，妄說禍福，便生妄動，心不自正。」❸❸後引申多指妖孽或不正當門路和途徑。

㈤ 四百四病

> 《倩女離魂》‧1：「四百四病害了，相思病怎熬。」
> 《張天師》‧2：「四百四病，相思病最苦。」
> 《岳陽樓》‧3：「人身上明放著四百四病，我心頭暗藏著三十三天。」

「四百四病」，《漢語大詞典》釋作：「謂四肢百體的四時病痛。」這是根據「四」「百」「四」字而作出的解釋，誤。「四百四病」源于佛經。「四大」因緣和合而成人身，故四大不調和，則人常患疾病。《金光明最勝王經‧重顯空性品》：「地水火風共成身，隨彼因緣招異果。同在一處相違害，……由此違背眾生生。」由「四大不調」則引起「四百四病」。《大智度論》卷六五：「四百四病者，四大（按：指地，水，火，風四種物質）為身，常相侵

---

❸❷　羅竹鳳主編《漢語大詞典》卷 10，頁 595。
❸❸　梁曉虹《佛教詞語的構造與漢語詞彙的發展》（北京：北京語言學院出版社，1994），頁 105-106。

害，一一大中，百一爲起，冷病有二百二，水風起故；熱病有二百二，地火起故。」後因以「四百四病」泛指各種疾病。❸

　　按：「四大」在《敦煌變文集・太子成道經》已運用上：「地水火風，四大成身；一大不調，則百脈病起。」「四大」亦可借指身體，如《敦煌變文・維摩詰經講經文》：「四大違和常日事，不勞君等驀然驚。」王梵志詩：「四大乖和起，諸方請療醫。」❸

　　附帶說明一下：《岳陽樓》曲文中的「三十三天」是梵語「忉利天」Trayastrimsa 的意譯。此爲欲界的第六天，處須彌山頂，其中央爲「帝釋天」，四方各有八天，共三十三天。後漸成形容極高頂點之語。❸

　　㈣　**查哇**

　　《拔宅飛升》：「俺縣令有些查哇。」

　　「查哇」，謂不近人情也。今云南昭通方言謂不近人情曰查哇。❸此詞主要在「哇」字，謂言不相稱也。查字亦作楂，意即瑣碎無用之物。

---

❸　梁曉虹《佛教詞語的構造與漢語詞彙的發展》，頁 106。亦見于朱瑞玫《成語與宗教》（北京：北京經濟出版社，1989），頁 19。

❸　蔣禮鴻《敦煌文獻語言詞典》（浙江：杭州大學出版社，1994），頁 299-300。

❸　梁曉虹《佛教詞語的構造與漢語詞彙的發展》，頁 103。亦見于《漢語大詞典》卷 1，頁 171。

❸　姜亮夫《昭通方言疏證》，頁 160。

（六） 可可　可可的

《生金閣》·1：「〔金盞兒〕詩云：今日買賣十分苦，可可撞見大官府，一個錢兒賺不的，不如關門學擂鼓。」

《生金閣》·3：「〔牧羊關〕（白）不想失錯了，可可打了相公背上。」

《殺狗勸夫》·4：「怎麼這屍首可可的在你後門。」

《破窯記》·「拋彩球招婿聘婦，可可的打著個貧子。」

「可可」，即「恰恰」。山西稷山口語，❸云南昭通方言都管「恰恰」叫「可可」。❸但是，「可可」安置在句尾，意便不同，是「漫不經心」的意思，即張相所說「言凡事不在意或一切含糊過去」。例如：

《謝天香》·2：「（錢念科，白）自春來慘綠愁紅，芳心事事可可。」

（七） 兜搭

《黃粱夢》·4：「路兜答，人寂寞，山勢惡險峻嵯峨。」

《盆兒鬼》·1：「路途兜搭，客心寂寞，倉忙煞。」

---

❸　王鍈《詩詞曲語辭集釋》，頁 222-223。
❸　姜亮夫《昭通方言疏證》，《釋詞》卷一，頁 229。

《青衫淚》·4：「今日個君王召也長安，避甚道路兜
搭。」

《東堂老》·1：「〔混江龍〕（白）：我如今過去，便不
敢提這賣房子，這老兒可有些逗搭，難說話。」

《符金錠》·2：「我做媒人兜答，一生好吃蝦蟆，若還要
我說親，十家打脫九家。」

「兜答」、「兜搭」，《中國民間方言詞典》解爲「勾搭」與
「攀談」，❹均不妥。此語詞有二解：⑴喻道路崎嶇彎曲貌，如前
三例。⑵謂不率眞，難纏，固執，乖僻，如例4例5。今云南昭通
人有此口語；❹潮州方言音似 gouda，意思便是乖僻，似同曲文中
的「兜答」。

〔六〕　**蔓菁**

《西廂記》·2·2：「〔滿庭芳〕茶飯已安排定，掏下陳倉
米數升，炸下七八碗軟蔓菁。」

王季思注說：「北曲〔中呂宮〕有〔蔓菁莱〕一詞，疑蔓菁蓋
謂莱。」《關漢卿戲曲詞典》注云：「蔓菁：歇後語。莱（北曲有
〔蔓菁莱〕曲，故云）。〈群珠〉四小令〔中呂〕普天樂·崔張十
六事：陳倉老米，滿瓮蔓菁。（按：蔓菁歇後「莱」。）王季思所

---

❹　段開璉《中國民間方言詞典》，頁140。
❹　姜亮夫《昭通方言疏證·釋詞》卷一，頁229。

「疑」確實是「茱」，至於《關漢卿戲曲詞典》認爲：因有曲牌名〔蔓菁茱〕而說「蔓菁」代「茱」名，實有不妥。其實，「蔓菁茱」簡稱「蔓菁」，猶如今日稱「芥蘭茱」爲「芥蘭」一樣。「蔓菁茱」，云南昭通人至今當作常蔬，色紫，小者如拳，大者如碗，味甘美，又名諸葛茱，俗傳武侯侵入滇以此隨軍云云。有童謠歌曰：「圓蔓菁，扁玉頭，好吃羅卜小屁股。」說明蔓菁茱越圓越鮮嫩可口。河套人喜歡用蔓菁醃酸茱，是多用的大宗蔬茱。

㈥ 剌

《後庭花》・3：「這的是誰人題下這首《後庭花》，須不是把你來胡遮剌，莫不我雙眼昏花。」

「剌」，詞句語尾助詞，無義。「胡遮剌」即胡扯的意思，猶如今天昭通人以「嘞」字作語尾助詞一般。但，《戲曲詞語彙釋》與《元劇俗語方言例釋》都沒有指出「剌」爲語尾助詞，很容易使人產生誤解，以爲「胡遮剌」是一個詞。《琵琶記》・30：「我爲甚胡掩胡遮？」，這裡無「剌」，顯然可見，「剌」是語尾助詞無疑。

㈦ 抹搭

《倩女離魂》・2：「〔拙魯速曲〕（魂旦唱）你若是似賈誼困在長沙，我敢似孟光般顯賢達。休想我半星兒意差，一分兒抹搭。」

「抹搭」，《元劇俗語方言例釋》解爲「變心」❷，其他選本或釋爲「精神不貫注，怠慢。」❸，或認爲「疑是怠慢或變心說」❹，或解爲「眼皮下垂而不合攏」❺似不甚妥。徐州話「抹搭」義本爲「失手」，例如「手一抹搭，把碗打破了。」多指具體物品而言。對事則可引申爲「忽略」「錯失」，如「眞該死，這事又讓我給抹搭過去了！」❻此解甚是。

（三）　**正法**

　　《任風子》·1：「人生難得，中土難逢；假是得生，正法難遇。」

「正法」，前述各專書都沒有解釋。《現代漢語詞典》解爲「執行死刑」，根據「正法」二字的一般義，這樣的解釋是對的，但在這兒卻不作若是解。實際上，這個語詞來自禪宗。禪宗把教外別傳的心印稱爲「正法眼藏」。「正法」即根本佛法。心能徹底明瞭地見到「正法」，謂之「眼」，心法深廣，萬德含藏，謂之「藏」。禪宗一脈所傳即此「正法眼藏」。後來多以「正法」、「正法眼」、「正法眼藏」指正宗嫡傳的精義和要訣。宋·嚴羽

---

❷　朱居易《元劇俗語方言例釋》（上海：商務印書館，1956），頁 150。

❸　顧學頡·王學奇《元曲釋詞》冊二（北京：中國社會科學出版社，1984），頁 483。

❹　王季思《元雜劇選注》（北京：北京出版社，1980），頁 444。

❺　段開璉《中國民間方言詞典》，頁 359。

❻　李申《元曲語詞今證》，見《中國語文》1983·5。

《滄浪詩話·詩辨》：「學者須從最上乘，具正法眼，悟第一義。」宋·朱熹《答陳同甫書》：「蓋修身事君，初非二事，不可作兩般看。此是千聖相傳的正法眼藏。」所以，這裡的「正法」是指根本佛法而言。❼

㈢　舍人

> 《牆頭馬上》·3：「自從跟了舍人，早又七年光景。」
> 《智勇定齊》·楔子：「報復去，道有三舍來了也。」
> 《劉弘嫁婢》·4：「老員外喜也，大舍得了嬰童解元也。」
> 《救風塵》·1：「自家鄭州人氏，周同知的孩兒周舍是也。」

「舍人」，本是官名，歷代皆有設置，爲近侍之職，如「起居舍人」，「中書舍人」等。後官稱貶值，宋元時代，遂以之稱官家貴人之子弟，簡稱「舍」。古典戲劇中多有此用例。但是，其中已有貶稱游手好閑的公子哥兒爲「舍」，如《救風塵》中的周舍。此語詞如今尚留存在民間語言裡，如潮汕人多以「阿舍（sia）」稱游手好閑，好吃懶做的年輕人。

㈢　落解粥

---

❼　梁曉虹《佛教詞語的構造與漢語詞彙的發展》，頁115。

《陳州糶米》・3：「一日三頓，則吃那落解粥。……我這一頓落解粥，走不到五里地面，肚裡飢了。」

「落解粥」，《戲曲詞語彙釋》說：「舊時文人考試落第後回家，只能煮些薄粥吃，叫落解粥。」這是望文生義，解錯了。所謂「落解粥」，是又稀又爛的粥。潮汕方言的「落解糜」正與此語詞相合。❹「落解粥」又叫「稀解粥」或「解粥」。例如下：

《玩江亭》・4：「吃了些無是無非的稀解粥，忍了些受飢餓的瘦皮囊。」
《仗義疏財》・4：「（末白）調搽宮粉蜜臘胭脂，尿葫蘆帶解粥朾兒。」

今潮汕語也單說「解」，如「撮糜煮到解解。」「解」音稍轉而讀陽平。海南人也是如此說，「解解」音讀為 ka55 ka55。

㈡　生分

《蝴蝶夢》・2：「（正旦白）大哥、二哥、三哥，我說則說，你則休生分了。」
《還牢末》・1：「若取回來，不生分了他心？」
《對玉梳》・1：「別人家兒女孝順，偏我家這等生分。」

---

❹　李新魁・林倫倫《潮汕方言考釋》，頁78。

《曲江池》· 2：「常言道：娘慈悲，女孝順；你不仁，我
生忿。」

《趙氏孤兒》· 3：「則爲朝綱中獨顯趙盾，不由我心中生
忿。」

《老生兒》：「但得一個生忿子，強似孝順女。」

《謝金吾》：「盡的忠不能盡孝，生忿子骨痛傷情。」

「生分」，《漢書·地理志下二》：「康叔之風既歇，而紂之
化猶存，故俗剛強，多豪傑侵奪，薄恩禮，好生分。」顏師古注：
「生分，謂父母在而昆弟不同財產。」❹可見「生分」一詞在漢代
便已存在。但是，顏氏注「生分」爲「父母在而昆弟不同財產」，
於文不順、於義過窄。《詩詞曲語辭彙釋》：「生分，猶言生發
也；又猶言忤逆也。分讀去聲，亦作生忿。」❺這個解釋中的「生
發」，有望文生義之嫌。「忤逆」的解釋與《金元戲曲方言考》所
解「不肖」❺的意義相近。如果是站在父母的立場來說，子女不順
從、不親切便是「生分」或「生忿」，亦即「忤逆」、「不肖」，
例如《敦煌歌詞總編》卷三《普通聯章·搗練子·孟姜女》：「辭
父娘了，入妻房，莫將生分向耶娘。」此語詞實指人們關係中一種
不協調的行爲表現。這種行爲表現有程度上的不同，《元曲釋詞》

---

❹　陳望道主編《辭海》（1965 年新編本）（香港：中華書局，1965），頁
　　3322。

❺　張相《詩詞曲語辭彙釋》，頁 730。

❺　徐嘉瑞《金元戲曲方言考》，頁 10。

把它們分成三類：⑴感情冷淡，關係疏遠。如上例 1 例 2；⑵對父母忤逆不孝。如例 3 例 4；⑶產生憤慨、憤怒，進而萌惡念、起殺機。如例 5。今從古典戲劇作品中的用例中考查，「生分」的含義確是如此。

　　此語詞在古典戲劇作品中常見，可用作動詞，也用作形容詞，但在潮汕方言裡無此用法，只用作形容詞，例如「昨夜有個生分人來。」㉒現代漢語裡還應用這個語詞，一般用來表示人際關係中感情的冷淡、疏遠與不親切。《現代漢語詞典》收錄此語詞：「生分，（感情）疏遠：很久不來往，就顯得生分了。」㉓意同「陌生」。也有人用「生外」來表示，如歐陽山的小說《高幹大》：「你是少來兩回，怎麼倒生外起來了？」

　㈣　擎

　　　《牡丹亭》·如杭：「偶和你後花園曾夢來，擎一朵柳絲兒要俺把詩篇賽。」

　　「擎」，端，用兩手拿。《世說新語·汰侈》：「婢子百餘人，……以手擎飲食。」此作「兩手拿」解。也可作「手拿」，例如唐代杜甫《正月三日歸溪上有作簡院內諸公》：「書從稚子擎」及《牡丹亭》例句。又《玉篇·手部》：「擎，渠京切；持也。」

㉒　李新魁·林倫倫《潮汕方言詞考釋》，頁 125。
㉓　中國社會科學院語言研究所編輯室《現代漢語詞典》（北京：商務印書館，1994），頁 1025。

與潮汕方言（音如 kia）相當❺❹。現代漢語「擎」多用以指往上
托，高舉❺❺，如「擎天」，「擎旗」等。

　㈥　捽

　　《秋胡戲妻》·3：「〔十二月〕兀的是誰家一個匹夫，暢
　　好是膽大心粗。眼腦兒涎涎鄧鄧，手腳兒扯扯也那捽捽。」

　　「捽」，是揪的意思，有關辭書均沒收錄。《現代漢語詞典》
收進了這個詞，並註明為方言。同時舉了兩個例句：一句是「小孩
兒捽住媽媽的衣服」，一句是「捽住他的胳膊就往外走」。這兩個
「捽」換上「揪」都講得通，與《秋胡戲妻》例的意思一樣，但與
現代天津人的用法略有不同：天津話的詞義小得多，如天津人說：
「捽下一頭蒜來剁剁」，「沒留神，捽下來一撮兒頭髮」。仔細揣
摩，天津話的「捽」大多用于從某物上揪下一部份這種場合，頭髮
是從頭上揪，蒜是從蒜瓣上揪。若從《說文解字》：「捽，持頭髮
也，從手卒聲」上考慮，天津話所表達的正是古義。❺❻

　㈦　支剌

　　《勘頭巾》·3：「（么篇）休則管我跟前聲支剌叫喚因甚
　　的？大古是腳踏實地，你從來本性我須知。」

---

❺❹　李新魁·林倫倫《潮汕方言考釋》，頁 182。
❺❺　中國社會科學院語言研究所編輯室《現代漢語詞典》，頁 935。
❺❻　韓根東《天津方言》（北京：燕山出版社，1993），頁 275-276。

「支剌」，《戲曲詞語彙釋》解爲「同‘支吾’，是隨口拉扯，勉強分辯應付的意思。」這是錯誤的。與當今方言對證，便知其非。比如，天津人對某人大聲喊叫不滿，就說：「喊嘛！也不嫌支剌得慌！」也可以重疊使用：「這是什麼聲音支支剌剌，怪難聽的！」❺我想，這種用法正與古典戲劇的相合。同時，在《勘頭巾》第一折的〔混江龍〕曲文裡就有「腳趔趄，難支吾，荒冗冗，眼朦朧猶兀自醉醺醺」句，「支剌」與「支吾」同在一劇裡出現，可見並非同語。

(六)　**個月期程**

> 《望江亭》·3：「（張千）相公鬢邊有一個虱子。（衙內）這廝倒也說的是，我在這船只上個月期程，也不曾梳篦的頭。」

「個月期程」，各前列辭書沒有收錄。所謂「期程」，是估計時間之詞。也作「程期」，如杜甫《前出塞》：「戚戚去故里，悠悠赴交河。公家有期程，亡命嬰禍羅。」也有用作「半月其程」的，如：《金線池》·2：「（白）我去的半月其程，怎麼門前的地也沒人掃？」今天的河北與天津方言仍有「個月期程」的說法，如「不用著急，也就是個月期程的事。」❺但陳俊山在《元代雜劇

---

❺　《天津方言》，頁 272-273。
❺　《天津方言》，頁 221。

賞析》裡解釋爲「一個月的路程」，(59)不妥。

(二十九) 尖擔

《救風塵》·3：「（背云）且慢著，那個婦人是我平日間打怕的，若與了一紙休書，那婦人就一道煙去了。這婆娘他若是不嫁我呵，可不弄尖擔兩頭脫？休了造次，把這婆娘摇撼的實著。」

《氣英布》·1：「則怕你弄的咱做了尖擔兩頭脫。」

「尖擔」，各戲曲辭書沒有收錄。所謂「尖擔」，是一種竹木制的，兩頭尖的，用來挑柴草的農具。此語詞在古典小說中亦常見，如《警世通言·俞伯牙摔琴謝知音》：「此人上船，果然是個樵夫；頭戴蓑笠，身披草衣，手持尖擔，腰插板斧，腳踏芒鞋。」《西遊記》·57：「但你去討得討不得，趁早回來，不要弄做尖擔擔柴兩頭脫也。」「尖擔擔柴——兩頭脫」已成爲民間歇後語。今天的潮汕、閩南方言尚通用這個語詞，潮汕方言甚至有自己的歇後語，即「尖擔剌石頭——突奈」（比喻翻臉）。(60)

(三十) 囊揣

(59) 陳俊山《元代雜劇賞析》（天津：人民出版社，1983），頁59。

(60) 閩南方言「尖擔」一詞在「扁擔」詞條下，音 ziamdua，見《普通話閩南方言詞典》，頁 42；潮汕方言「尖擔」，見《潮汕方言詞考釋》，頁221。

《周公攝政》・4：「今日拜舞雖囊揣，倒大來千自由百自在。」

《介子推》・1：「〔混江龍〕大太子申生軟弱，小太子重耳囊揣。」

《玉壺春》・3：「〔十二月〕那裡怕邏惹著囊揣的秀才。」

《西廂記》・5・4：「〔折桂令〕俺姐姐更做道軟弱囊揣。」

「囊揣」，《金元戲曲方言考》有例無注，《元劇俗語方言例釋》解爲「軟弱，衰軟，懦弱」，沒有說明理由。「囊揣」本指豬胸腹部的肥而鬆的肉。由於它的鬆弛無力，所以人們拿來比喻人的虛弱或軟弱。《現代漢語詞典》收此詞，並註明「多見于早期白話」，與「囊膪」同。❻當今閩南方言稱之爲「腩肚肉」（lamdoobbah）❻，天津、海南等地方言尚繼續使用這個比喻詞。不過，現在的用例，都是貶義詞，並且帶有戲謔色彩。近代漢語用例有非貶義的，例如《黃粱夢》：

俺如今鬢髮蒼白，身體囊揣，則憑的東歪西倒。

今天，沒有人自己說自己「囊揣」的。

---

❻　《現代漢語詞典》，頁 818。
❻　《普通話閩南方言詞典》，頁 558。

值得注意的是：古人可以只用一個「囊」字，例如《博望燒屯》：

都是囊的懦的老的小的瘸的跛的，則留下精壯的。

現代漢語中似未有只用一個「囊」字當「囊揣」的用例。

從以上所舉的例釋說明了幾個問題：

㈠古典戲劇語言中尚有不少詞彙的詞義不是沒有得到解釋，便是解釋得不妥或不足，如「漏面賊」、「黑闊落」、「收拾」、「早起」、「添力」、「惡水」、「落解粥」等；

㈡戲劇中有許多口語方言詞彙，在一般如前所列戲劇辭書或典籍中沒有收錄，如「賴秀」、「正法」、「捽」等；

㈢雖然有些詞彙來自佛經，但是由於使用廣泛，早已成爲民間日常詞彙，必須從出處尋求原義，才能了解眞正含義所在，如「四百四病」、「邪魔外道」、「三十三天」等；

㈣有些近代詞語至今依然「活」在一些地方方言中，所謂「方言存古」，如「捽」、「個月期程」、「尖擔」、「支剌」等；有些詞的意義起了變化，如「擎」等；

㈤有關「性」的禁忌字註釋家不僅避開而不加以註解，甚至在註釋時把原字加以刪除，或者用別的符號代替，如以「X」字代「屄」字等。

二、詈語

所謂詈語，便是咒罵的語言。罵語一向被視爲不文明的行爲，

任何國家的學校絕不會傳授咒罵的語言，然而作為一種社會現象，
詈語卻是文化的組成部份，在研究人類文化史上有著不容忽視的價
值。在各種社會中販夫走卒、市井無賴之徒經常口出粗言，就是帝
王將相、官宦士族等上流社會中也會有出言不遜的時候。《戰國
策·秦策二》云：「乃使勇士往詈齊王。」❻說明古人罵人也可以
作為一種外交手段。對此，傅憎享說：

> 詈語與其他語言相比較，特別是與頌詞相比較，可說是「無
> 遮語」，是坦露的「真實的」的語言。詈語往往脫口而出，
> 出自「罵人無好口」之口，是真情的噴泄。如果說詈語有所
> 修飾，不是為遮蓋反而是為了罵得更巧更有力。僅「無遮
> 性」的罵語這一點，便足以實現作品中人物的真實。❻

中國古典戲劇的內容涵蓋整個人間社會，所反映的都是人間各
種人物的聲容笑貌，因此古典戲劇中存在著極其豐富的詈語，與口
語方言血肉不可分。詈語不可推廣，但是不可不加以探討。根據社
會語言學理論，咒罵的語言只是一種語言形式，同樣一句詈語在不
同語境情況下有不同的含義，產生不同的效果。中國古典戲劇語言
中的詈語，洋洋大觀，深刻生動，精彩有趣。除小說之外，是其他
文體的文學作品所無法與之相比的。所以，探討古典戲劇中的詈
語，對劇作家語言運用的研究有一定的幫助。

---

❻　張清常·王延棟《戰國策箋註》（南開大學出版社，1993），頁 93。
❻　傅憎享《金瓶梅隱語揭秘》，頁 249。

詈語有以下各類：

㈠　以死咒人

中國傳統觀念中咒人死亡可說是最嚴重的詈語了。既然不能見到「現世報」，便詛咒對方遭天譴。古典戲劇在這方面的詈語如下：

1.咒人遭橫禍而死

> 《薛仁貴》·3：「那廝少不得亡身短命，投坑落塹，是個不能長進的東西。」

「亡身短命」，「投坑落塹」，是咒人夭壽短命並遭橫禍而死。

> 《琵琶記》·16：「我若早來一步，放不過你這橫死蠻驢。」
> 《詐妮子》·3：「這廝短命，沒前程，做得個輕人還自輕，橫死口裡栽排定。」
> 《西廂記》·5·3：「橫死眼不識好人，招禍口不知分寸。」
> 《對玉梳》·2：「橫死眼如何有個分解，噴蛆口知他怎生發落。」

「橫死」也就是遭橫禍而死。「橫死眼」，《近代漢語詞典》

釋為「罵人的話。不得好死的眼睛。」⑯亦即今語有眼無珠，罵人
不識好歹的意思。

2.吃劍才、吃劍賊、吃劍頭、該殺的

《冤家債主》·1：「你引著些幫閑漢，更和這吃劍才。」

《秋胡戲妻》·2：「爹爹也，怎使這洞房花燭拖刀計，我
則罵你鬧市雲陽吃劍賊。」

《黑旋風》·4：「則為這吃劍頭，送得俺哥哥牢內囚，風
也不透。」

按：「吃劍才」、「吃劍賊」、「吃劍頭」、「該殺的」等罵
語，與今語「該死的」、「挨刀的」相若。但是，這種罵語用在不
同的語境，出自婦人之口，有時反變成了愛稱，猶如今日男女打情
罵俏時互呼「冤家」。如：

《金鳳釵》·3：「想昨宵吃劍才，人一般好看待？」

《陳州糶米》·3：「（旦兒云）該殺的短命！你怎麼短
命！你怎麼不來接我？」

3.上木驢

_____

⑯　高文達《近代漢語詞典》，頁299。

《秋胡戲妻》·3：「（正旦）搵我一搵，我著你十字街頭
便上木驢。哎！吃萬剮的遭刑律！」

《生金閣》·2：「高杆首吊脊樑，木驢上碎分張。」

《趙氏孤兒》·5：「令人與我將賊釘上木驢，細細的剮上
三千刀。」

舊時凡是凌遲處死的犯人，先要梆在裝有輪軸的木架子上遊行
示眾，然後行刑，稱爲「上木驢」。罵人「上木驢」也就是咒人不
得好死。

4.棺材楦

《降桑椹》·2：「你若到家中，奶奶不死也氣斷，存的性
命，也是棺材楦。」

按：「楦」，制鞋的工具，是按照足形削木而成的鞋撐子；它
的用處是爲制鞋時把它填進去，以求合於足式，俗稱鞋楦子或楦
頭，今制鞋時仍用之。「棺材楦」是棺材裡的死人，因爲死人放在
棺材裡，就像楦子放在鞋子裡。一般用來嘲罵人快要死了。

5.鬼精、鬼精靈、鬼狐猶（鬼胡由、鬼胡延）

《燕青博魚》·3：「眼見的八九分是奸精，是誰家鬼精做
出這喬行徑。」

《東堂老》·2：「你便有降魔咒，度人經，也出不的這廝
們鬼精。」

《兒女團圓》·1：「哎！你一個鬼精靈，會魔障這生人意。」

《貨郎旦》·2：「都是些即世求食鬼胡猶。」

《黑旋風》·4：「只落得盡場兒都做了鬼胡由。」

《替殺妻》·1：「又不是顛，往日賢都做了鬼胡延。」

在世俗觀念中人死後是要變鬼的，因此，施罵者便利用人們對鬼的畏懼與厭惡心理罵人爲鬼以刺痛受罵者。罵詞中的「鬼精」、「鬼精靈」，都是指狡猾機靈的死鬼。「鬼狐猶」、「鬼胡由」、「鬼胡延」，意即飄浮不定的鬼魂。

6.短幸才

《還魂記》·37：「小姐，天呵，是甚發塚無情短幸才，他有多少金珠葬在打眼來。」

「短幸才」罵詞，猶如罵人短命無情鬼。

(二) **罵人為動物**

在傳統觀念中，世間萬物按等級分爲人、禽獸、土石等，如果把人貶低爲禽獸，就是對那個被貶者是一種極大的侮辱。用來罵人的詞語常常集中在一些特殊動物形像上。罵人卑賤常帶「狗」字。如：

2.狗刮頭、狗骨頭、狗戛頭、狗才（罵人卑賤）

《小尉遲》·2：「小人道宗聽的劉季眞那狗刮頭下將戰書

來，氣的我酒肉也吃不的。」

《爭報恩》·2：「呸！不識羞的狗骨頭，這個是你的兒，你的女，惱了我，扇你那賊弟子孩兒。」

《降桑椹》·2：「我若先行，我學生就是真狗骨頭之類也。」

《認金梳》·4：「我把你個老狗戛頭，你放心等了著。」

《東堂老》·3：「我如今尋那兩個狗才去。」

2. 狗躧皮（罵人不長進）

《南極登天》·2「則你便是狗躧皮，是好快活也。」

3. 狗油東西（罵人下流）

《遇上皇》·1：「好朋友，都是夥不上臺盤的狗油東西。」

4. 死狗（罵人沒用）

《東堂老》·1：「你可不依我，這死狗扶不上牆的。」

5. 狗沁歌（罵人的聲音難聽）

《兩世姻緣》·1：「〔天下樂〕狗沁歌嚎了幾聲，雞爪風

扭了半邊。」

按：華北地區稱狗吃了的東西再吐出來爲「沁」，故形容罵人的聲音難聽時就稱「狗沁歌」。❻❻

6.狗口裡吐不出象牙來（罵人口中說不出好話）

《遇上皇》·1：「父親！和這等東西有什麼好話，講出什麼理來，狗口裡吐不出象牙來。」

7.驢頭，驢馬村夫（罵人笨蛋）

《黃花峪》·4：「摘心肝扭下這驢頭，與俺梁山泊宋公明爲案酒。」
《秋胡戲妻》·2：「我說你個驢馬村夫爲仇氣。」

按：俗謂驢亂倫雜交，不分生者養者。❻❼因此，罵人爲「驢」，也是極有侮辱性的。

8.驢蹄爛爪（罵人的手腳）

《魯齋郎》·1：「那個弟子孩兒，閑著那驢蹄爛爪，打過這彈子來。」

---

❻❻　王學奇《元曲釋詞》一，頁651。
❻❼　傅憎享《金瓶梅隱語揭秘》，頁253。

9.牛鼻子（罵道士）

《貧富興衰》·3：「這牛鼻子大膽，怎生在我跟前説長道
短的。」
《勘頭巾》·3：「原來是個牛鼻子。」

按：道士頭上梳個朝天髻，有些像牛的鼻子。

10.禿驢，禿廝（罵和尙）

《李逵負荊》·2：「禿驢！你做的好事來！」
《西廂記》·1·2：「（潔云）老夫人治家嚴肅，內外並無
一個男人出入。（末背云）這禿廝巧説。」

11.沐猴冠冕，牛馬（馬牛）襟裾（罵人爲衣冠禽獸）

《秋胡戲妻》·3：「我罵你個沐猴冠冕，牛馬襟裾。」
《琵琶記》·16：「身著人的衣服，一似馬牛襟裾。」
《舉案齊眉》·1：「教人道這喬男女則是些牛馬襟裾。」

12.畜牲（丑生）、禽獸（罵人爲動物，但不指明是哪種動物）

《董西廂》卷七：「這畜牲腸肚惡，全不合神道。」
《荊釵記》·23：「畜牲反面目，太心毒。」
《連環計》·3：「夫人，你可怎生到呂布宅裡去，莫非這

畜牲敢調戲你麼？」

《哭存孝》·4：「你做的好勾當，信著兩個丑生，每日飲酒。」

《雲窗夢》·3：「恨則恨馮魁那個丑生，買轉俺劣柳青。」

《神奴兒》·2：「哎！你個小醜生，世不曾有這般自由性。」

《魔合羅》·4：「哎！老丑生，無端忒下的。」

《黃花峪》·4：「叵耐無徒歹禽獸。」

《西廂記》·4·2：「書房喚將那禽獸來。」

按：畜牲、禽獸雖不指明是何種動物，但都非我族類，以之罵人，無非是貶低其人格。在古典劇作裡，這種詈語多出自有身份的人的口，非一般俗人。

13.潑毛團（潑，有惡劣、窮苦、胡亂與破等義，此為罵人惡劣的詈詞。毛團，指有毛的東西，是對動物的泛稱。所以，「潑毛團」便是罵人為禽獸）

《㑇梅香》·3：「呸！鰾膠粘住你哩，潑毛團好無禮也。」

《漢宮秋》·4：「〔幺篇〕則俺那還鄉的漢明妃雖然得命，不見你個潑毛團，也耳根清淨。」

《張天師》·2：「〔白〕我與你下跪，又不動。我與你下拜，也不動。釘子釘著你哩，潑毛團是好無禮也！」

(三) 譏諷嘲罵語

民間常用「賤」、「窮」、「潑」、「酸」等來嘲諷別人，實際反映了整個社會中嫌貧愛富的價值取向。在古典戲劇語言中不乏此例。

1.窮神，窮丁，窮廝，窮身潑（破）命

《西廂記》·3·3：「多管是餓得你這窮神眼花。」

《殺狗勸夫》·3：「吃酒時只和那兩個賊徒，背人時來尋找這窮丁。」

《漁樵記》·2：「這喚門的正是俺那窮廝。」

《殺狗勸夫》·1：「他罵道孫二窮廝煞是村。」

《玉壺春》·3：「兀那李玉盛，你這等窮身潑命，俺女孩兒守著你做怎麼那？」

《存孝打虎》·2：「覰了這窮身潑命難把功名幹。」

《劉行首》·1：「〔油葫蘆〕我這般窮身潑命誰瞅問？」

《對玉梳》·1：「大姐，小人二十載綿花，都與大姐，不強如那窮身破命的。」

2.窮嘴（對窮人說的話加以譏諷）

《破窯記》·1：「你看那窮嘴餓舌頭，一壁去！」

3.喬人，喬才，喬貨（猶今語壞蛋、無賴、假正經），喬男女

（猶今語壞東西、壞傢伙）❻❽

《伍員吹簫》·3：「元來是怕媳婦的喬人。」

《東堂老》·4：「我則見兩個喬人，引定了紅裙，驀入堂門，唬得俺三魂掉了兩魄。」

《酷寒亭》·4：「將這廝吃劍喬才，任逃走向天涯外。」

《竇娥冤》4：「便萬剮了喬才，還道報冤仇不暢懷。」

《黑旋風》·2：「那一個喬才，橫摔著鞭兒穿插的別。」

《張天師》·4：「俺可有甚難捱，覷上喬才。」

《謝金吾》·1：「〔天下樂〕則你個喬也波才直恁歹！」

按：爲了遷就音樂，在「喬才」間加上「也波」兩個襯字，並不影響詞義。這種情形在古典戲劇語言運用上是常見的。

《焚香記》·5：「若有錢財，有何不可，祇怕那喬貨又要千推萬阻，妝模做樣起來。」

《秋胡戲妻》·3：「元來是個不曉事的喬男女。」

《兒女團圓》·3：「他是個不睹事的喬男女。」

---

❻❽　高文達《近代漢語詞典》，頁 634。但在山西稷山話中是個罵人詞兒「屎」，指男性生殖器。它又常用於表示不滿或不同意，兼屬嘆詞。《金瓶梅》中用「球」表示這個詈語，如第 25 回：「平日若老娘罵你那球臉彈子。」這兒所舉古典戲劇例句中的「喬」應是詈語「屎」。見陳慶延《山西稷山話所見元明白話詞彙選釋》載於《語言學論叢》第七輯，（北京：商務印書館，1981），頁 190。

《殺狗勸夫》·3：「是一個啜狗尾的喬男女。」

4.賊（古時作奸犯科的人一旦獲罪往往要淪爲賤民；有劣跡的
人雖不問罪也爲人所不恥，一樣目之爲「賊」）

《牆頭馬上》·3：「著這賊丑生與你一紙休書，便著你歸
家去。」
《東堂老》·1：「我知道了也，等那賊丑生來時，我自有
個主意。」
《陳州糶米》·1：「〔後庭花〕任從他賊丑生，百般家著
智能，遍衙門告不成，也還要上登聞將怨鼓鳴。」
《三奪槊》·2：「不沙，賊丑生，你也合早些兒通報。」
《琵琶記》·9：「魍魎賊！我三場都是別人的也中了，一
首詩使別人的到不得？」
《老生兒》·3：「呸！丑賊生，干你甚事？」

按：丑生，即畜牲，罵人的話，丑生復冠以賊字，極言人之
壞。最後一例的「丑賊生」同「賊丑生」。

5.潑（頑）皮，潑（派）賴（「潑」在民間口語中也指一種蠻
橫無理的行爲。罵人「潑（頑）皮」、「潑（派）賴」，猶
如今人罵人爲「無賴」、「流氓」）

《伍員吹簫》·3：「嚇良民，嚇良民的潑皮。」
《舉案齊眉》·3：「那些兒輸與這兩個潑皮，白白的可乾

受了一場惡氣。」

《勘頭巾》·2：「（做打科云）我直打的你認的我便吧，潑皮賊！潑皮賊！」

《陳搏高臥》·4：「平生潑賴曾爲盜，一運崢嶸卻做官。」

《舉案齊眉》·1：「這都是麼庇驕奢潑賴徒，打扮出謊規模。」

《盆兒鬼》·2：「你不看覷我，反來折挫我，直恁的派賴。」

6. 弟子孩兒（古典戲劇中常用來嘲辱人的詈詞。弟子，即婊子。弟子孩兒，便是婊子養的。有時爲了強調辱罵，在弟子孩兒上冠以狀詞，如加上「老」、「小」、「傻」、「歹」、「村」等，不一而足。）

《後庭花》·4：「元來是個小弟子孩兒！」

《虎頭牌》·3：「老弟子孩兒，你自掙揣去！」

《秋胡戲妻》·4：「這弟子孩兒好無禮也！他在桑園裡逗引我，見我不肯，他公然趕到我家來也！」

《合汗衫》·3：「你也是個傻老弟子孩兒。」

《鴛鴦被》·2：「我走到半路，被那巡更的歹弟子孩兒把我攔住，道我是犯夜的。」

《盆兒鬼》·1：「村弟子孩兒，你不獻出來，我就殺了你。」

7.彘子孩兒（彘者豬也。彘子孩兒意即豬崽子，也是辱罵人不是好人養的意思。）

《幽閨記》·25：「這個彘子孩兒，人也不識。」

㈣ 專對男人的詈語貶詞

1.呆漢，呆傍，呆才，呆廝，呆頭（從傻呆、無能、蠢等方面譏諷男人）

《竹葉舟》·4：「呆漢，你這一遭趕科場去，奪一個狀元中，則管拜我怎的。」

《西廂記》·1·4：「舉名的班首眞呆傍。」

《㑳梅香》·2：「你個不了事的呆才，可元來在這手搦著。」

《竹葉舟》·2：「兀那呆廝陳季卿，這早晚好待來也。」

《竹葉舟》·2：「我笑你這呆頭，便奪得個狀元來應了口。」

2.傖頭（罵人粗俗、鄙賤）

《氣英布》·3：「哎！元來這子房也是個傖頭。」

按：今湖北方言中，猶稱粗橫無理，做事不合道理的人稱「蠻

頭」，當係「儜頭」之音轉。❻今吳語罵人軟弱無能的男人爲「孱頭」，舊作「鑱頭」。❼

3.酸丁，酸徠，窮酸，酸寒，窮酸餓醋，窮酸餓鬼（譏諷讀書人）

《鴛鴦被》・3：「從今後女孩兒每休惹他這酸丁。」

《竹塢聽琴》・3：「〔滾繡球〕那秀才每謊後生，好色精，一個個害的傳糟病症，囑咐你女孩每休惹這樣酸丁。」

《女姑姑》・1：「自從與那酸徠認做兄妹之禮，誰想他兩個各有春心之意。」

《西廂記》・4・3：「老夫人猜那窮酸做了新婿，小姐做了女婿郎，這小賤人做了牽頭。」

《青衫淚》・1：「他手裡怎容得這幾個酸寒秀才？」

《風光好》・3：「學士怎肯似那等窮酸餓醋，得一個及第成名，卻又早負德辜恩。」

《破窰記》・1：「你看！兀那兩個穿的錦繡衣服，不強如那等窮酸餓醋的人也。」

《凍蘇秦》・1：「如今街市上有這等小民，他道俺秀才每窮酸餓醋，幾時能勾發跡！」

《荊釵記》・2：「忘恩負義窮酸餓鬼，才及第輒敢無理。」

---

❻　王學奇《元曲釋詞》一，頁 197。
❼　段開璉《中國民間方言詞典》，頁 51。

按：舊社會對窮書生向來無好感，所以常以窮酸之詞加以譏諷。

4.花木瓜（指中看不中用的男人）

《李逵負荊》·3：「元來是花木瓜兒外看好，不由咱不回頭兒暗笑。」

《兩世姻緣》：「有那等花木瓜長安少年，他每不斟量隔屋攛梭。」

5.鑞槍頭（錫鉛合金做的槍頭，質軟。古典戲劇中常用來罵男人中看不中用）

《三戰呂布》·2：「呸！你元來是個鑞槍頭！」

《百花亭》·：「你是個麗春園除了的敗柳，我王煥是個百花亭墜了的鑞槍頭。」

《西廂記》·4·2：「呸！你是個銀樣鑞槍頭。」

《氣英布》·3：「哎！英布也，你是個銀樣鑞槍頭。」

㈤ 專對婦女的詈語貶詞

中國舊社會一向重男輕女，所以辱罵婦女的語詞相對較多。女人必須三從四德，從一而終。如果一旦勾三搭四，便爲社會所不容。她們在生活上的壓力主要來自社會各方面，包括婦女本身；其中最重要的輿論形式便是辱罵。

1.浪包婁，也作浪包嘍、浪包摟。（這是對女人隨便與男人交

往的詈語，意同「浪貨」。）

《忍字記》・2：「呀！來來來，我和你個浪包婁，（推旦兒科）浪包婁兩個說話咱。」

《還牢末》・2：「怎承望浪包婁官司行出首，送的李孔目坐禁囚牢。」

《黑旋風》・4：「〔醉春風〕我想那一個濫如貓，這一個淫似狗，端的是潑無徒賊子，更和著浪包婁，出盡了丑、丑。」

《兩世姻緣》・1：「〔寄生草〕如今些浪包嘍難注煙花選，哨禽兒怎入鶯花傳？」

《村樂堂》・2：「〔賀新郎〕荒淫怎坐夫人位，除了名字有何妨，著這個浪包摟一迷裡胡厮謊。」

《替殺妻》・1：「（賺煞）你依仗著金有錢，欺負哥哥無親無眷，不曾見浪包婁養漢倒賠錢！」

2. 歪剌骨，也作歪辣骨、歪剌姑、歪臘骨、或簡稱歪臘等。（這是古典戲劇小說中常用來對某些婦女一種輕薄侮辱性的稱呼，含有潑辣、臭賤、不正派之意）❼

---

❼　關於歪剌骨的含義，無多可議。可是談到此語究竟何從而來，眾說紛紜。方齡貴《讀曲扎記》，見（《文學遺產》，1984・8）有詳細討論，這兒不再贅述。

《竇娥冤》·1：「〔白〕這歪剌骨，便是黃花女兒，剛剛扯的一把，也不消這等使性，平空推了我一交，我肯干罷！」

《救風塵》·1：「〔白〕這歪剌骨好歹嘴也！我已成了事，不索央你。」

《鴛鴦被》·3：「這個歪剌骨，我千央及，萬央及，休說道是你，便是那劉道姑，他也肯了。」

《南牢記》·3：「歪剌骨，你這等纏漢子，不識羞！」

《牡丹亭》·30：「一天好事，兩個瓦剌姑。掃興，掃興。」

《南牢記》·3：「誰是歪臘？你是歪臘！」

3. 養漢，養漢精（婚俗中稱揚明媒正娶，苟合偷奸爲習俗所不恥。婦女一旦有婚外情，則被辱罵爲「養漢精」，或簡稱「養漢」）

《黃粱夢》·2：「他說我養漢來，我做的不是了。」

《燕青博魚》·3：「你這個養漢精，假撇清。」

4. 奴胎，也作奴臺、駑胎（嘲罵人卑賤的詈詞，猶奴才。用「胎」字作爲詈詞，就是說，在娘胎裡已是奴才，猶如說賤種）

《金錢記》·3：「我則道你是個三貞九烈閨中女，呸！原

來你是個辱門敗戶小奴臺。」

《羅李郎》·2：「我把你那背義的奴臺，不道的素放了。」

《牆頭馬上》·2：「不是這奴胎是誰？」

《青衫淚》·1：「〔天下樂〕則索倚定門兒手扥腮，想別人奴臺，也得個自在。」

《謝金吾》·1：「割捨了我個老裙釵，博著你個潑驀胎。」

《牡丹亭》·36：「不是俺鬼奴臺妝妖作乖。」

5. 潑煙花（煙花，舊為妓女的代稱。加上「潑」，即成罵詞。潑煙花，猶今言臭婊子）

《曲江池》·4：「都為我潑賤煙花，把你個名兒污。」

《風光好》·3：「這個潑煙花髒証人！我那裡與你會面來？」

《東堂老》·1：「〔六幺序〕那潑煙花，專等你個醃材料，快準備著五千船鹽引，十萬擔茶挑。」

《貨郎旦》·4：「〔三轉〕諸般綽開，花紅布擺，早將一個潑賤的煙花娶過來。」

《陳州糶米》·3：「〔哭皇天〕潑煙花王粉蓮，早被俺親身兒撞見，可便肯將他來輕輕的放免？」

6. 破罐子（女人如果失身，就會被人看不起，賤稱為「破罐

子」）

《李逵負荊》·3：「他拐了我女孩兒，左右弄做破罐子，
倒也罷了。」

《鴛鴦被》·2：「既然昨夜李小姐來與別人成了親事，左
右是個破罐子。」

㈥　與鬼神有關的罵語

　　民間的天命觀與對鬼神及宗教思想的看法，有時也成為罵人內
容。例如「業」，據《說文》本指樂器架橫木上懸掛鐘磬的大版，
一般作事業講。佛教的「業」譯自梵文 Karma，表示造作，泛指一
切活動，分三業：作事之先有意念，為意業；啟發之于口，是口業
（語業）；見之于身體之行為，即身業。《大毗婆娑論》卷一一
三：「三業者，謂身業，語業，意業。」但是，民間多用「業」指
壞行為，意如「孽」，現世的壞行為將來必遭報應。在稱呼人時加
上一個「業」字，就是罵人將來要遭報應。

　　1.業鬼

　　《爭報恩》·1：「可正是閻皇爺不在家，看這一夥業鬼由
他鬧。」

　　2.業人

　　《虎頭牌》·2：「則被你拋閃殺業人也波天！則被你拋閃

殺業人也波天！」

3. 業畜

《張協狀元》·9：「猛獸業畜，不得無禮！」
《鎖魔鏡》·2：「他也敢擒妖怪，拿業畜，領天兵。」

4. 業相

《董西廂》卷四：「業相的日頭兒不轉角，敢把愁人習虐殺。」

5. 業種

《鐵拐李》·1：「母親，門口一個先生，罵我是無爹業種。」
《趙氏孤兒》·3：「把這個小業種剁了三劍，兀的不稱了我平生所願也。」

6. 業冤

《合汗衫》·4：「休提起俺那小業冤，他剔騰了我些好家緣。」

　　按：以上所舉與「業」有關的罵語，隨著語境的不同，有時竟成了對所喜歡的人的昵稱。如：

　　《魯齋郎》·2：「撇下了親夫主不須提，單是這小業種好孤淒，從今後誰照顧覷他飢時飯，冷時衣？」

　　《邯鄲記·死竄》：「害了這幾個業種，到爲不便。」

　　《西廂記》·1·1：「呀！正撞著五百年前風流業冤。」

　　《神奴兒》·2：「我這裡靜坐到天明，將一個業冤來等。」

㈦　**髒話**

　　髒話是一種不堪入耳的粗話。在古典戲劇中不乏此種語言的運用。髒話通常與「性」有關。大多數社會中人們都避免直接運用此種髒話，而代之以隱語，反映了在語言上社會規範對性衝動的一種約束。中國古典戲劇對此種語言的運用無異突破了社會上的語言規範。

　　1.入娘，入沒娘（入，亦作日、入、穢詞，交媾的意思。娘，表示驚訝或怨詈之詞。在古典戲劇中，娘有不同的稱呼如沒娘、你娘、他娘、末娘、什麼娘等等）

　　《勘頭巾》·3：「那入娘的，平白搵與我個名兒叫做潑皮賊！」

　　《酷寒亭》·1：「我待揪扯著他，學一句燕京廝罵，入沒娘老大小西瓜！」

2. 入馬（髒話有時針對男女性器官而發；有時用隱語代性器官
　以罵人。如貶指女性爲「馬」❼）

《玉壺春》·1：「料得這入馬東西應不免，我煮他揀口兒
吃，換套兒穿。」

3. 呆鳥，傻鳥，禿鳥(鳥同屌，指男性生殖器，常用來罵人❼)

《玉壺春》·2：「呆屌唱得好，踏開這屌門。」
《中山郎》·2：「兀那傻屌去了。」
《董西廂》·8：「您兩頭死後，不爭怎結果這禿屌。」
《西廂記》·3·4：「只除是那小姐美甘甘、香噴噴、涼滲
滲、嬌滴滴一點唾津兒嚥下去，這屌病便可。」
《西廂記》·3·3：「赫赫赤赤，那鳥來了。」

　　按：現代漢語還用上此等詞，如老舍的《四世同堂》：「他媽
的，餓成了屌樣。」
　4. 頹、頹人、驢頹（罵人的粗話。頹，指雄性生殖器❼）

---

❼　馬，指妓女。白居易《有感》詩：「莫養瘦駒，莫教小妓女。」後來揚州
　　風俗稱妓女爲瘦馬。入馬，謂宿妓也。見《元曲釋詞》三，頁214-215。
❼　高文達《近代漢語詞典》，頁 155；亦見于王學奇《元曲釋詞》一，頁
　　471。
❼　高文達《近代漢語詞典》，頁804。

《救風塵》·1：「便一生裡孤眠，我也直甚頹！」

《勘頭巾》·2：「則被你這探爪兒的頹人，將我來累死。」

《對玉梳》·2：「不曉事的頹人認些回和，沒見識的朽徠知甚死活。」

《曲江池》·1：「你個好歹鬥的驢頹道怎的？」

《莊家不識勾欄》：「枉被這驢頹笑殺我。」

5.膫兒（指雄性生殖器。粗話）

《岳陽樓》·1：「俺家酒兒清，一貫賣兩瓶；灌得肚兒漲，膫兒疼。」

6.屄（女性生殖器。罵人的粗話）

《蝴蝶夢》·3：「得我日你奶奶的歪屄。」

《虎頭牌》·3：「我入你老婆的 X 心。」

按：此等詞語，一般衛道者不能卒聽卒睹，所以在註釋時便常避開不注，甚至以符號替代而不加以說明；再如徐朔方與楊笑梅校注《牡丹亭·道覡》時說：「本齣許多詞句都別有所指，流於猥褻，是作品中的糟粕。以後如有同樣情況，除難詞略作解釋外，不再註明。」❼❺顯然的，註釋者是站在衛道者的立場，而非站在語言

---

❼❺ 徐朔方·楊笑梅校注《牡丹亭》（北京：人民出版社，1993），頁87。

學的角度出發，這對文學遺產的研究是無益的。

　　總上所述，實難把古典戲劇中汪洋恣肆的詈語包容淨盡。不過條舉其大端而已。一切詈語都是醜化他人的醜詆，使受罵者化爲醜的、惡的、壞的、罪的、髒的。雖諺語有云：「打人休打臉，罵人休揭短。」然而施罵者卻反此規戒，專揭短、揭醜，儘量以咒罵、貶罵、獸罵及性罵的言語淋漓盡致來刺疼打擊受罵者。這類詈語，眞是洋洋大觀，令人嘆爲觀止。從詈語中可以看出人物所處的階層與文化素養的差異。又可從罵的雙向流動中看出人際關係，看出當時的時代風貌。總之，詈語雖不值得提倡，然而於研究有用：對於語言學、社會學、民俗學、心理學、文藝學都很有用處。所以，對古典戲劇中的詈語實不能失之交臂。

第四章　古典戲劇中的
少數民族語詞

第一節　引　言

中國古典戲劇中，除了有大量北方漢族的方言俗語外，還有一部份蒙古語、女眞語、契丹語。漢語及少數民族語言在文學作品中同時出現，甚至在舞臺上同時運用，這在中國文學史上是史無前例的。金元時代，不少漢人學會了常用的女眞族、蒙古族及其他少數民族的語言。他們不僅在生活中運用，甚至在爲婦孺老幼都能聽懂的戲劇中運用。王驥德說：

> 金章宗時，漸爲北詞，如世所傳《董解元西廂記》者，其聲猶未純也。入元而益漫衍，制櫛調比聲，北曲遂擅勝一代，顧未免滯於弦索，且多染胡語。❶

同樣的，在金元時代，很多少數民族的人民也學會了漢語。例如，

---

❶　王驥德《〈論曲源第一〉·曲律》（湖南：人民出版社，1983），頁30。

在《許奉使行程錄》可見到如下記事：

> 第三十三程，自黃龍府六十里至托撒蕫寨，府爲契丹東寨，
> 當契丹強盛時，擄獲異國人則遷徙散處於此，南有渤
> 海，……故此地雜諸國風俗，凡聚會處諸國人言語不通，則
> 各爲漢語以證方能辨之。❷

太田辰夫認爲：

> 從這裡可以看出女眞、契丹通漢語的是通例，不通漢語的反
> 倒是例外。❸

甚至有不少少數民族文人用漢文字寫詩撰文，如元代名臣伯顏、脫
脫等，都是精通漢語文的。女眞族人李直夫，蒙古族人楊景賢，都
是元雜劇作家。據《青樓集》所載，雜劇演員中，亦有蒙古族，回
族，康裡族及其他少數民族的人。所以，從古典戲劇中常常出現女
眞，蒙古等少數民族的語詞，不難想見，當時漢族與少數民族在語
言之間的相互影響與交流相當普遍。

　　由元明戲劇中可以看出，這些爲當時各族人民熟悉的少數民族
語詞，就是人民群眾現實生活中的語言，經作家精心採擷入劇後，
便成爲本色當行的戲劇語言。臧晉叔說：

---

❷　太田辰夫《漢語史通考》（重慶：重慶出版社，1991），頁 198。
❸　太田辰夫《漢語史通考》，頁 202。

人習其方言，事肖其本色，境無旁溢，語無外假。❹

這些語言在反映現實生活，塑造人物形像，表達作者的思想感情或以資笑謔諸方面，都起到了重要作用。

現存的元明戲劇中，蒙古語是少數民族語言中運用最多的語言。有些劇作家擔心讀聽者不了解蒙古語，甚至通過劇中人物把蒙古語給解釋了出來，如《桃源景》中：

　　（淨云）打剌蘇額薛悟，
　　（旦云）他說什麼？
　　（末云）酒也不曾吃。

戲劇作家通過「末」把「淨」所說的蒙古語給說了出來：酒（打剌蘇）不曾（額薛）吃（悟），確是煞費苦心。對於元明戲劇中的少數民族語言早有人注意並加以譯釋，如《詩詞曲語辭彙釋》、《金元戲曲方言考》、《元雜劇俗語方言例釋》、《詩詞曲語辭例釋》、《元曲釋詞》、《宋元語言詞典》等都收入一些蒙古語借詞，但為數不多，有的居然出現常識性的錯誤：如朱居易《元雜劇俗語方言例釋》中把「撒因」（漢語為「好」）解為「牛」，「牛肉」等等。較後面世的《元明戲曲中的蒙古語》❺，是目前所讀到

---

❹　臧晉叔《元曲選序二》，見王學奇主編《元曲選校注》冊一上卷，頁11。

❺　方齡貴著，（上海：漢語大詞典出版社，1991）。

收錄最多的蒙古語專著。

　　個人閱讀了上述辭書，再參照了一些重要的典籍專書如賈敬顏與朱風合輯的《蒙古譯語‧女眞譯語》❻，額爾登泰、烏雲達賚與阿薩拉圖著《〈蒙古秘史〉詞彙選釋》❼，高名凱等編《漢語外來詞詞典》❽等，略有所得。

第二節　少數民族語詞例釋

一、蒙古語詞

　　蒙古文創制於何時？因尚未發現文獻記載，而就成爲無法確定的難題。不過，蒙古文是由古維吾爾文脫胎而形成的文字，這是大家所公認的。蒙古文字與其他民族一樣走過幾個發展階段：㈠借用維吾爾文字的階段；㈡創制自己民族的文字，同外文並用的階段；㈢新文字成熟，同以前的外文脫離，走向自己發展的道路。這是最

---

❻　（天津：古籍出版社，1990）。此書輯有：《至元譯語》，《華夷譯語》，《續增華夷譯語》，《韃靼譯語》，《登壇必究》卷二十二所載（蒙古）《譯語》，《武備志》收《薊門防禦考》載（蒙古）《譯語》，《盧龍塞略》卷十九、二十譯部上下卷所收蒙古譯語，《新刻校正買賣蒙古同文雜字》，《女眞譯語》附校勘記，《女眞譯語》中的女眞蒙古相通詞彙，阿波文庫本《女眞譯語》。共 256 頁。

❼　（內蒙古：人民出版社，1980）。

❽　（上海：上海辭書出版社，1984）。

後的階段。❾在古典戲劇興盛的時代，正是蒙古文字走上單獨發展階段。這時候的蒙古文出現了書面語與口語不一致的現象，這是因為：㈠創製文字之後，口語發生變化；㈡創製文字的部落或部族的方言同其他方言不一致的結果。這是蒙古文字本身的現象，另一個現象發生與中國古典戲劇劇本裡，常出現一些音異義同或詞形相同而義異的語詞，這肯定是由於用漢字標音所致。標音者沒有嚴格地掌握，有時按書面語的語音，有時按口語的語音標音；而且，蒙古語有 o、u、ö、ü 四個元音，漢人只能用「斡」和「兀」兩個漢字標音。因此，無形中增加後人閱讀古典劇作的困難。

　　以下為古典戲劇中出現的蒙古語詞，試加以析釋如下：

　　1.阿堵兀赤（aduquci）──牧馬人。

　　　　《桃源景》·4：「（淨云）俺是蒙豁，阿堵兀赤。（旦
　　　唱）他說道蒙豁是阿堵兀赤。（末云）他是達達人，放馬
　　　的。」

劇文裡的解釋，即「末」所說的「放馬的」，是正確的。

　　《華夷譯語》·人物門：牧馬人作「阿堵兀赤」；《韃靼譯語》·人物門：牧馬人作「阿堵兀赤」；《盧龍塞略》卷十九、二十譯部（以下簡稱《盧龍塞略》）上·品質門：馬牧作「阿堵兀赤」；《漢語外來詞詞典》（《以下簡稱外來詞》）：牧馬官，牧

---

❾　額爾登泰等《〈蒙古秘史〉詞彙選釋》（内蒙古：人民出版社，1980），
　　頁 4。

馬人作「阿答赤」。「阿答赤」又作「阿塔赤、阿都齊、阿都兀
赤、阿堵兀赤」。但是，《詩詞曲小說語辭大典》（以下簡稱《語
辭大典》）把「阿堵兀赤」當作「兀剌赤」，❿誤。容後在解「兀
剌赤」時再作分辨。

2.阿哈（aqa）——兄、哥哥。

《桃源景》·4：「（淨云）乞塔阿哈，撒銀打剌蘇米納悟
有。……（末云）漢兒哥哥……」。

《華夷譯語》人物門：兄作「阿合」；《武備志》收《薊門防
禦考》（以下簡稱《武備志》）：哥弟作「啞哈丟」；《盧龍塞
略》譯上·倫類門：「兄曰阿哈」；《登壇必究》卷二二譯語·人
物門：哥哥作「阿害」。《新刻校正買賣蒙古同文雜字》（以下簡
稱《同文雜字》）：兄作「阿哈」。

3.安壇（altan）——金。

《吊琵琶》·楔子：「〔幺篇〕安壇朔，的泥遮，倒喇滑，
字知斜。」

《至元譯語》·珍寶門：金作「按彈」；《華夷譯語》·珍寶
門：金作「安壇」；《韃靼譯語》·珍寶門：金作「奄壇」；

---

❿　王貴元·葉桂剛主編《詩詞曲小說語辭大典》（北京：群言出版社，
　　1993），頁30。

《〈蒙古秘史〉詞彙選釋》（以下簡稱《蒙古秘史》）：「阿勒壇，猶言金。」

　　4.阿媽薩（amasar）──口子。

　　《黃廷道夜走流星馬》・2：「（通事問旦兒）你從哪個口子裡過來？（通事見正旦曰）也七阿媽薩一來四。」

　　《華夷譯語》・地理門：口子作「阿馬撒兒」，《韃靼譯語》・地理門：口子作「阿麻撒兒」；《登壇必究》・地理門：山口子作「阿蠻撒兒」。這個「口子」指「山口」、「洞口」等，不是人之「口」。人之「口」，寫作「阿蠻」（《盧龍塞略》・身體門）或「阿滿」（《至元譯語》・身體門）。

　　5.俺答，也作岸答（anda）──朋友。

　　《牡丹亭》・47：「〔清江引〕兀那是都麻，請將來岸答。」

　　《登壇必究》・人物門：朋友作「俺答」；《武備志》・人物門：朋友作「俺答」；《同文雜字》：朋友的漢語標音是「埯答」；《蒙古秘史》：義兄弟、近友、朋友作「安達」。《外來詞》「安達」又作「諳達、按答、按達」：結盟兄弟；朋友。

　　6.阿斤堆（ajindui）──妹子。

　　《黃廷道夜走流星馬》・2：「（通事白）俺把口子的官人不曾問你甚麼人，怎生放來了？（旦兒白）我說是官人的妹

子，不曾擋我，著我過來了。（通事見正旦白）：托勒那顏
阿斤堆兒來。（正旦白）也麥那顏阿斤堆引度赤來者備，撒
因！撒因！亦來！亦來！」

蒙古語「妹子」一詞，有關辭書所解並不一致。《至元譯
語》：妹子作「對」；《華夷譯語》・人物門與《盧龍塞略》・倫
類門：妹均作「朵宜」；《韃靼譯語》・人物門：妹子作「朵
亦」，女兒作「斡勤」。從以上辭書所載，「對」「朵宜」「朵
亦」聲音與「阿斤堆」的「堆」相近，解作「妹子」應無疑義。但
「阿斤」作何解？《韃靼譯語》：女兒作「斡勤」，《至元譯
語》・人事門：女孩兒作「沃勤」，聲音與「阿斤」相近。再翻看
《同文雜字》：妹子作「okindehu」，《武備志》・人物門：妹子
作「藕琴斗兀」，聲音正與「阿斤堆」同。但是，妹子既是女身，
爲何還要加上女兒？《蒙古秘史》Q 部：「豁眞・別乞」
（Qojinbeki）解爲汗或王公之女，並且說明是突厥方言，《至元譯
語》・君官門：公主作「別吉（別乞）」，所以「豁眞」便是女孩
了。在《〈蒙古秘史〉中的突厥語詞》：「用突厥語詞和蒙古語的
同詞義組成一個重疊成份，以示生動有力，並期更加確切。」⓫這

⓫　額爾登泰等《〈蒙古秘史〉詞彙選釋》頁 73。本文開始有說：「在《秘
　　史》裡遇見很多的突厥語詞，這些語詞以各種不同的用語，起不同的作用
　　出現；具體地可分如下幾點：一、構成詞組成份，二、構成重疊部份，
　　三、構成對偶成份，四、構成韻文成份，五構成副詞成份，六、專門名
　　詞，七、人名、地名，八、有關突厥語借詞的一些問題。

樣看來，「阿斤堆」這個詞極有可能是突厥語詞和蒙古語詞同義詞重疊而成的「妹子」。

    7.把都（batur），也作巴都兒，把都兒——意爲勇士、健兒、英雄。

> 《漢宮秋》・3：「（番王白）把都兒！將毛延壽拿下，解送漢朝處置，我依舊與漢朝結合，永爲甥舅，卻不是好。」
>
> 《老君堂》・楔子：「（高熊白）巴都兒來報大王呼喚，不知有何將令，小學生蹺一遭去。
>
> 《蘇武牧羊記》・6：「（大韃子曰）咱是邊關一把都，鼻高眼大口含糊。」
>
> 《邯鄲記》・11：「（末白）把都們，一齊殺過關南轉西，以擒唐將。」
>
> 《鮫綃記》・16：「（淨白）叫把都每傳令二前軍先發，後軍一路打圍。」又・23：「（丑白）把都兒，與我斟酒者。」
>
> 《黃孝子尋親記》・4：「（淨白）眾把都，來此已是建昌。」又：「叫把都兒，就此殺進城去。」
>
> 《幽閨記》・3：「不免叫把都兒每出來，與他商議。」

《華夷譯語》人物門：勇士作「把阿禿兒」；《韃靼譯語》人物門：勇士作「把禿兒」；《盧龍塞略》・譯上・品質門：「勇士曰把禿兒」。張清常《從〈元史〉譯名看「兒」音問題》中指出：《元史》譯名遇到 r 音，可以有下列五種情況的處理：㈠不譯。㈡

譯爲兒耳爾而。㈢譯爲裡力禮，你，亦。㈣譯爲魯，奴。㈤譯爲
刺。⑫所以，「巴都」除了以上的譯名外，還有譯作「拔都」「拔
都兒」「八都魯」「八都兒」「霸都魯」的。成吉思汗之孫拔都，
西征至波蘭匈牙利，建欽察汗國，威名赫赫，蒙族喜用「巴都兒」
爲名。清朝設有「巴圖魯」baturu 官銜，根據《外來詞》：「巴圖
魯，清代授予作戰有功官員的稱號。」這個官銜稱號便是源自蒙古
語 batur。

8.保兒赤（baqurci），也作卜兒赤──廚子。

《宋大將岳飛精忠》·1：「（鐵漢白）卜兒赤一隻眼。」
《黃廷道夜走流星馬》·2：「（萬戶白）番官，一壁廂喚
將保兒赤來整治筵席。」

《至元譯語》·人事門：廚子作「豹立直」；《華夷譯語》·
人物門：廚子作「保兀兒赤」；《盧龍塞略》·品職門：「廚人曰
保兀兒赤。」《外來詞》：「博兒赤」，主膳者，元代廚官。又作
「博爾赤、博而赤、寶兒赤、寶兒赤亦」。《蒙古秘史》B 部：廚
子作「保兒兀赤」（baurci）。突厥方言有二解：㈠炊事員、廚
師。㈡膳官、廚師長。

9.把撒（basa）──再、又。

<hr />

⑫ 張清常《語言學論文集》（北京：商務出版社，1993），頁 104-109。

《桃源景》·4：「（淨云）必哈撒有，把撒悟有……（末云）他説問俺再要酒吃……」

這裡的「把撒」，便是「末」所説的「再」。《蒙漢辭典》：basa 譯作也、亦、再、並且等；❸《續增華夷譯語》·通用門：「又」作「巴咱」。現在此語詞依然通用。

10.把勢（baqsi），也作把式──擅長某種手藝或武藝的人，也是師傅（父）的稱謂。

《玉壺春》·2：「〔梁州第七〕若是我老把勢展旗幡立馬停驂，著那俊才郎倒戈甲抱頭縮項，俏勤兒卸袍盔納款投降。」

《華夷譯語》·人物門：師傅作「巴黑石」；《登壇必究》·人物門：師父作「把失」；《武備志》·人物門：師父作「把失」。《外來詞》作「巴克西」，又作「巴格希、巴克什、八石、八合失、八哈失、八合識」，解為：教師，老師，先生。註明來自蒙古語，源自古漢語「博士」。

張清常認為「把式」（即「把勢」）是蒙古語的借詞。他説：蒙古人把漢語「博士」借用為「把式」，意思是「老師」，後又被漢語搬回來，這就是「把式」，意思是擅長某種手藝的人（如：車

---

❸　內蒙古大學蒙古語文研究室編《蒙漢辭典》（內蒙古：人民出版社，1976），頁 427。

把式、花兒把式、武把式、老把式）。張先生接著推斷：「在近代漢語裡，有『茶博士』、『酒博士』等，雖然漢字寫的是『博士』，而詞義上卻與『太學博士』相去甚遠。如果看了蒙、漢與借詞這種關係，即博士—師父—把式，那麼，賣茶買酒的人能夠稱爲『博士』，就比較自然了。」⓮《現代漢語詞典》收此詞，並註明爲口語與方言二類，但是沒有說明此語詞出處。

11.備（boy）──相當于漢語動詞「有」。

《桃源景》·4：「（淨云）乞塔苦溫卯兀備」。
《黃廷道夜走流星馬》·2：「（正旦白）民安倚看火牙兒哈茶兒鐵兒高赤阿媽薩赤來者備」。

《華夷譯語》與《韃靼譯語》·通用門：有均作「備」；《盧龍塞略》·通用門：「有曰備」；《同文雜字》：有作「卑一」。

13.必（bi）──我。

《桃源景》·4：「（淨云）必鎖陀八有。」

《華夷譯語》人物門：我作「必」；《武備志》：我作「必」；《盧龍塞略》·倫類門：「我曰必」；《同文雜字》：「我好」作「必賽」（bisayin）。女眞語的「我」也作「必」

⓮　張清常《漫談漢語中的蒙語借詞》，見《語言學論集》頁358-359。

（《女直譯語》）。

14.必赤赤（bicigeci），也作畢徹赤（bichechi）——掌文書者，即文牘吏。

《射柳捶丸》·3：（萬戶白）必赤赤懷揣著文簿。」

《黃廷道夜走流星馬》·2：「〔醉春風〕畢徹赤把體面。」

《至元譯語》·文字門：文書作「必赤」；人事門：秀才作「納闌必闍赤」；《華夷譯語》·人物門：文書作「必赤」；人事門：吏作「必闍赤」；《盧龍塞略》·品職門：「吏曰必闍赤」；《蒙漢辭典》biqigeqi，文書、書記員；《外來詞》：「必闍赤」解作文書，秘書，繕寫員。在在可證：「必赤赤」等於是漢語的「文牘吏」。

15.①孛知（buji）——舞。

《桃源景》：「（淨云）必孛知者有。（淨作胡舞科）（旦唱）他道孛知是舞一回。」

《牡丹亭》·47：「（老旦白）孛知！孛知！（貼）又央娘娘舞一回。」

《吊琵琶》·楔子：「〔么篇〕安壇塑，的泥遮，倒喇滑，孛知斜。」

從曲白中便可了解，「孛知」便是「舞」。《華夷譯語》人事

門：舞作「孛知」；《登壇必究》：舞的作「伯赤」；《武備
志》：舞作「把氣」；《盧龍塞略》·生靈門：「舞曰孛知」。

　　②孛知赤（buzici）——舞者，舞蹈家。

　　《午時牌》·1：「早知阿媽跟前，倒刺孛知赤伏侍。」

　　從第 15 ①例已知舞是「孛知」，「孛知」連用「赤」，即是
「舞者」或「舞蹈家」。《盧龍塞略》·品職門：「舞者曰把氣伯
赤」；《登堂必究》·人物門：舞的作「伯赤」。

　　16.赤（ci），也作七——你。

　　《黃廷道夜走流星馬》·2：「（正旦）赤哈敦哈刺咬兒赤
　　刺？（通事白）你從哪裡來？」

　　《華夷譯語》·人物門：你作「赤」，你的作「赤訥」；《韃
鞾譯語》·人物門：你的作「赤怒」；《武備志》：你作「赤」；
《盧龍塞略》·倫類門：「你曰赤」；《同文雜字》：「你」的漢
字標音「七」，「你來」作「七一洛」（ci ire）；《女直譯語》：
「你」作「失」。

　　17.達干（darqan）——頭目，蒙古官稱。

　　《雙鳳齊鳴記》·25：「〔縷縷金〕點酋豪，返圍山，達干
　　驅號令。」

　　《蒙古秘史》D 部：「答兒罕，古代北方民族官銜。」「《唐書》突厥傳作達干，《遼史》作達剌干，《輟耕錄》⑴作答剌汗。⑵ darqan 在蒙古封建社會裡，平民或奴隸因軍功及其勛勞而被主人解放或給予某種特權的人稱爲答兒罕。」❺《外來詞》：答剌罕，一種授予立功官兵的軍銜，得此軍銜可免差役和捐稅。《盧龍塞略》·品職門：「頭目曰打剌汗。」《登壇必究》：「頭目」作「打剌汗」。從曲文的語境考查，「達干」即是軍中頭目也。

　　18.搭鑊（dahu），也作搭膊──襖子或皮襖。

　　《生金閣》·3：「（正末白）孩兒吃下這杯酒去，又與你添了一件綿搭鑊麼。」
　　《殺狗功夫》·2：「五煞將一條舊裌搭鑊扯做了旗角。」
　　《燕青博魚》·楔子：「〔仙呂端正好〕則我這白氈帽半搶風，則我這破搭膊落可瓜權遮雨，誰曾住半霎兒程途？」

　　《至元譯語》·衣服門：番皮作「答胡」。「答胡」當與「搭鑊」同音異寫。《女直譯語》·衣服門：「皮襖」作「答忽」；《外來詞》：答忽，披巾，皮外罩。顯然可見，「搭鑊」是蒙古與女真的相通詞彙。《語辭大典》：解「搭鑊」爲一種布制的長方形口袋，兩頭各有一袋，可以搭在肩上，故名；又解成一種用較寬的綢、布做成的束衣腰巾。❻解錯了。

---

❺　額爾登泰等《〈蒙古秘史〉詞彙選釋》，頁 277-278。
❻　王貴元·葉桂剛主編《詩詞曲小說語辭大典》，頁 661。

19.答喇蘇（darasu），也作打剌蘇、打剌酥、打辣酥、打邋酥、搭辣蘇、嗒辣酥、打剌孫、答剌孫、大辣酥、打酪酥、打拉酥等，都是 darasu，darasun（複數）的對音——即漢語的「酒」、「黃酒」。

《燕子箋》‧5：「〔二犯江兒水〕酒纓時唾了些打剌蘇酣不醒。」

《小尉遲》‧2：「〔清江引〕去買一瓶兒打剌酥吃著耍。」

《黃廷道夜走流星馬》‧2：「（正旦）莽石歹，打剌酥次來比。」

《蘇武牧羊記》‧3：「（淨白）灑銀打辣酥，撒叭赤了撒叭赤。」

《黃孝子尋親記》‧6：「（淨白）今日閒暇，不免分付准備打辣酥。」

《薛平遼金貂記》‧16：「吃的打辣酥，睡的青氈帳。」

《岳飛破虜東窗記》‧8：「打辣酥滿斟來一醉酣。」

《雙珠記》‧33：「〔紅繡鞋〕打辣酥，歌得勝，醉穹盧。」

《王昭君出塞和戎記》‧17：「〔倉子金〕吃的是打邋酥，醉模糊，賽音賽音打邋酥，打邋酥。」

《張巡許遠雙忠記》‧24：「眾人每吃兒碗嗒辣蘇。」

《降桑椹》‧1：「（白廝賴白）哥也，俺打剌孫多了。」

《射柳捶丸》‧3：「打剌孫喝上五壺」。

《哭存孝》・1：「撒因答剌孫，見了搶著吃。」

《楊六郎調兵破天陣》・1：「〔忽裡歹白〕俺正在後山打圍場中吃答剌孫米罕耍子。」

《盧龍塞略》・飲食類第七：「打剌速，黃酒也」；《登壇必究》・飲食門：黃酒作「打剌速」。《至元譯語》・飲食門：酒作「答剌速」；《華夷譯語》・飲食門：酒作「答剌孫」；丙種本《華夷譯語》・飲食門：酒作「打剌孫」；《外來詞》：答剌孫即打剌蘇，甜酒。張清常說：「有人憑著元曲上下文猜想「打剌孫」，「答剌孫」是酒，但不知道它不是一般的酒而專指「黃酒」❼。《華夷譯語》續增本飲食門：黃酒作「石剌答剌孫」（siradarasun）。從以上各辭書來看：答剌蘇可解作「酒」或「黃酒」。至於爲什麼說「答剌孫」是複數？原來蒙古語「以元音結尾的名詞、形容詞如以 n 輔音結尾，同樣表示複數」。❽

20.搭連（dalimb）也作搭褳、褡褳——裝東西的長口袋。

《翠鄉夢》・2：「（外扮月明和尚負搭連上，內盛一紗帽，一女面具，一僧帽，一褊衫。）

《馮玉蘭》・1：「（家童白）兀那前頭的車上，掉了我的搭褳，我拾起來者。」

---

❼　張清常《語言學論集》，頁356。
❽　額爾登泰等《〈蒙古秘史〉詞彙選釋》，頁42。

　　按「搭連、褡褳、答連、褡連、搭聯」等已成為一個習見的漢語詞，但其來自蒙古語：dagalimba, dalimb。⑲在一些詞典，如《元曲釋詞》、《近代漢語詞典》、《元曲百科大辭典》（簡稱《元曲百科》）⑳都解為：「長方形的口袋」，但並沒有說明它是來自蒙古語。

　　今雲南昭人謂腰帶為「褡連」，又或以馬腹間之皮制囊袋也叫「褡褳」。㉑

　　21.倒剌（daqula），也作倒喇——唱。

　　　《楊六郎調兵破天門陣》·1：「（蕭天佑白）哥也，無甚勾當，已定則是喚俺吃答剌孫倒剌著耍子。」
　　　《牡丹亭》·47：「（老旦白）倒喇！（丑白）怎説？（貼白）要娘娘唱個曲兒。」
　　　《午時牌》·1：「早晚阿媽跟前，倒剌孛知赤伏待。」
　　　《吊琵琶》·楔子：「〔幺篇〕安壇朔，的泥遮，倒喇滑，孛知斜。」

　　《華夷譯語》·人物門：唱作「倒剌」；《盧龍塞略》·生靈門：「唱曰倒剌」；《登壇必究》·人物門：唱作「倒剌赤」；

---

⑲　張清常《內蒙古薩拉齊漢語方言詞彙一瞥》，見《語言學論文集》，頁490。
⑳　卜鍵主編《元曲百科大辭典》，（北京：學苑出版社，1991），頁30。
㉑　姜亮夫《昭通方言疏證》卷五，頁21。

《武備志》唱作「倒喇」。《外來詞》：刀郎（daolang），維吾爾族民間舞蹈，多在節日或婚禮中表演。

22.的泥（deni）──寶，寶石。

《吊琵琶》楔子：「安壇朔，的泥遮，倒喇滑，孛知斜。」

《華夷譯語》·珍寶門：寶作「額兒的泥」（erdeni）；《韃靼譯語》同；《登壇必究》·珍寶門：寶作「額兒迪你四」；《盧龍塞略》·珍寶門：「寶曰額兒的泥」；《同文雜字》：寶石作「厄而得尼」；《外來詞》：「額爾德尼」解作珍寶，寶石，寶貝。顯然可見，劇作家為了遷就曲文格式，把「額兒的泥」省寫為「的泥」。

23.額多額（eduhe）──今或如今。

《桃源景》·4：「（淨云）額兒額兀堵兒，馬失閣亦填……（末云）他說今日十分冷」。

《華夷譯語》·時令門：今作「額朵額」；《盧龍塞略》·天時門：如今額朵顏（「顏」應是「額」之誤），又曰我奪」；《韃靼譯語》：今作「額朵額」。正合曲白中的「今」，至於「兀堵兒」，即漢語的「晝」。容後解釋。

24.額薛（ese）──不曾。

《桃源景》·4：「（淨云）打剌蘇額薛悟。（末云）酒也不曾吃……」

「額薛」曲白中解爲「不曾」，是對的。《元朝秘史》：額薛，旁譯「不曾」，額薛兀，旁譯「不曾」，「不曾麼」。❷《蒙古秘史》：額先，解作「未動用的、原封未動的」，似與「不曾」、「未曾」同義。❷

25.哈叭（haba）——玩賞狗。

《桃花女》·1：「（彭大白）你這陰陽，是哈叭狗兒咬虼蚤，也有咬著時，也有咬不著時，我不信你了。」
《魔合羅》·2：「掛著斑竹帘兒，帘兒下臥著個哈叭狗，假若走了那哈叭狗兒，我那裡尋去？」
《連環計》·2：「我若說謊，就變一個哈叭狗兒！」

《外來詞》：「狗的一種，供玩賞。」張清常認爲「哈巴（狗）」乃借自蒙古語〔xapa〕。❷《現代漢語詞典》收此詞語，但是沒有寫明出處。「哈叭」狗也直接叫做「哈巴兒」，如：

《紅樓夢》·37：「眾人聽了都笑道：罵的巧，和不是給了那西洋花點子哈巴兒了。」

26.哈茶兒（qajar），也作哈搽兒——地。

---

❷ 引自方齡貴《元明戲曲中的蒙古語》，頁251。
❷ 額爾登泰等《〈蒙古秘史〉詞彙選釋》，頁104。
❷ 張清常《語言學論集》，頁356。

《祝聖壽萬國來朝》・2：「（木朵剌白）騰克裡喚作青天，哈搽兒喚作地下。」

《至元譯語》地理門：地作「合掣兒」；《華夷譯語》地理門：地作「哈察兒」；《登壇必究》・地理門：地作「葛扎兒」；《武備志》：地作「哈扎兒」；《盧龍塞略》・地理門：「地曰哈扎兒」。「哈掣兒」，「合察兒」與「哈搽兒」都是同語。

27.哈敦（qatun），也作哈暾、哈豚、蝦吞——娘子或婦人，也有解作「官家娘子」或「皇后」。

《岳飛精忠》・1：「（鐵罕白）帳房裡藏著俊哈敦。」
《黃孝子尋親記》・4：「（淨白）你每都要奮勇當先，擄掠金銀哈暾，滿載而歸。」又「（淨白）叫把都兒，就此殺進城去，有美貌哈暾擄來與我受用。」
《五福記》・14：「（淨白）今日何事，不免領了眾部落，帶了眾蝦吞，到青龍山打獵一番，有何不可。」同劇・19：「〔水底魚〕紅嘴一蝦吞，蝦吞。（眾白）的，那裡走！拿過了，槀大王，拿得兩個蝦吞在此。」
《清夜鐘》：「潑牟驖背了咱哈豚去。」

《至元譯語》・人物門：娘子作「下敦」；《華夷譯語》・人物門：娘子作「哈敦」；《韃靼譯語》・人物門：娘子作「合敦」；《登壇必究》・人物門：婦人作「哈屯」；《盧龍塞略》・倫類門：「官家娘子曰哈敦」；《續增華夷譯語》・人物門：皇后

作「哈敦。」《外來詞》：「可敦」解爲：古代突厥、蒙古等族對「可汗」妻的尊稱（現在維吾爾、蒙古等族用作對妻的通稱）。又作「可賀敦、克敦、合敦、賀敦、合屯」。《蒙古秘史》Q 部：「合禿」（qatu）同「合屯」（qatun）。①婦人。②〈書〉皇后、王妃。③〈口〉夫人、女士、太太。「合禿」是「合屯」的簡縮詞幹形式。

最後一解，解決了一些困擾問題，即書面語用作「皇后、王妃」，口語詞用作「夫人、女士、太太」。證之於今日蒙古人，果然如此，有如英語中的 madam。古典劇作中所運用的是口語詞，所以，「哈敦」在這兒指的是「娘子」或「婦人」。

28.哈喇（ala），也作哈剌，哈喇兒，哈蘭，答喇──殺。

《賺蒯通》·1：「（樊噲白）只消差人賺將韓信到來，哈喇了就是。」

《謝金吾》·3：「（王樞密白）但那楊景是一個郡馬，怎好就是這等自做主張，將他只一刀哈喇了。」

《伍員吹簫》·1：「（費無忌白）我如今著人叫他來，著他詐傳平公的命，將伍員賺將來，拿伍員哈喇了。」

《勘頭巾》·4：「（淨白）饒便饒，不饒把俺兩口兒就哈喇了罷。」

《盆兒鬼》·1：「（搽旦白）不如只一刀哈喇了他，可不伶俐。」

《單鞭奪槊》·2：「（元吉曰）量這敬德打甚麼不緊，趁早將他哈喇了，也還便宜了你。」

《八大王開詔救忠臣》·1：「我平生性兒剌塌，好沒生著我廝殺，若還南朝拿住，以准是把我哈喇。」

《黃孝子尋親記》·4：「（淨白）拿去哈喇了。」

《種玉記》·12：「聽馬前哈喇，千里血染猩猩。」

《拜月亭記》·3：「（水底魚）閑戲耍，被他拿住，鐵裡溫都哈喇。」

《五侯宴》·5：「（趙脖揪白）事到如今，饒便饒，不饒便哈喇了罷。」

《岳飛精忠》·楔子：「（鐵罕白）休説桃疙疸，就是陶阿媽，拿住也哈喇。」

《金鳳釵》·4：「（邦白）若不饒便哈喇了罷。」

《雙忠記》·12：「（外白）若不歸順，不拘老幼，都與我哈喇了。」

《射柳捶丸》·3：「但道個不字，我都哈喇兒了。」

《蘇武牧羊記》·6：「沒有名字的一概都哈蘭了。」

《牡丹亭》·47：「（老旦白）鐵力溫都答喇。」

《紫釵記》·28：「（水底魚）鐵力溫都答喇。」

　　上面所引例子，「哈喇」有多種寫法，但都是蒙古語 ala 的音譯，意思是「殺」、「殺害」。據《蒙漢辭典》：alahu，殺、宰、屠宰、殺害、殺死。㉕《外來詞》：「阿蘭（alan），殺。（現在

㉕　內蒙古大學蒙古語文研究室編《蒙漢辭典》，頁 39。

時）」，「阿剌罷（alaba），殺。（過去時）」，「阿剌忽中
（alaxu），殺。（未來時）」。

29.哈剌（hara）——人。

> 《黃廷道夜走流星馬》・2：「也麥哈剌咬兒赤剌？……我
> 問你是什麼人？」

　　《蒙古秘史》：「哈舌剌」解作「人」，而其複數「哈舌蘭」
解作「人口」。❷《外來詞》：「阿拉特（arad），百姓，人
民。」《蒙古譯語・女眞譯語》：人多作「古溫」，而「哈剌」解
作「黑」，而且不只一見。之所以有這種現象，主要是蒙古語音的
問題。「13～14世紀蒙古語口語很多詞彙在詞首元音上出現摩擦音
h」，「在蒙古語族語言中直至目前還保留詞首元音 h 的語言只有
達斡爾語」，「古體蒙文和以後的蒙文字母，並沒有標記詞首元音
前摩擦音 h 的特定符號，在這方面也表現出古蒙文的超方言特
點。」❷所以，aran 讀作 haran。「沒有 h 輔音，而有 q 和 k 輔音，
因此 hara（人）作 qara（黑）……《秘史》裡無 r 輔音，因而無法
區別 q 及 r 兩個輔音，都用 q 輔音代替；如把 rada（外面）及 qada
（崖），都標音作『中合答』」。❷這就是蒙古語中存在著許多漢
語標音相同而詞義不同的原因了。《元曲百科》把「哈剌」解成

---

❷　《〈蒙古秘史〉中的形態學》，見《〈蒙古秘史〉詞彙選釋》，頁51。
❷　額爾登泰等《〈蒙古秘史〉詞彙選釋》，頁188。
❷　《〈蒙古秘史〉中的語音學》，見《〈蒙古秘史〉詞彙選釋》，頁3。

「殺」，並說「又作『哈喇』」，容易引起誤解。

30.哈哩（qari）——回去、回歸。

《桃源景》・4：「（淨云）必哈哩有。（淨虛下，旦唱）他回去也道一聲哈哩。」

《華夷譯語》・人事門：回作「哈裡」；《韃靼譯語》・人事門：回作「合裡」；《武備志》：回作「哈力」；《盧龍塞略》・生靈門：「回曰哈裡」。

31.哈撒（hasaq）——問。

《桃源景》・4：「（旦唱）他道哈撒呵，原來是問你。」

《牡丹亭》・47：「（老旦白）哈撒！哈撒！（貼白）要問娘娘。」

《華夷譯語》・人事門與《盧龍塞略》・生靈門：問均作「阿撒黑」（araq）；《韃靼譯語》・人事門：問作「阿撒」；《同文雜字》：「我問他」作「必牙騷那」（bi asouna）；《蒙古秘史》：哈撒黑罷（hasaqba），問了。

32.虎兒赤（xoorci）——奏樂者，說唱者，藝人。

《麗春堂》・4：「（眾官白）左右將酒來，老丞相，滿飲一杯，一壁廂虎兒赤那都著與我動樂者。」

《黃廷道夜走流星馬》・2：「〔醉春風〕虎兒赤吹彈，保

兒赤割肉，畢徹赤把體面。」

《元史》卷九九《兵志》宿衛·四怯薛條：「奏樂者曰虎兒赤」；《盧龍塞略》·器皿類第八：「箏曰呀土罕，琵琶曰必罷，拊拍辭曰忽兀兒，拍板曰察兒吉。」按「拊拍辭」即「火不思」❷。根據《外來詞》的解釋，「火不思」是波斯、阿拉伯古撥絃樂器，也流行於中國古代西北地區。形制爲彎頭長頸，琴箱下半蒙蟒皮，有三根弦。又作「胡不思、和必斯、和不斯、虎撥思、琥珀詞、虎拍詞、虎拍思、渾不似、吳撥四、胡撥四、湖撥四」。同時在「虎林赤」條下解作「元代奏樂官。又作『虎兒赤』。」❸據現代蒙古人說，目前最流行的「馬頭琴」漢譯爲「抹林虎兒」，「抹林」是「馬」，「虎兒」便是「琴」了。這種琴漢人稱之爲「胡琴」，而「胡琴」便音變爲「虎兒」了。

33.虎剌孩（qulagay），也作虎喇孩、虎辣孩、忽剌孩、忽剌海——賊。

《陳州糶米》·1：「（小衙內）你這個虎剌孩作死也，你的銀子又少，怎敢罵我？」

《哭存孝》·1：「（李存信白）若說我姓名，家將不能記，一對虎剌孩，都是狗養的。」

《射柳捶丸》·3：「（阻字白）看了這虎剌孩，武藝委實

---

❷　方齡貴《元明戲曲中的蒙古語》，頁 11。

❸　高名凱等《漢語外來詞詞典》，頁 141，145。

高強，俺兩個夾著馬跑了罷。」

《岳飛精忠》·楔子：「（粘罕白）這虎剌孩説大言，（鐵罕白）這伙虎剌孩好英雄也，殺的我碎屍兒直流。」又三折：「（兀術曰）誰想杌子馬大亂，岳飛這虎剌孩好是英雄。」

《精忠記》·3：「（淨丑白）我做番將實是乖，慣吃牛肉不持齋，孩子都在馬上養，長大都做虎喇孩。」

《岳飛破虜東窗記》。3：「（淨丑白）我做番將實是乖，愛吃牛肉不持齋，哇吃慣在馬上養，長大叫做虎喇孩。」

《黃廷道夜走流星馬》·3：「（通事白）強盜忽剌孩，走到那裡去，將皮條縛了，見俺萬戶去。忽剌孩！忽剌孩！」

　　《華夷譯語》人物門：賊作「忽剌孩」；《盧龍塞略》·品職門：「賊曰忽剌孩」。《蒙古秘史》Q 部：「忽剌黑抽（qulaqcu），偷著、忽剌忽三（qulaquqsan），偷了的。詞幹 qulaq」。現在山西一帶之漢人罵人也罵「虎剌孩」，「『虎剌孩』是蒙語（賊），見於元曲，也保留在內蒙古西部漢語方言裡，叫做『胡剌蓋』（騙子）。」**㉛**意已轉爲騙子。

　　34.火敦惱兒（huodunndoer）──蒙古語地名，即星宿海。

　　《紫釵記》·28：「（淨吐番將曰）咱家吐番大將是也，吐

㉛ 張清常《衚衕及其他》，（北京：北京語言學院出版社，1990），頁 28。

番路熱穿心七百餘裡，生羌殺手二十萬人，橫行崑崙嶺西，片片雪花吹鐵甲，直透赤濱河北，雄雄星宿，立鑌刀，休在話下。」同劇 30 出：「〔新水令〕恰咬了些達郎古賓蜜，澡了些火敦惱兒水。」

在「賓白」裡說「雄雄新宿」，在「曲文」裡唱「火敦惱兒水」，有兩相對照說明的作用。按「火敦」與「惱兒」是兩個連用蒙古語。「火敦」：《華夷譯語》與《登壇必究》·天文門：星均作「火敦」；《盧龍塞略》·天時門：「星曰火敦」。「惱兒」：《至元譯語》地理門：水泊作「澇兒」；《華夷譯語》地理門：湖作「納兀兒」；《登壇必究》·地理門：湖作「腦兀兒」；《武備志》：湖作「腦兀兒」；《盧龍塞略》·地理門：湖作「納兀兒」；木卡迪瑪特阿勒阿塔布《蒙古語辭典》第 442 頁附錄《伊木木罕納蒙古語匯》：na'uh，海；《外來詞》：淖爾，湖泊。又作「諾而、淖兒、腦兒」，口語讀作 nuur。元人每稱湖為海，海子。新加坡聯合早報《茶館》版曾轉載中國《人民日報》的一篇文章《北京的湖為何叫海？》中說：「北京稱湖為『海』與元朝蒙古族的統治有關。蒙古人把湖稱為「海子」，《元朝秘史》中提到的『捕魚兒海子』、『闊連海子』即今天的『貝爾湖』與『呼倫湖』。」❸❷「火敦惱兒」漢譯為星宿海，其來有自。

---

❸❷ 本文同時說：「語言是社會實踐的產物……他們（指蒙古人）對水域的語言非常貧乏，只用兩個詞『海子』（納語兒）和『河』（沐漣）統稱。」見《茶館》（新加坡：《聯合早報》，1995 年 11 月 23 日）

35.衚衕（即胡同 huttug）——水井❸，後義轉爲街巷。

《玉壺春》·2：「〔南呂一枝花〕我是個翠紅堆傅粉的何
郎，花衚衕畫眉的張敞。」

《單刀會》·3：「（關平云）你孩兒到那江東，旱路裡擺
著馬軍，水路裡擺著戰船，直殺一個血衚衕。」

《麗春堂》·1：「〔賞花時〕萬草千花御苑東，簌翠偎紅
彩繡中，滿地綠茸茸，更打著軍兵簇擁，可兀的似錦衚
衕。」

《張生煮海》·1：「（侍女云）你去兀那羊市角頭磚塔兒
衚衕總鋪門前來尋我。」❹

《至元譯語》·地理門：水作「忽都」；《華夷譯語》與《韃
靼譯語》·地理門：井均作「古都黑」；《登壇必究》·地理門：
井作「苦堵四」；《盧龍塞略》·居處門：「井曰古都黑」；《武
備志》：井作「忽洞」；《同文雜字》：井作「胡篤」；《外來
詞》：衚衕，小巷。《現代漢語詞典》收此詞：衚衕（衚衕兒）：
小街道。沒有說明出處。據張清常研究論證：漢語「衚衕」一詞爲

---

❸　張清常説：「我國北方一些城市特有的衚衕這個詞始見於元代，可能借自
　　蒙古語的水井」，見《衚衕及其他》，頁 16。

❹　據張清常考究：「磚塔衚衕在西城區西南大街西側，今存。」並説「這裡
　　所說『羊市』，後來叫做羊市大街，今改爲阜城門內大街。」見《衚衕及
　　其他》，頁 14。

蒙古語，訓爲「水井」的借詞。它始見於元代，明清大量使用。在蒙古語、突厥語、維吾爾語、鄂溫克語、女眞語和滿語中，「水井」大致是 hutu 這樣的音，漢語借字表音，有八種寫法，❸其中以「衚衕」最爲流行，並由「水井處」轉爲「街巷」的意思，成爲漢語中的一個借詞。

36.火牙兒（qoyar）——二。

> 《黃廷道夜走流星馬》·2：「（通事白）你可走了多少路
> 程？（旦兒白）我行了二千里田地。（通事見正旦）倚看民
> 安火牙兒哈茶兒也也來。」

《華夷譯語》·數目門：二作「火牙兒」；《登壇必究》·時令門：二月作「火岳兒撒剌」，又天文門：「月作撒剌」；《盧龍塞略》·色目類第十：「其二，豁牙兒」；《至元譯語》·數目門：二作「活腰兒」。

37.火裡赤（qorci）——帶弓箭的人、弓箭手。

> 曾瑞〔哨遍〕《羊訴冤》套：「火裡赤磨了快刀，忙古歹燒
> 下熱水。」

《至元譯語》：人事門：帶弓箭的人作「火魯直」，又君官

---

❸ 張清常《衚衕及其他》，頁58。

門：帶弓箭人作「貨魯赤」；《蒙古秘史》Q 部：「中豁舌兒臣」
（qorcin）解作「帶弓箭的。並進一步解釋：它的詞幹是 qor。
qorcin 是帶弓箭的、弓箭手、箭筒士。《外來詞》：「火兒赤」解
作「元代司箭壺弓矢的官員」。又作「火魯赤、火爾赤、火而赤、
貨魯赤、豁兒赤。」但是，《元曲鑒賞辭典》解「火裡赤」為「廚
師」，❸這是猜測之詞，誤。蒙古語「廚師」為「保兒赤」
（baqurci），請參閱本章第 8 解。

38.可罕（qaqan），也作可汗、克汗、哈安、哈罕、哈案，也
　　單用罕──皇帝、君主。

《八大天王開詔救忠臣》・1：「（韓延壽白）為因大宋朝
統人馬征伐俺北番，將南朝可罕救的去了。」
《節俠記》・4：「（末白）俺乃思摩可汗是也。」
《三祝記》・1：「〔豹子令〕我分當為天可汗，天可
汗。」
《春燈謎》・24：「（曳落河白）俺自家乃頡利可汗帳下一
個大臺吉曳落河是也。」
《香囊記》・22：「可汗傳令南朝新來使臣張侍郎。」
《四聲猿・雌木蘭替父從軍》・2：「〔耍孩兒〕活拿賊首
出天關，這烏紗親遞來克汗。」

---

❸　蔣星煜主編：《元曲鑒賞辭典》（上海：上海辭書出版社，1990），頁
　　1379。

　　《至元譯語》·人事門：皇帝作「罕」；《華夷譯語》·人物門：皇帝作「合罕」；《登壇必究》與《韃靼譯語》·人物門：皇帝作「哈案」；《盧龍塞略》·品職門：「皇帝曰哈罕」；《同文雜字》：皇帝作「罕」。《女直譯語》中的女眞、蒙古相通詞彙：皇帝作「哈安」。《外來詞》：「可汗」解作「古代突厥族對最高統治者的尊稱」。又作「可寒、合罕、汗、罕」。《蒙古秘史》Q部：qahan〈書〉，〈口〉han；漢籍一般譯爲「可汗」或「汗」，意爲「皇帝」。《秘史》把稱王稱霸的人稱爲「合罕」或「罕」或「合」；但旁譯不加區別，都譯爲「皇帝」。其實這三種稱呼在《秘史》裡是有一定區別的：「合罕」是指皇帝或國王而言；「罕」指封建諸侯；「合」則僅是一個部族或部落首領。按：可汗稱號可能沿襲突厥舊制，「突厥可汗有大小之別。最高元首曰可汗qaghan，有稱大可汗。可汗可分封其子弟爲若干小可汗，爲汗qan.」。❸❼

　　39.客勒（kele）──言語。

　　《桃源景》：「（淨云）客勒莎可只。（旦云）他說什麼？（末云）……歹言語罵人。」

　　《續增華夷譯語》·人事門：說作「客列」；《盧龍塞略》·身體門：「舌曰克勒」，生靈門：「說曰克列。」《蒙漢辭典》

----

❸❼　　額爾登泰等《〈蒙古秘史〉詞彙選釋》，頁166。

頁：hele，舌，舌頭，舌狀物，語言，口信，消息，聲音等❸。
《武備志》：「舌」與「說」都作「克列」；《武備志》·身體
門：舌作「克勒」；《華夷譯語》·身體門：舌作「客連」
（kelen）；《同文雜字》：「他不說」作「特勒無勒克勒洛」
（tere ulu kelele），「誰說」作「坑客力孫」（ken keleksun）。如
此說來，「客勒」一語，兼訓「舌」與「言語」二義，由此語根轉
爲動詞，訓「說」義。

40. 庫魯干（huregen），也作庫虜干、庫魯甘——女婿，駙
　　馬。

《雙鳳齊鳴記》·25：「〔縷縷金〕宣魯干，曳落河千萬，
撐黎峭寒，莫遮蘇襖覗胡衫，黃頭奚兒捍，黃頭奚兒捍。」
《四美記》·13：「（淨白）俺如今欲將公主招贅天使，做
個宣虜乾兒，新親蓋舊親，尊意何如？」
《鮫綃記》·16：「（淨白）與你十萬人馬，封你爲主帥，
李塔兒宣魯甘爲先鋒。」又同劇·23：「把都兒，今夜好
冷，睡又睡不著，拿吐吐磨磨，打剌酥來吃，與我後帳請宣
虜干對飲一回。」
《懷香記》·11：「（丑白）生長在氐羌，又尚氐羌主，職
稱宣魯干，榮貴眞無比。」

---

❸　內蒙古大學蒙古語文研究室編《蒙漢辭典》，頁 605-606。

　　以上的「宣魯干」、「宣虜干」、「宣虜乾兒」、「宣魯甘」
當系同語。但「宣魯干」等與「庫魯干」的對音卻不同，「宣」字
當是「庫」字之誤，因形似而訛。經翻查《至元譯語》所作解釋：
《至元譯語》·人事門：女婿作「庫里干」，又君官門：駙馬作
「庫魯干」，「宣」字顯然可見是「庫」字之誤。此外，《盧龍塞
略》·倫類門與《華夷譯語》·人物門：女婿作「古列根」；《韃
靼譯語》·人物門：女婿作「古列干」；《登壇必究》·人物門：
女婿作「苦裡根」；《同文雜字》：女婿作「柯勒根」；《蒙古秘
史》：古舌列干（guregen），女婿。按：古舌列格惕（gurget）是
「女婿」的複數形式，即「女婿們」。以上的音譯全與「庫里干」
的音譯相近，當然都是同一個語詞。

　　41.苦溫（kumun），也作古溫、苦文——人。

　　　　《桃源景》：「（淨云）乞塔苦溫卯兀備……（旦云）他説
　　　　什麼？（末云）他説漢兒人歹……」

　　《華夷譯語》·人物門：人作「苦溫」；《韃靼譯語》·人物
門：漢人作「乞塔苦溫」；《登壇必究》·人物門：人作「苦
文」；《盧龍塞略》·倫類門：「人曰古溫。」《續增華夷譯
語》：好人作「撒因古溫」（sayin kumun）；歹人作「卯溫古溫」
（mahu kumun）。

　　42.卯兒姑（murgu），也作木兒沽、木兒古、母兒谷、摩洛骨
　　　　——磕頭、叩首。

《燕子箋》·23：「〔四邊靜〕咸陽風火兼天動，鐵騎超騰
猛。荊棘長銅駝，馬嵬斷香夢，羊羔連瓮，琵琶調弄。拍手
卯兒姑，把如花向帳前奉。」

《華夷譯語》與《韃靼譯語》·人事門：叩頭均作「木兒
古」；《盧龍塞略》·生靈門：「拜曰母兒谷」，「叩曰木兒
沽」；《武備志》：拜作「母兒谷」；《同文雜字》：叩頭作「摩
洛骨」。

43.卯兀（ma'u），也作毛——壞，歹。

《桃源景》：「乞塔苦溫卯兀備，打剌蘇頷薛悟，卯兀客勒
莎可只。（旦兒）他説什麼？（末云）他説漢兒人歹，酒也
不曾吃，歹言語罵人。」

《爭報恩》·2：「（搽旦白）好麼，只説獐過鹿過，可不
説鹿過，每日則捏舌頭説別人，今日可是你還不羞死了哩。
毛！毛！毛！」

《桃花女》楔子：「（白）你常在我根前賣弄這陰陽有准，
禍福無差，今日如何？好惶恐人也，毛毛毛。」

《華夷譯語》與《盧龍塞略》·通用門：歹均作「卯溫」；
《韃靼譯語》·通用門：歹作「毛溫」；《武備志》：歹作
「毛」。《續增華夷譯語》·人物門：歹人作「卯溫古溫」；通用
門：好歹作「撒音卯溫」；《蒙古秘史》M部：「卯兀中合鄰」
（ma'uqalin），仇人、不友好，它的反義詞是「撒亦哈鄰」，朋

友。《元曲百科》解作：「羞別人時的用語」，不妥。

44.米罕（miqa），也作密匣、米哈、麻哈——肉。

《哭存孝》·1：「米罕整斤吞，抹鄰不會騎。」

《降桑椹》·1：「（白廝賴白）香噴噴的米罕。」

《楊六郎調兵破天陣》·1：「（忽裡歹白）俺正在後山打圍場中吃答剌孫米罕耍子，有元帥呼喚，不知有甚事？」

《射柳捶丸》·3：「（阻字白）好米哈吃上幾塊。」

《祝聖壽萬國來朝》·2：「（奴廝哈白）某乃奴廝哈是也，騎不的劣馬，拽不的硬弓，快吃米哈，一頓十斤。」

《至元譯語》·飲食門：肉作「米匣」；《韃靼譯語》與《華夷譯語》·飲食門：肉均作「米罕」；《登壇必究》·飲食門：肉作「米哈」；《盧龍塞略》·飲食類第七：「肉曰米罕」；《同文雜字》：肉作「麻哈」；《外來詞》：米罕，肉。

45.米訥（minu），也作米怒——我的。

《桃源景》：「（淨云）撒銀打剌蘇米訥悟有。（旦云）知他說怎麼？（末云）好酒與些吃。」

按：這裡，「末」並沒把「米訥」之義譯出，如果直譯的話，這句可譯作「好酒我的（給）喝的有」。「悟」是「喝」，「吃」是「亦得」，但是，在口語裡，「吃酒」義同「喝酒」。《華夷譯語》·人物門：我的作「米訥」；《盧龍塞略》·倫類門：「我的

曰米訥」；《韃靼譯語》·人物門：我的作「米怒」。

46.民安（minqan），也作敏干、敏安、民案、敏按、敏暗、明
　嘎──千。

　　《黃廷道夜走流星馬》·2：「（通事白）你可走了多少路
　程？（旦兒白）我行了二千田地。（通事見正旦白）倚看民
　安火牙兒哈茶兒也也來。（正旦白）民安倚看火牙兒哈茶兒
　鐵兒高赤阿薩赤來者備。」

　　《至元譯語》·數目門：千作「民安」；《華夷譯語》·數目
門：千作「敏干」；《韃靼譯語》·數目門：一千作「你干敏
安」；《登壇必究》·地理門：大壹千作「野克民案」；《武備
志》：一千作「敏按」；《盧龍塞略》·色目類第十：「千曰敏
暗」；《同文雜字》：千作「明嘎」。《女直譯語》·數目門：千
作「命哈」（mingan），與蒙古音相近。《外來詞》：猛安，女眞
族部落聯盟的組織。金熙宗以後成爲軍事編製、生產單位和地方行
政機構三位一體的封建化組織，後爲金代官名，即千夫長。又作
「明安、閔阿」。此詞源自女眞語。

47.抹鄰（morin），也作木裡，母驎，莫力──馬。

　　《哭存孝》·1：「（李存信白）抹鄰不會騎。」
　　《射柳捶丸》·3：「（阻孛白）我騎一匹撒因的抹鄰。」
　　《楊六郎調兵破天陣》·1：「（土金宿白）論俺番將，不
　好步走則騎抹鄰。」

《岳飛精忠》·1:「（粘罕白）大小三軍上抹鄰，不披鎧甲不遮身。」

《八大王開詔救忠臣》·1:「（淨白）自家土金宿是也，若論在下爲人，不好行走，則騎抹鄰。」

《黃廷道夜走流星馬》·3:「（正旦白）莽古歹，將母驊催動。」

《至元譯語》·鞍馬門：馬作「木裡」；《華夷譯語》·鳥獸門：馬作「抹鄰」；《登壇必究》·走獸門：馬作「莫力」；《韃靼譯語》·鳥獸門：馬作「抹林」，上馬作「抹林剌」；《盧龍塞略》·獸畜類第二：「馬自喜峰關入者曰抹鄰，自山海關入者曰莫林，而北虜曰抹力，譯字異而音稍轉也。」《外來詞》：馬作「抹鄰」。《女直譯語》（阿波本）：馬作「木力」，（格魯柏本）：馬作「母林」。

48.蒙豁（mongqol），也作忙古歹，莽古歹，忙豁，猛斡力
　　——是蒙古（人）的同音異譯。

《桃源景》:「（淨白）俺是蒙豁阿堵兀赤。（旦唱）他説道蒙豁是阿堵兀赤。（末云）他説是達達（即韃靼）人，放馬的。」

《黃廷道夜走流星馬》·2:「（正旦白）莽古歹，打剌酥次來比。」

《哨遍·羊訴冤》套曲:「火裡赤磨了快刀，忙古歹燒下熱水。」

《哭存孝》・3：「（劉夫人白）未知存孝孩兒怎生，使一個小番探聽去了，這早晚敢待來也。（莽古歹白）自家莽古歹便是，奉阿者的言語，著我打探存孝去。（劉夫人白）阿的好小番也。」

　　《至元譯語》・人事門：達達作「蒙古歹」；《華夷譯語》・人物門：達達作「忙豁」；《登壇必究》・人物門：達旦（按：即韃靼）作「莽官兒」；《盧龍塞略》・品職門：「韃靼曰忙豁，一曰抹暗」；《韃靼譯語》・人物門：韃靼作「猛斡力。」《蒙古秘史》M 部：忙豁，即「達達」。接著說：「我們進一步探討『忙豁』這名詞的來源，必須從歷史事實中去找。古代『忙豁』人信薩滿教，天上崇拜『蒙客騰格裡』（最高神靈，漢語譯作：長生天），地上崇拜『火』——雖然不是拜火教，祭祀火的儀式很多，也有各種祭文；直到本世紀二、三十年代，仍有祭火儀式的盛行。據上述理由，認爲『忙豁』這名詞是由 mongka-tengri+qai 時 mongkatengri 的 ka-tengri 省略爲 mong+qal〉mongqal，第二音節和第一音節的 O 元音同化形成了 mongqol；即爲長生部落之義」。

　　「歹」是「的、有、屬於」的意思。在蒙古語詞中，常以部落名稱附加後綴作人名，在一般情況下，男名加「歹」或「臺」（dai 或 tai），例如「莽古歹」；女名加眞（jin），例如「兀良合眞」。❸❾所以，「莽古歹」可作爲人名，也可泛指蒙古人。《近代

---

❸❾　額爾登泰等《〈蒙古秘史〉詞彙選釋》，頁 227。

漢語詞典》與《元曲鑒賞辭典》把「莽古歹」均解作「小番」是從
曲文的道白中推測出來，如上例：「使一個小番探聽去了」（《哭
存孝》），便把「莽古歹」當「小番」，不妥。

49.蒙古兒（mungu），也作孟古兒、蒙古、猛谷、蒙昆、猛
　　孤、猛古——銀子。

　　《一文錢·羅帶》（《綴白球》五集卷三）：「〔山坡羊〕
　　孟古兒，覷著你幾多兒輕重。人爲你千般兒尊奉，盡説是萬
　　民的膏血，又説是天地精靈種，今日裡驟相逢。（我有了銀
　　子）少不得就硬了腰肢，響了喉嚨。他叫我鑿碎了零星用，
　　怕祇怕冷颼颼冰了我的肌膚，硬蹦蹦擦著牙頭痛。」
　　《精忠記》·10：「（淨）好計！好計！叫把都每快取蒙古
　　兒過來，謝書生。眞奇計，且將軍馬扎住屯棲。（眾）蒙古
　　兒在此！（淨）你快收去，多謝了。」

　　《至元譯語》·珍寶門：銀作「蒙古」；《韃靼譯語》以及
《華夷譯語》·珍寶門：銀均作「蒙昆」；《盧龍塞略》·珍寶類
第五：「銀曰蒙昆，一曰猛谷」；《登壇必究》·珍寶門：銀子作
「猛谷」；《同文雜字》：銀作「猛孤」；《外來詞》：蒙戈，蒙
古輔幣名。100 蒙戈等於 1 圖格裡克。並注：語源爲「蒙古語
mango，『銀』」。又作「門古」。《女直譯語》·珍寶門：銀作
「猛古」。可見，這語詞是蒙古族與女直族通用語詞。

黃麗貞解此詞爲「銀子的隱語」，❹不妥。

這裡特別要提出來說明的如：

《崖山記》·2：「踏中原，離蒙古。」

《冬青記》·4：「（外曰）那蒙古好不猖獗哩。」

《雙鳳齊鳴記》·3：「堂堂宋國，從南渡，蒙古猖狂未露布。」

三例中的「蒙古」，實在是蒙古國（或人）的漢譯，不是蒙古語「銀子」。

50.那顏（noyan）──官人，長官，官員。

《岳飛精忠》·1：「（鐵罕）那顏瘸著腿，小番耳又聾。」

《黃廷道夜走流星馬》·2：「那顏哈剌咬兒赤剌。」

《祝聖壽萬國來朝》·2：「（小番白）我叫他去，木朵剌，那顏喚你哩！（木朵剌白）那顏，叫木朵剌有甚末勾當！」

《牡丹亭》·47：「（貼曰）溜金王患病了，請那顏進！

---

❹　黃麗貞《南劇六十種曲情節俗典諺語方言研究》（臺灣：商務印書館，1972），頁 255。在黃文中有按語：「《兩般秋雨庵隨筆》：蒙古兒，市井以爲銀之隱語。國書（滿文）蒙古原作銀解，蓋彼時與金國號爲對耳。」因與金國作對，而認爲蒙古爲銀，顯然是臆測之詞。

〔北清江引〕把一個睃啜老那顏風勢煞。」

《邯鄲夢記》·14：「〔混江龍〕止不過敲象牙，抽豹尾，有甚麼去不得也那顏。」

《至元譯語》·人事門：官人作「那延」；《華夷譯語》·人物門：官人作「那顏」；《登壇必究》·人物門：官人作「奴原」；《盧龍塞略》·品職門：「官曰那顏」；《韃靼譯語》·人物門：官員作「那顏」；《外來詞》：「那顏，官吏，王公，長官。又作那衍、那延、那演、諾彥、諾顏。」今日蒙古人稱官員爲「那顏」，具有貶義，含有官僚意義。

51.奴海赤（noqaici）——奴海即漢語的「狗」，奴海赤即「馴狗人」。

《陰山破虜》·1：「（平章曰）奴海赤雙牽著金鈴細犬。」

《至元譯語》·鳥獸門：狗作「訥和」；《華夷譯語》·鳥獸門：狗作「那孩」；《登壇必究》·走獸門：狗作「努害」；《武備志》：狗作「那害」；《盧龍塞略》·獸畜類第二：「狗曰奴孩」；《外來詞》：「那海，狗」。「赤」附在「奴海」後，便成馴狗人。正如「阿八赤」是「獵人」；「阿都兒赤」是「牧馬人」等等。

52.弩門（nomun）——弓。

《哭存孝》·1：「（存信白）弩門並速門，弓箭怎的射。」

《射柳捶丸》·3：「（黨項白）也不會弩門速門。」

《活拿蕭天佑》13：「（耶律灰白）也不索顯耀機謀，安排著弩門速門，楊六兒若還來趕跟著，我準備牙不。」

《至元譯語》·車器門：弓作「奴木」；《華夷譯語》·器用門：弓作「弩門」；《登壇必究》·軍器什物門：弓作「奴木」；《武備志》：弓作「努木」；《盧龍塞略》·戎器類第九：「弓作弩門」。

53.奴木赤（nomoci）——弓手，弓匠。

《陰山破虜》·1：「奴木赤縣帶著寶劍雕了。」

《至元譯語》·人事門：弓匠作「奴木直兀蘭」（按：根據《〈至元譯語〉校勘記》所說「兀蘭」二字原是重複號——，後據建安椿書院刻本《事林廣記》所載《蒙古譯語》補）❹；《華夷譯語》·人物門：匠作「兀蘭」（uran）；《續增華夷譯語》·人物門：弓匠作「弩門兀蘭」；《同文雜字》：弓匠作「奴木七（nomuci）」《登壇必究》·人物門：皮匠作「阿剌速赤」，可見「匠」可作「兀蘭」（蘭）或「赤」。

---

❹　賈敬顏·朱風《蒙古譯語·女真譯語》，頁16-17。

54.弩杜花遲（nudurqaci）——拳師。

《存孝打虎》·2：「（李克用白）眾義兒家將，自今日聽
吾將令，前排甲馬，後排軍卒，耳聞金鼓震天雷，眼望繡旗
遮日月。道與俺那能爭好斗的番官，捨死忘生的家將，一個
個齊懸著虎爪狼牙棍，沙魚鞘插三環寶劍，雁翎刀擺明晃晃
耀日爭光，繡旗下列光油油檀子棒，手彈著樂器，有弩杜花
遲準備著相持得勝也。」

《至元譯語》·身體門：拳頭作「訥篤兒彎」；《華夷譯
語》·身體門：拳作「弩都兒哈」（nudurqa）；《登堂必究》與
《武備志》·身體門：拳頭均作「奴堵兒阿」；《盧龍塞略》·身
體門：「拳曰弩都兒阿」。上述的音譯均與「弩杜花」同，後綴加
「赤」，即是「拳師」。

方齡貴把此語詞當成另一個蒙古語「奴都赤」（nutuqci），也
就是《元朝秘史》中的「嫩禿兀臣」（nuntu'ucin），管營盤的。❷
不妥。

55.乞塔（kitat）——漢兒。

《桃源景》·4：「（淨云）……乞塔呵哈……（旦
云）……知他說怎麼？（末云）……漢兒哥哥……」。

---

❷　方齡貴《元明戲曲中的蒙古語》，頁 93-99。

　　「乞塔」解作「漢兒」是正確的。「呵哈」是漢語的「哥哥」。

　　《華夷譯語》·人物門：漢人作「乞塔惕（乞塔加惕，表示複數）；《登壇必究》·人物門：漢人作「乞塔」；《盧龍塞略》·品職門：「漢人，東夷曰乞塔惕，北虜曰起炭」。又：成為現代學者研究近代漢語的熱門書《老乞大》中的「老乞大」，就是「老契丹」的轉音，丁邦新說：「契丹是北方民族之間指稱中國的名詞，因此『老乞大』就是『老中國』，指在中國住久了的人，精通中國之事，有點『中國通』的意味。」❸

　　值得注意的是：晚清出版的《新刻校正買賣蒙古同文雜字》中稱奴才為「乞塔」，料想是滿人對漢人的一種貶稱。

　　56.速門（somun）——箭。

　　《哭存孝》·1：「（李存信白）弩門並速門，弓箭怎的射。」
　　《射柳捶丸》·3：「（黨項白）也不會弩門速門。」
　　《活拿蕭天佑》·3：「（耶律灰白）也不索顯耀機謀，安排著弩門速門，楊六兒若還來敢跟著，我準備牙不。」
　　《岳飛精忠》·1：「（鐵罕白）弩門並速門，撒袋緊隨身。」

❸　丁邦新《〈老乞大諺解·朴通事諺解〉序》（臺灣：聯經出版社，1978），頁1。

《華夷譯語》·器用門：箭作「速門」；《至元譯語》·車器門與《登壇必究》·軍器什物門：箭均作「速木」；《盧龍塞略》·戎具類第九：「箭曰速門」。

57.撒袋（sadai）──箭袋。

《岳飛精忠》·1：「（鐵罕白）弩門並速門，撒袋緊隨身。」

《五侯宴》·2：「（李嗣源白）如今趕到這潞州長子縣荒草坡前，不見了白兔，則見地下插著一枝箭，左右，與我拾將那枝箭來，插在我這撒袋中。」

《登壇必究》·軍器什物門：箭插作「撒答」；《登壇必究》校勘記：「撒袋」作「撒答」；《盧龍塞略》·戎具類：「撒袋曰撒答」；《外來詞》：「撒答剌欺」（sadakci）解作「元代稱司箭袋的人」。《元曲百科》解「撒袋」為「裝箭的袋子」，是對的，但沒有說明此語詞來自蒙古語。

58.撒敦（sadun），也作撒吞──親戚。

《虎頭牌》·2：「我也曾吹彈那管弦，快活了萬千，可便是大拜門撒敦家的筵宴。」

《金安壽》·4：「對著俺撒敦家顯耀些抬頦。」

《調風月》·4：「雙撒敦是部尚書，女婿是世襲千戶。」

《華夷譯語》·人物門：親眷作「兀裡撒敦」；《盧龍塞

略》·倫類門：「親眷曰「兀裡撒敦」；《同文雜字》：親戚作「厄土木」（udum）。《蒙古秘史》U部：兀魯合，旁譯「親戚、子孫」。兀魯即兀裡。魯、裡在譯語中可通代。從而可見，兀裡與撒敦重復爲義，而戲曲中僅取「撒敦」。又如《女眞譯語》·人物門：親家作「撒都」，與蒙古語「撒敦」極接近，應是相通語言。

59.撒和（soaa）──打點、喂飼或溜放頭口馬匹之意。

《來生債》·1：「（磨博士白）我清早晨起來，我又要揀麥，揀了麥又要簸麥，簸了麥又要掏麥，掏了麥又要晒麥，晒了麥又要磨面，磨了面又要打羅，打了羅又要洗麩，洗了麩又要撒和頭口。」

《凍蘇秦》·2：「（李老白）也不知他流落在那裡。時遇暮春天氣，風又大雪又緊，十分寒冷。大的個孩兒，他撒和頭口去了。」

《倩女離魂》·4：「〔刮地風〕行了些這沒撒和，駕一片祥雲俺同坐。便有那十萬里鵬程，怕什麼海天闊。」

《㑳梅香》·4：「（白）將五穀寸草來！（官媒白）要做什麼？（山人白）先將新女婿撒和撒和，不認生。（官媒白）你正是驢精，休要胡說。」

《西廂記》·1·1：「（末白）頭房裡下，先撒和那馬者！（童白）安排下飯，撒和了馬，等著哥哥回家。」

《牡丹亭》·30：「〔隔尾〕便開（門）呵須撒和。」

蒙古語「撒和」，亦即「撒活」「掃花」「撒花」，方齡貴對

此論析甚詳，不必贅述❹；這裡，只補充一些新資料：《〈蒙古秘史〉中的突厥語詞》說，「《秘史》裡的一部份突厥語借詞，並非出自修辭上的需要，而是作爲專門名詞借用的詞。例如：掃花，是出征或旅行歸來時所帶回來的禮物，以後爲勒取屬下人的財物的修飾詞。」❺這個語詞《元曲百科》解作「給牲口喂草料。」此解只對一半，並且沒說明此語詞出自蒙古語。

60.撒銀（sain），也作撒因、灑銀、賽音、塞因──好。

　　《桃源景》‧4：「撒銀打剌蘇米訥悟有。」
　　《黃廷道夜走流星馬》‧2：「〔乾荷葉〕撒銀杯打剌蘇從頭兒勸，冷共熱俺當先。」
　　《王昭君出塞和戎記》‧29：「〔勝葫蘆〕歌舞排佳宴，叫打手嗒辣酥，撒銀。」
　　《哭存孝》‧3：「（李存信白）撒因答剌孫，見了搶著吃。」
　　《射柳捶丸》‧3：「（阻孛白）我騎一匹撒因的抹鄰。」
　　《楊六郎調兵破天陣》‧3：「（顏洞賓白）：若不是你這等的撒因答剌孫米罕管待我呵，我怎背替你擒拿楊六兒。」
　　《蘇武牧羊記》‧3：「灑銀打辣酥，撒叭赤了撒叭赤。」
　　《黃孝子尋親記》‧4：「（眾百）稟萬户爹，拿得幾個俊哈敦在此。（淨白）灑銀！灑銀！」

---

❹　方齡貴《元明戲曲中的蒙古語》，29-35。
❺　額爾登泰等《〈蒙古秘史〉詞彙選釋》，頁223。

《五福記》·15：「（淨白）灑銀！」

《王昭君出塞和戎記》·17：「〔包子金〕吃的是打刺酥，醉模糊，賽音賽音打刺酥，打刺酥。」

《李嗣源復奪紫泥宣》·4：「我把那賽艮的哈打刺孫都安排的停當了。」

《玉簪記》·3：「〔朝天子〕好撒贏撒贏撒贏！」

《春燈謎記》·24：「（曳白）灑纓！灑纓！謝承俺國師也。」

《燕子箋》·5：「灑纓時童了些打刺酥酣不醒。」

《吊琵琶》·楔子：「〔幺篇〕那顏兒塞痕者。」

　　《華夷譯語》·通用門：好作「撒因」；《韃靼譯語》·通用門：好作「賽因」；《武備志》：好作「賽音」；《同文雜字》：好作「賽」；《蒙古秘史》：撒亦，好。撒亦惕，好的複數。《外來詞》：賽音：好。又作「三音、撒因」。賽努（sainuu）：好啊（問候話）。足見上述同音異寫的「賽銀」，都是「好」的意思。有許多蒙族人取名叫「賽因」「薩因」等。在古典戲劇裡，還看到當時漢族許多小女孩叫做「賽娘」。古代本來把少女稱爲「娘」，這就是把蒙語「賽音」簡化成「賽」了取名字。[46]朱居易把「賽娘」解釋成「本爲酷寒亭中鄭孔目的兒女，借用爲無人照顧的兒童」[47]，誤。又如《竇娥冤》第一折有「賽盧醫」者在道白中說：

---

[46]　張清常《語言學論文集》，頁355。

[47]　朱居易《元劇俗語方言例釋》，頁274。

自家姓盧，行得一手好醫，人家就叫「賽盧醫」。

明明說他姓盧，因為他醫道好，所以叫他「賽」，此「賽」並非
「賽過」或「勝過」之意。理由是：他本是盧醫，無所謂「賽過」
或「不如」，所以這「賽」字肯定是蒙古語的「好」。

61.掃兀（saqu）——坐。

《桃源景》：「（旦唱）〔倘秀才〕他道哈撒呵，原來是問
你。他道掃兀呵，原來是坐地。」

《華夷譯語》·人事門：坐作「撒兀」；《韃靼譯語》·人事
門：坐作「掃兀」；《盧龍塞略》·生靈門：「坐曰撒兀」；《武
備志》：坐作「掃」；《同文雜字》：坐作「騷」；《蒙古秘
史》：撒兀勒周，坐著。

62.莎可（suke）——罵。

《桃源景》·4：「（淨云）乞塔苦溫卯兀備，大剌蘇額薛
悟，卯兀屠莎可只。（旦云）他說什麼？（末云）他說漢兒
人歹，酒也不曾吃，歹言語罵人。」

《華夷譯語》·人事門：罵作「莎可」；《韃靼譯語》·人事
門：罵作「速克」；《盧龍塞略》·生靈門：「罵曰莎可，一曰哈
剌」；《武備志》：罵作「哈喇」。

按：蒙古語「殺」（ala）「黑」（qara）「罵」（qriya），漢

譯均爲「哈剌」「哈剌」等，容易引起混亂。邵循正無法解決這個
問題，便說：「哈喇」或爲當時土語，不一定就是蒙古語。❹其
實，這主要是蒙古語的元音，漢語沒有相稱的語音對譯所造成的。

　　63.石保赤（sibegoci；口語讀作 subunci）——馴鷹人，簡稱鷹
　　人。

　　《陰山破虜》·1：「石保赤高擎著鐵爪蒼鷹。」

　　《盧龍塞略》·羽族類第三：「鷹曰失保」；《武備志》·飛
禽門：鷹作「失保」；《登壇必究》·飛禽門：鷹作「失保」；
《蒙古秘史》：釋鴇兀闌（siba'ulan），放鷹（即以獵鷹進行狩
獵）；《外來詞》：「昔寶赤，元代捕鷹官，養禽官。又作昔博
赤」。

　　曲中的「石保」即字書上的「失保」，即鷹，加「赤」，便是
馴鷹人。例如「牧馬人」作「阿都兒赤」。又：

　　《射柳捶丸》·3：「（萬户白）必赤赤懷揣著文簿，赤五
　　色石手架著蒼鷹。」

此賓白中的「赤五色石」不見於蒙漢字辭典，不知作何解？方齡貴
對此語曾作推測：若把「赤五色石」顚倒過來成爲「石包（『色』

---

❹　邵循正《蒙元史論著四篇》，見《元史論叢》第一輯，頁222。

極可能是『包』之筆誤）五赤」，正與蒙語「馴鷹人」（sibaruci）
相吻合❹。我認爲這種推測很有道理：因爲在古典戲劇中的蒙古語
有不少被作爲插科打諢之用，所以作者有意顛倒字句以資笑謔，合
乎戲劇表演中「逗笑」原則。況且，把上述曲文有關蒙古語詞翻譯
成漢語，便是：文牘吏（必赤赤，即漢語文牘吏，已見前釋）懷揣
著文簿，馴鷹人手架著蒼鷹。詞明意切，整個語義表達再也清楚不
過。

　　64.鎖陀八（saqtaba），也作鎖陀八，莎塔八，鎖胡塌八，鎖忽
　　　　塌把，蹉跎──（酒）醉了。

《桃源景》：「〔倘秀才〕他道鎖陀八，原來酒醉矣。」
《牡丹亭》·47：「（老旦白）鎖陀八！鎖陀八！（貼白）
說醉了。」
《哭存孝》·1：「（李存信白）撒因答剌孫，見了槍著
吃，喝的莎塔八，跌倒就是睡。」
《降桑椹》·1：「（白廝賴白）哥也，俺打剌孫多了。您
兄弟莎塔八了，俺牙不約兒赤罷。」
《射柳捶丸》·3：「（黨項白）打剌孫喝上五壺。（阻孛
白）莎塔八了不去交戰。」
《黃廷道夜走流星馬》·2：「（正旦白）哈敦鎖胡塌八
杯。」

---

❹　方齡貴《元明戲曲中的蒙古語》，頁104。

《蘇武牧羊記》·3：「（淨白）灑銀打辣酥，撒叭赤了撒叭赤，蹉跎呵。」

《華夷譯語》·人事門：醉作「莎黑塔八」；《盧龍塞略》·飲食類第七：「醉曰沙裹塔八」；《韃靼譯語》·人事門：醉作「莎塔把」。《同文雜字》：「他吃醉了」寫做「特洛薩其它巴」（teresoqtaba）。

按：最後一例中的「蹉跎」是蒙語的音譯「醉了」，非漢語「蹉跎歲月」的「蹉跎」。

65.速木赤（sumuci）——箭匠。

《陰山破虜》·1：「速木赤笑捻金鈚風箭。」

《同文雜字》：箭匠作「蘇木七」；《至元譯語》·人事門：箭匠作「續木直兀蘭」（兀蘭爲匠，與直同義複詞）；單單一個「箭」字，蒙古語便是「速門」。（請參閱第 56 解）

66.速胡赤（suheci）——斧匠。

《陰山破虜》·1：「速胡赤肩擔著宣花鉞斧。」

《華夷譯語》·器用門：斧作「速客」；《武備志》與《韃靼譯語》：斧作「速克」；《盧龍塞略》·戎具類第九：「斧曰速克」；《登堂必究》·鐵器門：斧子作「速克」。所以「斧」（suhe）加上「ci」，就成了「斧匠」。

67.臺吉（taiji）——蒙古貴族稱號。

《春燈謎記》·24：「（喇嘛白）臺吉，今日即可搬馬
者。」又：「（眾白）你聽哨聲，臺吉有號頭傳俺門也。」

《外來詞》：「臺吉，舊時蒙古王公的爵位名號，也用作軍銜
和行政區長官的稱號。清代也用于封新疆阿勒泰地區頭人。」

根據張清常的考證：臺吉本由漢語「太子」借至蒙古語，他
說：「漢語和蒙語不但互相借詞，而且往往有些彼此借過來又借過
去。早期的例子如蒙語向漢語借了『太子』『夫人』，後來漢語又
從蒙古再搬回來，這就是『臺基』、『兀眞』。一出一進，語音和
詞義都略有改變。」❺⓪

68.騰克裡（tenggeri），也作騰咭裡——天。

《祝聖壽萬國來朝》：「（木朵剌白）騰克裡喚做青天。」
《蘇武牧羊記》·3：「（淨白）頓然騰咭裡，只好喀
梨。」

《至元譯語》·天文門：天作「騰急裡」；《華夷譯語》與
《韃靼譯語》·天文門：天均作「騰吉裡」；《登壇必究》·天文
門：天作「騰革力」；《盧龍塞略》·天時門：「天曰騰克裡」；
《同文雜字》：天作「騰哥力」；《外來詞》：「騰戈裡，天；

---

❺⓪　張清常《語言學論文集》，頁358。

神。又作『騰格裡、帖林、迭林、帖裡、帖臨、騰吃利。』《蒙古秘史》T 部：「騰格裡，天。騰吉裡，天。tenggeri 一般〈書〉作 tegri 天；是沿襲了古維吾爾文的正字法傳統的，但讀音和書寫形式不一致；或讀 tenggeri，或讀 tenggiri，在〈口〉裡也有兩種說法；舊〈蒙古語法〉的『特異詞』中也強調指出這個詞應寫作 tegri，讀音則讀作 tengri。」

69.鐵裡溫（terihun），也作鐵力溫——頭。

> 《拜月亭》·3：「〔水底魚〕被他拿住，鐵裡溫都哈喇。」
>
> 《紫釵記》·28：「〔水底魚〕風聲大，撞的個行家，鐵裡溫都哈喇。」
>
> 《牡丹亭》·47：「（老旦白）鐵裡溫都答喇。」

《至元譯語》·身體門：頭作「忒婁裡」；《華夷譯語》與《韃靼譯語》·身體門：頭均作「帖裡溫」；《盧龍塞略》·身體門：「頭曰帖裡溫，一曰黑乞，一曰托羅害」；《同文雜字》：頭作「它洛該」；《武備志》：頭作「托羅害」；《外來詞》：「鐵裡溫」解作頭腦；首領。

黃麗貞把「鐵裡溫都答喇」解成「形容番語的聲音。即如現在不懂外文的人說洋人說話『支裡咕嚕』的」，(51)誤。

---

(51)　黃麗貞《南劇六十種曲情節俗典諺語方言研究》，頁 274。

70.土木八（tumuba）——羊尾。詈語。

《延安府》·2：「（回回官人云）經歷，拿那土木八來！（經歷云）有！令人拿過廚子來。」

蔡美彪懷疑此語原自波斯語的 dumba，意爲羊的尾部。並參閱《元朝秘史》卷 6 第 181 節：「我行也幾曾說是安答來，只說脫黑脫阿師翁續著回回羊尾子行有」。以上例句：回回官人罵人爲「土木八」，《元朝秘史》也稱「回回羊尾子」，這一詈語很可能是來自回回的。❺今翻閱《外來詞》：「土木八」解作羊尾，罵人話。果然蔡美彪的質疑是有道理的。羊的尾部，包括生殖器部份。羊尾很肥，滿是油，但也有腥臭氣味。這裡用來罵廚子，具有豐富比喻義。但是，《近代漢語詞典》與《元曲釋詞》都把「土木八」解成「廚子」，誤。❺顯然編著者只是把例句中的句子加以簡單對比的結果。這種簡單對比或根據上下文猜測詞義有時也會出錯。古典戲劇中有時使用一種詈語，詈語與所詈罵的人稱所指雖是一人，但不能就看作是同義詞。

71.溫都赤（olduci）——帶刀的人。

---

❺ 蔡美彪《元代雜劇中的若干譯語》，見《中國語文》，（1957），頁 34-36。

❺ 見《近代漢語詞典》，頁 801。《元曲釋詞》，頁 513-514。朱居易《元劇俗語方言例釋》1956 年版也犯同樣錯誤，但在 1957 年第二次印刷時已更正。

《陰山破虜》・1：「（平章白）溫都赤齊列著晃眼槍刀。」

《至元譯語》・車器門：刀作「雲都」；《華夷譯語》・器用門與《韃靼譯語》・器用門：環刀均作「溫都」；《登壇必究》・鐵器門：腰刀作「亦兒都」；《武備志》：腰刀作「允都」；《盧龍塞略》・戎具類第九：「環刀曰溫都兀兒」。《外來詞》：「溫都赤也作雲都赤，意為佩腰刀者，元代官名。」顯然的，刀在蒙語裡發音為「溫都」，加「赤」，便是帶刀的人。

72.五都魂（utugun）——女人陰戶。

《黃廷道夜走流星馬》・2：「（淨白）通事也，入你哈敦五都魂。」

《武備志》：陰戶作「五毒戶」；罵入膣為「五毒戶我合」；《盧龍塞略》・身體門：「閉（按：即屄）曰五毒戶」。

劇文中的「五都魂」與「五毒戶」的發音相近，「戶」音加上「n」收聲，「以元音結尾的名詞、形容詞如以 n 輔音結尾，同樣表示複數。」④所以，肯定是同語。

73.兀剌赤（ulagaci）——驛差、驛夫、站卒、馬夫。

---

④　《〈蒙古秘史〉中的形態學》，見《〈蒙古秘史〉詞彙選釋》，頁42。

《琵琶記》·41:「（淨白）兀剌赤，俺路上要吃得些分例，俺那裡吃得勾，須索多討些個。」又：「（淨白）兀剌赤，還有什麼來將去！」

《拜月亭》·10：「〔番鼓兒曲〕兀剌赤，兀剌赤，門外等多時。」

《岳飛精忠》·1：「（鐵罕白）兀剌赤谿著脣。」

《王昭君塞和戎記》·24：「〔滴溜子〕兀剌赤，兀剌赤。」

《蘇武牧羊記》·3：「（淨白）老來不覺兀剌赤。」

《元史》卷九九《兵志》宿衛·四怯薛：「典車馬者曰兀剌赤」；《華夷譯語》·人物門：馬夫作「兀剌赤」；《盧龍塞略》·品職門：「馬牧曰阿都兀赤，又曰兀剌赤」。嚴格來說，「兀剌赤」不等於「阿都兀赤」（請參閱第 1 解）。《外來詞》：「兀剌（口語為 ulaa，驛站。兀剌赤，①管理驛站的官員。②管理牛、馬的官員。又作烏剌赤、兀赤阿臣、兀魯赤、烏拉齊。」所以，與劇文對照，「兀剌赤」是驛站負責看管車馬的人員。

74.五裂篾迭（ulumedebe）——不知道或不管。

《哭存孝》·2：「（李克用白）我五裂篾迭。（李存信白）哥哥，阿媽道五裂篾迭，醉了也，怎生是？阿媽明白酒醒呵，則說道你著我五烈了來。（周德威白）誰想李克用帶酒殺了李存孝，竟信著康君立，李存信謊言，直將飛虎將軍五裂身死。」又同劇·4：「（李克用白）我說道五裂篾

迭，我醉了也，他怎生將孩兒五裂了！」

　　所謂「五裂」，《華夷譯語》與《韃靼譯語》·通用門：「不」均作「兀祿」；《盧龍塞略》·通用門：「不曰兀祿」，《蒙古秘史》U 部：「兀祿昇格灰」作「不消化」，「五裂」當是「兀祿」無疑。至於「篾迭」，根據《華夷譯語》·人事門：「知了」作「篾迭八」；《盧龍塞略》·生靈門：「知曰篾迭」。《同文雜字》：「你不知道」的音譯作「七兀勒麥得乎（ci ulu mede hu）」。

　　所以，「五裂篾迭」連用就是「不知道」或「不管」的意思。《元曲百科》解作「神智不清」，⑤⑤誤。

　　按：劇文中李克用喝醉了酒，隨口說了蒙古語：「我五裂篾迭。」李存信、康君立為了要加害李存孝，故意借諧音曲解蒙古語「五裂」為漢語的「五裂」，即車裂之刑，將李存孝處死。李克用最後所說的：「他怎生將孩兒五裂了！」這裡的「五裂」（五馬分屍）便是漢語。

　　75.悟（u u），也作藕，兀──飲，喝。

　　《桃源景》·4：「（淨云）撒銀打剌蘇米訥悟有。（末云）好酒與些吃。」

---

⑤⑤　卜鍵主編《元曲百科大辭典》，頁 17。

曲白中已解釋蒙古語「悟」為漢語「吃」。這個「吃」，實際上是「飲」或「喝」。把「飲」、「喝」叫做「吃」，在漢語口語是常用的，如「吃茶」、「吃酒」等。

《續增華夷譯語》・飲食門：飲作「兀」；《登壇必究》・飲食門：飲酒作「打剌速藕」；《盧龍塞略》・飲食類第七：「飲酒曰打剌速藕」；《武備志》：「拿水來我吃」作「兀速阿赤喇必兀」。

經過一番推敲，我認為：蒙古語中的「吃」與「飲」、「喝」是分明的。蒙古語「吃」的發音是「亦迭」、「亦的」（Ide）。有人把「吃」解作蒙古語的「客列該」（kelgey），那是錯誤的。❺❻雖然，《武備志》・身體門：「吃曰客列該」，但在飲食門卻寫著：「吃曰亦迭」。這就說明了身體門的「吃」是指「口吃」，而非「吃飯」的「吃」。同時，在身體門：「吃曰客列該」之前，寫著：「聾曰都來，瞎曰莎合兒」，《同文雜字》：啞巴作「克勒給」（kelgey），都屬生理上的病症，更可證明「客列該」為「口吃」。在中國古籍裡有「吃」即「口吃」的記載：《廣韻》入聲迄韻：「吃，語難。」《漢書》曰：「司馬相如吃而善著書也。」❺❼

76.兀堵兒（udur）──晝。

---

❺❻ 沈燮元《中國戲曲中之蒙古語》，見《周貽白小說戲曲論集》（山東：齊魯書社出版社，1985），頁558。

❺❼ 吳繼光・李建《揚州方言本字考》，見《漢語研究論集》第一輯（北京：語文出版社，1992），頁141。

《桃源景》·4：「（淨云）額多額兀堵兒，馬失闊亦塡。
（末云）他説今日十分冷。」

《華夷譯語》·時令門：晝作「兀都兒」，天文門：日作「納
闌」；《至元譯語》·時令門：今日作「阿乃兀都兒」而天文門：
日作「納剌」；《韃靼譯語》·天文門：日與太陽作「納藍」，時
令門：晝作「兀都兒」，今日作「額朵兀都兒」；《登壇必究》·
天文門：日作「納剌」，時令門：日作「五堵兒」。《同文雜
字》：日作「那喇」，今日作「厄訥厄得洛」。

由上可證：「兀堵兒」應解作「晝」，與「額多額」（即今）
連用，便是「今晝」或「今日」（如同英語的 to-day），而不是
「日頭」或「太陽」（如同英語的 sun）。

77.闊亦塡（huyiten）——寒（冷）。

《桃源景》·4：「（淨云）額多額兀堵兒，馬失闊亦塡。
（末云）他説今日十分冷。」

《華夷譯語》與《韃靼譯語》·時令門：寒均作「闊亦田」；
《武備志》：「今日寒」作「額捏我都兒魁團」；《盧龍塞略》·
天時門：「寒曰闊亦田，一曰打剌難目。冷曰扯延，一曰虧屯。凍
曰可兒伯。涼曰薛裡溫。」。

以上所列，「寒」與「冷」有別，但二者又常相混用。如《武
備志》中的「魁團」（寒），但在《盧龍塞略》裡「虧屯」（同
「魁團」）卻解作「冷」。曲白中的漢譯爲「冷」是正確的，因爲

這合乎漢人的說法。

　　78.兀該（ugey）——無。

　　《桃源景》·4：「（旦唱）他道是打剌蘇兀該呵，約兒兀只。」

　　《華夷譯語》·通用門：無作「兀該」；《盧龍塞略》·通用門：「無曰兀該」；《韃靼譯語》·通用門：無作「兀該」；《同文雜字》：無作「烏貴」。今天蒙古語亦通用此詞。

　　79.兀剌（ula）——腳底，鞋底，後用作靴名。

　　《漁樵記》·2：「（旦兒白）蚊子穿著兀剌靴。」
　　《楊六郎調兵破天陣》·1：「（淨白）發垂雙練狗皮袍，腳穿兀剌忒清標。」
　　《岳飛精忠》·楔子：「（鐵罕白）贏了的賞，輸了的罰，一人一雙歪兀剌。」

　　《韃靼譯語》與《華夷譯語》·身體門：腳底均作「兀剌」；《登壇必究》·衣服門：靴底作「古堵速五剌」；《盧龍塞略》·身體門：「腳面曰幹裡迷，其底曰兀剌」，又冠服類第六：「五剌，靴底也。」可見，「兀剌」原是蒙古語「腳底」，後引申為「鞋」，所以，《外來詞》：「烏剌，鞋。」
曲文中以「兀剌」為靴名，實從腳底的意義演化而來。

　　80.牙不（yabu），也作啞不，啞步，亞卜，耶步，押布
　　　——走。

《射柳捶丸》·3：「（黨項白）殺將來，牙不！牙不！」

《活拿蕭天佑》·3：「（耶律灰白）楊六兒若還類趕跟著，我準備牙不。」

《八大王開詔救忠臣》·楔子：「（劉君期白）你若要殺他，便殺了他罷，不殺他時，推出轅門，看他牙不了罷。」

《黃花峪》·1：「（蔡淨白）你道無唱的，你問那秀才，借他渾家來，與我遞三杯酒，叫你三聲義男兒，我便上馬，啞不啞剌步就走。」

《陰山破虜》·2：「（平章頡利白）我迭不過他也，逃命，啞不！啞不！」

《黃廷道夜走流星馬》·2：「那顏，那顏，亞卜！亞卜！」

《蘇武牧羊記》·17：「（淨白）花花公主耶步！」

《韃靼譯語》與《華夷譯語》·人事門：行均作「牙不」；《登壇必究》·聲色門：走作「牙補」；《武備志》：走作「啞步」；《盧龍塞略》·生靈門：「行曰牙不。走曰癸亦」；《同文雜字》：走作「押布」，慢著走作「阿喇苦兒啞步」。至於「啞不啞剌步」是「啞不」的重言。

81.約兒赤（erci）——去。

《黑旋風》·楔子：「（白衙內白）此計大妙，你先到那裡，你便等著我。我先到那裡，我便等著你。若見了你呵，跳上馬，牙不約兒赤便是。」

《降桑椹》·1:「（白廝賴白）哥也，俺大剌孫多了，您
兄弟莎塔八了，俺牙不約兒赤罷！」

《韃靼譯語》與《華夷譯語》·人事門：去均作「約兒赤」；
《武備志》：去作「額兒去」；《盧龍塞略》·生靈門：「去曰約
兒赤」；《同文雜字》：去作「厄赤」；《蒙古秘史》Ｙ部：「約
兒赤周 yorciju，去著」。

「牙不約兒赤」運用：意思是「行去」或「走去」。《外來
詞》：「牙不約兒赤，流浪者。yabu，『行，走』＋gulho，
『去』，『去』＋ci，『表示人的後綴』。」徐嘉瑞把「不約兒
赤」解成「打馬聲」，誤，更在同書《補遺》中加上一個註解：
「今昆明語為皮兒赤，形容鞋聲，如『皮兒赤皮兒赤』的走過
來」，❺尤非。

82.也麥（yamar）──甚麼。

《黃廷道夜走流星馬》·2:「（通事白）也麥哈剌咬兒赤
喇……我問你是甚末人？」

《華夷譯語》·通用門：「不揀甚麼」作「阿里別，又黯巴兒
ali ba yambar ba」；《盧龍塞略》·通用門：「又黯巴兒伯，譯以
四字：不揀甚麼也」；《蒙古秘史》Ｙ部：「〈口〉牙兀 yu

---

❺ 徐嘉瑞《金元戲曲方言考》，（北京：商務印書館，1957），頁 7 與《補
遺》頁 3。

（n），什麼？多麼！如何！何等！」《蒙漢辭典》：「yambar，甚麼，甚麼樣的。yambar〈書〉＝yamar。」❺可見書面語 yambar 發音爲「黯巴兒伯」便是口語的 yamar「也麥」，意思是「甚麼」。

　　按：上例的「哈剌」是漢語的「人」（hara）。「人」的複數是「哈蘭」（haran）。

　　83.一來（ire）也作亦來——來。

　　《黃廷道夜走流星馬》·2：「（通事問旦兒）你從哪個口子裡過來？（通事見正旦曰）也七阿媽薩一來四。」

　　《韃靼譯語》與《華夷譯語》·人事門：來作「亦列」；《武備志》：來作「以列」；《盧龍塞略》·生靈門：「來曰亦列」。《同文雜字》：「你從哪裡來」作「七嘎薩一立巴來（ci qanas irebe lay）」。上列的「亦列」「以列」「一立」等發音均與「一來」同，意思是「來」。

　　84.站（jam）——驛站。

　　《西游記》·7：「（唐僧白）善哉！善哉！離了長安，行經半載，於路有站。如今無了馬站，只有牛站，近日這牛站也少，到化外邊境，向前去，不知甚麼站？」

---

❺　內蒙古大學語文研究室《蒙漢辭典》，頁 136。

《鐵拐李》·1:「（韓魏公白）老漢軍差也當，民差也當，因有錢又當站戶。」

《風雲會》·3:「〔滾繡球〕憂則憂當軍的身無掛體衣，憂則憂走站的家無隔宿糧。」

《琵琶記》·41:「（外白）這是站裡，換了馬者。」

《牡丹亭》·47:「〔北夜行船〕大北裡宣差傳站馬。」

「站」是蒙古語殆無可疑。《外來詞》：「站，原意為路，後指稱驛站、車站。源自蒙語。」《蒙古秘史》J 部：站，旁譯「站」。《蒙古秘史》是明初譯出的書，當時蒙古語「站」字久已為漢語所借用，所以書中以「站」譯「站」，毫不足怪。張清常對「站」的來龍去脈解說甚詳：

漢族從秦漢時代就有了較完善的傳驛制度。「驛」這個詞被日吸收，今天日本語稱東京火車站為東京驛。自從南宋時代蒙語的「站」進入漢語，元朝的「站」在國內外普遍設置起來，於是「站」字就代替了那時漢語裡已使用了一千多年的「驛」。「站」字用了不過百餘年，明朝皇帝就運用封建政治壓力，通令從洪武元年（公元 1368 年）九月起，「改各站為驛」，強迫全國恢復用「驛」字，事見《明會要》卷七十五引《大政記》。可是到了崇禎三年（公元 1630 年），明朝行將滅亡，距離洪武元年已經有二百六十二年，那年有個大臣上奏折，還是跟著老百姓一同使用「站」字，事見《明史·魏呈潤傳》。可見「站」字並未取消得掉。清朝採取了

「驛」、「站」並存的調和辦法，書面規定的區別是：各省
腹地所設的叫做「驛」，軍報所設的叫做「站」。既消滅不
了「站」字，就想復活「驛」字，結果既不能救活「驛」
字，又不能取消這個蒙語借詞「站」字。「九一八事變」之
後，日本帝國主義者在偽「滿洲國」也取消「站」字而使用
「驛」字，可是到底行不通。與此相反，「站」字卻越用越
廣泛，還被吸收進入漢語基本詞彙之內。不只有時代較早的
驛站、軍站，而且現代生活中的詞語有：車站、站臺、糧
站、廣播站……。隨著新生事物的產生發展，「站」字還會
滋生出更多的新詞語來。**⑩**

按：近現代蒙古語：「站」已無「驛站」涵義，而轉義為：道
路、路途、途徑；在《蒙古秘史》中的「抹舌兒」相當於現代語的
「站」；但原來的「站」在元代以後卻代替了傳統的「驛站」一
詞；近現代蒙古語的 ortege 取代了元代蒙古語的「站」。**⑪**

85.站赤（jamci）──站官。

《琵琶記》·41：「（淨丑介白）站官那裡？（末作站官上
唱）聞知道，聞知道，相公忽來至。諾！不及迎接，萬乞罪
恕。」又：「（外白）站赤，你疾忙與分例鞍馬者。」又：
「（丑）告相公：站官不與分例。……（外）站赤，大體例

---

⑩　張清常《語言學論文集》，頁 357-358。
⑪　額爾登泰等《〈蒙古秘史〉詞彙選釋》，頁 291。

與咱分例，你主甚麼意不成？你不怕那！」

《外來詞》：「站赤，①管理驛站的人。②驛傳。③嚮導。源自蒙語。」說到「站赤」，肯定是漢語的「站官」之意。根據《琵琶記》·41：「站官那裡？」然後又說：「站赤，你疾忙與分例鞍馬者。」如果小心閱讀，漢人與漢人交談，用的是「站官」，漢人與為官者交談，用的卻是蒙語「站赤」。「站官」與「站赤」互見，巧妙地證明了蒙古語「站赤」即漢語的「站官」。

86.有（yiu）──語氣詞。

《桃源景》·4：「（淨云）官人馬不見有，下著大雪，那裡去尋馬有。（孤云）這達子，差著你，你怎敢不去。（淨云）我的達達人，法度行害怕有，便凍煞了，也去山的下坡將馬尋有…（中略）（二淨做受凍上云）來到這山下，馬也尋不見有，這是個酒店，俺去討兩盞酒吃有。」

還有一些例子，都是在句末用「有」的。這種「有」的奇怪用法，在聖旨碑、《元典章》、《統制條格》、《老乞大》等及其他從元代至明初的資料中多可見到，在《老乞大集覽》中，太田辰夫說：元時語必於言終用有字，如語助而實非語助，今俗不用。[62]我認為這可能是語氣詞，猶如我們語言中的「喲」。

---

[62]　太田辰夫《關於漢兒言語》，見《漢語史通考》，頁204-205。

　　方齡貴在《元明戲曲中的蒙古語拾補》中補釋蒙古語詞共七條，[63]特錄下以供參考：一、都麻（萬戶），二、曲律（駿馬、俊杰），三、五者（看、看取），四、廝麻（啜飲），五、哈剌（哪裡，何處，與訓「人」的「哈剌」有別），六、沙八赤（不斷抽打，打得夠了），七、茶迭兒（帳篷、盧帳、穹盧）。

二、女眞語詞

　　1.阿馬，也作阿媽——父親。

> 《調風月》·1：「〔幺〕這書房存得阿馬，會得客賓。」
> 《拜月亭》·2：「〔哭皇天〕阿馬想波，這恩臨怎地忘！」
> 《貨郎旦》·4：「（小末扮春郎冠帶引祗從上云）小官李春郎的便是，自從阿媽亡逝以後，埋葬了也。」
> 《五侯宴》·楔子：「（李嗣源云）今奉阿媽將令，差俺五百義兒家將，統領雄兵，收捕草寇。」
> 《哭存孝》·1：「（李存信云）俺父親是李克用，阿媽喜歡俺兩個。」

　　《女直譯語》·人物：父作「阿麻。」《外來詞》：「阿瑪，父親。又作『阿媽』。」

---

[63]　載於王元化主編《學術集林》（卷七）（上海：上海遠東出版社，1996），頁152-166。

2.阿者——母親。

《拜月亭》·1:「〔天下樂〕阿者你這般沒亂荒張，到的那裡。」

《調風月》·2:「〔江兒水〕老阿者使將來服侍，你展污了咱身起。」

《哭存孝》·1:「〔元和令〕則是者阿者向父親行題，想著咱從前出氣力。」

《五侯宴》·4:「（李亞子白）比及見阿媽阿者，先見李嗣源哥哥去。」

《女直譯語》·人物門：母作「額墨」。但《金元戲曲方言考》、《元曲釋詞》均注「阿者」爲「母親」。這可能是口語詞。證之於今日蒙古人，他們還稱母親爲「阿者」的，可見此語詞是女直與蒙古的通用語。

3.赤瓦不剌海——你這該死的。

《虎頭牌》·3:「〔得勝令〕才打到三十，赤瓦不剌海，你也忒官不威牙爪威。」

《魔合羅》·3:「〔府尹詞云〕將你個賽隋何，欺陸賈，挺曹司，翻舊案，赤瓦不剌海猢猻頭，嘗我那明晃晃勢劍銅鍘。」

《哭存孝》·2:「〔云〕赤瓦不剌海！（唱）你常好是莽撞也祗候人。」

《女直譯語》・人物門：你作「失」。音同蒙古語「赤」。「瓦不刺海」或作「窪勃辣駭」，敲殺。宋・洪皓《松漠紀聞》「窪勃辣骸」下原注云：「彼云敲殺也」。即打死之意。❻《外來詞》：「瓦不魯：感嘆詞。原意爲殺頭，用作罵人話。意爲該殺的、該死的。源自蒙語 waburu。」

4.兔胡，也作兔鶻——腰束帶。

《調風月》・4：「〔駐馬聽〕官人石碾連珠，滿腰背無瑕玉兔胡。」

《五侯宴》・3：「〔倘秀才〕那官人繫著條玉兔鶻連珠兒石碾。」

《貨郎旦》・4：「他繫一條兔鶻。」

《外來詞》：「兔鶻，腰條皮插。一說帶飾、束帶。又作『吐鶻』」。《元雜劇選注》云：「兔鶻：本是白色的獵鷹，由於名貴，女眞人用以稱呼玉帶。」這種解釋似乎牽強。因爲：「鶻」，爲善於撲食小鳥小獸的猛禽，與鷹相類似，故「兔鶻」可以看作獵鷹；但說是「白色的獵鷹」，就不確了，「兔鶻」並未含白色的意思。女眞人稱白爲「尙加」。同時，「鶻」爲古漢語詞，而「兔鶻」爲女眞詞語，怎麼能想象，女眞詞語會從古漢語詞語直接引申出新的意義呢？實際上，戲曲裡不過是借「兔鶻」表示女眞語 tuhu

❻　顧學頡・王學奇《元曲釋詞》冊一，頁271。

而已。這就是爲什麼「兔鶻」還可寫作「兔胡」「吐鶻」等同音詞了。

三、契丹語詞

1.曳剌——士卒、壯士、勇士。

《荐福碑》·2:「（曳剌云）灑家是個曳剌，接相公來。」
《虎頭牌》·3:「〔新水令〕他誤了限次，失了軍期，差幾個曳剌勾追。」
《村堂樂》·2:「（正末扮曳剌上云）灑家是個關西漢，歧州鳳翔府人氏。」
《怒斬關平》·4:「（夫人白）曳剌那裡？」

《外來詞》:「拽剌，遼代官名。又作『曳剌』。源自契丹語。」王國維《古劇腳色考》:「曳剌，本契丹語，唐人謂之曳落河。」《外來詞》:「曳落河，健兒，壯士。源自契丹語elaha。」

2.捏骨地——跪拜。

《長命縷》·4:「（外末等叩頭介白）把酥！把酥！捏骨地！捏骨地！」

《外來詞》:「捏骨地，跪拜。源自契丹語。」

第三節　結　語

　　把古典戲劇中少數民族語詞進行一番綜合分析並歸納後，有幾點值得注意：

一、表音特點

　　古典戲劇中少數民族語詞的最大特點是表音，即所用漢字書寫的少數民族語詞，只起音符的作用，而絕對不表示漢字的實際內容。因此，同一個少數民族語詞，在不同的劇本中有若干不同的書寫法。如漢語的「酒」，就有「打剌酥」「打啦蘇」「打邋酥」等等，又因為蒙古語詞有複數，以 n 收音，就變成了「打剌孫」「答喇孫」等。

　　此外，蒙古語有 O、U、Ö、Ü 四個元音，漢人只能用「斡」和「兀」兩個漢字標音；再加上 13～14 世紀蒙古語口語很多詞彙在詞首元音上出現摩擦音 h，但在古體蒙文和以後的蒙文字母，都沒有標記詞首元音前摩擦音 h 的特定符號，只有 q 和 k 輔音，因此 hara（人）、qara（黑）、ala（殺）與 qriya（罵）在漢音譯上都作「哈剌」、「哈喇」，引起極大的混亂。邵循正無法解決這個問題，便說：「哈喇」或是當時土語，並非蒙古語。

二、在漢語中使用

　　古典戲劇中的少數民族語詞，總是分別夾雜在漢語中使用。如：

《射柳捶丸》·3:「好米哈吃上幾塊。」
《盆兒鬼》·1:「（搽旦白）不如只一刀哈喇了他，可不
伶俐。」

也有用上整句成段蒙古語的，如：

《桃源景》·4:「（淨云）額多額兀堵兒，馬失闊亦填，
乞塔呵哈，撒銀打剌蘇米訥悟有。」

如果遇上這種情形，劇作家通常通過另一個腳色把少數民族語詞給
譯出來。就比如在這段蒙古語之後：

（旦云）那裡走的兩個達子來，亦留兀剌的，知他說什麼？
（末云）他說今日十分冷，漢兒哥哥，好酒與些吃。

這樣的安排既符合劇情需要，也對觀讀者做了交代。但是，必須注
意的是：並非根據上下文都能推測出詞義。例如：

《延安府》·2:「（回回官人云）經歷，拿那土木八來！
（經歷云）有！令人拿過廚子來。」

有人根據上下文的語義就把「土木八」解釋成「廚子」，其實錯
了。所以，單靠上下文推測詞義還是會出錯的。

三、語言的相互影響

　　語言間的相互影響自古以來就存在著。尤其是在一個多元語言文化的國家裡，這種交往更是密切。從歷史的角度來看，任何一種民族語言的發展，都是遵循著自己的內部規律，並同時也吸收其他民族語言中與己有益的成份，以促進自己語言的豐富與發展。語言間的借用和吸收，是各民族語言發展的客觀需要，絕不是以個人或集團的意志爲轉移的，害怕影響或人爲地避免接觸是不必要的。

　　從古典戲劇作品裡，可以看出這種情況：由於蒙古語詞被大量地廣泛地運用到漢語中，因此有些蒙古語詞是大家耳熟能詳的。但是，隨著歷史的發展，在漢語內部發展規律的支配下，不少蒙古語詞特別是口語詞卻遭受被淘汰的命運；同時，蒙古語言也與時並進，近古時代的語詞也變得生疏而不可理解了。這就是我們今天展讀古劇時所遇到的語言關。另一種情況是有些少數民族語詞，由於本身有較強的生命力，逐代使用，直到今天的漢語中，仍繼續使用。例如「站」，元代以前，漢語中與「站」對應的語詞是「驛」。自元至今，漢語中不復用「驛」，而只用「站」。其他如「衚衕」，「褡褳」等，也是借自蒙古語詞。當然，蒙古語詞中也有漢語借詞，如蒙古人把漢語中的「博士」，「太子」，「夫人」借過去成爲蒙古語詞的「把式」，「臺吉」，「兀眞」等。

　　根據社會語言學觀點：增加語言中新的成份和新的規則的途徑之一就是移植。孫維張說：

　　　　所謂移植，就是指把其他語言體系中的成份拿過來，植入自

己體系中，或是仿照其他語言體系的某個特點，使自己的語言體系也增加類似的特點。……語言中的借詞大都是在這種情況下移植過來的。⑥

古典戲劇中雖有不少少數民族語詞在漢語中運用，但其中借用到漢語詞彙裡而鞏固下來的只有少數幾個，如：「站」、「把式」或「把勢」、「搭鑊」、「褡褳」、「哈叭」、「胡拉蓋」（由蒙古語詞「虎刺孩」而來，詞義也由「賊」轉變為「騙子」）、「術衕」等。由於這些語詞在漢語中長期的廣泛的運用，很多人已不知其所從來。略舉一例以見，在《侯寶林自傳》：

北京有句土話：「天橋的把式，光說不練」，那就是說「說」的成份很大。⑥

可見，「把式」已成為「北京土話」了。

四、繼續探索

雖然經過許多專家學者辛勤地對古典戲劇作品裡的少數民族語詞作了考證和詮釋工作，總的來說的確有相當可觀的貢獻與成就，但問題還是存在的：現在依然還有不少語詞有待解決。因此，這項工作還得繼續探索下去。

---

⑥ 孫維張《漢語社會語言學》（貴州：人民出版社，1991），頁351。
⑥ 侯寶林《侯寶林自傳》（黑龍江：人民出版社，1982），頁57。

　　與此同時，從事這方面的研究者應籲請通曉漢語與蒙古語或其他少數民族語的專家學者，共同著手考證研究，從中尋出它們的變化過程，編定正確可靠的辭書字典。這樣一來，肯定能解決許多在近代漢語作品裡存在著的模棱兩可的或懸而未決的少數民族語詞。

第五章　中國古典戲劇的熟語

第一節　熟語概說

「熟語」不是中國傳統語言學中的術語，它譯借自俄語或英語的 Phraseology。所謂「熟語」，根據《辭海》（1965）的解釋：

> 語言中定型的句子。使用時一般不能任意改變其組織。包括成語、諺語、格言、歇後語等。

《現代漢語詞典》的解釋：

> 固定詞組。只能整個應用，不能隨意變動其中成份，並且往往不能按照一般的構詞法來分析。

它們的解釋指出了二點：熟語的基本特點是「形式定型」；熟語的範圍是「包括成語、諺語、格言、歇後語等」。其實，熟語還有一個基本特點：精煉。每個熟語都是千錘百煉的產品，用盡可能少的語素表達豐富的內容。❶

---

❶　劉廣和《引言》，見《熟語淺說》（北京：中國物資出版社，1989），頁2。

　　對於熟語的運用，《辭海》說：「一般不能任意改變其組織」，《現代漢語詞典》說：「不能隨意變動其中成份」，容易引起誤解。我們說熟語是「固定詞組」，主要是針對「詞的自由組合」而言的。所謂詞的自由組合，是說詞與詞之間在運用時彼此沒有依附關係。例如：「有信心」，是「有」和「信心」組合而成。根據不同的表達需要，「有」可以同其他的詞配合如「有志氣」、「有主意」、「有根據」、「有把握」等等；「信心」也可以組合成「沒信心」等。至於熟語：「胸有成竹」，不能說成「心有成竹」或「胸有成樹」。這是一般情況，並不是說熟語的結構成份是一成不變的。但這種成份的更替是有限的，並不改變其定型的本質。這種改變大致有三種類型：一、歷史變體。例如：「揠苗助長→拔苗助長」；二、方言變體。例如：「三個臭皮匠，賽過諸葛亮」，可以說成「三個臭皮匠，頂個諸葛亮」，也可以說成「三個臭皮匠，湊成個諸葛亮」等等；三、個人言語變體。例如：「一舉兩得」，可以根據個人的具體情況加以改成「一舉三得」，「一舉多得」等等。❷這種熟語變體，在古典戲劇小說中尤爲多見。

　　孫維張說：

　　　　關于熟語，在漢語的研究中，原本沒有一個明確、清晰的概
　　　　念，但有很多屬於熟語這個范疇的，或者類似熟語的名稱。
　　　　例如：成語、古語、常言、謠諺、諺語、語言、慣用語、習

---

❷　　孫維張《漢語熟語學》（吉林：教育出版社，1989），頁 22-30。

語、習用語、俗語、俚語、歇後語、縮腳語、俗話、俏皮話
等。這許許多多的名稱，中國語言學界曾替它們概括成一個
總的概念，稱之爲特殊詞匯，也稱做特種詞匯，或稱之爲固
定詞組。❸

　　中國語言界學者實際上早就嘗試把這些混淆不清的概念加以分
類。他們最常用的是「俗語」。如《中國俗語大辭典》、《古今俗
語集成》、《簡明漢語俗語詞典》等等。關於「俗語」，各家的說
法如下：

　　《辭海》（1979）：「流行於民間的通俗語句，帶有一定的
　　方言性。」
　　《辭源》（1979）：「約定俗成，廣泛流行的定型的語
　　句。」
　　《中文大辭典》（臺灣中國文化研究所）：「謂通俗流行之
　　語。」
　　《古今俗語集成》：「俗語是一種廣泛流傳在群眾口頭上、
　　結構相對固定的通俗語句，大多是勞動人民創造出來的，反
　　映人民群眾的生活經驗、願望及各地不同的風俗習慣。它形
　　式上簡練、形象、生動活潑，爲廣大群眾所喜聞樂見」，
　　「俗語包括諺語、歇後語、習（慣）用語和口頭上常用的成

---

❸　孫維張《漢語熟語學》，頁 1-2。

語等。」❹

《中國俗語大辭典》認為「俗語」有以下的特點：(1)具有群眾性；
(2)具有鮮明的口語性和通俗性；(3)具有相對的定型性。同時說：俗
語應該包括諺語、歇後語、慣用語和口頭上常用的成語，而不應該
包括方言詞、「俗語詞」、來自書面系統的成語和來自名家名篇的
名言警句。❺

綜上所述，中國語言學界所用的「俗語」，便是所謂的「熟
語」。既然「俗語」等同「熟語」，為何舍已有的「俗語」而用譯
借來的「熟語」？因為長久以來，俗語、諺語、古語、常言、俚語
等混用不分，概念模糊，例如：《漢語諺語歇後語俗語分類大詞
典》❻，《現代漢語詞彙》❼中把「成語、諺語、俗語、歇後語」

---

❹ 語見《古今俗語集成》，（山西：教育出版社，1991），頁 1-2。此書本
分六卷：第一、二卷分別收古籍經史子集裡的俗語；第三、四卷分別收近
代小說和戲曲裡的俗語；第五卷收新中國以後、「文革」之前小說中的俗
語；第六卷收現代和當代名家全集、選集、文集裡的俗語。

❺ 溫瑞政主編《中國俗語大辭典》（上海：上海辭書出版社，1991），收漢
語中俗語（包括諺語、歇後語、慣用語），總計 15,000 條左右。由於
「口頭上常用的常語」，已基本上收入成語詞典，此書不再重復。見《前
言》，頁 1-12。

❻ 見《漢語諺語歇後語俗語分類大詞典》，（內蒙古：人民出版社，
1988）。在該書「凡例」中說，「本詞典共收諺語。歇後語、俗語 11,100
餘條。

❼ 符淮清《現代漢語詞彙》（北京：北京大學出版社，1985）。但符氏在北
大中文系現代漢語教研室編《現代漢語》（北京：商務出版社，1992）中

同等排列，加以例釋。按理說，「俗語」作爲屬概念，就不能與作爲種概念的「諺語」、「歇後語」、「慣用語」、「成語」等同。也就是說在「俗語」屬概念之下，包含有「諺語」、「歇後語」、「慣用語」、「成語」等種概念。從上述分析來看，譯借「熟語」這個術語是很有必要的。雖然，「熟語」被譯借到漢語之後，學者對這個術語的理解和應用上曾出現了很大的分歧，但越來越多學者肯定「熟語」是屬概念，統領「諺語」、「歇後語」、「慣用語」、「成語」等種概念。因此，用「熟語」來代替「俗語」，可以避免不必要的混淆。「另外，爲了便於學術研究和國際間的學術交流，盡量使一些學科的術語與國際上使用的術語一致也是必要的。」❽

　　中國古典戲劇作品中，留存了極其豐富精彩的熟語，時至今日，依然神采奕奕。只要我們稍加留神，就可以發現這些語言在劇作中頻頻互見。這正反映這些語言流傳的廣泛和形式的基本穩定。這也說明了使用這些語言成了作家的習慣，每每在不自覺中順手拈來，隨口而出。作家在運用這些詞句時，往往用「常言道」、「俗話說」、「便好道」、「這的是」、「正是」、「可不道」、「果然道」、「一了說」、「豈不聞」、「自古道」等提示性詞語來標明它們的特點。略舉數例如下：

負責著寫「詞匯」部分，已經運用「熟語」作爲屬概念，而把「成語」、「諺語」、「歇後語」、「慣用語」作爲種概念。

❽　孫維張《漢語熟語學》，頁3。

《碧桃花》·2：「常言道：心病從來無藥醫」。

《神奴兒》·2：「便好道：君子報冤，且歇三年」。

《任風子》·4：「可不道：君子不奪人之好」。

《東窗事犯》·4：「果然道：長江後浪催前浪」。

《漢宮秋》·3：「自古道：紅顏勝人多薄命，莫怨春風當自嗟」。

《獨角牛》·2：「一了說：明槍好躲，暗箭難防」。

《鐵拐李》·1：「豈不聞：管山的燒柴，管河的吃水」。

其實，更多的熟語並不具備上述提示詞的結構。但是，只要經過仔細的閱讀，便能看出它的本來面目。例如：

《氣英布》·3：「〔滾繡球〕肉面山也壓不下心頭火，酒食海也沖不了臉上羞」。

《老生兒》·3：「〔小桃紅〕蓮子花放了過頭杖」。

《金鳳釵》·2：「〔耍孩兒〕當家人疾老，近火的燒焦」。

《三戰呂布》·2：「手捏鞋鼻，打躬施禮」。又·3「饒了他，饒蠍子的娘。」

這些無疑都是民間流行的熟語。

這些在在說明了民間常用熟語已經深入到劇作者的心靈。他們興到筆隨，自然引用，毫無雕飾痕跡。

以下，根據孫維張《漢語熟語學》中的分類對熟語加以立節分論。

第二節　諺　語

一、界説

　　每個民族，都有爲本民族所喜聞樂道的諺語。漢語的諺語，有信史可證，已經有二、三千年的歷史了。《尚書》、《左傳》等先秦古籍中常常引用的「古諺」、「俗諺」、「鄙語」、「古語」等，即是古代諺語。如堯時所說的「日出而作，日入而息」，《易經》中的：「失之毫厘，差之千里」，《左傳》中的「雖鞭之長，不及馬腹」，《韓非子》中的「遠水不救近火」等等都是流傳久遠的諺語。清代杜文瀾收集古書中的謠諺成《古謠諺》巨輯，凡一百卷。❾

　　關於諺語，劉勰說過：「諺者，直語也」；又說：「文辭鄙俚，莫過於諺」。❿古代文人，常把諺語貶爲「鄙、俚、野、俗」，這正說明了諺語來自民間，不是來自文人雅士的「雅馴之言」，而是出自「田夫野老」的俗民之口。所以，周祖謨說：「諺

---

❾　輯錄熟語的專書早已面世，流傳下來的有宋人周守忠的《古今諺》、明人楊慎的《古今諺》、郭子章的《六語》、清人翟灝的《通俗編》、錢大昕的《恆言集》、陳鱣的《恆言廣證》、曾廷枚的《古諺閒譚》、胡式鈺的《語竇》、鄭志鴻的《常言錄源》等。清人杜文瀾的《古謠諺》，搜集了古籍中所引上古至明代的謠諺，全書達一百卷，是一部比較完備的總集。今人輯錄熟語的專書也不斷問世。如《古今俗語集成》收錄古代至當代的俗語，共六卷。

❿　劉勰《文心雕龍注·書記第二十五》（新加坡：商務印書館，1960），頁460。

語是人民口頭經常說的通俗的現成語。」⓫在諺語的內容性能方面，郭紹虞說：「諺語是人的實際經驗之結果，而用美的言詞以表現者，於日常談話可以公然使用，而規定人的行為之言語。」⓬在形式特點方面，武占坤、馬國凡說：「諺語是通俗簡練、生動活潑的韻語或短句，它經常以口語的形式，在人民中間廣泛地沿用和流傳，是人民群眾表現實際生活經驗或感受的一種『現成話』。⓭寧榘說：「凡是為增強語言效果而把屢試不爽的生活經驗總結出來，用以喻事明理並在用詞上較為定型的直語常言，就叫做諺語。」⓮「諺語多數由兩段構成。近來出版的《諺語手冊》（鄭勛烈編）兩段結構的佔了將近 80%，《中國諺語選》（朱德根等編）兩段結構的約佔 90%。這個數字大致能反映漢語諺語兩段化的趨向。」⓯

　　綜合各說，可歸納成諺語的定義：諺語是一種具有相對性的固定短語，⓰它的組成成份和組合關係比較固定，多數包含兩個語言

⓫　周祖謨《序·漢語諺語詞典》（北京：北京大學出版社，1990）。

⓬　郭紹虞《諺語的研究·照隅室古典文學論集》上冊（上海：古籍出版社，1985），頁 1-29。

⓭　武占坤·馬國凡《諺語》（內蒙古：人民出版社，1983），頁 8。

⓮　寧榘《諺語·格言·歇後語》（湖北：人民出版社，1980），頁 24。

⓯　劉廣和《熟語淺說》，頁 60。

⓰　所謂相對的定型性：熟語不能是長篇大論，而是簡明凝練的，也不是自由組合的語句，而是約定俗成，且具有定型性的特點。但是熟語在結構上又有很大的靈活性，同一個熟語可以有許多變體，有的可以調換部分詞語，改變說法；有的可以增加一部分，有的可以顛倒語序。所以，熟語的定型性只能是相對的，不是絕對的。這是熟語的特點，對諺語來說，也是一樣。

片段；它有極強的表達功能，內容往往起訓誡作用。

二、古典劇作中的諺語

　　諺語是人們生活中普遍運用的語言。在各種不同的文學樣式中，特別是通俗文學中的小說戲劇都廣泛運用這種語言。它們像閃亮的珍珠，巧妙地鑲嵌在劇作中。這些精闢的語句反映了人們在生活中經常遇到的現象，或是社會共識的一些道理，同時還具有鮮明的價值取向和感情色彩。所以說一條諺語就是一條生活公式，每條公式都經過了千萬人的實踐，經過千萬人的深思熟慮而總結出來的語言。符淮青說：「諺語由於總結有各方面的經驗教訓，能起論證作用，幫助說理。」❼廣大人民與目不識丁的下層民眾就是靠戲劇舞臺的直接傳播而吸收繼承了這些智慧的結晶。

　　以下就古典劇作在社會生活上所運用的諺語分別論析：

　(一) 人生哲理

　　1.勸人保存實力，以後不愁沒辦法；凡事看開，從長計議。

　　《三元記》·16：「（貼）二叔，留得青山在，不怕沒柴燒，不可短見。」

　　《看錢奴》·2：「（正末唱）他道我貪他香餌終吞釣，我則道留下青山沒柴？」

　　《牡丹亭》·17：「且留的青山在，不可被風吹雨打日晒。」

---

❼　符淮清《詞彙》，見《現代漢語》第 4 章第 7 節，頁 246。

《蚵聱翁》·1：「那些兒留得個青山在。」

《三報恩》·9：「正是：留得五湖明月在，不愁無處下金鉤。」

按：留得青山在，不怕沒柴燒。原是二個語言片段，但劇作家在運用這些語言往往心靈手巧，有所增刪壓縮，使語言更形象化，而原意不動。這種現象在古典劇作中隨處可見。

2.勸人在事未成功前不要氣餒。因為稱心的事，往往經過許多周折才能如願。❽

《留鞋記》·2：「正是好事多磨。」

《董西廂》·1：「佳期難得，好事多磨。」

《爭報恩》·3：「好事便多磨。」

《琵琶記》·31：「我見你每每咨嗟要調和，誰知好事多磨起風波。」

《浣紗記》·9：「終朝懸念，信遠音訛，好事多磨，轉眼光陰一擲梭。」

《明珠記》·39：「（合）堪笑，自古道來好事多磨，到底諧老。」

《懷香記》·21：「好事多磨也，莫悔當初一念差。」

《西樓記》·12：「咳，藍橋咫尺間，誰知風浪翻，好事多磨難。」

《投桃記》·23：「好事苦多磨，知何日得度銀河。」

---

❽ 好事多磨，《中國成語大辭典》歸屬成語，誤。

《丹桂鈿合》·5：「（生）是如此。良緣剛湊巧，好事又多磨。」

3. 提醒人們不可固執成見，應集思廣益，博採眾議。

《千金記》·30：「智者千慮，必有一失；愚者千慮，必有一得。狂夫之言，聖人擇焉。」

《桃花女》·1：「我聞的古人有言，智者千慮，必有一失。」

4. 旁觀者無切身利害，看情況較理智、冷靜、全面；當事人則有利害關係，常執著一端。

《貨郎旦》·4：「這都是我少年間誤作差為，娶匪妓當局者迷。」

《殺狗記》·24：「（旦）聽君言語，果然是當局者迷。」

5. 世上任何事物都有其相對的一面，不是絕對的。

《新灌園》·11：「（丑）你不知道，勝負兵家不可期，豈可輕易出戰。」

《新灌園》·11：「自古道：勝敗兵家常事。」又見 13：「好艱難，勝負兵家事。」

《長生殿》·3：「我想勝敗乃兵家常事，臨陣偶然失利，情有可原。」

《雲臺記》·36：「主公，勝敗兵家常事，何須憂慮。」

《風流夢》：「（小淨）只恐勝敗兵家不可論。」

6. 有的諺語從旁觀者角度指點迷津，提醒人們對事情必須分清主次關係，本質與非本質關係。

《飛丸記》·25：「（生）小生，他蹤跡可尋，那憚天涯海

角。（旦又沉吟科淨又促科。旦）遠在天邊，近在眼前。」

《謝天香》·4：「話不説不知，木不鑽不透，冰不搭不寒，膽不試不苦。君子不見機而作，不俟終日。」

《凍蘇秦》·4：「（陳用云）元帥，便好道：人不説不知，木不鑽不透，冰不搭不寒，膽不嘗不苦。我如今從頭兒説破與元帥得知。」

《西樓記》·9：「人不説不知，鐘不扣不鳴。不肖子在外邊與妓女交好，竟荒學業。」

《漁樵記》楔子：「冰不搭不寒，木不鑽不著，馬不打不奔，人不激不發。我劉二公爲何道這言語，只因朱買臣苦戀著我家女孩兒玉天仙，不肯去進取功名。昨日著女孩兒強索他寫了一紙休書也。」

《風流夢》·37：「（老旦冠服上）鐘不扣不響，人不説不知。多早晚，女孩兒還在面駕，老身踹入正陽門叫冤去也。」

《邯鄲記》·23：「（末）馬不吊不肥，人不吊不招，吊將起來就招了。」

按：「馬不吊不肥」句在《邯鄲記》共出現三次，《酒家傭》·24亦用。有些索性把五字句減至四字句，如：「不鑽不透，不説不知」，見《玉玦記》·10；「不鑽不穴，不道不知」，見《琵琶記》·24，《香囊記》·36與《殺狗記》·19。❶⑨

---

❶⑨　人（或話）不説不知，木不鑽不透，冰不搭不寒，膽不試不苦，鐘不扣不鳴，馬不打不奔，人不激不發，馬不吊不肥，人不吊不招，都可自由組合

7.做事有理則氣壯，無理則寸步難行。

《大戰邳彤》・1：「你惱怎麼？有理不在高聲。」

《萬事足》・26：「（小淨）有理言自正，（老旦）負屈聲必高。爺爺救人。」

8.事情經過實踐才知眞正了解個中味道。

《金鳳釵》・2：「常言道：當家人疾老，近火的燒焦。」

《酷寒亭》・3：「買賣歸來汗未消，上床猶自想來朝；爲甚當家頭先白，曉夜思量萬條。」

9.聽過千遍，不如見上一次眞實可靠。

《八義記》・12：「自古道，千聞不如一見，果然好座樓，不免看看。」

《夢磊記》・3：「（丑）只是一件，自古道：千聞不如一見。」❷

10.人處逆境時要看到事情的其它方面，改變觀察角度，以保持

成四句或減至二句。在現代漢語裡，多用二句，如：老舍《全家福》二幕三場：「三爺三嫂都是勞苦人民，一說就通！就是可惜呀！咱們說的還不夠：人不說不知，木不鑽不透啊！」馬烽《劉胡蘭傳》裡用的是：「話不說不透，砂鍋不打不漏」；文康《兒女英雄傳》用的是：「鐘不打不敲，話不說不明。」

❷　「千聞不如一見」同「百聞不如一見」。都是古已有之的諺語。如《漢書・趙充國傳》：「充國曰：百聞不如一見，臣願馳至金城，圖上方略。」《陳書・蕭摩訶傳》：安都謂摩訶曰：卿饒勇有名，千聞不如一見。摩訶對曰：今日令公見矣。」但在古典戲劇語言辭書上，只有「千聞不如一見」例句，而無「百聞不如一見」例句。

信心。當然，也可作爲自我開解，使失敗者獲得心理平衡。

《貨郎旦》·4：「果然道：天無絕人之路，只見那東北上搖下一只船來。」

《紫簫記》·10：「（四娘）他貴游公子，年少才人，此處不留人，須知更有留人處。」

《劉弘嫁婢》·1「便好道：此處不留人，自有留水處，哦，是留人處。」

此外，如「得寵思辱，居安慮危」（《白兔記》·22），「良藥苦口利於病，忠言逆耳利於行」（《南牢記》·1，《琵琶記》·33，《浣紗記》·11），也作「良藥苦口，逆耳忠言」（《殺狗記》·4），也作「忠言逆耳」（《定時捉將》·5，《活拿蕭天佑》·1，《鳴鳳記》·16，《雲臺記》·42，《酒家傭》·3）也作「忠言苦口」（《萬事足》·28）；「飽病難醫」（《還牢末》·1），又作「飽病可兀的最難醫」（《張天師》·2），「飽暖生淫」（《救風塵》·3）；「根深不怕風搖動，樹正何愁月影斜」（《楚江情》·19），也作「樹正不怕月影斜」（《香囊記》·36）；「人無遠慮，必有近憂」（《琵琶記》·39，《西樓記》·37，《袁文正還魂記》·18，《雷峰塔》·18），也作「無遠慮，必然有近災」（《人獸關》·14）等等，都是寓意深刻的人生哲理，確有警惕訓誡的作用。

(二) 交人處世

1.禮

中國社會素有禮儀之邦稱號。「禮」成爲人際關係不可或缺因素，所謂無禮無以立也。

《殺狗記》·3：「（丑）偷酒吃還有許多禮數。（淨）自古道禮不可缺。」

《王粲登樓》·1：「常言道：人惡禮不惡。」

《還魂記》·53：「（見介生）岳丈大人拜揖。（外坐笑介生）人將禮樂爲先。」

《剪髮待賓》·3：「常記著禮之用，和爲貴，到那裡則要你折腰叉手，休管那苫眼鋪眉。」

《玉鏡臺》·1：「禮無不答，焉可坐受？」

「禮」以「敬」爲主。

《偷桃記》·8：「禮莫大于敬，敬莫大于嚴。」

《雙珠記》·11：「自古道：敬人者得人恆敬。」

中國人喜歡送禮表示情意，就是說送禮含意在情意，不在禮物的多寡，所謂「物輕人意重，千里送鵝毛」（《臨潼鬥寶》·3）。但是，有人也把「禮」作爲求人的手段。

《春蕪記》·11：「自古道：禮下於人，必有所求。姐姐，我就跪在這裡。」

《萬事足》·25：「小娘子，禮下於人，必有所求。賢夫遠隔異省，兩載音稀，雖有盟言，多成畫餅。」

也作

《紫釵記》·4：「十郎，禮有所求，必有所下，寸心相剖，妾爲圖之。」

有人做出不合情理的事，於「禮」不合，這在舊社會是不能容忍的。如：「殺人可恕，情理難當」（《金鳳釵》·4），「殺人可恕，情理難容」（《氣英布》·4，《豫讓吞炭》·4，《琵琶

記》·14，《千金記》·12，《運甓記》·30，《義俠記》·29），或者作「情理難容，殺人可恕」（《黑旋風雙獻功》·4），也作「殺人可恕，無禮難容」。（《張協狀元》·27）

2.面子

講面子是中國傳統人際關係的重要特色。在處理人際關係時，講禮、講規矩都可以歸結爲講「面子」。所謂面子就是個人聲譽與私人關係。在與人接觸或沖突時，如果充分注意彼此的面子，也不失爲講禮講義氣的行爲。

　　《玉合記》·6：「古人道：不看僧面看佛面。就是你家孔聖人也重我們。」

　　《冬青記》·34：「（丑勸介）列位大哥，不看僧面看佛面。」

至於懲處某人時也要顧及主子或與他有關的人的顏面：

　　《義俠記》·27：「（淨）正是不思打狗看主面。說我妖狐弄鬼頭。」

　　《玉環記》·17：「（外）我的人誰敢就打？（淨）爹爹，打主看狗面。〔外〕打狗看主面。」❷

這種行爲反映了古代重人情，重聲譽的傳統。

　　《意中緣》·18：「自古道：人情留一線，日後好相見。你既不肯舍慈悲，我也不敢行方便。」

　　《奈何天》·23：「人情留一線，日後好相見。行到水窮

---

❷　現代漢語多用爲：打狗看主人，或者打狗看主人面，見姚方勉《諺語詞典》，頁278。

時，依然山色現。」

　　《赤松記》·22：「人情若好吃水也甜，人情不好吃酒也
嫌。」

　　《目蓮救母·七殿見佛》：「〔丑〕皆賴班頭之力，古人
云：人情大於法度。」

　　人們甚至在爭執時也顧及對方的面子，所謂「打人休打臉，罵
人休揭短。」《劉弘嫁婢》楔子：「師父，你打人呵休打著那痛
處，說人呵休說那短處。」

　　3.鄰里交往

　　中國是農業社會，缺乏大規模的人際交往，鄰居交往顯得非常
重要。擇鄰而居是為長居久安的先決條件：

　　《琵琶記》·4：「秀才不必憂慮，自古道：千錢買鄰，八
百買舍。老漢既忝在鄰居，你但放心前去，若是宅上有些小
欠缺，老漢自當應承。」

　　《運甓記》·10：「自古道：千錢買鄰，八百買舍。老身忝
在里中，自然當得代勞。」

　　由於近鄰可以守望相助，遠親「遠水救不得近火」（《蜃中
樓》·27），所以「遠親不如近鄰」（《香囊記》·5，《春蕪
記》·12，《殺狗記》·25），而鄰居之中以「對門」為最重要，
所謂「遠親近鄰，不如對門」（《凍蘇秦》·4）。當今臺灣諺語
云：「千金買厝，萬金買厝邊」（厝邊，鄰居也。新明日報，96年
6月13日），說的正是這個意思。

　　4.交談

　　在過去，人們生活圈子小，與別人交談時總持保留態度，時時

提防，所謂交淺言深，是很難產生的。因爲：

> 「人心難測，海水難量」（《錦箋記》·13）

> 「人心未易知，燈臺不自照。」（《李遠負荊》·3）

所以：

> 「逢人且說三分話，未可全拋一片心。」（《酒家佣》·
> 29，《明珠記》·31）

有時，連最親近的妻子也是如此：

> 「正是夫妻且說三分話，未可全拋一片心。」（《琵琶
> 記》·30，《尋親記》·16，《種玉記》·28，《三桂
> 記》·14）

有時，不如意的事碰得多了，一言難盡，能告訴人的卻很少，別人
也未必能了解對方的心情：

> 「不如意事常（長）八九，可與人言無二三。」（《淬范
> 叔》·1，《西樓記》·27，《琵琶記》·35，《春蕪
> 記》·17，《焚香記》·26，《西湖記》·8，《雙紅
> 記》·5，《四艷記》·3，《投桃記》·23，《酒家佣》·
> 8 與 28，《女丈夫》·16，《精忠旗》·10，《萬事足》·
> 21，《酒雪堂》·23，《永團圓》·11，《素梅玉蟾》·
> 3，《雲臺記》·42）

有時彼此想法不同，志趣各異，言語難通：

> 「難將我語同他語，未必他心似我心。」（《目蓮救母·求
> 婚逼嫁》）

> 「難將我語同他語，未卜他心似我心。」（《琵琶記》·
> 30）

也就話不投機：

　　「話不投機半句多。」（《撥梭記》・13）㉒

　　「話不投機半句差。」（《中山狼》・1）㉓

　　「話不投機處，生憎半句多。」（《雙紅記》・8）

　　「話不投機一句多。」（《對玉梳》・2，《藍采和》・3）

　　「話不投機一句差。」（《豫讓吞炭》・3，《風雲會》・

　　1）

甚至話到嘴邊卻吞了：

　　「話到舌尖上卻咽了。」（《㑩梅香》・2）

　5.緣分

　　人與人交往，有時講緣分，勉強不得：

　　「有緣千里能相會。」（《紅拂記》・12，《白兔記》・

　　11，《雲臺會》・22，《彩舟記》・14）

　　「有緣千里重相會。」（《種玉記》・28）

㉒　「話不投機半句多」原爲普遍。這在古典劇作中也多處可見，但其中文字
　　略有改動，如：「酒逢知己千杯少，話若難聽半句多」（《萬事足》・
　　28），「酒逢悶事難歸口，話不投機且脫身」（《鳳求凰》・11），「酒
　　逢知己頻添少，話若投機不厭多」（《紫釵記》・14），「酒逢知己千杯
　　少，話不投機半句多」（《義俠記》・35，《酒雪堂》・23），「酒逢知
　　己千鍾少，話不投機半句多」（《浣紗記》・28，《鳴鳳記》・6，《運
　　甓記》・24，《鸞鎞記》・10，《金蓮記》・7，《望雲記》・25，《新
　　灌園》・5，《酒家佣》・7，《精忠旗》・22，《人獸關》・22），「酒
　　逢知己千鍾少，話不投機一句多」（《西遊記》・18），「酒逢知己惟嫌
　　少，話若投機不怕多」（《旗亭記》・22）。
㉓　「話不投機半句差」的「差」字，是爲了押「家麻」韻而改。

「有緣千里得相逢。」（《珍珠記》·8）

「有緣千里會，無緣面不逢。」（《酒家傭》·25）

「有緣千里來相會，無緣對面不相逢。」（《異夢記》·
15，《精忠旗》·7，《林沖寶劍記》·25）

「有緣千里能相會，無緣對面不相逢。」（《琵琶記》·
13，《荊釵記》·8，《尋親記》·17，《幽閨記》·22，
《紫釵記》·42，《懷香記》·19，《青衫記》·19，《七
勝記》·26，《夢磊記》·31，《邯鄲夢》·4）

「有緣千里能相會，無緣對面卻成仇。」（《楚江情》·
19）

「有緣千里能相會，對面無緣強折儔。」（《憐香伴》·
34）

「有緣千里喜相逢。」（《四喜記》·6）

人與人交往除「緣」外，還須講「心」：

「人心不可欺。」（《竇娥冤》·2）

這樣，才能達到「有福同享」（《桃花扇》·40）的地步。

6.忍讓

傳統社會保持和諧的條件是忍讓，忍讓是歷來一種公認的處世
原則。有時為了生活，需「忍」：

「吃人一碗，服人使喚。」（《白兔記》·10）

「在人屋檐下，怎敢不低頭。」（《三戰呂布》·2）

「在他矮檐下，安得不低頭。」（《雙烈記》·8）

「在他矮檐下，怎敢不低頭。」（《黃花峪》·4，《異夢
記》·2，《新灌園》·16）

「在他茆檐下，敢不低頭乞主張。」（《綈袍記》·25）

「在他屋檐下，怎敢不低頭。」（《邯鄲夢》·5 與·27）

「在他檐下過，怎敢不低頭。」（《琵琶記》·34，《香囊記》·22，《尋親記》·10，《灌園記》·11）

忍耐至少可以避免因感情衝動而造成傷害：

「得忍且忍，得耐且耐；不忍不耐，小事成大。」（《忍字記》·1）

「忍一時之氣，免百日之憂。」（《四馬投唐》·2）

對自己要求忍讓，對待別人也須得讓幾分，做事要留有餘地：

「得放手時須放手。」（《旗亭記》·30）

「得饒人處且饒人。」（《南柯記》·30）

「得放手時權放手，得饒人處暫饒人。」（《人獸關》·3）

「得放手時須放手，得饒人處且饒人。」（《竇娥冤》·2，《鳴鳳記》·31，《八義記》·32，《明珠記》·42，《霞箋記》·17，《雙烈記》·4，《雙紅記》·23，《旗亭記》·30，《夢磊記》·10，《酒家傭》·24，《風流夢》·33）

有時，應該見好就收：

「得好休，便好休。」（《西廂記》·4·3）

有時，需要躲避退讓，就躲避退讓：

「得縮頭時且縮頭。」（《妝樓記》·30，《單鞭奪槊》·2）

7.是非

交人處世，最怕是招惹是非。是非是自己招來的：

> 「是非只爲多開口。」（《瀟湘雨》·1，《李逵負荊》·
> 1，《莊周夢》·3，《碧蓮繡符》·5，《鳴鳳記》·35，
> 《八義記》·23，《獅吼記》·16，《四艷記》·5）

但是，不開口也有「是非」來，化解的方法是：

> 「是非終日有，不聽自然無。」（《琵琶記》·11，《懷香
> 記》·28，《灌園記》·26）

或者，各人只管自己的事，不要去多管別人的事：

> 「各家自掃門前雪，莫管他人屋上霜。」（《琵琶記》·
> 30，《義烈記》·22）

> 「各人自掃門雪，莫管他家瓦上霜。」（《紅拂記》·10，
> 《懷香記》·35，《新灌園》·18，《精忠旗》·23，《楚
> 江情》·7，《桃花扇》·32）

或者：

> 「做一日和尚撞一日鐘。」（《西游記》·16）

  8.世情

在人情冷暖，世態炎涼方面，劇作家根據他們豐富的經驗和深刻的理解，總結出許多精闢的諺語，如：

> 「富家山野有人瞅，貧居鬧市無人問。」（《殺狗勸夫》·
> 1）

> 「貧居鬧市無人問，富在深山有遠親。」（《貧富興衰》·
> 2，《張協狀元》·6）

> 「貧無達士將金贈，病有閑人說藥方。」（《琵琶記》·
> 22）

「上山擒虎易，開口告人難。」（《琵琶記》·25，《千金記》·11，《琴心記》·14，《靈寶刀》·21）

「世情看冷暖，人面逐高低。」（《裴度還帶》·2，《金鳳釵》·1，《浣紗記》·35，《白兔記》·10，《靈寶刀》·22）

「在家千日好，出路半朝難。」（《珍珠記》·15）

「在家千日好，出路一時難。」（《袁文正還魂記》·9）

㈢　識人為人

與人交往首先要認識人、了解人，在這方面，古典戲劇作家運用了許多生動貼切的諺語來加以描繪。

1. 識人

要認識人，眞是談何容易。所謂：

「畫虎畫皮難畫骨，知人知面不知心。」（《魔合羅》·1，《琵琶記》·29，《香囊記》·33，《紫釵記》·42，《赤松記》·37，《新灌園》·32）

有時甚至認識到死還不了解：

「人死不知心。」（《望江亭》·2）

要了解人，須經過長時間的觀察：

「路遙知馬力，日久見人心。」（《爭報恩》·1，《琵琶記》·18，《香囊記》·35，《尋親記》·22，《三元記》·20，《明珠記》·9，《義俠記》·8，《天書記》·18，《雙鳳齊鳴記》·31，《精忠旗》·18，《林沖寶劍記》·32）

「路遙知馬力，義重識交情。」（《楚江情》·34）

也可以通過言行來認識人：

> 「三句不離本行。」（《赤壁游》）

> 「口説無憑，做出便見。」（《魚兒佛》·3，《奈何天》·29）

> 「要知心腹事，但看口中言。」（《綈袍記》·23）

> 「要知心裡事，只聽口中言。」（《千金記》·6，《八義記》·41，《西樓記》·34，《新灌園》·20，《酒家佣》·29，《元宵鬧》·12）

2.爲人

在爲人方面，從諺語中也能看出舊社會的標準規格。譬如爲人要光明磊落：

> 「行不更名，坐不改姓。」（《爭報恩》·1，《硃砂擔》·1，《盆兒鬼》·1，《選宰末》·1，《獨角牛》·2，《射柳捶丸》·3，《定時捉將》·3，《單戰呂布》·3，《紫泥宣》·3，《鬧銅臺》·1，《黑旋風仗義疏財》·4）

> 「明人不做暗事。」（《張天師》·3，《意中緣》·28，《巧團圓》·6）

> 「一人做事一人當。」（《敘訓記·後審》）

爲人要講氣節和骨氣，如：

> 「寧求死以成仁，毋求生以害義。」（《黃孝子傳奇》·17）

> 「寧向直中取，不向曲中求。」（《目蓮救母·請醫救母》）

「餓死事極小，失節事極大。」（《逍遙游》）

「男兒膝下有黃金。」（《對玉梳》·2）

爲人要有志氣，有自尊：

「身貧志不貧。」（《曲江池》·2，《對玉梳》·1，《裴度還帶》·1）

「無功不敢受祿。」（《比目魚》·17）

「好馬不吃回頭草。」（《憐香伴》·20）

「好男不吃婚時飯，好女不穿嫁時衣。」（《舉案齊眉》·2）

但是：

「志不可滿。」（《豫讓吞炭》·1）

同時，做人必須講求信用：

「一言既出，駟馬難追。」（《來生債》·2，《伍員吹簫》·3，《魔合羅》·4，《東窗事犯》·2，《提彭寵》·2，《三出小沛》·2，《琵琶記》·5，《八義記》·14，《幽閨記》·20）㉔

總之，

「人無信不立。」（《單刀會》·4）

劇作家對人的行爲不良的一面所留下的諺語也不少。對有些貪得無

㉔　其他類似的諺語有：如「一言既出，駟馬追而不及」（《玩江亭》·2）；「一言爲定，駟馬難追」（《萬事足》·7）；「一言容易出，駟馬卻難追」（《勘頭巾》·2）；「一言已出，駟馬難追」（《夢磊記》·5）；「一言相許，九牛難挽」（《明珠記》·12）等。

厭的人說：

> 「人心不足蛇吞象。」（《冤家債主》·楔子，《卓文
> 君》·1，《獅吼記》·21，《翻魘殃》）

> 「人心無厭足。」（《生金閣》·3）

對自私者說：

> 「不干己事不張口。」（《陳州糶米》·2）

對心存僥幸心理的人說：

> 「人無橫財不富，馬無野（夜）草不肥。」（《合汗衫》·
> 3，《雙珠記》·36，《元宵鬧》·13）

（四） 拼搏

社會矛盾和沖突無處不在，無時不在，中國民間對于拼搏的態度和方法有其特色。從中國古典劇作家運用的語言中可以窺見民間對拼搏所持的見解。

1.敢于拼搏

> 「明知山有虎，偏向虎山行。」（《量江記》·13，《拜月
> 亭》·22）

> 「明知山有虎，故向虎邊行。」（《風流夢》·31，《還魂
> 記》·45）

> 「明知山有鬼，故作採樵人。」（《幽閨記》·20）

或

> 「不入虎穴，焉得虎子。」（《白兔記》·11，《女丈
> 夫》·15）

> 「不入虎穴無虎子。」（《雙雄記》·31）

> 「不入驚人浪，難逢得意魚。」（《小孫屠》·13）

「不入深淵，爭得明珠。」（《小孫屠》·13）

以上諺語充分說明了拼搏精神，猶如今日所說：有拼才會贏。有時，連命也拼上了：

「拼個你死我活。」（《水滸記》·20）

2.總結經驗

在長期的拼搏過程中，人們了解了：

「人善被人欺。」（《勘金環》·4）

「人善得人欺。」（《桃花女》·3，《誤入桃源》·3，《劉阮天臺》·3）

「人善人欺。」（《沖漠子》·2，《怒斬關平》·4）

4.策略和方式

與拼搏經驗對應，人們也掌握了應付的策略和方式。如：

「先下手爲強。」（《豫讓吞炭》·2，《八義記》·18，《雲臺記》·10，《鳳求鳳》·11）

「先下手爲強，後下手遭殃。」（《趙氏孤兒》·4）

「先下手者爲強。」（《馮玉蘭》·2，《龍膏記》·6）

「先下手強，後下手殃。」（《單刀會》·3）

做事必須徹底並且不能手軟：

「恨消非君子、無毒不丈夫。」（《雙鳳齊鳴記》·10）

「恨小非君子，無毒不丈夫。」（《漢宮秋》·1，《謝金吾》·3，《淬范叔》·1，《連環計》·3，《還牢末》·楔子，《柳毅傳書》·2，《澠池會》·楔子，《千里獨行》·楔子，《流星馬》·3，《捉彭寵》·3，《陳倉路》·4，《紅線女》·2，《香囊記》·11，《精忠記》·

16，《鳴鳳記》·7，《明珠記》·5，《連覽記》·32，
《金蓮記》·24，《西樓記》·7，《袁文正還魂記》·
22，《異夢記》·4，《赤松記》·17，《義烈記》·26，
《投桃記》·25，《酒家佣》，《楚江情》·7，《人獸
關》·29，《請忠譜》·6）㉕

「有恨方君子，無毒不丈夫。」（《投梭記》·7）㉖

「無毒不丈夫。」（《魯齋郎》·3，《任風子》·2，《西
廂記》·5·4，《貶夜郎》·2，《三戰呂布》·3，《聚獸
牌》·1，《大戰蚩尤》·2，《鎖白猴》·3，《北西
廂》·20，《曇花記》·36，《林沖寶劍記》·9）

或

「一不做，二不休。」㉗（《救風塵》·2，《薛仁貴》·
2，《朱砂擔》·2，《兒女團圓》·2，《救孝子》·3，
《桃花女》·3，《趙氏孤兒》·4，《連環計》·4，《馮
玉蘭》·2，《單刀劈四寇》·4，《邯鄲記》·21，《獅吼
記》·13，《偷桃記》·9，《驚鴻記》·24，《邯鄲
夢》·23）

㉕ 這二句在古典劇作中出現頻率多，但與此相類的「量小非君子，無毒不丈
夫」卻不見用。只出現在通俗小說中，如《小五義》·81，《濟公全
傳》·213等。

㉖ 湯顯祖《邯鄲記》·19作「有恨非君子，無毒不丈夫。」

㉗ 語本唐·趙元一《奉天錄》卷四：「朱泚臣張光晟臨死而言曰：『傳語後
人，第一莫作，第二莫休』」。後多用作指要什麼不幹，既然幹了就索性
幹到底。

或

「殺人須見血，斬草要除根。」（《精忠旗》·27）

「殺人見血，鏟草除根。」（《雙珠記》·14）

在爭鬥中，須提防對手：

「明槍好躲，暗箭難防。」（《獨角牛》·2）

「明槍易躲，暗箭難防。」（《鬧銅臺》·1）

「明槍易躲，暗箭難隄。」（《新灌園》·24）

「明槍容易躲，暗箭實難防。」（《玉環記》·15，《投桃記》·25）

「明槍容易躲，暗箭最難防。」（《元宵鬧》·20，《永團圓》·18，《天書記》·19，《鸞鎞記》·10，《春蕪記》·11，《打董達》·4）

在與對手較量時，要衡量雙方勢力，因為：

「強中更有強中手。」（《賺蒯通》·3，《博望燒屯》·4，《衣襖車》·1，《義俠記》·22，《桃花女》·2）

「強中自有強中手。」（《清忠譜》·24）

有時要能暫時忍受一時屈辱，伺機而動，所謂：

「能屈能伸大丈夫。」（《翡翠園》·8）

4.其它

描述拼搏精神的諺語尚有：

「仇人相見，分外眼明」（《還牢末》·1，《比目魚》·15，《神奴兒》·4）

「兩虎相爭，必有一傷」（《八義記》·10），「雙拳不敵四手」（《幽閨記》·9）

「路見不平，拔刀相助」（《酷寒亭》·楔子，《黑旋風仗義疏財》，《精忠譜》·10）

「強將遇勁敵」（《憐香伴》·14）

「強將手下須無個弱兵」（《怒斬關平》）

「強龍不壓地頭蛇」（《桃花扇》·26）

「人急計生」（《殺狗記》·29）

「人急智生」（《幽閨記》·7）

「殺人償命，欠債還錢」（《蝴蝶夢》·2）

伍 家庭婚姻

家庭是社會的基本單位。中國古代家庭是生產、生活、血緣合一的單位，這種社會結構使「家」本身具有強大的凝聚力，同時，「國家」意味著「國」是由「家」組成的，在「國」與「家」之間沒有其他的過渡層次，因此，「家」不僅是社會的基本單位，而且是「國」的基石。古典戲劇中所反映的不外乎中國的社會，劇作家所引用的有關諺語非常多。

1.和睦

「家和萬事興」（《殺狗記》·19，《荊釵記》·3）㉘
強調了家庭和睦的重要性。家不和，後果嚴重：

「家不和，被人欺。」（《白蛇傳》·10）

「家不和，鄰里欺。」（《貶夜郎》·3）

家裡有事，家裡解決，勿靠外人，更不能張揚出去：

㉘　現代漢語常用「家和萬事興」，語見於《二十年目睹怪現象》·87：「大凡一家人家，過日子，總得要和和氣氣。從來說：家和萬事興。」

「家醜不可外傳。」（《蘇九淫奔》·1）

「家醜不可外揚。」（《牆頭馬上》·2，《八義記》·8）

「家醜事不可外揚。」（《爭報恩》·2，《㑇梅香》·3，
《龍門隱秀》·1）

「家醜事必然羞掩。」（《蕭淑蘭》·1）

2.關係

中國舊社會，家庭中最主要的成員是男性，因此，中國家庭中
最重要的關係不是夫妻關係，而是父子關係，如：

「父子天性。」（《曲江池》·4）

「有其父必有其子。」（《東牆記》·3）

「知子莫若父。」（《陳州糶米》·楔子）

「虎毒不食兒。」（《龍膏記》·14）

「虎狼不食兒。」（《繡襦記》·25）

在家庭倫理關係中，兒子得負責父母的一切：

「父債子還。」（《全德記》·12）

「父母有疾，人子憂心。」（《降桑椹》·2）

「父母之仇，不共戴天。」（《浣紗記》·4，《鳳求
鳳》·10，《伍員吹簫》·2）

「父母在，不遠游。」（《香囊記》·4）

兄弟關係排在父母之後：

「兄弟如手足。」（《凍蘇秦》·2）

「兄弟親情如手足。」（《魔羅合》·4）

夫妻關係又次之：

「兄弟是手足，妻子是衣服。」（《雙雄記》·35）

「夫妻如同羅卜。」（《凍蘇秦》·2）

在家庭中，婆媳關係向來是最難處理的，古代媳婦處於較低的地位，經常受到挑剔。

「媳婦事舅姑。」（《香囊記》·13）

媳婦應該奉事公婆，如若不滿意可以休換：

「媳婦是牆上泥皮。」（《神奴兒》·1，《秋胡戲妻》·2）

3.婚姻

在傳統社會中，婚姻不僅是個人的大事，也是家庭中的大事。男女長大了，必須婚嫁：

「男大當婚，女大當嫁。」（《香山記》·3）

「男大當婚，女長須嫁。」（《玉鏡臺記》·4）

「男大須婚，女大須嫁。」（《桃花女》·2，《琵琶記》·12，《幽閨記》·35，《綈袍記》·2）

「女大難留。」（《南西廂》·28）

「女大不中留。」（《瀟湘雨》·1，《牆頭馬上》·4，《竇娥冤》·1，《李逵負荊》·1，《碧桃花》·楔子，《西廂記》·4·2，《渭塘奇遇》·1，《北西廂》·14）

由於家庭的利益高於一切，婚姻對於家庭的重要性超過對個人的重要性。對於家庭來說，婚姻首先是為了傳宗接代，同時又是與另個家庭建立親戚關係，在這種社會背景下，傳統的婚姻觀有兩個特點：一是本人沒有選擇的權力，必須依從「父母之命」；二是男尊女卑，男人對休妻、繼娶有更多的選擇餘地。

「父母之命，媒妁之言。」（《金錢記》·3，《新灌

園》·33）

女方家庭對出嫁女兒的態度是不再過問。對已婚女子來說，便是：

「嫁的雞兒則索一處飛。」（《舉案齊眉》·3）

「嫁的雞隨雞飛，嫁的狗隨狗走，嫁的孤堆坐的守。」
（《老生兒》·3）

「嫁雞畢竟逐雞飛。」（《焚香記》·8）

「嫁雞逐雞。」（《蜃中樓》·14）

「嫁雞逐雞飛。」（《琵琶記》·31，《千金記》·37，
《春蕪記》·26）

「嫁雞逐雞，嫁狗逐狗。」（《萬事足》·13）

「嫁犬逐犬，嫁雞逐雞。」（《西樓記》·15）

「夫乃婦之天。」（《舉案齊眉》·3，《貶夜郎》·4）

女子出嫁後，便得從一而終：

「一馬不背兩鞍，雙輪豈碾四轍，烈女怎嫁二夫。」（《流
星馬》·3）

「一馬難將兩鞍　。」（《竇娥冤》·2）

「一女不吃兩家茶。」（《釵釧記·會審》）

古代社會並不要求婦女有才幹有能力，重要的是要有美貌與婦德：

「女子無才爲德。」（《憐香伴》·3）

「女爲悅己容。」（《易水寒》·1）

「女爲悅己者容。」（《續西廂》·8）

對於不幸的婚姻，婦女沒有任何的解脫方法，男人卻可以在外邊胡
混：

「家菜不甜野菜甜。」（《蕭淑蘭》·1）

舊式婚姻對婦女不公平，但她們認命，因為她們認為這是命中注定：

　　「千里姻緣著線牽。」（《雙烈記》·12）

　　「不是冤家不聚頭。」（《楚昭公》·2，《琵琶記》·21，《精忠記》·17，《焚香記》·26，《玉玦記》·17）

儘管如此，夫妻終究是家庭中最主要的關係之一，夫妻感情是人類最美好的感情：

　　「一夜夫妻百夜恩。」（《救風塵》·3，《風光好》·3，《秋胡戲妻》·1，《舉案齊眉》·2，《對玉梳》·1，《碧桃花》·1，《東窗事犯》·4，《替殺妻》·2，《雲窗夢》·2，《琵琶記》·32，《萬事足》·21）

　　「夫妻是福齊。」（《破窰記》·2）❷⁹

　　「夫唱婦隨。」（《舉案齊眉》·3）

　　「糟糠之妻不下堂。」（《荊釵記》·19，《漁樵閒話》·2，《珍珠記》·10）

話是如此說，夫妻碰上困境時，還是會有這種現象：

　　「夫妻本是同林鳥，大限來時各自飛。」（《馮玉蘭》·2，《荊釵記》·31，《和戎記》·12）

有關的諺語還有：「會嫁嫁田莊，不會嫁嫁才郎」（《荊釵記》·10），「露水夫妻不久長」（《綴白裘·打面缸》），「妻賢夫禍少」（《虎頭牌》·3），「妻是枕邊人，十事商量九事成」

---

❷⁹　「福齊」音諧「夫妻」。意即夫妻應有福同享。

（《殺狗記》・6），「婦人有罪，罪坐夫男」（《瀟湘雨》・4），「夫貴妻榮」（《舉案齊眉》・3）等等。

（六）　**勤奮上進**

自強不息，奮發向上是中華民族的優良傳統。一般可分：

1.立志

「三軍可奪帥，匹夫不可奪志。」（《玉搔頭》・8）

「有志者竟成。」（《冬青記》・6）

「有志者事竟成。」（《凍蘇秦》・1，《不伏老》・1）

2.愛惜時光

「少壯不努力，老大徒傷悲。」（《不伏老》・1）

「一寸光陰一寸金。」（《莊周夢・2）

「白日莫閑過，青春不再來。」（《莊周夢》・2）

「一年之計在於春，一生之計在於勤，一日之計在於寅。」（《白兔記》・6）

「花有重開日，人無再少年。」（《鐵拐李》・1，《秋胡戲妻》・1，《倩女離魂》・楔子，《麗春堂》・4，《范張雞黍》・1，《趙禮讓肥》・2，《竇娥冤》・楔子，《裴度還帶》・2，《劉弘嫁婢》，《玩江亭》・1，《女姑姑》・楔子，《勘金杯》・2）

3.下苦功

「鐵杵磨針。」（《萬事足》・6）

「鐵槍也磨做了針。」（《西游記》・14）

「十年窗下無人問。」（《玉壺春》・1，《蝴蝶夢》・楔子，《王粲登樓》・1，《琵琶記》・4，《香囊記》・5，

《青衫記》·8，《焚香記》·24，《三桂記》·26，《靈
寶刀》·28)

這種下苦功的傾向反映了農業社會中樸實觀念，從廣義上說，做任
何事情都要付出代價，不下苦功就沒有收獲。中國古典劇作中，留
下來的無論是講鍛煉人的意志品質，還是講學習的本質，卻揭示了
許多跨越時空的真理，如：

「世上無難事，只怕有心人」（《赤松記》·5，《酒家
傭》·33)

「不受苦中苦，難爲人上人」（《東堂老》·3，《桃園結
義》·1，《打董達》·2)

「冰厚三尺，非一日之寒」（《賽嬌容》·4)

「成人不自在，自在不成人」（《殺狗勸夫》·1，《虎頭
牌》·1，《趙氏孤兒》·1，《琵琶記》·6，《明珠
記》·6，《四喜記》·32，《投桃記》·14，《酒家
傭》·22，《女丈夫》·19，《萬事足》·3，《灑雪
堂》·6，《人獸關》·6)

(七) 天命信仰

古人認爲天是萬物主宰，樸素的天命觀在舊社會中被發展成天
人合一的理論基礎，王朝的更替往往被解釋爲：

「順天者昌，逆天者亡。」（《豫讓吞炭》·4，《鳴鳳
記》·6)

人只要不放棄努力和做好事，多數情況下會有好結果的：

「皇天不負讀書人。」（《漁樵記》·1)

「皇天不負老實人。」（《黃鶴樓》·2)

有時，人們把偶發事件歸諸天意。譬如飛來橫禍：

> 「閉門家裡坐，禍從天上來。」（《虎頭牌》·4，《尋親
> 記》·8，《千金記》·24，《八義記》·14，《南西
> 廂》·13，《玉鏡臺記》·30，《西樓記》·11，《人獸
> 關》·26）

生死也操之於天：

> 「生死在於天。」（《劉弘嫁婢》·1）

成敗由天決定：

> 「謀事在人，成事在天。」（《三元記》·25，《懷香
> 記》·37，《投梭記》·18，《雲臺記》·21，《赤松
> 記》·12）

人們把日常生活中的順利與不順利的事情概括成「福」與「禍」，
反過來又認爲這種抽象的福與禍主宰著人們行事的結果：

> 「福無雙至，禍不單行。」（《紅蓮債》·2，《琵琶
> 記》·21，《香囊記》·23，《幽閨記》·13，《運甓
> 記》·10，《金蓮記》·26，《精忠旗》·35，《人獸
> 關》·18，《清忠譜》·19）

> 「大難不死，必有後福。」（《比目魚》·21）

> 「有福之人不在忙。」（《破窯記》·1）

> 「有福之人人伏侍，無福之人伏侍人。」（《琵琶記》·
> 22，《千金記》·43，《幽閨記》·38，《玉鏡臺記》·
> 4，《焚香記》·15，《七勝記》·26，《精忠旗》·8）

此外，民間普遍認爲冥冥中存在著一種「命運」支配著日常生活中
的得失：

「運乖金失色，時至鐵生光。」（《千金記》·1）

「運去黃金減價，時來頑鐵生光。」（《桃花扇》·13）

「運去黃金失色，時來鐵也生光。」（《金鳳釵》·3）

「命蹇受人欺，時衰鬼弄人。」（《千金記》·1）

「萬般皆是命，半點不由人。」（《尋親記》·22）

「命裡有，則是有；命裡無，則是無。」（《兒女團圓》·2）

佛教在中國民間流傳甚廣，佛事與佛語在古典劇作中也隨處可見。以佛教爲主題的諺語有：

「丈二和尚，摸弗著頭腦。」（《雷峰塔》·21）

「藥醫不死病，佛化有緣人。」（《琵琶記》·22）

「佛度有緣人。」（《南柯記》·25）

「佛法難聞。」（《雙林坐化》·1）

「佛口說善言，毒蛇在心田。」（《雙烈記》·38）

「佛面上貼金。」（《灰闌記》·1）

「佛在心頭坐，酒肉穿腸過。」（《東坡夢》·1）

「救人一命，勝造七級浮圖。」（《千金記》·21，《鳴鳳記》·23，《南西廂》·24，《人獸關》·4）

「佛也惱下蓮臺。」（《兩世姻緣》）

「放下屠刀，立證菩提。」（《曇花記》·3）

「苦海無邊，回頭是岸。」（《曇花記》·6）

(八) **官場現象**

在古典戲劇創作中，官場的腐敗現象是常見的。百姓與官府長期處在對立位置，對官場的實質看得比較清楚。涉及官府的諺語大

多數是持批判與揭露態度的，如：

「官無大小，要錢一般。」（《金蓮記》·19）

「衙門從古向南開，就中無個不冤哉。」（《竇娥冤》·4）

「公門蕩蕩開，有理無錢莫進來。」（《窮阮籍醉罵財神》）

「官不打送禮之人。」（《鍾妹慶壽》）

官場貪污成風，因此爲官久了，就會：

「官久自富。」（《運覽記》·25）

「倉廒府庫，抹著便富。」（《陳州糶米》·1）

這種惡劣風氣一直無法根除，原因是：

「官官相爲。」（《鴛鴦記》·2）

「官官相護。」（《蝴蝶夢》·4）

「官官相衛。」（《斠金杯》·4）

「何水無魚，何官無私？」（《還牢末》·1）

有人一心想做官，目的是：

「一日爲官，強似千載爲民。」（《飛刀對箭》·4）

「一人有福，扥帶一屋。」（《竊符記》·8）

有時，下級官吏更爲可惡：

「官不威，爪牙威。」（《灰闌記》·4，《虎頭牌》·3）

「公人如虎狼。」（《魔合羅》·3）

「管待欽差猶自可，倒是親隨侍當沒人情。」（《瀟湘雨》·4）

但是，也有些諺語是稱道爲官清廉的，如：

「官清民自安，法正天心順。」（《哭存孝》·2）

「官清司吏瘦。」（《看錢奴》·3）

「官清法正。」（《灰闌記》·2）等等。

三、古典戲劇吸取民間諺語的情況

從以上例句中，可知古典劇作吸取的諺語極爲豐富。以下就三個方面作扼要分析：

㈠ 意同語異型諺語的吸取

諺語所表達的意思相同而說法不同，如：

1.母題相同，但句式自由組合，由二句至四句不定。

《謝天香》·4：「話不說不知，木不鑽不透，冰不搭不寒，膽不試不苦。」

《西樓記》·9：「人不說不知，鐘不扣不鳴。」

按：還有若干例句在前引述，這裡不再舉引。這些句子如「人不說不知，木不鑽不透，冰不搭不寒，膽不試不苦，鐘不扣不鳴，馬不打不奔，人不激不發，馬不吊不肥，人不吊不招」都可自由組合成四句或減至二句。在現代漢語裡，多用二句（見注⓳）。這些諺語多用於有人生經驗的老人或知識分子的道白中，大多能符合特定的人物性格的要求。

2.母題相同，但句式有一、二、三句不等。

《竇娥冤》·2：「一馬難將兩鞍鞴。」

《鴛鴦被》·2：「一馬不背兩鞍，雙輪豈碾四轍。」

《流星馬》·3：「一馬不背兩鞍，雙輪豈碾四轍，烈女怎嫁二夫。」

這些諺語充滿封建正統的貞操觀，多用作堅貞守節的旦角口中。至今仍然有類似諺語：「一馬不配兩鞍，一腳不踏兩船」、「一女不嫁二主」等。

3.母題相同，句式與字數不定，非常口語化。

《㼱中樓》‧14：「嫁雞逐雞。」

《舉案齊眉》‧2：「嫁的雞兒則索一處飛」

《萬事足》‧13：「嫁雞逐雞，嫁狗逐狗。」

《老生兒》‧3：「嫁的雞隨雞飛，嫁的狗隨狗走，嫁的孤堆坐的守。」

按：這條諺語運用在具有「出嫁從夫」思想的老婦和旦角口中，極為恰切。

4.母題相同，形式簡短、精煉。

《桃花女》‧1：「吉人天相。」

《西遊記》‧1：「吉人自有天相。」

《馮玉蘭》‧2：「吉人自有天助。」

這條諺語的意思是行善的人會得到天的保祐。常用以表示對他人遭遇事故的慰藉或逢凶化吉的祝愿。現代漢語亦用，如魯迅《而已集‧再談香港》：「吉人天相，伏園真福將也！」

㈡　**意近語異型的吸取**

劇作家斟酌情況，根據各種不同語境的需要，運用許多語意相近而說法不同的諺語，其句式是一或二句不等，或用於道白，或用於曲詞，選取精當，都貼切地表現了相應角色的思想感情風貌。例如：

《漢宮秋》‧3：「男兒當自強。」

《曲江池》·2：「身貧志不貧。」

《青衫淚》·1：「虎瘦雄心在。」

《憐香伴》·20：「好馬不吃回頭草。」

《舉案齊眉》·2：「好男不吃婚時飯，好女不穿嫁時衣。」

(三) 警句型諺語的吸取

警句型諺語是指格律上較接近古典詩歌中的詩句，讀了琅琅上口，聲韻優美。句式一般較工整、精煉。如《王粲登樓》第一折，寫曹植見王粲文武全才，勸他前去考取功名。王粲說：「爭奈小生家寒，無有盤費。」曹植說：「卻不道，寶劍贈烈士，紅粉贈佳人。小生有白金兩錠……。」這裡用了「寶劍」這條有古典意味的諺語，表現了當時送行的特定情境和曹植的慷慨助人風格，十分優雅、貼切。在同一折中，店小二向王粲追討房租時說：「巧言不如直說，買馬須索雜料。閒話休說，好歹要房宿錢還我。」用「巧言」這條諺語，表現店小二的直率，又和他最熟悉的買馬索取飼料相聯繫，極富社會底層人物的生活氣息。店小二的坦率性格，也就活靈活現了。

四、諺語的活用

劇作家運用諺語，極為靈活。只要語境需要或合適，便自然用上，效果奇佳。在運用時，或按其原型，或更易一二字，或改動增刪，各具特色。劇作家活用諺語的方法大致如下：

1.曲文、道白兩用。

《三元記》·16：「（貼）二叔，留得青山在，不怕沒柴

燒，不可短見。（外）由他去死。」

《看錢奴》·2：「（正末唱）他道我貪他香餌終吞釣，我
則道留下青山怕沒柴？拼的個搠筆巡街。」

按：前者是道白中用（用的是原型諺語），後者是曲文中用，
但把兩句合成一句，並改成問句。再如：

《陳州糶米》·3：「（張千云）你兩個真傻，豈不曉得求
灶頭不如求灶尾。」

《玉鏡臺》·3：「〔幺篇〕（正末唱）我求灶頭，不如告
灶尾。」

按：前者是道白中用，後者是曲文中用，但把原句拆作兩段來
用，均做到恰到好處。

2.把諺語作較多的更動。

僅舉「瓦罐不離井上破」一例加以說明。這句諺語原為宋人
諺，見於宋人話本《馮玉梅團圓》，比喻做危險的事或本質脆弱的
人，遲早免不了發生意外。在不同的劇作中，劇作家做了創造性的
改造，使之合乎曲律，易於上口。例如：

《爭報恩》·1：「（正旦唱）有一日官人知道，將這一雙
兒潑男女怎耽饒，若知他暗行雲雨，敢可也亂下風雹，那瓦
罐兒少不的井上破，夜盆兒刷殺到頭臊。」

《醉寒亭》·2：「（正末詞云）少不得瓦罐兒打翻在井水
底。」

《對玉梳》·3：「（正旦唱）呆廝你收拾買花錢，休習閑
牙磕，常言道：井口上瓦罐終須破。」

《緋衣夢》·3：「〔尾聲〕殺了這賊丑生呵天平地平，人

性命怎干休,瓦罐兒須離不的井。」

《替殺妻》·1:「(末唱)嫂嫂道:瓦罐終須不離一
邊。」

從以上各例,可見同樣一句古諺語,一到不同的劇作家手上,
各自發揮巧思妙想,作了不同的改裝,以適應劇情曲律,融合得十
分確切,而又通俗自然。

3.拆散與串聯。

為了使所運用的諺語更能表現出它的靈巧新穎,也更能取得舞
臺上的效果,劇作家有時隨機地使用這兩種技巧。

在拆散技巧方面,例如:「逢山開道,遇水搭橋」(也作「逢
山開路,遇水疊橋」)諺語。通常是二句連用:

《哭存孝》·2:「三千鴉兵為先鋒,逢山開道,遇水疊
橋。」

有時為了押韻而作調動,如:

《飛刀對箭》·2:「〔朝天子〕遮莫待遇水疊橋,逢山開
路。」

這〔朝天子〕所押的是魚模韻,即「弩、武、卒、路、虎、度、
夫、簿」。這兒不但做了調動,同時把「道」改成「路」。也可拆
散,如:

《李逵負荊》·3:「〔逍遙樂〕(李逵唱)倒做了逢山開
道。(魯智深云)山兒,我還要你遇水搭橋哩!」

此段曲詞中,劇作家把上引諺語分為兩句,前句「逢山開道」由李
逵唱,後句「遇水搭橋」卻改用道白,由魯智深說。兩相配搭,前
後呼應,語意清楚,表演時的確能收到風趣的戲劇效果。

在串聯方面。劇作家爲了使曲詞具有特殊的民間文學色彩，有時也把幾條諺語融進一支曲子中。如：

《風雲會》·3：「（正末唱）銀臺上畫燭明，金鑪內寶篆香。（韓王執壺斟酒科。正末唱）不當煩老兄自斟佳釀。（旦進酒科。正末唱）何須教嫂嫂親奉霞觴。（普云）臣妻與臣乃糟糠之妻也。（正末唱）卿道是糟糠妻不下堂，朕須想貧賤交不可忘。常言道：表壯不如裡壯，妻若賢夫免災殃。」

此段曲文把諺語「糟糠之妻不下堂，貧賤之交不可忘」各刪去「之」字，分爲兩句，每句前先後各加上「卿道是」、「朕須想」；「表壯不如裡壯」是原型諺語，「妻若賢夫免災禍」是諺語「妻賢夫禍少」的改寫。在當時特定環境下，劇中正末宋太祖引用這三條諺語，面對大臣及其妻子說話，表現他的性格既有帝王的莊嚴身份，又對下屬具有尊重及謙虛的風范。諺語的妙用，可見一斑。

第三節　歇後語

一、界說

什麼是歇後語？

宋人嚴有翼《藝苑雌黃》說：

昔人文章每以「兄弟」爲「友于」，以「日月」爲「居

諸」，以「黎民」爲「周余」，以「子孫」爲「貽厥」，以
「新婚」爲「燕爾」，類此不成文理，雖杜子美，韓退之亦
有此病，此歇後語也。❸

陳望道說：

要用的詞已見於習熟的成語，便把本詞藏了，單將成語的別
一部分用在話中來代替本詞的，名叫藏詞。❸

所謂「藏詞」，也就是歇後語。比如嚴有翼所提「友于」代「兄
弟」，便是出自《尚書·郡東》。作家在創作時，直接截取「友
于」代「兄弟」，例如：

「一欣侍溫顏，再喜見友于。」（陶潛《庚子歲從都還阻
風》）

《漢語大詞典》上說：

用歇後法構成多個一種熟語。分兩種體式：1.對於某一現成
語句，省卻其後面部分詞語，只用前一部分來表示被省卻詞
語的意思。2.由兩部分組成：前文是比喻語，後文是解釋

---

❸　《歇後語大全》（中國民間藝術出版社，1987）。
❸　陳望道《修辭學發凡》（上海：教育出版社，1979），頁159-182。

語，運用時可隱去後文，以前文示意。❸

第 2 點所說的也就是一般所謂「譬解語」。比如「小蔥拌豆腐」是「譬」，「一青（清）二白」是「解」。

《辭源》上說：

> 寫作時引用成語或前人成句，字面上只用前面部分，而本意實在于後面部分，叫歇後，亦稱透字。❸

從上所述，可知「歇後語」有兩部分。把後半部省略了，這就與陳望道所說的「藏詞」有一致的地方。但後半部常有不省略的，比如：「黃鼠狼給雞拜年，沒安好心眼兒」。這後半部不「歇」，怎麼能叫「歇後語」？有人對《紅樓夢》、《儒林外史》等 520 多部文藝作品裡頭的 4893 條「歇後語」做統計，「歇」了後半部的才 375 條，還佔不上 1/12。❸可見前後文並列佔多數。有人想解決這個名實不符的矛盾，就說：先說前段，間歇一下兒，再說後段（或者不說後段），讓人家猜它的意思，所以叫歇後語。❸但是，在成語、諺語、慣用語裡都有間歇，如此看來，有間歇不是歇後語的專

---

❸　《漢語大詞典》（上海、香港：漢語大詞典·三聯書店，1991）。

❸　《辭源》（修訂本）（商務印書館，1979，1980）。

❸　溫瑞政《歇後語》（北京：商務印書館，1985），頁 2。

❸　史式《漢語成語研究》（四川：人民出版社，1979），頁 72-73；又見黃伯榮·廖序東主編《現代漢語》上冊，（甘肅：人民出版社，1981），頁 254。

有特點，而且人們用歇後語也不是成心讓人家猜謎語。因此，有人主張叫引注語，前一部分是引子，後一部分是從前一部分引出來的，它含有對前一部分注釋、說明的作用。㊱

實際上，歇後語的後半截省略或不省略，全視說話語境的需要而定。所以《辭海》解釋歇後語時說：「多為群眾熟識的詼諧而形象的語句。」運用時可以隱去後文，以前文示義，如只說「圍棋盤裡下象棋」，以示「不對路數」；也可以前後文並列，如「芝麻開花—節節高」。㊲

總之，歇後語在用法上很靈活。一些人們熟悉而形式也固定的歇後語，如「小蔥拌豆腐———一清二白」，前後兩部分關係密切，沒有別的歧義，在使用時，因為人們很熟悉，所以只說前半句，而把後半句省略去，這些仍是「藏尾式」，但人們說話時往往不省略後半部，而同時說出，這可以起反復強調之作用。有的歇後語是從諺語發展而來，如「千里送鵝毛———物輕情意重」。

歇後語大量出現在書面語裡，是在金元雜劇興起之後。雜劇的作者大半是接近人民群眾的下層知識分子，他們比較熟悉群眾的生活和語言，加上雜劇語言本身的口語化，這就使雜劇得以更多地從民間吸收歇後語，有的甚至整篇整段地運用歇後語。㊳

以下就古典劇作中的歇後語在內容與形式兩方面加以析述。

㊱　《辭源》（修訂本），頁 17。

㊲　《辭海》（上海：辭書出版社，1979）。

㊳　溫瑞政《歇後語》，頁 27。

二、內容方面

　　古典劇作中的歇後語不但數量豐富，而且通俗易懂，所描繪的形象具體生動，所表達的內容寓意深刻。

㈠　對官府的諷刺

　　「蘿卜精——頭上青。」（《陳州糶米》・1）
「青」諧「清」。諷刺貪官只是表面似清，其實不廉。

　　「粉鼻凹受宣——裙帶頭衣食。」（《霍光鬼諫》・2）
揭露官場的裙帶風。

　　「迎風兒簸簸箕——助紂爲虐。」（《神奴兒》・1）

　　「羊披著虎皮——狐假虎威。」（《黃花峪》・2）

　　「上梁不正——下梁參差。」（《風流院》・18）
比喻官府上下狼狽爲奸。

㈡　反映豪強權貴的迫害（括號內的句子，是被省略的部份）

　　「平地下鍬橛——（無故傷人）。」（《兒女團圓》・3）

　　「閃了他悶棍著他棒——（躲也躲不了）。」（《謝天香》・2）

　　「河裡孩兒岸上娘——（骨肉兩分離）。」（《救孝子》・4）

　　「把屎做糕糜咽——（忍辱蒙恥）。」（《魯齋郎》・1）

　　「睜著眼跳黃河——（走投無路）。」（《氣英布》・1）

　　「啞子漫嘗黃柏味——（難將苦事向人言）。」（《琵琶記》・19）

　　「啞子吃黃蓮——（苦在心裡）。」（《十義記・托付嬰孩》）

「佛也惱下蓮臺——（忍無可忍）。」（《兩世姻緣》·4）

「冷眼觀螃蟹——（看你橫行得幾時）。」（《春蕪記》·
21，《雙鶯傳》·4，《瀟湘雨》·4）

「呂太后筵席——（凶多吉少）。」（《貶夜郎》·3）

「病羊兒見餓狼——（只有送死）。」（《暗度陳倉》·2）

「病羊兒逢著大蟲——（只有送死）。」（《小尉遲》·1）

「大蟲窩裡蒿草——無人刈（仁義）。」（《太平樂府》卷
九）

(三) 對社會現象的嘲諷與批判

「蜂窩裡打哈欠——口是虛脾。」（《太平樂府》卷九）

「蜂蜜舌頭砂糖口——甜言蜜語。」（《繡襦記》·13）

「披著蒲席說家門——大言不慚。」（《殺狗勸夫》·1）

「披著蒲席說大言——大言不慚。」（《合汗衫》·4）

「大拇指頭撓癢——隨上隨下。」（《灰闌記》·4）

「班門弄斧——（不自量力）。」（《金線池》·4）

「六月裡糖坊——不作。」（《血影石》·15）

「蜉蝣撼大樹——可笑不自量。」（《射柳捶丸》·1）

「平地起孤堆——無中生有。」（《李逵負荊》·2）

「飛蛾撲火——自討死吃。」（《瀟湘雨》·2）

「放魚的子產——不識賢。」（《王粲登樓》·1）

「見兔兒漾磚——（見異思遷）。」（《青衫淚》·2）

(四) 對人間溫情的反映

「病僧勸患僧——（同病相憐）。」（《燕青博魚》·3）

「相撲漢賣藥——乾陪擂（累）。」（《太平樂府》卷九）

「千里送鵝毛——禮輕人意重。」（《竹塢聽琴》・4）

「腳踏蓮花——步步生。」（《延安府》・1）

「用酒打猩猩——投其所好。」（《玉鏡臺記》・2）

三、形式方面

歇後語的形式有多種。在古典劇作中常見的有比喻式、缺字（藏腳）式和諧音式等。現就古典劇作家所運用的各式歇後語例舉如下：

(一) 比喻式

比喻式歇後語，其語面和語底是直接聯繫的。歇後語的整體結構可看成是一個倒裝的比喻，即先說出喻體，然後再聯繫到本體，或聯繫到本體與喻體共有的相似點。直接性聯繫的語底之所以能夠成立，就是建立在比喻的基礎上的。❸

比喻式歇後語在各種形式中所佔比重較大，今按漢語拼音字母排列如下：

A.

「鰲魚脫卻金鈎釣——擺尾搖頭再不回。」（《隔江鬥智》・楔子）❹

---

❸ 孫維張《漢語熟語學》，頁 289-291。

❹ 也作「鰲魚脫卻金鈎去，擺尾搖頭再不回」（《義俠記》・33），「鰲魚脫卻金鈎去，擺尾搖頭定不歸」（《水滸傳》・24）；也可用單句：「鰲魚得脫金鈎釣」（《萬花樓》小說・14），更減至四字：「鰲魚脫鈎」（《醒世姻緣》・85）

B.

「鼻凹兒抹上砂糖——舔又舔不著，吃又吃不著（可望不可即）。」（《黑旋風》·3，《救風塵》·2，《兩世姻緣》·1 中作：「鼻凹裡砂糖。」意同。）

「霸王空有重瞳目——有眼何曾識好人。」（《殺狗記》·29）

「白鐵刀（兒）——轉口快。」（《幽閨記》·6）

「薄鐵刀——轉口快。」（《錦箋記》·33）

「跛象扯雙車——總沒一邊安穩。」（《翠鄉夢》·1）

「把屎做糕糜咽——（忍辱蒙恥）。」（《魯齋郎》·1）

「班門弄斧——（不自量力）。」（《金線池》·4）

「病僧勸患僧——（同病相憐）。」（《燕青博魚》·3）

「病羊兒見餓狼——（只有送死）。」（《暗度陳倉》·2）

「病羊兒逢著大蟲——（只有送死）。」（《小尉遲》·1）

「八仙過海——各顯神通。」（《八仙過海》·2）

「鼻子上掛鈴鐺——響嘴。」（《慶賞端陽》·4）

「八十老頭轉磨磨——暈煞了。」（《慈悲曲》）

「筆管裡燒鰍——直死。」（《古玉環記》·6）

「抱糞塊的蜣螂——要相拋終難割舍。」（《紅蓮債》·4）

C.

「出了荸籃入了筐——（走投無路）。」（《謝天香》·

2）

「曹司翻舊案——（休想）。」（《魯齋郎》·4）

「裁衣服少了兩幅——做不成。」（《荊釵記·47》）

「草地裡球兒——打快。」（《兩世姻緣》·4）

「草裡幡竿——放倒低如人，立起高如人。」（《舉案齊眉》·1）

「菜饅頭拖狗皮——（有去的路，沒有回來的路。）」（《荐福碑》·4）

「倉官不識串字——中中。」（《琵琶記》·10）❹

「出豆腐的點不成腦——壞了作。」（《穰妒咒》）

「秤鉤打釘——拗曲作直。」（《鳴鳳記》·4）❷

「村漢吹火——（啵啵作聲：屁話）。」（《玉杵記》·19）

「寸草撞巨鐵——（自取滅亡）。」（《范張雞黍》·2）

「持布鼓過雷門——（自不量力）。」（《東坡夢》·1）

D.

「大拇指頭撓癢——隨上隨下。」（《灰闌記》·4）

「大風吹倒梧桐樹——定有旁人說短長。」（《懷香記》·27）

「大缸裡打翻了油，沿路兒拾芝麻——（得不償失）。」

---

❹　中，北方方言，意爲「好」、「行」、「成」。「中中」即「好好」。

❷　此句也作「秤鉤打針——扯直。」見《二十年目睹之怪現狀》·59。

（《來生債》·3）❹

「大缸中去幾粒芝麻——（所失甚微）。」（《四聲猿·漁陽三弄》）

「大家截了梧桐樹——自有旁人說短長。」（《琵琶記》·30）

「大鵬飛上梧桐樹——自有旁人說短長。」（《抱妝盒》·4）

「大佳飛上梧桐樹——自有旁人說短長。」（《荆釵記》·19）

「羝羊觸籬——進退不得。」（《明珠記》·13）

「東海鰲魚脫釣鉤——再也不回頭。」（《朱砂擔》·2）

「對鏡回頭——當面錯過。」（《翠鄉夢》·2）

E.

「鵝子石塞床腳——未穩。」（《春蕪記》·13）

「二月二的煎餅——攤了。」（《增補幸雲曲》）

「餓虎口裡索脆骨——（找死）。」（《李逵負荆》·4）

F.

「粉鼻凹受宣——裙帶頭衣食。」（《霍光鬼諫》·4）

「佛也惱下蓮臺——（忍無可忍）。」（《兩世姻緣》·4）

「蜂窩裡打哈欠——口是虛脾。」（《太平樂府》卷九）

---

❹　此歇後語在《三俠五義》·2 中作「整簍灑油，滿地拾芝麻」。

「蜂蜜舌頭砂糖口——甜言蜜語。」（《繡襦記》・13）

「蜉蝣撼大樹——可笑不自量。」（《射柳捶丸》・1）

「放魚的子產——不識賢。」（《王粲登樓》・1）

「鳳凰飛在梧桐樹——自有旁人話短長。」（《村馬堂》・3）❹

「飛蛾撲火——自討死吃。」（《瀟湘雨》・2）❺

「肥漢相博——只落的一聲兒喘。」（《陳州糶米》・3）

G.

「狗探湯——不敢向前邁。」（《詞林摘艷》・8）

「關門殺屎棋——沒用的東西。」（《昊天塔》・4）

「擀面杖壓薺兒——粗操。」（《大劫牢》・2）

「剷牆賊被蠍蜇——噤聲。」（《調風月》・3）

「狗望羊卵袋——空歡喜。」（《躍鯉記》・39）

「關大王賣豆腐——人硬貨不硬。」（《郁輪袍》・3）

「滾湯潑老鼠——一窩兒都是死。」（《認金梳》・3，

---

❹ 有作：「鳳凰飛上梧桐樹，自有旁人道（話）短長」（《陳州糶米》・2，《調風月》・2）也可單獨使用：「鳳凰飛上（在）梧桐樹。」（《後庭花》・2，《薛仁貴》・1）或「鳳凰飛在梧桐樹上。」（《賺蒯通》・4）香記》・27，《玉環記》・15，《新灌園》・2，《琵琶記》・31，《殺狗記》・17）

❺ 這個歇後語也有幾種說法：「飛蛾赴火——自速其災」（《玉玦記》・32），「飛蛾投火——觸之必焦」（《鳴鳳記》・29）。也可單獨使用：「飛蛾兒投火」（《圯橋進履》・3），「飛蛾投火」（《謝金吾》・3，《對玉梳》・2，《四馬投唐》・1）

《岳飛精忠》·3，《精忠記》·13）

「孤老院趕出跎子來──窮斷了脊樑筋。」（《荊釵記》·

8）❹

「古墓裡搖鈴──（快活不起來）。」（《來生債》·1）

H.

「河裡孩兒岸上娘──（骨肉分離）。」（《救孝子》·

4）

「和尚偷婦人──樂陀。」（《琴心記》·10）

「花木瓜兒──外好看。」（《李逵負荊》·3）

「花葉不損覓歸秋──（好去好來）。」（《救風塵》·

2）

「鶴長鳧短──不能齊。」（《裴度還帶》·2，《王粲登

樓》·3）

「虎口換珍珠──（得來不易）。」（《殺狗記》·6）

「哈叭狗兒咬虼蚤──有咬著時，有咬不著時（說話沒

準）。」（《桃花女》·1）

「黃蓮樹下彈琴──苦中作樂。」（《玉玦記》·9）

「猴子扒竹竿──一節一節的來。」（《增補幸雲曲》）

J.

「見兔兒起漾磚──（見財起意）《青衫淚》·2）

「腳踏蓮花──步步生。」（《延安府》·1）

---

❹ 跎子：背脊佝僂的殘疾人。俗稱窮得精光爲「窮斷脊梁筋」，因此跎子喻
斷了的脊梁筋。這是歇後語而帶雙關的話。意思是窮得無可再窮了。

「剪牡花喂牛——（暴殄天物）。」（《度柳翠》·2）

「見血蒼蠅——（愛財如命）。」（《荊釵記》·37）

「姜太公釣魚——願者上釣。」（《分金記》·30）

「見鐘不打，更（又）去煉銅——舍近求遠。」（《青衫淚》·2，《拜月亭》·25）

「精拳頭救火——著了手。」（《四聲猿》·1）

「井底鳴蛙——妄稱尊大。」（《裴度還帶》·2，《誤入桃源》·1）

「雞蛋裡尋針——（硬找麻煩）。」（《獅吼記》·20）

「尖底瓮兒——一撞便倒。」（《郁輪袍》·3）

「尖擔（擔柴）——兩頭脫。」（《氣英布》·1，《救風塵》·3）

「叫化子逃走了猢猻——沒得個弄了。」（《春波影》·3）

「蒺藜沙上開野花——（英才埋沒）。」（《荐福碑》·3）

K.

「窟裡拔蛇——（行動慢）。」（《李逵負荊》·3）

「昆岡失火——玉石俱焚。」（《幽閨記》·22）

L.

「冷眼觀螃蟹——看你橫行到幾時。」（《春蕪記》·21，《雙鶯傳》·4，《瀟湘雨》·4）

「呂太后筵席——（凶多吉少）。」（《貶夜郎》·3）

「六月裡糖坊——不作。」（《血影石》·15）

「鄰家不見了雞——都在我肚裡。」（《女貞觀》·3）

「靈椿老盡丹桂芳——（後繼有人）。」（《陳母教子》·1）

「狼吃幞頭——暗忍。」（《殺狗勸夫》·1，《兩世姻緣》·4）

「狼吃豹頭——暗忍。」（《不伏老》·1）

「肋底下插柴——自穩。」（《神奴兒》·4，《救風塵》·3）

「癩蛤蟆想吃天鵝肉——（痴心妄想）。」（《玉釵記》·6，《春蕪記》·11，《龍膏記》·17）

「老虎頭上做巢——找死。」（《楚江情》·9）

「老虎口中討脆骨——（鋌而走險）。」（《玉合記》·37）

「驪龍頷下取明珠——（鋌而走險）。」（《後庭花》·2）

「梁上木魚——天天挨揍。」（《白兔記》·6）

「癩象嗑瓜種——眼飽腹中飢。」（《寶劍記》·5）

「老米飯捏殺不成團——（合不在一塊）。」（《神奴兒》·1）

「老鼠戲貓兒——好大膽。」（《錦箋記》·28）

「老婆舌頭——（說長道短）。」（《氣英布》·1）

「靈鵲檐前噪——喜從天上來。」（《破窰記》·1）

「駱駝上梁兒——（不可能）。」（《漁樵記》·2）

「魯班面前掉快口——（不自量力）。（《琵琶記》·11）

「驢糞球兒——外面光。」（《看錢奴》·3）

M.

「沒肚皮攬瀉藥——（不自量力）。」（《李逵負荊》·3）

「馬上吃豬蹄——蹤跡不定。」（《義俠記》·9）

「螞蝗釘了鷺鷥飛——寸步不離。」（《酷寒亭》·2）

「買乾魚放生——不知死活。」（《玉釵記》·33）

「買了肝肺來不上碗——用心。」（《禳妒咒》）

「滿船空載月明歸——（一場空）。」（《望江亭》·2）

「貓哭老鼠——假慈悲。」（《夢境記》·7）

「貓鼠同眠——上下不分。」（《寶劍記》·6）

「貓咬尿泡——（空歡喜）。」（《南牢記》·2）

「茅廁跌倒——屁也沒得放（無話可説）。」（《蕉帕記》·15）

「獼猴坐禪——（坐立不安）。」（《陳州糶米》·3）

「面糊盆裡專磨鏡——（糊涂一團）。」（《陳州糶米》·1）

「廟裡菩薩——請出。」（《綴白裘·荊釵記·哭鞋》）

「抹閻王鼻子——上門送死。」（《千里獨行》·2）

N.

「拿著筷子敲菜碗——飯飽了弄樣。」（《牆頭記》）

「囊裡盛錐——尖者自出。」（《黑旋風》·13，《獨角牛》·3）

「泥球換眼睛——（以假充真）。」（《東堂老》·2）

「泥太白投江——自招滅亡。」（《玉壺春》·3）

「逆風點火——自燒身。」（《神奴兒》·4）

「逆子頑妻——無藥可治。」（《萬事足》·28）

「搭殺不成團——（強合無益）。」（《貨郎旦》·1，
《爭報恩》·1）

P.

「屁股長在脖子上——腆著腚去見人。」（《姑婦曲》）

「披蓑救火——惹火上身。」（《雲臺記》·9，《玉合
記》·38）

「披著蒲席説大言——大言不慚。」（《合汗衫》·4）

「披著蒲席説家門——大言不慚。」（《殺狗勸夫》·1）

「瓶内釅茶——濃者在後。」（《陳母教子》·1）

「平地起孤堆——無中生有。」（《李逵負荊》·2）

「平地下鍬橛——（無故傷人）。」（《兒女團圓》·3）

Q.

「棄了甜桃尋醋梨——（自討苦吃）。」（《魯齋郎》·
2）

「牽驢上板橋——（畏縮不前）。」（《李逵負荊》·3）

「牽羊入屠家——前去送死。」（《馬陵道》·4）

「搶風揚谷——秕者先行。」（《陳母教子》·1）

「青菜見滾湯——（嚇軟了）。」（《古城記》·16）

「清水下白米——（清清白白）。」（《彩樓記》·12）

「秋風過耳——（置之腦後）。」（《救風塵》·2）

「秋後的扇兒——（用不著了）。」（《剪髮待賓》·2）

「秋天的屁——（無把柄）。」（《盆兒鬼》・1）

「拳中搵沙——（無法團圓）。」（《合汗衫》・2）

R.

「讓了甜桃尋苦李——（自找苦吃）。」（《金印記》・8）

「熱地上蚰蜒——（團團轉）。」（《合同文字》・1）

「熱鍋上螞蟻——（團團轉）。」（《清夜鐘》・2）

「熱天賣狐裘——（碰壁）。」（《范張雞黍》）

「人皮包革——（草包）。」（《漁樵記》・1）

S.

「晌午吃晚飯——早些哩。」（《南西廂》・13）

「砂子地裡放屁——（不乾不淨）。」（《漁樵記》・2）

「閃了悶棍著他棒——（躲也躲不了）。」（《謝天香》・2）

「舌頭上砂糖唾——（甜蜜蜜）。」（《紫雲庭》・3）

「生菜灑水——（嬌嫩可愛）。」（《老生兒》・楔子）

「尿做糕糜咽——（含垢忍辱）。」（《青衫淚》・2）

「檐頭水——點滴不差移。」（《浣紗記》・39）

「釋迦佛惱下蓮臺——（忍無可忍）。」（《忍字記》・3）

「收了蒲籃罷下斗——（斂手不干）。」（《陳州糶米》・2）

「熱油伴苦菜——由人心愛。」（《殺狗記》・15）

「水底納瓜——（徒勞無功）。」（《合汗衫》・2，《雨

世姻緣》·3）

「水底撈明月——（白費氣力）。」（《哭存孝》·3）

「順水推船——（省力又討好）。」（《破窰記》·1）

「上梁不正——下梁參差。」（《風流院》·18）

「順風吹火，下水行船——極省力的事。」（《風箏誤》·
19）

「四方鴨蛋——（死板）。」（《風箏誤》·6）

「送曾哀趙薰——一去不回來。」（《薛仁貴》·2）

「酸餡包子——一肚子氣。」（《東窗事犯》·2）

「縮頭烏龜走汴河——（慌不擇路）。」（《單刀會》·
2）

「水面打一和——糊涂成一片。」（《魔合羅》·2）

T.

「太公釣魚——願者上鉤。」（《桃花扇》·24）

「太歲頭上動土——（好大膽子）。」（《打董達》·2，
《還魂記》·35，《玉搔頭》·22）

「探湯老狗——（不敢動）。」（《荊釵記》·37）

「螳臂當車——不知自量。」（《雲臺記》·38）

「桃花放，竹竿折——（重色輕賢）。」（《謝天香》·
1）

「剔蟻撩蜂——（惹事挨揍）。」（《襄陽會》·楔子）

「鐵身上的蚊子——無處著嘴。」（《逍遙游》）

「鐵球漾在江心裡——團圓到底。」（《牧羊記》·25）

「鐵墜江濤——一去無蹤。」（《羅李郎》·2）

「土地拜鍾馗——（尊卑顛倒）。」（《遇上皇》·3）

「退位菩薩——難做（無能爲力）。」（《鬧門神》）

「脫皮兒裹劑——（惹是生非）。」（《東堂老》·2）**❹❼**

「探囊取物——有何難？」（《連環計》·1）

「提籃打水——一場空。」（《紅梨記》·4）

「駝垛子的老驢上山——喘粗氣。」（《姑婦曲》）

W.

「蛙鳴井底——（狂妄自大）。」（《舉案齊眉》·2）

「碗裡拿蒸餅——（手到拿來）。」（《氣英布》·2，《朱砂擔》·1）

「網中圈兒——靠後。」（《殺狗記》·6）**❹❽**

「蚊子啃鐵牛——無下口處。」（《鴛鴦條》·10）

「瓮中捉鱉——手到拿來。」（《李逵負荊》·4，《琵琶記》·17，《白兔記》·18，《雷峰塔》·10，《精忠旗》·18）

「無字兒空瓶——（廢物）。」（《東堂老》·2）

X.

「瞎貓撞著死鼠——（碰上好運）。」（《滿庭芳·嘲狂

---

❹❼　「劑」，作面食時杆成的小圓餅叫做劑子。裹劑，有餡的劑子。脫皮兒裹劑餡子多半是糖、油、肉等黏膩的東西作成的，脫了皮就到處粘黏：比喻惹是招非。

❹❽　網中圈：包括腦後髮髻的網兜，不使鬆墜。比喻對人開始冷落，撇在腦後，不像以前重視。

儒》）

「下井拖人——（拖人下水）。」（《情郵記》·34）

「險道人賣豆腐——人硬貨不硬。」（《大戰邳彤》·1）

「小船載太陽——度日。」（《雙魚記》·10）

「小鬼見鍾馗——（自投羅網）。」（《紫雲庭》·2）

「脅底下插柴——內忍。」（《凍蘇秦》·4）

「脅肢骨裡敲髓——（盡量榨取）。」（《來生債》·2）

「旋撲蒼蠅旋放生——（隨手來隨手去）。」（《東堂老》·2）

「雪獅子向火——酥了半邊。」（《荊釵記》·7）

「雪水煮豆腐——好不冷淡。」（《錦箋記》·5）

「雪消見尸——（真相大白）。」（《百花亭》·4）

「尋的蛐蜒鑽耳朵——（自找苦吃）。」（《羅李郎》·楔子）

「夏裡的皮襖不收拾——只怕吊了毛。」（《襄妒咒》）

「修網巾的出牌照——照舊。」（《白兔記》·32）

Y.

「丫頭家做媒人——自身難保。」（《浣紗記》·17）

「啞子做夢——說不出。」（《後庭花》·4）

「啞姑姑做夢——誰醒誰知。」（《郁輪袍》·3）

「啞子吃黃蓮——有口難言。」（《白兔記》·19，《綈袍記》·23）

「啞子吃黃蓮——在心裡苦。」（《獅吼記》·10）

「啞子漫嘗黃柏味——難將苦事向人言。」（《琵琶記》·

20）

「鹽菜缸裡石頭——掇出（下逐客令）。」（《綴白裘·荊釵記·哭鞋》）

「閻羅王做生意——鬼也沒得上門。」（《運甓記》·23）

「閻王殿前淘井——入地無門。」（《白兔記》·3）

「羊觸藩籬——進退兩難。」（《繡襦記》·16）

「羊屎不搓——個個圓。」（《白兔記》·5）

「一肚皮乾牛糞——（草包一個）。」（《調風月》·1）

「羊披著虎皮——狐假虎威。」（《黃花峪》·2）

「因風吹火——用力不多。」（《殺狗記》·25）

「一跤跌在籠糠裡——抱穩了。」（《南西廂》·13）

「油瓮裡捉鯰魚——費力難成。」（《荐福碑》·1）

「用酒打猩猩——投其所好。」（《玉鏡臺》·2）

「迎風把火——（各由自取）。」（《對玉梳》·2）

「迎風兒簸簸箕——（助紂爲虐）。」（《神奴兒》·1）

「玉皇殿上捉漏——上天無路。」（《白兔記》·3）

「遠來和尚好看經——（信任外人）。」（《合汗衫》·3）

「嚴霜偏打枯根草——（冰上加霜）。」（《羅李郎》·2）

Z.

「灶窩裡燒燈盞——沒飯吃。」（《金錢記》·1）

「張飛削了胡子——好喜茶兒。」（《黑旋風》·3）

「張果老倒騎驢——永遠不要見這畜生的面。」（《荊釵

記》·11）

「張天師閉了眼——出神。」（《翻魇殃》）

「趙杲送燈臺——一去不回來。」（《黃梁夢》·2）❹

「睜眼跳黃河——洗也洗不清。」（《氣英布》·1）

「蜘蛛網內打筋斗——（自投羅網）。」（《酷寒亭》·2）

「蜘蛛精屁股——拖出絲來了。」（《絡冰經》）

「豬八戒吃鑰匙——開心。」（《綴白裘·梆子腔·連相》）

「莊稼人不識串字——中中。」（《精忠記》·13）

「嘴上種芝麻——想出油來。」（《洞天玄記》·2）

「自做師婆自跳神——（一手包辦）。」（《對玉梳》·1）

「賊出關門——遲了。」（《蕉帕記》·9）

「竹筒裡煨蛇——直死。」（《男王后》·3）

「做湖州船——倒撐起來。」（《風箏誤》·3）

（二）　藏腳式

藏腳式（也叫藏尾式）屬藏詞中的一種。所謂「藏語」，便是「利用人們熟悉的詞語，故意隱藏本詞。即藏去本來要用的詞，而

---

❹　歐陽修《歸田錄》卷二：「俚諺云：『趙老送燈臺，一去便不來。』不知是何等語，雖士丈夫亦往往道之。說明此語宋時已很流行。後人用作「有去無回」的歇後語。

只把成語中餘下的部分用在話中來代替本來要用的詞(本詞)。」❺

　　古典劇作中的藏腳式歇後語比起比喻式與諧音式少得多，但也韻味深含，詼諧有趣。

　　「菱花——（鏡）。」（《玩江亭》·3，《西廂記》·3·3）

　　「傍州——（例）。」（《醉寫赤壁賦》·2）

　　「柳青——（娘）。」（《紫雲庭》·1）

　　「蔓青——（菜）。」（《西廂記》·2·2）

　　「平安——（信）。」（《雍熙樂府》·11）

　　「楊柳細——（腰）。」（《陳州糶米》·3）

　　「五星三——（命）。」（《單鞭奪槊》·2）

　　「狗頭狗——（腦）。」（亦諧「惱」聲）（《伍員吹簫》·1）

　　「八面威——（風）。」（《古城記》·7）

(三)　**諧音式**

　　諧音式歇後語利用同音或音近字造成的雙關語。它的表面意思只是手段，而其內涵義才是本義。

　　「精脊梁睡石頭——便涼（汴梁）。」（《劉弘嫁婢》·1）

　　「糙老米——不想白（舊）。」（《漁樵記》·3）

　　「脂油點燈——布捻（步輦）。」（《王粲登樓》·1）

---

❺　唐松波、黃建霖主編，《漢語修辭格大辭典》，（中國國際廣播出版社，1989），頁472-473。

「大河裡淌下臥單來——流被（劉備）。」（《三戰呂布》）

「山桃核——差著一隔（不夠格）。」（《老生兒》·2）

「打破沙鍋——璺（問）到底。」（《破窯記》·2）

「只說獐過鹿過——不說鹿（己）過。」（《爭報恩》·2）

「綠豆皮兒——青（請）退。」（《遇上皇》·4）

「窨子裡秋月——不曾見過這等蝕（食）。」（《救風塵》·1）

「張果老切膾——先施鯉（禮）。」（《太平樂府》卷九）

「篩子喂驢——漏豆（露兜）了。」（《東堂老》·1）

「蘿卜精——頭上青（清）。」（《陳州糶米》·1）

「大蟲窩裡蒿草——無人刈（仁義）。」（《太平樂府》卷九）

「血臟（腸）牽車——恩斷義絕。」（《劉弘嫁婢》·1）

「相撲漢賣藥——乾陪擂（累）。」（《太平樂府》卷九）

「兔兒踹壞了婆婆樹——月（越）不好了。」（《殺狗記》·6）

「把鼻涕來沾靴底——不算膠（交）。」（《獨角牛》·3）

「瓶內醞茶——濃（能）者在後。」（《陳母教子》·1）

「瞎漢跳渠——只看前（錢）面。」（《曲江池》·1）

「梔子抹屁股——黃孔黃孔（惶恐惶恐）。」（《錦箋記》·15）

「裱褙匠贖橫披——回畫（話）。」（《翠鄉夢》·1）

「寺裡官（觀）音——請出。」（《荊釵記》・28）

「莊家不識木梨——好一個香（鄉）瓜。」（《增補幸雲曲》）

「沒梁桶兒——休提（題）。」（《黑旋風》・3）

「兩腳車上裝七人——載（再）三載（再）四。」（《劉弘嫁婢》・1）❺

四、用法例釋

在宋元話本小說中，對於歇後語，較少引用。但從元雜劇開始，這種歷來被正統文人忽視的特殊形式卻極其精確地被劇作家運用到戲劇中，終使古典戲劇語言更富有民族性、時代性、地方性和形像性，當然，使所刻劃的人物更加鮮明生動。換言之，劇作家活用歇後語，已使古典戲劇語言藝術躍升至一個新的高峰。

令人感到不勝驚異的是古典戲劇中有不少的歇後語，今天還是原封不動的被引用著。例如：冷眼觀螃蟹——看你橫行到幾時；熱鍋上螞蟻——團團轉；啞子吃黃連——有苦說不出；等等。有些則是喻體改變（受時代性與地方性的影響），而本體不變，如「熱油伴苦菜——由人心愛」改成「生鹽伴韭菜——由人心愛」或改成「牛吃菠蘿菜——由人心愛」等等。有些則是因為少用，或生活內容不同而逐漸被淘汰了，如「脫皮兒裹劑——惹是生非」；「做湖州船——倒撐起來」等等。

---

❺　「裝」即「載」，諧「再」。兩腳車小，一次載不了七個人，只能分二次，一次三個，一次四個。比喻為再三再四，屢屢。

至於用法方面，從以上的分析，可以窺見一斑。這兒，再按運用方式加以說明，以期能見全豹。

㈠ 全句引用式

例如《灰闌記》第四折寫開封府尹包待制明白了張海棠無奸夫，不曾毒殺丈夫，也未強奪孩兒和混賴家私，都是大渾家養下奸夫趙令尹妄為。告官時由趙令尹掌案，海棠被屈打成招。包待制智設「灰闌計」，使案情大白，並逼使趙令尹招供，令尹說：

> 哎喲，小的做個吏典，是衙門人，豈不知法度？都是州官，原叫蘇模棱，他手裡問成的。小的無過是大拇指頭撓癢——隨上隨下，取的一紙供狀，便有些什麼違錯，也不干吏典之事。

趙令尹是個營私舞弊的衙門小吏，上述的話是他為自己詭辯，「大拇指頭」句歇後語正足於表現他的油腔滑調，是個兇狠自私的小吏性格。確是運用得非常貼切。

又如《東坡夢》第一折，寫蘇東坡告訴廬山東林寺一個痴愚行者，往溪河楊柳邊小舟中叫善歌的妓女白牡丹。原文是：

> （行者云）走遍了卻怎麼？（東坡云）走遍了，只教你做雪獅子向火，酥了半邊。（行者做跌科）早酥倒了也。轉彎抹角，此間就是溪河楊柳邊。小舟兒上叫一聲，白牡丹在麼？（旦兒云）誰叫？（行者做跌科云）聽他嬌滴滴的聲音，真個酥了也。東坡先生喚你哩！

劇中「雪獅子」歇後語是說：見了女子便銷魂，半身酥軟。道白中用了它，是用誇張語烘托白牡丹的美艷迷人。又輔以行者「做跌」動作，更顯得白牡丹的魅力。人物的刻劃反而更爲精細入微了。

有的歇後語被運用進曲文裡時，爲了符合曲律，劇作家也靈巧地做了必要的改動，使之合律美聽。如《酷寒亭》二折，寫鄭州衙門把筆司吏鄭嵩妻子過世，適奉府尹令，和祗候趙用「攢造文書上京師去」，半路上才發覺遺漏一紙文書，由趙用折回鄭家代取。趙用抵鄭家時，卻聽到正想嫁給鄭嵩爲妻的從良官妓蕭娥，打罵鄭嵩的一對小兒女的聲音。趙用取了文書，正想離去，那對小兒女怕再被打，哭著硬要跟著他去。這時，趙用唱起〔聖藥王〕來：

> 俺只見兒又啼，女又啼，哭的俺是鐵人石意也酸嘶，他待要來也隨，去也隨，恰便似螞蝗釘了鷺鷥飛，寸步不教離。

當時還有一個類似的歇後語：「馬蝗釘了鷺鷥腳，你上天時我上天」（《躍鯉記》・17）。至今歇後語尚有「螞蝗叮了鷺鷥腳—擺不開」。因此，有理由相信，原型的歇後語可能是「螞蝗釘了鷺鷥腳」，被劇作家引用到曲文中，爲了協律，把仄聲字「腳」改成平聲字「飛」。因爲〔藥聖王〕此曲，通篇押平聲韻，共押七韻（第一及第七可押可不押，但不押者極少），即「啼、啼、嘶、隨、隨、飛、離」。這種改法，既不失原意，又協合音律，也能更好地表達當時說話人的語氣。可見恰切的改動，是劇作家的活用方法之一。

(二)　**省後式**

這式有兩類。一類是把主旨語末尾字省去一字，即「藏腳式」。如《陳州糶米》第三折寫搽旦王粉蓮趕驢上場，說：

> 我騎上那驢子，忽然的叫了一聲，丟了個撅字，把我直跌下來，傷了我這楊柳細，好不疼哩。

此語省去「腰」，更顯得生動有趣。

另一類是把後半部的主旨語整句省去。如《後庭花》第二折寫廉訪使府內堂官王慶看中了下屬祗候人李順的妻子，暗中有曖昧勾當，逼令李順寫休書。後來李順發覺妻子早準備了筆、紙、墨，還惺惺作態假哭，於是他邊寫邊唱〔鬥蝦蟆〕：

> 你休那裡雨淚如珠，可不道鳳凰飛上梧桐樹，連放著開封府執法的老龍圖，必有個目前見血，劍下遭誅。

曲文中所引用的歇後語的完整句子應是「鳳凰飛上梧桐樹——自有旁人說短長」。在當時，刪去後半部，依然是人人能懂。如果引用全部，便增加了七個字，不合曲律。不唱出後半部，但意思瞭然，精簡多了。

㈢ 諧音式

在歇後語後半採用諧音詞，字面上是一種意思，但說者卻通過諧音把所指點出，常常能給人某種啓迪，具有含蓄、風趣、機智的特點。如《曲江池》第一折寫歌妓劉桃花對結義的歌妓李亞仙說：

姐姐，我瞎漢跳渠，則是看前面便了。

「前」音諧「錢」。表明她與李大戶作伴，是爲了錢罷了。用語含蓄。又如《黑旋風》第三折寫莊家山兒要進牢獄裡探望孫孔目，牢子向他索錢，他唱〔得勝令〕：

呀！便問我要東西……則你那沒梁桶兒──便休提。

曲文中的「休提」諧「休題」，就是說：「別說了，我不會給你錢。」語氣幽默。

　　㈣　隨機改編式

　　歇後語的起源很早，形式始終不變的不多。有的隨口語詞彙或語境的變化做了隨機改編，如：

「險（顯）道人（神）賣豆腐──人硬貨不硬。」（《大戰邳彤》·1）

調整爲：

「關大王賣豆腐──人硬貨不硬。」（《郁輪袍》·3）

今天，也有：「張飛賣豆腐──人硬貨不硬」的說法。

　　再如：

「鳳凰飛上梧桐樹——自有旁人話短長。」（《陳母教
子》·2）

歇後語變化更多。在宋元時這個歇後語的前半部較不穩，如「鳳凰
飛上」有作「鳳凰飛在」（《薛仁貴》·1）的，有作「大鵬飛
上」（《八義記》·16），有作「大佳飛上」（《荊釵記》·19）
的，有作「大家截了」（《琵琶記》·30）的。在明清以至現代的
文學作品中，一般都作「大風吹倒梧桐樹」，與下句「自有旁人說
短長」意義似較貫穿。

也有的劇中的美句，在現存歇後語中，已找不到任何近似的句
子，但從結構上看，前半似比喻，後半似主旨語。如《劉弘嫁婢》
第一折，王秀才說：

連你也這等，罷罷罷我和你兩個恩斷義絕，血臟牽車——扯
斷腸子。

這結構和情韻不是與歇後語相同嗎？因此，它即使非歇後語原型，
也是隨機改編的。同樣具有它的幽默風格。

第四節　慣用語

一、特點

關於什麼是慣用語？學者們的意見不盡相同。一般上，可以從

以下幾個方面加以考察。

㈠從結構上：它和其他熟語一樣具有相對的固定性。如：一溜煙、閉門羹、炒冷飯、地頭蛇、馬後炮等等。但在使用上，它卻是具有一定的靈活性。這種靈活性主要表現在以動賓結構爲主的慣用語上，如：敲（動）竹杠（賓），可以擴展爲「敲了他一筆很大的竹杠」；或者語序移易，如：「竹杠不要敲得太多」；或者可以作一些更動，如：拖後腿──拉後腿──扯後腿。這些擴展與變動，實際上並沒有改變慣用語的語法上（動賓結構）和語義上的既定關係。

㈡從語義上：它具有變異性。如果單從慣用的語面意義（表層語義）上是看不出它所要表達的實在涵義（深層語義）的。也就是說慣用語的語面意義與實在涵義並不等值。這便是所謂的語義變異了。慣用語的語義變異主要是通過比喻手段造成，如「背黑鍋」，比喻代人受過而得壞名聲。又如「打太極」，原本是一種體育鍛煉，但由於動作柔慢，便用來做爲推脫工作的詞語。

㈢從功能上：慣用語與諺語不同，諺語是一種成句的表述，慣用語是一種詞彙單位，被引用來充當一定的句子成份，如：誰用這個「半桶水」的師傅呢？

㈣從風格上：慣用語具有強烈的口語格調，並呈現出一種詼諧表情的修辭色彩。如「二百五」：過去銀子五百兩一封，「二百五」爲半封，諧音作「半瘋」。用以稱作事莽撞而帶有傻氣的人，或指對某種知識技能未完全入門的人。

　　「陳君翁，你也眞是二百五，我就不幹。」（茅盾：《子

夜》）

通過以上的考察，可以歸納慣用語爲：具有語義變異特徵的一種定型短語（或兼容某些語素組合），其功能相當於一個詞而呈現出明顯的口語格調和修辭色彩。

慣用語的形式，大部分爲三字格。❺從音節構成上看，有多有少，少則三字，多則七字、八字不等，甚至有十幾個字的。❺

二、古典劇作家筆下的慣用語

由於慣用語具有很強烈的口語格調和修辭色彩，古典劇作家爲使戲劇人物更具形象性，言語性格化，自然引用，毫無斧鑿痕。就收集所得臚列如下：

安樂窩

例：「這的是安樂窩中且避乖。」（《冤家債主》·1）

百寶箱

例：「送到纏頭錦，百寶箱，珠圍翠繞流蘇帳，銀燭籠紗通宵亮，金杯勸酒合席唱。」（《桃花扇》·1）

半葷不素

例：「只爲你半葷不素低答物，勾引的惹草沾風潑賴徒，辱

---

❺ 施寶義等《漢語慣用語詞典》，（北京：外語教學與研究出版社，1985）。亦見於宋振華軍《語言學概論》，（吉林：人民出版社），頁62。

❺ 孫維張《漢語熟語學》，頁199。

沒殺受戒傳燈好祖宗。」（《僧尼共犯》·2）

半瓶醋

　　例：「如今那街市上常人，粗讀幾句書，咬文嚼字，人叫他做半瓶醋。」（《題橋記》·3）

半近逢八兩

　　例：「卻不如馬力共牛筋，那些人半斤逢八兩，門旁人怎般行徑。」（《白兔記》·10）

抱粗腿

　　例：「調大謊往上躦，抱粗腿向前跳，倒能勾祿重官高。」（《屑范叔》·1）

抱佛腳

　　例：「目下歲考牌到，個個都去抱佛腳了。」（《憐香伴》·13）

並頭蓮

　　例：「休拗折並頭蓮，莫掐殺雙飛燕。」（《留鞋記》·4）

不上臺盤

　　例：「都是伙不上臺盤的狗油東西。」（《遇上皇》·1）

猜啞謎

　　例：「老夫人轉關兒沒定奪，啞謎兒怎猜破？」（《西廂記》·2·3）

草鞋錢

　　例：「我勸哥哥饒了你性命，有什麼草鞋錢與我些。」（《鐵拐李》·1）

踏狗屎❺

例：「只是咱同齋朋友，來我跟前踏狗屎，可不著齋生員笑話。」（《百花序》·2）

饞眼腦

例：「賊心腸饞眼腦天生得劣。」（《西廂記》·4·4）

吃乾醋

例：「我家老婆嗔我終日賣弄這件東西，卻與化塵土的粉骷髏吃乾醋哩。」（《彩毫記》·33）

吃寡醋

例：「皆是他心上自愛上我，你吃這等寡醋做什麼？」（《百花亭》·1）

吃醬瓜兒

例：「呀，倒吃了他一個醬瓜兒。」（《秋胡戲妻》·3）

吃敲才

例：「若不是江村四月正農忙，扯住那吃敲才決無輕放。」（《秋胡戲妻》·4）

愁布袋

例：「我抱定這妝盒子，便是揣著個愁布袋。」（《搶妝盒》·2）

醋葫蘆

例：「後園拖倒葡萄架，前房打破醋葫蘆。」（《永團

---

❺ 舊時稱嫖客侵佔他人所包的妓女，猶似挖牆腳。

圓》·20）

寸草心

　　例：「嬌鶯欲語，眼見春如許，寸草心，怎報的春光一二。」（《牡丹亭》·3）

撮合山❺❺

　　例：「我向這筵席頭上整扮，做一個縫了口的撮合山。」（《西廂記》·3·2）

打抽豐（也作打秋風）

　　例：「打抽豐是極陶氣的事。」（《逍遙游》）

打獨磨

　　例：「正風清月朗碧天空，可怎生打獨磨見不著官道。」（《燕青博魚》·4）

打十三❺❻

　　例：「你若無事到他家裡去，我一准拿來打十三。」（《魔合羅》·楔子）

打是惜罵是憐❺❼

　　例：「他著酒兒將咱勸，我索屏做糕糜咽，我須打是惜罵是憐。」（《青衫淚》·2）

打關節

　　例：「我幾曾見勸和人，打關節處廝勒揩。」（《村樂

---

❺❺　指拉攏說合雙方以成事的人，多指媒人。元明小說戲劇中常見。

❺❻　宋時杖責分五等，最輕的打十三杖。

❺❼　這慣用語是主謂＋主謂型的雙體結構並列式。

堂》·4)

戴屎盆

　　例：「我其實怕逢這腌臢運，羞戴那屎盆。」（《香囊怨》·
　　3）

單相思

　　例：「佩環聲，歸仙宅，單相思，今空害。」（《玉簪
　　記》·11）

倒灶

　　例：「敢則老頭兒沒時運，倒了灶了。」（《桃花女》·
　　4）

燈花爆⑱

　　例：「昨夜個銀臺上剝地燈花爆，他兩個是九重天上皇太
　　子，來探俺這半殘不病舊臣僚。」（《三奪槊》·2）

燈油錢

　　例：「你燈油錢也無，免苦錢也無，倒要吃著死囚的飯，有
　　這等好處，你也帶拿我去走走。」（《黑旋風》·3）

調（掉）書袋

　　例１：「説話處調書袋，施禮數傲吾儕。」（《單鞭奪
　　　　　槊》·1）

　　例２：「我是狀元家的老阿媽，這些書袋豈不會掉？」
　　　　　（《忠孝記》·13）

------

⑱　舊時點燭和油燈照亮，燈芯燃燒時偶會爆出火花，迷信者認爲有喜事來
　　臨。也作「燈花報」，見《水滸全傳》·22。

掉罨子❺⑨

　　例：「都只爲掉罨子鸞交鳳友，到做了個脫稍兒燕侶鶯
　　儔。」（《金錢記》・3）

頂屎盆兒

　　例：「你教他把屎盆兒頂戴，兀的不屈沉殺了拜將筑壇
　　臺。」（《燕青博魚》・1）

頂磚頭

　　例：「我和你頂磚頭，對口詞，我也不怕你。」（《漁樵
　　記》・2）

定盤星❻⓿

　　例：「折莫娘將定盤星，生扭做加三硬。」（《曲江池》・
　　3）

斷頭香

　　例：「若今生難得有情人，是前世燒了斷頭香。」（《西廂
　　記》・1・2）

二則二，一則一

　　例：「由你死共死活共活，我二則二，一則一。」（《任風
　　子》・3）

風月所

　　例：「風月所掀騰翡翠幃，煙花陣攪散了鴛鴦會。」（《劉

---

❺⑨　罨子：網。比喻耍手段，玩花招。

❻⓿　稱或戥上最前面一顆星。將砣放在這個星上和前面的稱鉤或戥盤持平，說
　　明此衡器準，並以此星爲起算單位。因用以比喻作事有主意，有定準。

行首》·4)

狗塌皮

例：「則你便是狗塌皮，是好快活也。」（《南極登仙
會》·2)

關門狀⑥

例：「我告了關門狀，可著誰人救我！」（《黑旋風》·
3)

棺材楦

例：「奶奶不死也斷氣，存的性命活，也是棺材楦。」
（《降桑椹》·2)

鬼頭風

例：「誰知狀元似鬼頭風？」（《張協狀元》·32)

懸羊頭，賣狗肉

例：「懸羊頭，賣狗肉，賴人財。」（《鐵拐李》·4)

哈叭狗（兒）

例：「你這陰陽，是哈叭狗兒咬虼蚤，也有咬著時，也有咬
不著時，我不信你了。」（《桃花女》·1)

黑虎跳⑥

例：「一考二考三考只依本分，並不幹那黑虎跳，飛過海的
勾當。」（《情郵記》·10)

---

⑥ 稱官府不受理的案子。

⑥ 明清時，地方官任滿後，排名俟選，曠時廢日。如果向主管者行了賄，可
以提在別人面前選用，謂做「黑虎跳」，也叫「飛過海」。

黑頭蟲（兒）⑥

　　例：「一時間顧盼不到，他便道黑頭蟲兒不中救。」（《王
　　粲登樓》·2）

鴻門宴

　　例：「只怕就裡藏奸，錯赴鴻門宴。」（《二奇緣》·12）

葫蘆提⑥

　　例：「更合著那沒政事漢高皇。把韓元帥葫蘆蹄斬在未央」
　　（《三奪槊》）

護身符

　　例：「哎，巴豆、巴豆，你如今算不得藥料，竟是姚小姐的
　　護身符了。」（《巧團圓》·13）

花胡哨

　　例：「每日家嗑牙嘹嘴花胡哨。」（《東堂老》·2）

花胡同

　　例：「我是個翠紅堆傅粉的何郎，花衚衕畫眉的張敞。」
　　（《玉壺春》·2）

花木瓜

　　例：「空結實花木瓜，費琢磨水晶塔。」（《誤入桃源》·

---

⑥　傳說是一種吃掉父母的蟲。喻指忘恩負義的人。

⑥　糊涂、馬虎。與現代口語中的「胡剌巴梯」語意相同。《通俗編》引《明
　　道雜志》：「錢文穆內相決一大滯獄。蘇長公譽以爲霹靂手，錢曰：僅免
　　胡盧蹄耳。」葫蘆提即胡盧蹄。又作「胡盧提」、「葫蘆題」、「葫蘆
　　蹄」。

1)

花柳營

　　例：「將一座花柳營生扭做迷魂陣，眞是個女吊客，母喪門！」（《對玉梳》·1）

黃河清

　　例：「海無波，黃河清。」（《桃花扇》·1）

假撇清

　　例：「你這個養漢精，假撇清。」（《燕青博魚》·3）

嚼舌（根）

　　例：「干我甚事，說我推他？要你來嚼舌。」（《賀郎旦》）

攪蛆扒⑥

　　例：「怎麼好人家娶這等攪蛆扒。」（《酷寒亭》·1）

解語花

　　例：「是一朵沒包彈嬌柔解語花。」

金蓮（兒）

　　例：「翠裙鴛繡金蓮小，紅袖鸞綃玉筍長。」（《西廂記》·1·2）

盡場兒

　　例：「只落得盡場兒都做了鬼胡由。」（《黑旋風》·4）

可憐見——「見」爲詞尾，無義。可憐見有二義：

---

⑥　對在家中胡攪蠻纏人的詈語，即攪家精。

1. 憐憫、同情

例：「到此際兀誰可憐見我這裡。」（《董西廂》卷三）

2. 憐愛

例：「姐姐便不可憐見不肖，更做於人情份薄。」（《董西廂》卷五）

撈龍（牢籠）計

例：「俺這裡殺氣騰騰八面威，設下牢籠計。」（《古城記》‧7）

老背晦❻❻

例：「這都是咱老背晦，門兒外不曾撒的把兒來。」（《盆兒鬼》‧3）

老看經

例：「閑官清，醜婦貞，窮吃素，老看經，我如今青春之際，我怎生出的家？」（《劉行首》‧2）

老婆禪

例：「葛藤接斷老婆禪，打破沙鍋璺到底。」（《東坡夢》‧4）

冷臉子

例：「爺爺，那官人好不冷臉子也。」（《謝天香》‧1）

兩賴子❻❼

例：「那裡是八拜交仁兄來訪我，多應是兩賴子隨何來說

---

❻❻　老糊塗，越老越不合時宜。

❻❼　詈語：油嘴光棍，兩頭搬唆的騙子。

我。」（《氣英布》）

兩頭白麵搬興廢⑱

例：「則爲你兩頭白麵搬興廢，轉背言詞説是非。」（《李逵負荊》）

漏面賊

例：「是我罵你這改姓更名的漏面賊。」（《謝金吾》‧3）

漏星堂⑲

例：「漏星堂半間石灰廈，又沒什糧食囷榻。」（《薛仁貴》‧4）

馬泊六⑳

例：「〔丑唱游四門曲〕撞見馬泊六。〔淨白〕劈劈撲撲。」（《張協狀元》）

馬後炮

例：「今日軍師升帳，大哥須要計較此事，不要做了馬後炮，弄的遲了。」（《隔江鬥智》‧2）

馬前卒

例：「勸君莫做馬前卒，盡有上人看顧。」（《寶劍記》‧52）

---

⑱ 白麵：麵粉，比喻糊弄。對雙方都掩飾、蒙蔽，搬弄是非。

⑲ 指破爛的房子。因爲房頂破爛，可以望見星月。

⑳ 原作「馬八六」，亦作「馬百六」、「馬伯六」，今上海猶有此語。本爲形容馬放屁時的連續聲響，引申爲詞鋒快利的人，轉義爲牽引男女搞不正當關係的人。例如《石點頭》‧12：「忙裡偷閒，又挨身與人做馬泊六。」

買路錢

例：「但有來往的軍將，留下三千貫買路錢。」（《存孝打虎》·2）

沒底棺材

例：「凍餓倒的尸骸去那大雪裡挺。沒底的棺材誰共你爭。」（《東堂老》·2）

沒据三，也作沒店三❼

例：「這言語沒据三，可知水深把杖兒探。」（《遇上皇》·4）

沒頭鵝

例：「唬的我似沒頭鵝熱地上蛐蜒。」（《魯齋郎》·1）

沒星秤

例：「他每是沒星秤，沒梁斗，把情懷廝拖逗，將言詞廝引誘，不誠實，空虛謬。」（《淫奔記》·3）

沒包彈❼

例：「楊奶奶有個侄兒馮二官人，討著個揚州女子，沒包彈千伶百俐。」（《春波影》·3）

沒嘴葫蘆

---

❼　沒据三，作輕浮，糊涂解。

❼　沒包彈猶言名瑕疵，即完美之意。許政揚曾作考查，認為包彈字或作褒彈，並引《金鳳釵》·2：「寫染得無褒彈」，《羅李郎》·3：「青間看紫無褒彈無破綻」為證而說：「蓋褒者，譽也。彈者，貶也。褒彈雲者，猶臧否抑揚而已。」見《許政揚文存》，頁4-5。

例：「則一聲，問的我似沒嘴的葫蘆。」（《後庭花》·
2)

悶葫蘆

例：「好著我沉吟半晌無分訴，這畫的是僥幸殺我也悶葫
蘆。」（《趙氏孤兒》·4)

綿裡針

例：「笑裡刀剐皮割肉，綿裡針剔髓挑筋。」（《曲江
池》·2)

磨舌頭

例：「我爲娶這女人呵，整整磨了半截舌頭。」（《救風
塵》·2)

陌路人

例：「可怎生把親兄弟如同陌路人。」（《殺狗記》·1)

母大蟲（即母老虎）

例：「軍中母大蟲，綽有威風，連環陣勢，煙粉牢籠。」
（《牡丹亭》·38)

拿班（兒）❼

例：「非是我要拿班，只怕他將咱輕慢。」（《望江亭》·
1)

泥中刺

例：「將這廝搶下樓去！這廝怎敢泥中隱刺。」（《黃鶴

---

❼ 做形作狀，存心爲難。也作「拿班做喬」。陸采《西廂記》·17：「二十
年前拿班兒做喬，三十歲後挑上門兒難賣。」

樓》·3）

拈把兒，又作拈靶兒：即賣雜貨的人。

例：「你是個貨郎兒，我也是個拈把兒的。我和你合個伙計，一搭裡做買賣去。」（《朱砂擔》·1）

例：「做個拈靶兒的貨郎。」（《漁樵記》·3）

捏舌頭

例：「每日則捏舌頭說別人，今日可是你還不羞死了哩。」（《爭報恩》·2）

盤子頭❼

例：「你休惹事！如今兵馬司正尋這等盤子頭的哩！」（《伍員吹簫》·1）

賠錢貨

例：「我不合救了他亡身禍，因此上被周公家知道我這賠錢貨。」（《桃花女》·4）

破罐子

例：「他拐了我女孩兒，左右弄做破罐子。」（《李逵負荊》·3）

麒麟楦❼

---

❼　喜好勇鬥的人。

❼　用驢子裝成麒麟為戲。唐人稱此驢為「麒麟楦」。馮贄《雲仙雜記》卷九引張鷟《朝野僉載》：「唐楊炯每呼朝士為麒麟楦。或問之，曰：今假弄麒麟者，必修飾其形，覆之驢上，宛然異物。及去其皮，還是驢耳。無德而朱紫，何以異是？」比喻外表好看，實際上不頂用的人。

例：「熱心腸早把冰雪咽，話冤業現擺麒麟檀。」（《桃花扇》卷三）

牽紅絲，也作牽紅線

例：「屏中孔雀人難中，幕裡紅絲誰敢牽。」（《琵琶記》）

清君側

例：「清君側，走檄文，雄兵義旗遮路塵。」（《桃花扇》）

窮吃素

例：「你不知道閒官清，醜婦貞，窮吃素，老看經。」（《劉行首》·2）

肉吊窗❼⑥

例：「你把肉吊窗兒放下來，可不嫁我，做的個尖擔兩頭脫。」（《救風塵》·3）

三不歸❼⑦

例：「你享著玉堂裡千鐘祿，卻覷著那舍內爺娘三不歸。」（《薛仁貴》·3）

三不知❼⑧

例：「三不知逢著貴客，我兩隻手忙加額。」（《兒女團

---

❼⑥ 「肉吊窗」，《漢語慣用詞典》中解爲「冷面孔」，誤。《元曲百科大辭典》中解爲「眼皮」是正確的。

❼⑦ 原指功不成不歸，名不立不歸，利不就不歸，引申爲無著落，沒辦法。

❼⑧ 原指對事情的開始、中間和結尾都不知曉，引申爲不料，不知怎的。

圓》・2）

三思臺❼❾

　　例：「我這裡開弓箭去，吉玎當正中三思臺。」（《破天
　　陣》・4）

沙門島❽⓿

　　例：「姑息赴雲陽，且配沙門島。」（《酷寒亭》・4）

燒刀子❽①

　　例：「大姐，咱和你喝燒刀子，吃蒜包兒去。」（《長生
　　殿》・38）

僧不僧，俗不俗

　　例：「別的僧不僧、俗不俗，男不男、女不女，只會齋得飽
　　也只向那僧房中胡淹，那裡怕焚燒了兜率伽藍。」（《西廂
　　記》・2・楔子）

水晶塔❽②

　　例：「將那個包待制看成做水晶塔，全沒些半點兒真實的
　　話。」（《竹塢聽琴》・2）

說嘴兒

----

❼❾　舊時指心。古語有「心之空則思」，「三思而後行」句，所以稱心為三思
　　臺。

❽⓿　山東蓬萊西北海中的小島，本名沙帽，後轉為沙門。宋時是個荒涼偏僻的
　　地方，往往流配犯人于此。古典劇作者常借沙門島做為劇中人物被流放犯
　　人的地方。

❽①　燒酒、白酒。

❽②　外表光滑，內裡糊涂。塔，梵語浮圖，諧糊涂。

例：「你說嘴兒，你則是要吃酒！大人滿飲一杯。」（《望江亭》·3）

殺人處鑽出頭來

例：「至死也休將口開，誰著你殺人處鑽出頭來。」（《趙禮讓肥》）

踏狗尾

例：「若有那拿粗挾細踏狗尾的但風聞，這東西一半兒停將一半兒分。」（《後庭花》·1）

天雨花❽

例：「俺如念咒，似說法，石也要點頭，天雨花，怎虔誠不降的仙娥下，是不肯輕行踏。」（《牡丹亭》·28）

跳龍門

例：「訕笑的我不成人，定餓死做異鄉魂，到今日也跳龍門。」（《凍蘇秦》·4）

通關節

例：「鄉邦好說話，一也；通關節，二也。」（《牡丹亭》·4）

拖狗皮

例：「我不認的劉沛公！放二四，拖狗皮，是不回席。」（《氣英布》·2）

吐下鮮紅血，當做蘇木水❽

---

❽ 傳梁武帝時，雲光法師在建康聚寶山上講經，感天而雨花。比喻講經說法能打動人心。

例：「則他那褲兒裡休猜做有腿，吐下鮮紅血則當做蘇木水。」（《救風塵》·1）

歪刺骨

例：「這歪刺骨好歹嘴也。我已成了事，不索央你。」（《救風塵》·1）

歪死纏

例：「今日又被他歪死纏，不曾賣的酒。」（《岳陽樓》）

烏眼雞，也做五眼雞

例：「則你那狀元本兒如瓶注水，俺親兄弟看成做了五眼雞。」（《神奴兒》·1）

呷西風

例：「夜飯沒米煮，教我老婆呷西風過日子。」（《繡襦記》·22）

下馬威

例：「取家法過來，待我賞他個下馬威。」（《蜃中樓·抗姻》）

閑磕牙

例：「沒人處只會閑磕牙。」（《西廂記》·3·3）

一尺水翻騰做百丈波

例：「你將那半句話搬調做十分事，一尺水翻騰做百丈波，則你那口似懸河。」

---

❽❹　蘇木，木名，莖和皮可以熬制紅色染料。比喻真心待人，人家不當一回事。富感情色彩，中性。口頭性強。

一身都是膽

例：「曹操稱我一身都是膽，信不虛也。」（《隔江鬥
智》）

煙花寨，也作煙花市

例：「風月所得清白，雨雲鄉無粘帶，煙花寨耳根清淨。」
（《曲江池》·3）

例：「今日個告別了煙花市，同歸了錦繡閣。」（《玉壺
春》·4）

玩是玩，笑是笑

例：「今日玩是玩，笑是笑，有這椿公事在身，交我如何區
處？」（《金雀記》·12）

眼中釘，肉中刺（也用單句：眼內釘）

例：「自從繼母行所生了薛二薛三，見了我那大的個孩兒，
眼中釘，肉中刺，不待見他。」（《薛苞認母》·1）

例：「我是你心頭病，你是我眼內釘。」（《調風月》·
2）

閻王殿

例：「閻王殿前掏井，入地無門。」（《白兔記》·3）

銀樣鑞槍頭

例：「哎！英布也，你是個銀樣鑞槍頭。」（《氣英布》·
3）

油木梳

例：「〔俗語云〕座上若無油木梳，烹龍炮鳳總成虛。」
（《風光好》·1）

有天無日

　　例：「元來個梁山泊有天無日。」（《李逵負荊》・2）

佔鰲頭

　　例：「（外）但得你身佔鰲頭。」

掌上珠（又作掌上明珠）

　　例：「一旦分離掌上珠，我這老景憑誰？」（《琵琶記》・
4）

　　例：「嬌養他掌上明珠，出落的人中美玉。」（《牡丹
亭》・3）

執牛耳⑧⑤

　　例：「好教執牛耳，主騷壇。」（《桃花扇》卷一）

撞門羊⑧⑥

　　例：「我等駟馬車爲把定物，五花誥是撞門羊。」（《風光
好》・2）

三、演變

　　從歷史觀點看，古典戲劇中的慣用語在改造、消亡和新生方面
的變化發展。

　　㈠　從古至今形式和意義基本未變的，如：

　　「安樂窩、百寶箱、半瓶醋、半斤逢八兩、抱佛腳、猜啞迷、

---

⑧⑤　古代諸侯訂盟約，要每人嘗一點牲血，主盟的人親手割牛耳取血，因此，
　　「執牛耳」即指「盟主」。
⑧⑥　舊婚禮迎娶時男家所送的禮物單。

吃乾醋、寸草心、打關節、單相思、燈油錢、掉書袋、哈叭狗、護身符、馬後炮、馬前卒、悶葫蘆、陌路人、賠錢貨、生米做成熟飯、下馬威、通關節、跳龍門、眼中釘、掌上（明）珠、執牛耳」等，在現當代的文學作品或口語上還經常使用著。例如「馬後炮」，來自棋類術語，特指事後不及時的舉動，古今含義一樣：「我一路小跑，生怕去趕個『馬後炮』。」（馬烽《太陽剛剛出山》）

　　㈡　**形式或意義經過改造的，如：**

　　　1.形式上

　　宋《五燈會元》中的「一即一，二即二」在古劇中作「二則二，一則一」，後改成「一是一，二是二」，例：「一是一，二是二。」（于逢《金沙洲》）；或者「該一是一，該二是二」，例：「今天晚上，就決定阿婷跟那姓宋的事情。『該一是一，該二是二』。」（歐陽山《三家巷》）；或者「是一說一，是二道二」，例：「男子漢大丈夫，是一說一，是二道二。」（李滿天《水向東流》）。

　　宋朱熹詩中的「定盤心」在古劇中改成「定盤星」，引用至今。《現代漢語詞典》收錄此語詞。

　　「打是惜，罵是憐」改成「打是疼，罵是愛」（張恨水《金粉世家》），或者「打是心疼，罵是愛」（巴金《秋》）。

　　　2.意義上

　　「佔鰲頭」原指唐宋時期，皇帝殿前陛階上刻繪著巨鰲，翰林學士，承旨等朝見皇帝時，立於陛階中央，故稱翰林院為「上鰲頭」；以後，生員殿試也要登陛階，故又稱中狀元為獨「佔鰲

頭」。現在一般指在某方面取得了最好的成績。如：「全國青年男籃聯賽北京隊勇『佔鰲頭』。」（《北京晚報》，1981 年 11 月 3 日）

　　㊂　**已經消亡的，如：**

　　「撮合山、鬼頭風、黑虎跳、攪蛆扒、老背晦、漏面賊、沒掂三、麒麟楦、清君側、沙門島、歪剌骨、烏眼雞、金蓮兒」等。這種慣用語的消亡有幾種情況：

　　1.所指客觀事物已不存在，如：

　　　　「沙門島」，原指古代流配犯人的地方。

　　　　「麒麟楦」，現在已無以驢子裝成麒麟爲戲的事。

　　　　「金蓮兒」，舊指纏足婦女的腳。

　　2.字面所說的事物或者群眾不熟悉，或者已經消亡，如：

　　　　「黑頭蟲」，傳說是一種吃掉父母的蟲，比喻忘恩負義的人子。這種傳說久已不用而消亡。

　　　　「攪蛆扒」，對在家中胡攪蠻纏人的罵詞。

　　　　「歪剌骨」，罵婦女的話。元明清小說戲劇裡常用，今已不用。《現代漢語詞典》也不收。

第五節　成　語

一、所謂成語

　　過去，人們根據成語的歷史淵源與社會常用語的特點給成語下了定義：

「謂古語也。凡流行於社會，可證引以表示己意者皆是。」
（《辭源》1915 年版）

「古語常爲今人所引用者曰成語。或出自經傳，或來自謠
諺，大抵爲社會間口習耳聞，爲眾所熟知者。」（《辭海》
1936 年版）

「謂社會上習用之古語。」（《漢語辭典》1957 重印本）

「習用的古語，以及表示完整的定型詞組或短句。」（《辭
源》1979 年修訂本）

以上四書解釋成語的共同點有二：其一，成語就是「古語」；其
二、成語是「社會上習用」之古語。這兩點有值得商榷之處：㈠既
然成語是「古語」，那麼，今人所創的新成語，如「力爭上游」、
「多快好省」就不能稱爲成語。㈡「社會上習用之古語」不一定就
是成語。例如：《中國成語大辭典》❽所例舉的成語如「一寸光陰
一寸金」，「一朝君子一朝臣」，「一夜夫妻百夜恩」，「一動不
如一靜」等等，實際上是屬于諺語；「太公釣魚——願者上鉤」，
「狗咬呂洞賓——不識好人心」等等，屬歇後語；「綿裡針」，
「清君側」，「眼中釘」，「肉中刺」，「莫須有」等等，也非成
語，而是慣用語。所以，「社會上習用之古語」並非單指成語而
言。

《新漢和辭典》對成語的解釋是：

---

❽　（上海：上海辭書出版社，1987 年第 1 版，1992 年第 8 次印刷）。

①古人創作的，後人經常使用的詞語。

②兩個以上的詞結合在一起，形成一個意義的詞組或熟語。⑧

這本辭典雖是日本出版的，由於它是一本幫助日本人學習漢語的工具書，其中對成語的解釋，自是針對漢語成語而言。①項解釋，也認為成語是後人長期習用的古語。②項解釋，提出了成語是「兩個以上的詞結合在一起」的「詞組或熟語」，這就有利於解決詞與成語相混的問題。

　隨著對熟語研究的深入，人們注意到成語跟慣用語、諺語的區別，開始從形式和內容兩方面給成語下定義。如《現代漢語詞典》說：

　　人們長期以來習用的、形式簡潔而意思精闢的，定型的詞組或短句。漢語的成語大多由四個字組成，一般都有出處。有些成語從字面上不難理解，如「小題大作」、「後來居上」等。有些成語必須知道來源或典故才能懂得意思，如「朝三暮四」、「杯弓蛇影」等。⑧

這種解釋，可以同時解決三個問題：

　㈠只說「長期習用」而不提「古語」，就可以包括許多產生於現

────────────

⑧　引自日本大修館書店《新漢語辭典》修訂本。
⑧　引自商務印書館《現代漢語詞典》，1994 年第 148 次印刷。

代的新成語。

㈡指明成語是「定型的詞組或短句」，也就可以避免成語與詞的
混淆。

㈢成語大多由四個字組成，一般都有出處。用四字格作形式標
準，既合乎實際，又便於掌握。

成語以四字格爲主體，但並不是說一見四字格詞組便認爲是成語，
也不排除非四字格的成語，但漢語成語的形式已向四字格看齊：少
於四個字的就擴展，如「彈冠」（《漢書·王吉傳》）擴展爲「彈
冠相慶」；多過四個字的就縮減，如「飲其血，茹其毛」（《禮
記·禮運》）就縮減爲「茹毛飲血」。所以，對成語來說，四字格
是很有力的規范形式。但是，慣用語和諺語都有四字格，如「拿手
好戲」，「狗仗人勢」（慣用語）等；「好事多磨」，「泥多佛
大」（諺語）等，如何區分彼等的不同？一般上可利用語法分析法
加以辨別。成語的組成成分固定，如「一鼓作氣」，不能說成「二
鼓作氣」；「借花獻佛」，不能改成「借花獻主」等等。慣用語固
定性較弱，比如「露一手」與「露二手」，「吃鴨蛋」與「吃雞
蛋」共存。成語一般上不隨便擴展，如「奉爲圭臬」，說成「奉爲
了圭臬」便不成話，慣用語「喝西北風」可說成「喝一喝西北
風」，「喝一下西北風」。諺語的形式雖有定型性，但比起成語來
並不那麼強。比如諺語「棋錯一著，滿盤皆輸」，在古典劇作裡就
寫成「只因一著錯，連累滿盤空」，「只因一著錯，萬般都是空」
等。

二、成語的引用

　　原則上，成語的引用是很講求規范的，但在古典劇作中，為了形象生動，為使曲文聲聽聳觀，或者為了遷就音韻，往往突破限制，變更字句，顛倒詞序，例如「飲露餐風」，「飲風餐露」，「餐風吸露」；「耀武揚威」，「揚威耀武」；「如花似玉」，「如花似月」；「順水推舟」，「順水推船」等等，做到了文而不酸腐，俗而不鄙俚的天然化境。有人稱這是「成語變體」⑨或「異體成語」。⑨

　　今從元明劇曲中搜尋所得列舉如下，以見古典戲劇作家巧用成語，真正達到了妙詞取喻，錘煉精工，深入淺出，雅俗共賞地步。

　　按：為方便搜錄起見，我以上海辭書出版社的《中國成語大辭典》中的成語為據，以之與古典戲劇中出現的成語相印證，所得如下：

㈠　**疊字類**

　　1. AABB 式

巴巴劫劫	插插花花	沸沸揚揚	紛紛揚揚
風風韻韻	赫赫揚揚	昏昏沉沉	汲汲皇皇
兢兢業業	樂樂陶陶	轟轟烈烈	世世生生
是是非非	絮絮叨叨	郁郁蔥蔥	戰戰兢兢

---

⑨　倪寶元《成語的套用》，見《漢語教學與研究》（北京：北京語言學院出版社，1989·1），頁 149-160。

⑨　轟言之《通用成語與異體成語》，見《江西師範大學學報〔哲社版〕》，1992·2，頁 92-97。

朝朝暮暮

2. ABAC 式

半推半就	半吞半吐	半信半疑	比張比李
不茶不飯	不存不濟	不哼不哈	不稂不莠
多嘴多舌	呼牛呼馬	瞞己瞞天	漫天漫地
求名求利	身做身當	爲國爲民	爲鬼爲蜮
無得無喪	無情無緒	無掛無礙	無依無靠
無了無休	無黨無偏	無是無非	無形無影
無憂無慮	一來一往	一馬一鞍	一還一報
一物一主	一家一計	大吹大擂	宜嗔宜喜
有風有化	宜室宜家	憂民憂國	怨天怨地
爭長爭短	知書知禮	自作自受	如醉如痴

3. ABCB 式

將計就計	將心比心	以德報德	以訛傳訛
倚老賣老	在家出家	知恩報恩	指空話空
天知地知	耳滿鼻滿	形單影單	衾寒枕寒

4. AABC 式

花花太歲	賢賢易色	盈盈秋水	怨怨相報
字字珠玉	官官相爲	官官相衛	官官相護

5. ABCC 式

千里迢迢	殺氣騰騰	天理昭昭	威風凜凜
文質彬彬	行色匆匆	羞人答答	一貌堂堂
衣冠濟濟	氣宇昂昂	憂心悄悄	福壽綿綿
苦海茫茫			

㈡　非疊字類

A、　挨肩迭背　　愛錢如命　　愛屋及烏　　安邦定國

　　安營扎寨　　鞍兵勞頓　　按兵不舉　　按甲寢兵

　　暗室虧心　　暗度陳倉　　傲雪欺霜

B、　八拜之交　　八面威風　　巴三攬四　　拔刀相助

　　拔樹尋根　　拔釘抽楔　　拔山扛鼎　　白髮紅顏

　　白旄黃鉞　　白面書生　　白頭偕老　　白雲親舍

　　白叟黃童　　白屋寒門　　白紙黑字　　百卉千葩

　　百計千謀　　百二山河　　把素持齋　　持齋把素

　　百謀千計　　百歲千秋　　百歲之好　　百縱千隨

　　敗子回頭　　敗國喪家　　拜將封侯　　擺尾搖頭

　　搖頭擺尾　　班師得勝　　半籌不納　　半斤八兩

　　半途而廢　　包羞忍辱　　褒善貶惡　　飽食傷心

　　飽經霜雪　　抱恨終天　　抱頭縮勁　　抱子弄孫

　　暴虎馮河　　本性難移　　笨鳥先飛　　貝闕珠宮

　　背糟拋糞　　悲歡合散　　背井離鄉　　比翼雙飛

　　筆掃千軍　　筆走龍蛇　　比翼連枝　　碧海青天

　　碧落黃泉　　碧瓦珠甍　　閉月羞花　　變跡埋名

　　變名易姓　　變化無方　　秉笏披袍　　病國殃民

　　冰肌玉骨　　冰清玉潔　　兵多將廣　　兵荒馬亂

　　兵連禍結　　兵寡將微　　撥草尋蛇　　撥萬論千

　　撥雲睹日　　撥雲撩雨　　伯勞分飛　　補天浴日

　　不伏燒埋　　不識好歹　　不速之客　　不省人事

　　不如歸去　　不期而遇　　不由分說　　步線行針

步月登雲

C、	才德兼備	才能兼備	才疏德薄	彩鳳隨鴉
	滄海遺珠	餐風沐雨	餐風吸露	餐松啖柏
	殘兵敗將	殘軍敗將	殘茶剩飯	殘湯剩飯
	殘花敗柳	藏垢納污	操觚染翰	草廬三顧
	草木皆兵	草衣木食	草長鶯飛	茶餘飯飽
	吒紫嫣紅	讒言佞語	長命百歲	長生不老
	長吁短嘆	蟾宮折桂	萇弘化碧	拆白道字
	超凡出世	超凡入聖	超今冠古	超俗絕世
	嘲風詠月	扯鼓奪槊	沉魚落雁	沉灶產蛙
	趁浪逐波	稱孤道寡	成家立計	誠心正意
	乘龍快婿	陳雷膠膝	晨參暮省	赤手空拳
	赤繩系足	赤心奉國	吃醋拈酸	叱吒風雲
	重生父母	愁眉不展	愁眉淚眼	沖州撞府
	充飢畫餅	出將入相	觸景生情	炊金饌玉
	粗茶淡飯	粗衣淡飯	粗衣糲食	摧枯拉朽
	摧山攪海	蹉跎歲月	春風得意	春歸人老
	春意闌珊	春暖花香	春光漏泄	脣紅齒白
	脣槍舌劍	慈烏反哺	寸步難移	抽胎換骨
D、	打家劫舍	打草驚蛇	大男小女	大呼小叫
	斗筲之器	大驚小怪	單刀直入	簞食瓢飲
	倒戈卸甲	盜鐘掩耳	道不拾遺	擔驚受怕
	膽戰心驚	膽慌心怕	膽大心粗	得意忘言
	得魚忘筌	德容兼備	登山跋嶺	登山臨天

抵死漫生	砥柱中流	地滅天誅	地覆天翻
地角天涯	地廣人稀	地羅天網	地老天荒
掂斤播兩	顛鸞倒鳳	吊民伐罪	跌腳捶胸
頂天立地	丁一卯二	洞房花燭	洞天福地
東掩西遮	東歪西倒	東窗事發	東床坦腹
東躲西藏	東量西折	睹物思人	睹物興悲
斷梗流萍	斷怪除妖	斷線風箏	斷井頹垣
斷釵重合	斷雁孤鴻	斗轉參橫	斗轉星移
蕩產傾家	堆金積玉	頓開茅塞	對答如流
淡飯黃齏	電光石火		

E、

訛言謊語	鵝行鴨步	餓虎飢鷹	惡語傷人
惡紫奪朱	恩斷義絕	恩深義重	耳根清淨
耳聞目見	二意三心		

F、

法力無邊	髮短心長	反面無情	范張雞黍
方頭不律(劣)	凡胎濁骨	煩天惱地	飯囊衣架
販夫俗子	飛蛾投火	飛沙走石	飛鳧走罤
飛燕游龍	飛鷹走犬	肥馬輕裘	廢寢忘餐
分星擘兩	焚膏繼晷	分淺緣薄	豐年稔歲
豐衣足食	風餐水宿	風花雪月	風和日暖
風虎雲龍	風流瀟灑	風清月朗	風鬟霧鬢
鳳毛麟角	鳳友鸞交	佛口蛇心	浮光掠影
浮名虛譽	浮萍浪梗	釜中之魚	腹熱腸荒
撫孤恤寡	拊膺頓足	負荊請罪	負屈銜冤
覆地翻天	覆鹿尋蕉	福惠雙修	福祿雙全

福壽雙全	福壽康寧	福壽齊天	福壽天成
夫唱婦隨	夫榮妻貴	奉公守法	扶危救困
封妻蔭子	發喊連天	發憤忘食	

G、
高才大德	高材疾足	高才絕學	高飛遠翔
高節清風	高情逸志	高山流水	高識遠度
高舉深藏	高談闊論	高陽公子	高陽酒徒
高陽狂客	高枕無憂	高抬貴手	高抬明鏡
高臥東山	改過自新	改換家門	改換門閭
甘貧守志	感天動地	割肚牽腸	更長漏永
更闌人靜	根深蒂固	攻城略地	功成名就
功德圓滿	功高望重	觥籌交錯	孤掌難鳴
骨肉團圓	骨瘦如柴	沽酒當壚	沽名釣譽
沽名干譽	辜恩負義	掛腸懸膽	掛肚牽心
官報私仇	官法如轤	鬼使神差	貴人多忘
貴人健忘	國破家亡	國泰民安	過河拆橋
鰥寡孤獨	更深人靜		

H、
好夢難圓	好夢難成	呵佛罵祖	合浦還珠/
珠還合浦	河東獅吼	河清海晏	鶴立雞群
海角天涯	海沸江滾(裂)	韓壽偷香	含沙射影
含血噴人	寒花晚節	後生可畏	後合前仰
橫拖倒拽	圇圇吞棗	呼天喚雨	狐假虎威
狐群狗黨	轟雷貫耳	紅顏薄命	虎嘯龍吟
虎鬥龍爭	虎頭燕頷	虎口逃生	虎口餘生
壺中日月	昏鏡重磨	花遮柳掩	花團錦簇

花紅柳綠	花門柳戶	花魔酒病	花前月下
花言巧語/巧語花言		花朝月夕	花晨月夕
畫餅充飢	畫地爲牢	懷才不遇	揮劍成河
回心轉意	回頭是岸	回嗔作喜	回腸寸斷
毀形滅性	灰飛煙滅	會道能説	會少離多
魂飛魄散	禍福無門	禍福無偏	禍因惡積
禍福無常	禍福靡常	慌不擇路	渾俗和光
豁達大度	黃道吉日	惠而不費	火上燒油
胡作喬爲	胡言漢語		

J、

濟困扶危	濟貧扶苦	濟弱扶傾	濟人利物
濟世愛民	濟世安邦	濟世安民	濟世經邦
飢飽勞役	積草屯糧	瘠人肥己	擠眉弄眼
箕裘相繼	計窮力屈	計窮途拙	計上心來
吉人天相	家貧如洗	家破人亡	加官進祿
價值連城	假公濟私	假途滅虢	架海金梁
煎膏炊骨	進退無門	剪草除根	剪燭西窗
錦上添花	錦瑟年華	錦繡江山	箭穿雁口
鏡裡看花	見財起意	見鞍思馬	見死不救
鯨吞虎噬	江上如畫	將無作有	近水樓臺
交頭接耳	膠柱鼓瑟	攪海招災	攪海翻江
借刀殺人	借花獻佛	借尸還魂	經官動府
經綸濟世	經濟之才	驚天動地	旌善懲惡
金蟬脫殼	敬賢禮士	敬老憐貧	舊念復萌
菊老荷枯	舉案齊眉	舉鼎拔山	舉目無親

	絕世佳人	絕色佳人	峻嶺崇山	擊楫中流
	擊玉敲金	結草銜環/銜環結草		
K、	嗑牙料嘴	口吐珠璣	口如蜜鉢	口蜜腹劍
	口是心苗	口似懸河	苦盡甘來	曠世奇才
	開雲見日	慷慨赴義		
L、	狼吞虎咽	狼奔鼠竄	勞燕分飛	龍盤虎踞
	漏網之魚	漏盡更闌	鹿死誰手	鸞鳳和鳴
	呂安題鳳	擂鼓鳴金	擂鼓篩羅	離經叛道
	立功贖罪	立國安邦	立身行道	立身揚名
	連中三元	連珠合璧	憐孤惜寡	憐香惜玉
	戀酒迷花	戀酒貪杯	臨淵結網	捋袖揎拳
	履霜堅冰	六韜三略	六陽會首	龍潭虎窟
	籠中之鳥	路柳牆花	露宿風餐	羅鉗吉網
	洛陽才子	驢前馬後	綠鬢朱顏	綠衣黃里
	立盹行眠	兩全其美	流水行雲	伶牙俐齒
	俐齒伶牙	樂極生悲	離鄉背井	力盡筋舒
M、	馬不停蹄	馬到成功	馬牛襟裾	賣俏行奸
	賣笑追歡	賣官鬻爵	埋天怨地	瞞神唬鬼
	瞞天過海	瞞天昧己	滿腹文章	昧天瞞地
	彌天大罪	迷蹤失路	苗而不秀	滿面春風
	滿座風生	毛施淑姿	妙舞清歌	美玉無瑕
	民殷國富	覓愛追歡	覓衣求食	眠花臥柳
	眠思夢想	眠霜臥雪	民生涂炭	明火執仗
	明婚正配	明媒正娶	明月清風	明正典刑

明哲保身	明知故犯	明鏡高懸	眉開眼笑
眉來眼去	眉南面北	眉清目秀	門當戶對
夢斷魂勞	夢勞魂想	面不改色	面黃肌瘦
忙裡偷閒	沒頭官司	描鸞刺鳳	滅門絕戶
磨穿鐵硯	莫展一籌	抹淚揉眵	抹月批風
名韁利鎖	名正言順	命蹇時乖	目成心許
目斷飛鴻	目斷鱗鴻	目斷魂銷	目指氣使
沐猴而冠	暮鼓晨鐘	暮禮晨參	暮去朝來
N、 拿粗挾細	拿班做勢	拿雲握霧	拿賊見贓
南柯一夢	能言快語	囊螢積雪	逆天悖理
逆來順受	泥塑木雕	鳥道羊腸	匿跡潛形
拈花弄月	拈花摘草	拈酸吃醋	嚙雪吞氈
躡足潛蹤	弄鬼妝么	弄假成真	弄風嘲月
弄月摶鳳	弄盞傳杯	努牙突嘴	努臂當轍
濃桃艷李	濃妝艷裹	濃妝艷質	年高德邵
年高德重	男盜女娼	男婚女嫁	男尊女卑
牛衣對泣	尿滾屁流	女生外向	納新吐故
P、 排難解紛	攀蟾折桂	攀高接貴	攀花折柳
攀今吊(攬)古	攀龍附鳳	攀滕攬葛	潘鬢成霜
飄蓬斷梗	貧賤之知	貧兒乍富	萍蹤浪跡
鵬程萬裡	逢凶化吉	蓬蓽生光	皮開肉綻
片甲不留	破釜沉舟	破甑生塵	拋戈卸甲
拋金棄鼓	烹龍炮鳳	披枷帶鎖	披荊斬棘
披露肝膽	披麻帶孝	披袍擐甲	披星戴月

品竹調絲	瓶沉簪折	撥水難收	普濟眾生
翻來覆去	否極泰來	屁滾尿流	盤根錯節
Q、七青八黃	七死八活	淒風苦雨	奇花異卉
奇珍異寶	綺羅粉黛	祗樹有緣	棋逢敵手
旗開得勝	旗開馬到	氣夯胸脯	氣吐虹霓
氣吞(壓、壯)山河		氣咽聲絲	衾寒枕冷
琴斷朱弦	琴瑟和諧	琴瑟相調	琴心相挑
琴棋書畫	情深骨肉	情深似海	情同魚水
千刀萬剮	千叮萬囑	千歡萬喜	千推萬阻
強文假醋	千兵萬馬	千愁萬恨	千村萬落
千方百計	千金一刻	千金一笑	千年萬載
千秋萬歲	千山萬水	千思萬想	千辛萬苦
罄竹難書	前合後偃	前呼後擁	前遮後擁
牽腸割肚	欺大壓小	欺君誤國	欺軟怕硬
欺善怕惡	欺霜傲雪	欺天罔地	欺硬怕軟
漆身吞炭	棄舊憐新	棄邪從正	契合金蘭
淺斟低唱	淺斟低謳	喬裝打扮	輕身重報
輕財重義	輕偎低傍	清閒自在	清新俊逸
清風勁節	清風明月	輕歌妙舞	清灰冷灶
清心寡欲	潛龍伏虎	牆花路柳	秦晉之緣
秦樓楚館	蠐首蛾眉	青面獠牙	青鞋布襪
親如手足	擒龍縛虎	擎天之柱	擎天架海
請功受賞	敲牛宰馬	窮酸餓醋	窮源推本
求全責備	求賢用士	求魚緣木	屈打成招

超前退後	曲盡人情	秋高氣爽	秋收冬藏
秋毫無犯	秋草人情	秋風團扇	瓊林玉質
瓊樓玉宇	權豪勢要	犬馬之報	犬牙鷹爪

R、

饒舌調脣	惹是招非	惹草拈花	惹火燒身
惹禍招災	惹罪招愆	忍飢受渴	忍氣吞聲
忍辱含羞	人才出眾	人非土木	人各有志
人急計生	人杰地靈	人困馬乏	人命關天
人離鄉賤	人強馬壯	人我是非	人情冷暖
人心似鐵	人言可畏	人語馬嘶	人約黃昏
人微言輕	人面獸心	人面桃花	仁人君子
仁至義盡	日不移影	日高三丈	日麗風和
日暖風和	日暮途窮	日往月來	日月蹉跎
日月參辰	日月交食	日月如梭	日炙風吹
日轉千街	柔腸百結	柔情綽態	柔枝嫩葉
如花似玉(月)	如狼似虎	如雷貫耳	如魚似水
茹苦含辛	辱門敗戶	入室操戈	肉眼愚眉
軟玉溫香/溫香軟玉		瑞氣祥雲	

S、

塞翁失馬	三分鼎立/鼎足三分		三番兩次
三生有幸	三從四德	三寸之舌	三更半夜
三回五次	三教九流	三媒六證	三親六眷
三十而立	三頭六臂	三推六問	三言兩句
三貞九烈	撒科打諢	插科打諢	撒豆成兵
山長水遠	山明水秀	山崩海漏	山盟海誓
山遙水遠	山餚野蔌	沙裡淘金	桑樞瓮牖

喪家之犬	上梁不正	傷風敗俗	少米無柴
少東無西	騷人墨客	苦眼鋪眉	燃眉之急
社稷之臣	深更半夜	深溝高壘	深宅大院
神機妙策	神術妙計	神愁鬼哭	神出鬼沒
神動色飛	神鬼不測	神嚎鬼哭	神號鬼哭
神魂顛倒	神清氣正	神清骨秀	神人共悦
神人鑒知	喪膽忘魂	喪膽銷魂	搔首踟蹰
掃田刮地	殺人放火	歃血爲誓	扇枕溫衾
賞功罰罪	舍身圖報	舍身取義	涉水登山
攝魂鉤魄	失魂喪魄	失魂亡魄	失馬亡羊
施謀用智	松蘿共倚	施仁布德(恩、澤)	
施朱傳粉	識文談字	寢皮食肉	恃強凌弱
噬臍莫及	噬臍無及	書劍飄寒	書符咒水
疏財仗義	數白論黃	數短論長	數黑論黃
少年老成	參辰卯酉	生男育女	生死之交
生離死別	生別死離	生死輪回	生擒活拿
繩趨尺步	詩朋酒友	詩禮傳家	詩云子曰
四馬攢蹄	四方八面	食不糊口	食前方丈
視死如歸	視同泰越	誓無二志	睡臥不寧
死而無怨	死聲淘氣	死生未卜	死心搭地
死心塌地	死裡逃生	死病難醫	死無對證
死于非命	似漆如膠	似水如魚	隨波逐浪/
逐浪隨波	隨波逐塵	隨風倒舵	隨機應變
歲寒三友	歲豐年稔	歲寒松柏	是非人我

疏慵愚鈍	司空見慣/見慣司空		司馬青衫
水天一色	水中撈月	水光山色	水盡鵝飛
水火無情	水火無交	十惡不赦	十指連心
十面埋伏	十年寒窗	十死九生	十拿九穩
時乖運拙	時運亨通	時和歲稔	時移事遷
手到拿來	手忙腳亂	樹倒根摧	首鼠摸梭
鼠目獐頭	授受不親	世態人情	說是談非
菽水之歡	舜日堯天	石沉大海	駟馬難追
駟馬高車	素車白馬	蘇海韓潮	粟紅貫朽
酸文假醋	束杖理民	搠筆巡行	順手牽羊
順水推舟(船)	送舊迎新	送暖偷寒	損兵折將
損人利己	索垢尋庇	笙歌鼎沸	尸橫遍野
事敗垂成	事出不意	室如懸磬	善與人交
擅作威福			

T、
貪官污吏	貪心妄想	貪財好賄	貪花戀酒
貪名逐利	貪生怕死	貪生害義	貪贓枉法
貪位慕祿	貪位取容	儻來之物	談怪說法
談天說地	彈絲品竹	彈冠相慶	彈鋏無魚
坦腹東床	探囊取物	逃災避難	桃紅柳綠
桃來李答	偷香竊玉/竊玉偷香		桃李門牆
討是尋非	偷天換日/換日偷天		偷東摸西
騰雲駕霧	啼天哭地	啼笑皆非	剔蠍撩蜂
涕淚交垂	踢天弄井	替天行道	提牌執戟
提心在口	殢雨尤雲	挑茶斡刺	挑脣料嘴

挑牙料脣	調三斡四	調和鼎鼐	調弦品竹
調脂弄粉	調嘴弄舌	添兵減灶	天各一方
天羅地網	天緣奇遇	天災人禍	天姿國色
天作之合	天長地久	天長地遠	天高地遠
天高日遠	天昏地暗	天網恢恢	天清氣朗
天道好還	天花亂墜	天假良緣	天付良緣
天理難欺	甜言蜜語	鐵打心腸	鐵石心腸
鐵硯磨穿	頭角崢嶸	頭捎自領	頭疼腦熱
兔死狗烹	兔走烏飛	挺身而出	通家之好
通天徹地	同甘共苦	同心斷金	同氣相求
銅筋鐵骨	銅牆鐵壁	投河奔井	圖財致命
圖謀不軌	荼毒生靈	吐膽傾心	搏香弄粉
推天搶地	推賢舉善	推選遜能	推東主西
推聾做啞	推聾妝啞	推三阻四	褪前擦後
拖人下水	拖天掃地	退避三舍	
W、瓦解星飛	蛙鳴井底	亡魂喪膽	枉用心機
忘恩失義	忘恩負義	忘恩背義	完璧歸趙
歪談亂道	歪道亂講	外合裡應/裡應外合	
外親內疏	萬夫不當	萬古常春	萬古流芳
萬古千秋	萬載千秋	萬縷千絲/千絲萬縷	
萬籟無聲	萬全之計	萬人之敵	萬緒千頭
望穿秋水	望風而走	望風而靡	望風而降
望風披靡	望梅止渴	望眼欲穿	王祥臥冰
屋烏推愛	煨乾避溫	為非作歹	畏死貪生

未卜先知　　臥柳眠花　　臥薪嘗膽　　臥雪眠霜
握霧拿雲　　握雨攜玉　　誤國殃民　　物阜民安
物阜民熙　　物離鄉貴　　物是人非　　微服私行
韋布匹夫　　文房四寶　　文武兼濟　　文武兼備
文武兼資　　文武全才　　文武雙全　　文章魁首
刎頸之交　　覽中之鱉　　蝸角虛名　　烏衣子弟
巫山洛浦　　無後爲大　　無家可歸　　無價之寶
五湖四海　　五陵豪氣　　五陵年少　　舞榭歌臺/
歌臺舞榭

X、惜孤念寡　　洗耳恭聽　　洗垢尋根　　西方淨土
西除東蕩　　下筆成篇　　唬鬼瞞神　　膝行肘步
仙風道骨　　仙姿玉兔　　閑花野草/野花閑草
閑雲野鶴　　閑茶浪酒　　涎皮賴臉　　線斷風箏
香車寶馬　　香火兄弟　　香肌玉體　　香潤玉溫
香溫玉軟　　香消玉沉　　香消玉減　　祥麟瑞鳳
祥雲瑞氣(彩)嫌貧愛富/愛富嫌貧　　　顯親揚名
顯祖揚宗　　相見恨晚　　相敬如賓　　相機而言
相逢狹路　　降龍伏虎　　響遏行雲　　笑裡藏刀
小家碧玉　　曉風殘月　　孝子賢孫　　挾權倚勢
挾勢弄權　　挾人捉將/捉將挾人　　　攜雲握雨/
握雨攜雲　　燮理陰陽　　興廢存亡　　興邦立國
興師見罪　　興雲布雨　　興雲作雨　　興雲作霧
興雲吐霧　　心粗膽大　　心煩意亂　　心高氣硬
心高氣傲　　心寒膽落　　心驚肉戰　　心曠神怡

心曠神恬　心勞意攘　心靈手巧　心滿意足
心忙意急　心動神馳　心慵意懶　心猿意馬/
意馬心猿　心直口快　心焦如焚　心亂如麻
心如刀割　心如刀鋸　心如古井　心癢難撓
心癢難揉　心瞻魏闕　星移物轉　星奔川鶩
星馳電發　星馳電走　星前月下/月下星前
星移斗轉　行短才喬　行短才高　行思坐想
行虧名缺　行滿功圓　行濁言清　形單影只
行凶撒潑　行影相依　行影相隨　兄友弟恭
邪魔外道　斜風細雨　杏眼桃腮/桃腮杏臉
杏雨梨雲　凶神惡煞　雄才大略　胸有甲兵
熊心豹膽　朽木死灰　朽木之才　秀才人情
秀而不實　休戚相關　袖手旁觀　繡虎雕龍
修橋補路　修身齊家　恤孤念寡　恤老憐貧
虛情假意　虛舟飄風　萱花椿樹　揎拳捋袖
玄關妙理　懸鶉百結　懸頭刺股/刺骨懸梁
削鐵如泥　學貫天人　學疏才淺　血海尸山
雪案螢窗(燈、火)　尋山問水　尋花問柳
尋死覓活　尋蹤覓跡　尋歡作樂　先來後倒
先禮後兵　先斬後聞　先憂後樂　銜悲茹恨
銜冤負屈　簫韶九成　逍遙自在　新婚燕爾
信口開合(河)　循規蹈矩/蹈矩循規/蹈規循矩

Y、牙籤萬軸　牙籤犀軸　牙籤錦軸　煙花風月
　　燕侶鶯儔　燕約鶯期　燕語鶯聲　燕語鶯呼

言不盡意	言而無信	言而有信	言之成理
言不諳典	言高語低	言聽計從	言來語去
言三語四	言十妄九	掩其不備	演武修文
雁杳魚沉	雁塔題名	眼花撩亂	眼明手快
眼內無珍	眼內無珠	揚花水性	揚眉吐氣/
氣吐眉揚	揚名顯姓	揚威耀武/耀武揚威	
陽春白雪/白雪陽春		陽關大道	羊落虎口
羊投虎口	養軍千日	養虎傷身	養賢納士
搖脣鼓舌/鼓舌搖脣		搖旗吶喊	妖魔鬼怪
瑤臺閬苑	瑤池玉液	瑤臺銀闕	咬文嚼字
咬牙切齒	窈窕淑女	杳無音信/音信杳無	
葉落歸秋	葉落知秋	夜靜更長(闌) 夜闌人靜	
夜深人靜	夜半三更	爺飯娘羹/爺羹娘飯	
依草附木	移宮換羽	移山填海	移星換斗
遺臭千年	倚強凌弱	倚勢挾權	一般見識
一筆勾銷	一表非俗	一表非凡	一表人才
一表人物	一串驪珠	一刀兩段	一點靈犀
一鼓而下	一顧傾人	一貌傾城	一官半職
一呼百諾	一階半職	一廉如水	一路平安
一木難支	一男半女	一諾千金	一片赤心
一抔黃土	一腔熱血	一竅不通	一切眾生
一曲陽關	一時半刻	一視同仁	一天星斗
一往情深	一言半語	一言難盡	一言爲定
一勇之夫	一力吹噓	一年半載	一枕南柯

一貧如洗　一星半點　一臂之力　衣錦榮歸
衣錦還鄉　衣帛食肉　衣紫腰金/腰金衣紫
衣冠沐猴　衣冠禽獸　衣冠雲集　衣食父母
益壽延年　易如反掌　易如翻掌　逸態橫生
義夫節婦　義海恩山/恩山義海　義氣相投
弋不射宿　義斷恩絕　意得志滿　義斷恩絕
意急心忙　意懶心慵　意氣相投　意攘心勞
意惹情牽　陰錯陽差　英雄氣短　氤氳馣醷
蠅名蝸利　蠅頭微利　蠅頭蝸角/蝸角蠅頭
景從雲集　影只形單/形單影只　吟風弄月
引狼入室　飲露餐風/飲風餐露　飲恨吞聲
隱跡埋名　迎奸賣俏　應對如流　螢窗雪案
映雪囊螢　映雪藏螢　語不投機　語笑喧嘩
語言無味　鳶飛魚躍　源清流淨　怨氣沖天
怨女曠夫　魚龍變化　魚水和諧　魚貫而進
漁陽鼙鼓　魚游釜底　月黑風高　月過中秋
月明風清　月明如水　月下花前　月下老人
月明如晝　月明千里　月中折桂　月落烏啼
月眉星眼　月書赤繩　月夕花朝　月貌花龐
月缺花殘/花殘月缺　月墜花折　月值年災
擁霧翻波　用計鋪謀　用智鋪謀　用心竭力
游戲塵寰　遠親近戚　有翅難飛　有國難報
有家難奔　有口難分　有口難言　有屈無伸
有傷風化　有始無終　有天無日　有朝一日

有眼如盲	有眼無珠	有約在先	有志難酬
于家爲國	于民潤國	餘霞散綺	餘韻流風
與民同樂	援筆而就	躍馬揚鞭	運蹇時衰
運智鋪謀	用計鋪謀	運拙時乖(羈)	詠雪之慧
幽期密約	油頭粉面	游蜂戲蝶	游手好閒
愚眉肉眼	玉成其事	玉骨冰肌	玉樓金閣
玉樓金闕	玉貌花容	玉軟花香	玉碎珠沉
玉枝金葉	玉葉金枝	御溝紅葉	雲程萬里

Z、

扎手舞腳	摘膽剜心	瞻天戀闕	斬釘截鐵
斬將奪旗	斬蛇逐鹿	張牙舞爪	張敞畫眉/
畫眉張敞	張皇失措	掌上觀紋	章臺楊柳
仗勢欺人	賊人膽虛	詐敗佯輸	詐啞佯聾
正直無邪	眞金烈火	眞心誠意	眞贓實犯
只手空拳	至交契友	至意誠心	志誠君子
招財進寶	招軍買馬	招賢納士	招賢下士
招亡納叛	招災攬禍	忠君報國	忠肝義膽/
赤心忠膽	逆耳忠言	朱脣粉面	朱袍玉帶
朱脣皓齒	朱甍碧瓦	朱顏粉面	株盡殺絕
遮天映日	折桂攀蟾	折戟沉沙	折腰五斗
拙口鈍辭	濁骨凡胎	濁質凡姿	紫綬金章
自拔來歸	枕戈待旦	枕石漱流	爭長競短
爭紅鬥紫	爭名奪利	正點背畫	知過必改
知命安身	知人善任	知書達禮	知往鑒今
知羞識廉	知音諳呂	識錦回文	智巧心靈

執鞭隨鐙	直言取禍	止渴思梅	指腹裁襟
指腹成親	指鹿爲馬	指日成功	指山賣磨
指水盟松	指東畫西	指天畫地	指雁爲羹
指皂爲白	炙手可熱	治國安民	擲果盈車
致命圖財	重義輕財	珠沉玉碎	珠輝玉麗
珠圍翠繞(擁)	祝壽延年	筑壇拜將	搣耳揉腮
拽拳丟跌	拽耙扶犁	拽布拖麻	拽象拖帶
轉愁爲喜	轉日爲天	轉彎抹角	轉危爲安
轉輾反側	裝聾做啞	裝神扮鬼	壯氣吞牛
撞陣冲軍	追風覓影	追歡買笑	捉虎擒龍
捉奸見床	捉生替死	捉鼠拿貓	捉影追風
縱橫天下	縱馬橫刀	走罕飛觥	走漏天機
走馬章臺	走馬之任	走馬到任	走馬赴任
走投無路	走南嘹北	走南料北	足智多謀
鑽頭就鎖	鑽懶幫閑	逾牆鑽穴	尊酒論文
坐吃山空	坐籌惟幄	坐地分贓	坐觀成敗
坐視不救	坐臥不安	鑿壁偷光	鑿壁懸梁
醉舞狂歌	左右兩難	左右爲難	祖舜宗堯
做小伏低			

三、古典戲劇引用成語的特點與貢獻

張清徽師說：

　　古文辭章也偶有引用成語的，但都不免把成語硬化了。量的

方面絕比不上元明劇曲之多之廣，質的方面也經過錘煉改
裝，不同本來面目：而且言不雅馴的，縉紳先生難言之。現
在我們發現元明劇曲中所引用的成語，除了偶爾爲遷就聲韻
稍有倒置改字之外，幾乎一概存眞；其中十之八九，到今天
我們民間口語仍在流行。❷

郭錦桴說：

> 從語言發展史的角度看，近代漢語是古代漢語向現代漢語演
> 變的重要過渡階段的語言，它既處於古代漢語的末期，又處
> 於現代漢語的預前期，許多近代漢語的成語，讀來通俗易
> 懂，既沒有什麼艱深的古語詞成份，也沒有什麼特殊的結
> 構，至今仍活躍在現代漢語之中。❸

張郭二氏之言是也。我這兒所收錄的古典戲劇中的成語約有 1753
條（張師在《清徽學術論文集》中收錄四言類成語約 200 條，目前
尚無人專對古典戲劇成語有完整的收錄的），經過本人的推斷約有
1500 餘條即「十之八九」「至今仍活躍於現代漢語之中」。限於篇
幅，恕難一一寫出，只能簡要地加以論析。
　　從上面列舉的成語看，古典戲劇作家在成語的運用方面有幾點

---

❷　張敬《清徽學術論文集》（臺灣：華正書局，1993），頁 98-104。
❸　郭錦桴《漢語與中國傳統文化》（北京：中國人民大學出版社，1993），
　　頁 400-402。

值得注意：

㈠ 雅與俗

　　劇作家爲了發展劇情，刻劃人物，在成語的運用上自然是煞費苦心的。在言語風格上有雅有俗，有雅俗之間，有言不雅馴的，如：「屁滾尿流」（《楚昭王》）或「尿流屁滾」（《李逵負荊》）。其言雖粗俗，但因語意重，貶義色彩濃，口語性較強，適合人物性格的描繪。

㈡ 成語運用

　　有些劇文裡一連運用幾個成語來描畫人物，如《破窰記》：「擠眉弄眼，俐齒伶牙，攀高接貴，順水推船。」其間沒有加入其他言語。有些則是加入一些話語，如：每句運用一個成語，如《蝴蝶夢》：「唬的我手忙腳亂，使不得膽大心粗，驚的我魂飛魄喪，走的我力盡筋舒。」劇作家一氣呵成的把一個害怕恐慌到極點的人物形像栩栩如生的刻劃出來了。

㈢ 遷就音韻

　　劇作家往往爲了遷就音韻，不得不變更字句，顚倒詞序，但是不露痕跡，的確做到了自然天成的地步。例如：「畫餅充飢」（《調風月》）可作「充飢畫餅」（《嘲貪漢》）；「順水推舟」（《李逵負荊》）可作「順水推船」（《竇娥冤》）。值得注意的是上例即《蝴蝶夢》的第二句，成語應是「膽大心細」，但爲了押韻，不得不「遷就聲韻」而「改字」，把「細」改成「粗」（「細」與「粗」是反義詞），配合了「使不得」而成「使不得膽大心粗」，語意竟然等於「膽大心細」，不禁令人讚嘆萬分。

㈣ 「把」字成語

古劇中有用「把」構成的成語。如：「把素持齋」（元代《女姑姑》），或「持齋把素」（明代《鎖白猿》及《萬國來朝》）。在這成語中，「把」表示遵守、堅持的動詞意義，反映了在元明漢語中，「把」尚未完全虛化。現代漢語中，「把」字已完全虛化了。

㈤　「胡」字成語

在古典劇作中，有用「胡」構成的成語，如「胡作喬為」（《馬陵道》），「胡言亂語」（《水仙子》曲），「胡言漢語」（《村堂樂》）。其實，「胡」在上古漢語中便已用上，如「胡天胡地」（《詩經》）是形容服飾容貌美如天神之意。上古的「胡」還用於指胡人。但是，在近代漢語中，「胡」卻用來指不懂規矩，胡來的意思，並在成語中反映出來。

㈥　變化與發展

上古漢語中有一些成語在古典戲劇中偶爾被用上，譬如「斗筲之器」（《金鳳釵》）中的「斗筲」，都是古代竹做的量器，容量都不大，所以用來比喻氣度狹小的人。古代這類成語有「斗筲之人」（《論語‧子路》：「子曰，噫，斗筲之人，何足算也。」）、「斗筲小器」、「斗筲之才」等等，但今已不用。又如「結草銜環」（《合汗衫》），古代用來比喻感恩報德、至死不忘。但這個成語已不合現代思想，今已少用或不用了。古時用「兔走烏飛」（《神仙會》、《三元記》）或「烏飛兔走」（《魯齋郎》）比喻日月運行和形容時光很快流逝。傳說日中有三足烏，所以稱太陽為金烏；傳說月中有兔，所以稱月亮為玉兔。但是，這個成語的含意不夠明晰，容易發生誤解，所以一般也很少用了。

　　有些成語的意義擴大了，譬如「春光漏泄」，杜甫《臘月》：「侵陵雪色還萱草，漏泄春光有柳條。」本謂柳枝泛綠，透露了春天到來的信息，後用來指秘密或男女的私情被泄露出來，如《長生殿・絮閣》：「呀，這春光漏泄，怎地開交？」這也是現代漢語的用法。有些成語如「斗轉星移」（《牆頭馬上》、《鎖白猿》），斗，即北斗星。表示時序變遷歲月流逝，或表示一夜之間時間的推移。北斗星與現代漢語相聯繫，今天仍被人們所用。

　　以上所說是古典戲劇中成語的一些特點情況，但值得注意的是古典戲劇中口語化成語佔了絕大多數。這些口語化較強的成語，採用近代通俗詞語，沒有艱澀難懂的古語詞，所以它能夠一直流傳到今天，成為現代漢語的重要組成部份。無可置疑的，古典戲劇作家在這方面立下了豐功偉績。

第六章　古典戲劇中的疊字與象聲詞

　　一般人相信，漢人的思維活動方式與漢字文化有密切關係。陳建民在所著的《漢語語法》中說：

> 漢人的思想主要是形象性的，這跟漢字是象形文字有關。日常口語裡不少語詞具有鮮明的形象色彩，這是人民群眾造詞時充分考慮形象性、生動性的體現，是漢人進行形象思維活動結果的記載。詞語的形象感以視覺形象的居多，非視覺形象（如聽覺形象）的也不少。❶

所謂「視覺形象」與「非視覺形象」，即王力所說的「擬聲法」和「繪景法」。他說這二法都是屬於修辭學的範圍，但「他們和中國語的構詞法造句法都大有關係。」❷我認爲古典戲劇中疊字與象聲詞的造語用字就具備了「擬聲法」與「繪景法」的特點。

　　以下就古典戲劇中的疊字與象聲詞分別加以論析。

---

❶　陳建民《漢語口語》（北京：北京出版社，1984），頁 274。
❷　王力《王力文集》第一卷第五章，頁 384。

第一節　疊字的繁富多彩

在中國古代漢語中，單音節詞最多。因此，疊字的運用，自然形成。疊字，又稱迭詞、疊詞、迭字、迭音、重言、重字以及復疊，❸是將音節相同或詞素重疊起來使用。黃永武認爲疊字不但傳神，還可加足語氣：

> 寫物抒情，有時只要多用一字相疊，便能使興會神情，一齊
> 涌現，這種修辭法，叫做疊字法。在中國字中，有的必須使
> 用疊字，語氣才足，意義才完全的。❹

鄧明以說：

> 因爲它充份利用了漢語語音音節的特點，把字音復疊所具有
> 的表情達意的作用，提高到了十分完美的境界。它讓我們繁
> 復的情感與語氣得以確切表達，使語言的形式和聲音的節奏
> 更臻整齊、和諧。它不避重複，反而利用重複，造成形式上
> 的齊整、語感上的諧和以及刺激感官，加重形象的摹擬，來
> 提高表達效果。❺

---

❸ 金易《近代漢語的復疊》，見《修辭學習》，1988·2。這裡爲了方便論析，就單用「疊字」一詞來概括。

❹ 黃永武《字句鍛煉法》（臺灣：商務印書館，1971），頁85。

❺ 鄧明以《疊字研究》，見《修辭學研究》（上海：華東師範大學出版社，1983），頁166-177。

它不僅能增強音樂美，而且顯示了一種獨特的美。這是世界上許多語種所沒有的一種現象。這是一種具有中國作風、中國氣派的語言形式。王力說：

由此看來，大量運用疊字疊詞以表示各種的意義乃是中國語的一個特色。

他更把這種現象稱之爲「中國語的特殊形式」：

所謂特殊形式，並不在於它多見或罕見，而在於它超出了常規。❻

　　人的情感不像邏輯思路那樣直線延伸，而是蜿蜒回復地反復糾結。其語言表現常常就是同一個語言形式的重現，例如詞語的重疊形式；詞、句、段的反復使用。由於文藝修辭情感性的特點，語言重現成了文學語言的一種特有現象。詞的重疊形式在文藝修辭中高頻率地出現。詞、句、段的重複在日常語言中和學術語言中被視爲冗餘而被極力避免，在文學語言中卻常有意運用。這都是因爲它具有抒情功能，符合文藝修辭情感的要求而被肯定。總之，重字疊詞，無論在古代還是現代，無論韻文體還是散文體，都是語言藝術家樂於使用的重要語言手段。運用恰當，不但能夠有效地描繪事

---

❻　王力《王力文集》第一卷第五章，頁 362。

物，刻畫形象，渲染氣氛，同時能增添語言的音韻美。

在中國古典詩詞中，運用疊字來表情達意的，早有高手在。遠的可以追溯到《詩經》的篇章。《詩經》有 191 篇使用疊字，計 359 個，680 次左右。❼如狀鳥鳴之聲，有「關關」「雍雍」「交交」；形容花木有「夭夭」「灼灼」；形容綠竹則曰「青青」「猗猗」；謂蒹葭則曰「蒼蒼」「淒淒」；蟲鳴爲「喓喓」；蟲飛爲「薨薨」；魚撥尾謂之「發發」；寫水流聲爲「活活」；雷聲爲「虺虺」；星耀爲「煌煌」等等，疊字之用，巧妙已極，「這真是天地的元音」。❽其後樂府詩詞，此道未衰。例如：

> 天蒼蒼，野茫茫，風吹草低見牛羊。（北朝民歌《敕勒歌》）
> 青青河畔草，郁郁園中柳。盈盈樓上女，皎皎當戶牖。娥娥紅粉妝，纖纖出素手。（《古詩十九首》之一）
> 車轔轔，馬蕭蕭，行人弓箭各在腰。（杜甫《兵車行》）

宋代女詞人李清照更是極爲突出的一個。她的《聲聲慢》中連用七疊：

> 尋尋覓覓，冷冷清清，淒淒慘慘戚戚。（《聲聲慢》）

---

❼　周法高《中國古代語法·構詞編》（臺灣：中央研究院歷史語言與研究所），頁 122。

❽　張敬《元明雜劇描寫技術的幾個特點》，見《清徽學術論文集》（臺灣：華正書局，中國古典戲劇語言運用研究·

「尋尋覓覓」寫詞人有所尋而無所得的迷惘神情，「冷冷清清」寫清冷的環境給詞人的淒涼感覺，「淒淒慘慘戚戚」則側重寫詞人的悲苦心境。寥寥數字，亦情亦景，逐層遞進，充分表達了詞人彷徨抑鬱，愁苦慘淡的情懷，並爲全詞定下了無比哀傷的基調。論者嘆爲觀止。但是，這種疊字的運用，至元明戲劇愈加登峰造極，在文學史上創前古未有之盛況。

在古典劇作中，疊字之多，確是罄竹難書。古典戲劇作家，在師法前人的基礎上，不泥陳跡，大膽創新，別開生面，獨具特色，使劇作既繼承古代迭詞形式的優點又突破傳統書面的局限。如元無名氏《貨郎旦》第四折〔南呂六轉〕一曲，一百三十五字之中有三十對疊字：

> 我則見黑黯黯天涯雲布，更那堪濕淋淋傾盆驟雨，早是那窄窄狹狹、溝溝塹塹路崎嶇，知奔向何方所？猶喜的消消灑灑、斷斷續續、出出律律、忽忽嚕嚕陰雲開處。我則見霍霍閃閃電光星炷，怎禁那蕭蕭瑟瑟風，點點滴滴雨，送的來高高下下凹凹凸凸一搭模糊？早做了扑扑蔌蔌、濕濕漉漉、疏林人物，倒與他妝就了一幅昏昏慘慘瀟湘水墨圖。

《長生殿》·38：〔彈詞〕仿此：

> 恰正好嘔嘔啞啞《霓裳》歌舞，不提防扑扑突突漁陽戰鼓。劃地裡出出律律紛紛攘攘奏邊書。急得個上上下下都無措。早則是喧喧嗾嗾、驚驚遽遽、倉倉卒卒、挨挨拶拶出延秋西

路，鑾輿後攜著個嬌嬌滴滴貴妃同去。又只見密密匝匝的
兵，惡惡狠狠的語，鬧鬧炒炒、轟轟劃劃四下喳呼，生逼散
恩恩愛愛、疼疼熱熱帝王夫婦。霎時間畫就了這一幅慘慘淒
淒絕代佳人絕命圖。

張靜說：

文學作品語言的每一句話、每一個字都是有份量的，都是經
過再三斟酌、推敲用上去的。
一個字或一個詞重疊不重疊，基本意思不變，但附加意義不
同。重疊以後可以表多、表雜、表重，或表少、表小、表
輕，可以加深印象。
不重疊就沒有這些附加意義。因此，用不用重疊形式，是準
確不準確的問題，也是鮮明不鮮明的問題。❾

換句話說，這是文學作家運用的一種修辭方式。古典戲劇作家大量
地運用疊字，目的便是用於突現優美環境、形象地展現人物的動作
情態、深入地刻劃人物內心世界、更用於創造語言的音律美。
　　例如以上二例：《貨郎旦》〔六轉〕中用三十對疊字細緻地描
寫主角在狂風驟雨、雷電交加、溝塹處處的黑夜中逃難的情景，準
確而生動。音樂更是急管繁弦，猶如大珠小珠落玉盤一般，與真切

---

❾　張靜《語言語用語法》（河南：文心出版社，1994），頁771。

如畫的曲文配合得血肉相連不可分割。聽起來似乎置身於狂風暴雨之中。不難想像，上演時必能使歌者蕩氣回腸，聽者鏗鏘盈耳。

　　《長生殿》作者洪昇依據《貨郎旦》〔六轉〕折字模句似的創作了膾炙人口的《長生殿·彈詞》，至今演唱不絕。在〔彈詞〕中，刻劃的另一種情境：漁陽戰鼓動地來，唐明皇帶楊貴妃倉惶出逃。一片慌亂，兵士鬧鬧嚷嚷的要處死貴妃，結果拆散恩愛夫婦兩下裡。這裡，作者運用疊字寫出喧鬧逼勒、驚慌失措情境。

　　梁庭楠《藤花庭曲話》云：

> 彈詞第六、七、八、九轉，鐵撥銅琶，悲涼慷慨，字字傾珠玉而出，雖鐵石人不能不爲之斷腸，爲之下淚，筆墨之妙，其感人一至於此，眞觀止矣！❿

古典戲劇中，劇作家爲了劇情表達需要，大膽而靈活地使用各種詞性的疊詞，把劇中情意發揮得淋漓盡致，的確令人嘆爲觀止。

　　古典戲劇語言的主流是當時的口頭語言。口頭語言是生動活潑、豐富多彩的，因此，表現在書面上，既繼承古代復疊形式的優點又突破傳統書面語的局限，盡量使用當時通俗易曉、活躍在口頭上的復疊詞句及新產生的形式。加之民間通俗文學形式多樣而又大量地涌現，於是復疊形式也就異彩紛呈，成爲《詩經》以後一個運用復疊詞的高潮。

---

❿　　梁庭楠《曲話》，見《中國古典戲曲論著集成》第八冊，頁 269。

從語法的角度來看，疊字是構形法的一種。⓫趙元任說：

> 重疊可以看作一種變化，也可以看作一種語綴，Bloomfield
> 就是這樣看待的。重疊之不同一般語綴，在於它沒有固定形
> 式，它採取它所附著的形式，或者這形式的一個部份。
> 僅僅重複一個語素，不是必然構成重疊。「鎖鎖」，「注
> 注」，「夢夢」（方言），都是湊巧動詞跟名詞詞形。只有
> 一個重複（或部份重複）經常聯繫一種語法功能的時候，它
> 才是重疊。⓬

陳光磊也說：

> 語素或詞的重複疊合只有標誌著一種語法功能，說明一定的
> 語法性質，才能成爲構形的重疊。否則，就只是一般語詞的
> 連用，或者是修辭上的反復。⓭

⓫ 在詞的結構分析中，除了構詞法，還有構形法這一部門。構詞法和構形法
在語言學裡是兩個不同的概念。構詞法是由一個詞根或不同詞根構成的語
法規則，構詞的結果是新詞的產生，如「工」加上不同的詞根可以構成
「工人」、「工具」、「工廠」等新詞。構形法是構成同一詞的不同語法
形式的方法，構形的結果不是產生新詞，只是產生同一個詞的不同語法形
式，如「看看」、「看一看」、「看過」、「看著」等，這不是幾個詞，
仍是一個詞，只是語法形式不同而已。

⓬ 趙元任《漢語口語語法》（北京：商務印書館，1979），頁105-106。

⓭ 陳光磊《漢語詞法論》（上海：學林出版社，1994），頁49。

　　漢語裡可重疊構形的主要是名詞、量詞、動詞、形容詞。㈠名詞、量詞重疊表示逐指（複數）。如：人（原形）——人人（逐指），條（原形）——條條（逐指）；㈡動詞重疊，表示試行體或短時體，有時中間再加「一」或「了」，表示試行體、短時體或試行完成體、短時完成體。如：摸（原形）——摸摸（試行）——摸了摸（完成）；㈢形容詞重疊，表示程度的減輕或加重。如：紅（原形）——紅紅（減輕），乾淨（原形）——乾乾淨淨（加重）；（四）在形容詞的重疊音節之間加「裡」，表示討厭情緒。如：糊塗（原形）——糊裡糊塗（討厭）。❹

　　古典戲劇中的疊字大約有六種形式：A、A、A（A）式，AA式，ABB式，AABB式，ABAB式，A 一 A 式。下文即根據這六種形式加以析述。

一、A、A、A（A）式

　　這是一種單音字的重疊。除了傳統的雙音疊詞之外，古典戲劇中已發展到三音至四音連續疊用的形式。例如：

　　《漢宮秋》·3：「〔梅花酒〕他他他，傷心辭漢主；我我我，攜手上河梁。」

　　《風箏誤》·23：「〔古水仙子〕去去去，入深山，搜僻寨，誅剩賊，掃蕩塵囂。趕趕趕，趕渠魁，莫放逃。赦赦赦，赦無辜，歸種歸樵。惜惜惜，惜民房休得肆焚燒。戒戒

---

❹　引例取自張靜《語言語用語法》，頁 1077-1078。

戒，戒擄掠一寸民間草。犯犯犯，犯軍令，有明條！」

《劉弘嫁婢》·1：「（王秀才説）連你也這等，罷罷罷，我和你兩個恩斷義絕，血臟牽車兒，扯斷這條腸子罷。」

《氣英布》·3：「看沙場血浸橫屍首，直殺的馬前急留古魯亂滾滾死死死死人頭。」

這種連續重疊現象，如果不是直接反映口語是不會出現的，而其流暢自然，遠勝前代劉駕的「樹樹樹梢啼曉鶯，夜夜夜深聞子規」等的三字相連。

二、AA 式

古典戲劇中的 AA 式重疊形容詞可分爲甲、乙兩類：甲類是重疊式合成形容詞（即一個獨立的詞的重疊。這種詞重疊不重疊基本意思一樣，只是附加意義不同）；乙類是疊音的單純形容詞（即有意義但不能獨立成詞的音節或字的重疊。重疊後才能構成一個合乎語言習慣的、不能再行分析的單純詞，或者表示一個跟原詞不同的新意義。甲類大多出現在戲劇的賓白中，乙類大多出現在曲文中。兩類形容詞在語法意義和語法形式方面有著不同的特點。

(一) **甲類 AA 式疊詞：**

暗暗	白白	比比	草草	瓣瓣	飽飽	大大	滴滴	低低
點點	多多	高高	重重	乾乾	紅紅	急急	家家	縷縷
忙忙	滿滿	悶悶	捏捏	輕輕	青青	拳拳	細細	軟軟
遠遠	穩穩	緊緊	沉沉	小小	隱隱	炒炒	款款	淋淋
雙雙	勤勤	年年	日日	字字	心心	行行	懸懸	陣陣
明明	朝朝	慢慢	事事	好好	妙妙	光光	猩猩	縈縈

　　苦苦　　睜睜

　　這類形容詞的意義比較實在，它是由單音節形容詞重疊而成的。它的基本意思是由原來的單音形容詞表示出來的。重疊以後增添上一些附加意義：

　　1.使原詞表示的程度加強，例：

　　《金線池》・1：「有句話苦苦告你老年尊，緊緊的囑托近比鄰。」

　　2.使原詞表示的程度減弱，例：

　　《燕青博魚》・楔子：「我枉舍了熱熱的一丹心。」

　　3.增添感情色彩，例：

　　《倩女離魂》・楔子：「他是個嬌帽輕衫小小郎，我是個繡帔香車楚楚娘，恰才貌，正相當。」

　　甲類形容詞做謂語比較少見，但是一做謂語就有了修辭的特性，如：

　　《金安壽》・4：「鼉鼓冬冬聲和凱，縷管輕輕音韻諧。」

　　《連環計》・2：「千里草青青，卜日十長生。」

　　《浣紗記》・11：「〔苦歧婆〕（眾）蘇臺高峻，房廊隱隱。」

這裡，「縷管輕輕」的「輕輕」就很自然的把那種悠揚、飄渺、悅耳的聲音摹寫出來了。「草青青」的「青青」也描畫出了草的青蔥翠綠的狀態。「房廊隱隱」的「隱隱」是描繪房廊若隱若現的情景。

　　甲類疊詞有個重要的職能便是做狀語，如：

　　《陳州糶米》・3：「道一個包龍圖暗暗的私行，嚇得些官

吏每兢兢打戰。」

《漢宮秋》·4：「我急急趕來進的漢宮。」

《風光好》·4：「我暗暗地冷笑孜孜。」

《馬陵道》·3：「只待貢事少暇，悄悄地看個動靜。」

《桃花女》·3：「你不要著一個人看見，也不要開言，悄悄裡一經砍倒這科桃樹。」

《梧桐雨》·2：「低低的叫聲玉環。」

《魔合羅》·2：「（旦云）多多虧了老的！」

《李逵負荊》·2：「（正末云）哥也，你等他好好認咱。」

《魔合羅》·4：「（正末云）兀那老子，快快從實招來。」

《王粲登樓》·4：「聽小官明明的說破，著元帥細細裡皆知。」

從以上例句發現，疊詞做狀語，直接修飾動詞和帶結構助詞「的」、「地」、「裡」的都很常見。有趣的是，同一個作者，同一個劇本，作者可以分別使用「的」「地」「裡」，可見使用這三個結構助詞是很自由的。例如：

《竇娥冤》·1：「哥哥，待我慢慢地尋思咱。」

《竇娥冤》·1：「待我慢慢的勸化俺媳婦。」

《竇娥冤》·2：「等我慢慢裡勸轉他媳婦。」

此外，甲類疊詞後面可以帶「兒」，乙類則不行。例如：

《合汗衫》·2：「（卜兒云）老的，眼見一家兒的燒的光光兒了也，教俺怎生過活咱！」

《兒女團圓》·楔子：「趙令史云：都這等花花兒的。」

《陳州糶米》·3：「（張千云）我吃了那酒，吃了那肉，飽飽兒的了。」

甲類疊詞形容詞都可以修飾名詞，做定語，例如：

《漢宮秋》·2：「怕娘娘覺飢時吃一塊淡淡鹽燒肉，害渴時喝一杓酪和粥。」

《李逵負荊》·1：「我試看咱，好紅紅的桃花瓣兒。」

《琵琶記》·8：「明明匣中鏡，盈盈曉來妝。」

《琵琶記》·28：「畫不出他望孩兒的睜睜兩眸。」

《李逵負荊》·3：「待明日宰個小小雞兒請你。」

《秋胡戲妻》·4：「問他一個重重罪名。」

《魔合羅》·1：「遠遠的一座古廟，我且向廟中避雨咱。」

《合汗衫》·3：「老的也，兀那水床上熱熱的煎餅，我要吃一個兒。」

(二)　乙類 AA 式

楚楚	簇簇	紛紛	烘烘	煌煌	泛泛	耿耿	離離	屢屢
茫茫	澄澄	蕩蕩	恢恢	濛濛	渺渺	珊珊	姍姍	疏疏
融融	快快	漾漾	悠悠	盈盈	厭厭	憮憮	悒悒	循循
濟濟	孜孜	凜凜	頻頻	翩翩	冗冗	區區	裊裊	碌碌
匆匆	堂堂	迢迢	騰騰	岩岩	喁喁	蕭蕭	滾滾	溶溶
萋萋	徐徐	兢兢	熒熒					

這類的疊詞的意義比較虛靈，一般只有重疊的形式，單獨一個音節不構成詞。這類詞在摹狀描景方面特別有用，具有鮮明的修辭

特點。

乙類疊詞的主要職能是做謂語，特別是主謂詞組裡的謂語。如：

《漢宮秋》·2：「誰承望月白空明水自流，恨思悠悠。」

《張天師》·1：「你看金風漸漸，玉露冷冷，銀河耿耿，浩月澄澄，是好一片蟾光。」

《梧桐雨》·4：「玉漏迢迢，才是初更報。」

楊建國說：

> 漢語發展有個明顯的趨勢：它的修飾成份逐步擴展嚴密。AA1（即甲類重疊詞）經常出現在狀語位置上，正是順應這一發展趨勢的表現，也正是證明 AA1 是當時元代漢語中的口語成份。AA2（即乙類重疊詞）主要用作謂語，正是因襲歷史傳統的結果，也正證明 AA2 是元代書面語中保留的文語成份。⓯

證之以上各例，果然。

乙類疊詞做狀語的如：

《金線池》·3：「似長江淹淹的不斷流。」

《黑旋風》·2：「柳絮堪扯，似飛花引惹，紛紛謝。」

乙類形容詞做定語的如：

《玉鏡臺》·1：「早熬的蕭蕭白髮滿頭霜。」

⓯　楊建國《元曲中的狀態形容詞》，見《語言學論叢》第九輯，頁155。

《度柳翠》·1：「如今下著濛濛的細雨兒。」

(三)　**AA 式形容詞，做補語，一般都帶語氣助詞「的」**。如：

《東堂老》·楔子：「兩手搦得緊緊的。」

《貨郎旦》·3：「家緣家計，都被火燒的光光了。」

《爭報恩》·1：「拿繩子來，綁得緊緊兒的。」

《爭報恩》·楔子：「投至回家，餓的你娘扁扁的。」

(四)　**AA 式量詞**。如：

般般　輩輩　篇篇　片片　點點　行行　枝枝　聲聲　雙雙

叢叢　句句　天天　條條　款款　重重　步步　處處　種種

椿椿　年年　日日　月月　歲歲

這些重疊量詞有「物量詞」與「動量詞」兩類。所謂「物量詞」，是表示事物單位的詞；所謂「動量詞」，是表示動作的單位的詞。[16]在古典戲劇作品中，以「物量詞」居多。

重疊物量詞在句中多做定語。做定語時可直接置於名詞前。如：

《看錢奴》·1：「做出那般般樣勢，種種村沙。」

《望江亭》·1：「氣吁的片片飛花紛似雨。」

有不少置於名詞之後當後置定語。如：

《劉行首》·4：「菊蕊叢叢綻竹籬，松花點點鋪苔砌。」

《來生債》14：「翠竹枝枝選嫩條，編成此物手中操。」

運用動量詞在句中充當狀語的如：

---

[16]　周清海《語法綱要》（新加坡：新雅出版社，1979），頁 42-50。

《留鞋記》·4:「苦痛聲聲哭少年。」

《張天師》·2:「你可甚步步相隨,更道秀才每忒上緊。」

除了上述重疊形容詞、量詞外,古典戲劇中,名詞、動詞、副詞都可疊。

(五) AA 式事物名詞重疊的有:

世世、事事、人人、夜夜、家家、朝朝、冤冤、驢驢、灣灣等。例如:

《貞文記》·28:「老爺、奶奶年紀如此高大,便令朝朝寒食,夜夜元宵,時日也無幾了。」

(六) AA 式重疊動詞有:

踏踏、開開、蹧蹧、盤盤、去去、行行、看看、睞睞、叫叫等。例如:

《貨郎旦》:「你蹧蹧的我忒太過,這妮子欺負的我沒奈何。」❶

(七) AA 式副詞,作狀語。

古典戲劇中常用的 AA 式疊音副詞有「剛剛、漸漸、頻頻、匆匆、略略、越越、屢屢、可可、特特、停停」等。它和甲類疊音副詞的區別有二:1. AA 式疊音副詞的單音節詞 A 都是副詞,甲類疊音副詞的單音節 A 都是形容詞;2. AA 式副詞只能作狀語,甲類疊音副詞常用作狀語,但還可以作定語、謂語和補語。AA 式疊音副

---

❶ 蹧蹧,謂踐踏。引申之有欺侮、踩躪等義。見《元曲釋詞》冊一,頁217。

詞作狀語的例子如下：

　　《倩女離魂》· 3：「（張千云）第二日剛剛睡下坑。」

　　《虎頭牌》· 3：「（經歷云）自合常常整搠戈甲，提備戰敵。」

　　《生金閣》· 3：「（老人云）恰才漸漸喘息定了。」

　　《梧桐雨》· 4：「不住的頻頻叫。」

　　《倩女離魂》· 楔子：「因此匆匆未敢問桃夭。」

　　《陳州糶米》· 楔子：「止有家財略略少些。」

　　《貨郎旦》· 1：「有這婦人屢屢要嫁我。」

　　《生金閣》· 3：「可可的我的燈籠剛到門就滅了。」

　　《陳州糶米》· 1：「今日特特的拜見二位老丞相和學士來。」

　　《合汗衫》· 2：「你從那脊縫兒停停的拆開者。」

三、ABB 式

　　古典戲劇語言的各類疊字中，以 ABB 式疊字所佔的比例最大。周義芳說：

　　這是一種大量應用於民間口語中的迭詞形式，具有通俗易曉、生動活潑的特點。ABB 式狀態詞 BB 的位置上，很多是由 AA 式的迭詞作爲詞素出現，如，熒熒—碧熒熒，汪汪—淚汪汪等，且詞素 A 具有明顯的詞類特色和清楚的語法屬性，如，碧熒熒，「碧」是表色彩的形容詞，「碧」與「熒熒」爲候補關係；淚汪汪，「淚」是名詞，「淚」與「汪

汪」爲主謂關係。和其他幾類迭詞相比，ABB 式雖然不如 AA 式、AABB 式那樣形式整齊，也缺乏 AAA 式落句時氣足韻足的特點，但它以語音的和諧動聽、節奏明朗、韻律協調而別有一番情味。⓲

由於 ABB 式象聲詞在結構上與其他形容詞不同，特另闢一節加以論析。

ABB 式中的 A，可以分別由形容詞性成分、名詞性成分、動詞性成分充當。例如：

(一) **形容詞性**

暗昏昏	白森森	白茫茫	白鄧鄧	白泠泠	薄松松
碧冷冷	碧油油	碧茸茸	碧悠悠	碧遙遙	碧澄澄
碧聳聳	碧麟麟	村棒棒	翠巍巍	赤焰焰	沈點點
沉默默	長攙攙	重疊疊	粗坌坌	粗剌剌	粗滾滾
蠢生生	磣可可	磣磕磕	淡蒙蒙	淡昏昏	淡氲氲
呆鄧鄧	惡狠狠	惡哏哏	伏帖帖	古突突	古都都
古魯魯	光閃閃	光綽綽	光隱隱	孤另另	孤椿椿
干支支	干剝剝	甘剝剝	高聳聳	火匝匝	火剌剌
汗津津	汗淋淋	汗溶溶	昏冉冉	昏鄧鄧	昏慘慘
昏騰騰	恨匆匆	恨沖沖	恨綿綿	紅灼灼	紅溜溜
紅馥馥	紅丟丟	荒冗冗	黃甘甘	黃干干	黃登登

⓲　周義芳《〈董西廂〉迭詞藝術初探》（西南師範大學學報〔社科版〕，1992 年·2），頁 70-72。

黃滾滾	黃穰穰	寒森森	黑洞洞	黑突突	黑眞眞
黑甜甜	黑暗暗	黑婁婁	黑嘍嘍	黑漫漫	黑黯黯
黑魆魆	慌速速	慌張張	急巴巴	急茫茫	急旋旋
急煎煎	急簌簌	急慌慌	急甜甜	急穰穰	急顫顫
急騰騰	緊邦邦	緊綁綁	嬌滴滴	假惺惺	靜悄悄
靜讒讒	靜蕭蕭	困騰騰	矯騰騰	苦滴滴	苦懨懨
寬綽綽	冷冰冰	冷丁丁	冷化化	冷淹淹	冷清清
冷颼颼	冷凄凄	亂紛紛	亂滾滾	亂慌慌	亂烘烘
亂蓬蓬	亂擾擾	亂松松	樂陶陶	樂紛紛	烈轟轟
綠依依	綠茸茸	綠澄澄	忙劫劫	明丟丟	明晃晃
明皎皎	明朗朗	美甘甘	美姿姿	密叢叢	密匝匝
密蒙蒙	渺茫茫	悶沉沉	悶懨懨	悶騰騰	漫匆匆
慢騰騰	謾匆匆	謾撇撇	怒吽吽	怒忿忿	怒洪洪
怒烘烘	怒嗤嗤	怒嗔嗔	怒盦盦	怒駒駒	暖烘烘
暖溶溶	暖融融	破殺殺	潑凶凶	齊臻臻	曲躬躬
曲彎彎	青森森	青湛湛	青鴉鴉	青滲滲	俏促促
俏冥冥	清耿耿	清湛湛	輕絲絲	熱剌剌	熱烘烘
熱拖拖	軟設設	軟怯怯	軟簌簌	潤蒙蒙	實丕丕
實呸呸	忒愣愣	瘦岩岩	濕浸浸	濕淥淥	濕淋淋
酸溜溜	忒愣愣	痛殺殺	痛煞煞	痛點點	文縐縐
文驟驟	威糾糾	威凜凜	穩丕丕	穩拍拍	窮滴滴
小可可	香噴噴	香滲滲	香馥馥	羞答答	虛飄飄
細絲絲	細裊裊	細蒙蒙	響味味	響潺潺	響擦擦
雄糾糾	雄赳赳	稀剌剌	興悠悠	虛飄飄	硬邦邦

艷亭亭	冤楚楚	郁沉沉	郁巍巍	惕撒撒	直挺挺
直僵僵	遠迢迢	窄狹狹	醉沉沉	醉陶陶	醉醺醺

A 是形容詞性成分的，幾乎各類形容詞成分的詞都可以充當 A。以形容詞成分爲 A 組成的 ABB 式形容詞，在結構上屬於述補結構。以 A 爲中心，整個詞的基本意思由 A 表示出來，BB 只表示一些附加的意義，同上述 AA 式乙類形容詞一樣，起摹狀、描聲與繪景的作用，例如「冷化化」不是說十分的冷，而是把人對「冷」的感覺摹擬出來。

(二) 名詞性

鼻層層	病懨懨	醋滴滴	發颼颼	風習習	風淡淡
風颯颯	風凜凜	風蕭蕭	骨刺刺	骨岩岩	骨崖崖
骨都都	骨棱棱	骨擦擦	骨嚕嚕	火匝匝	火刺刺
汗津津	汗淋淋	汗溶溶	浪淘淘	淚汪汪	淚盈盈
淚漫漫	淚潸潸	淚簌簌	淚漣漣	脊巍巍	路迢迢
露涓涓	露溶溶	麻撒撒	貌堂堂	陌紛紛	木蚩蚩
目睜睜	膿撼撼	氣丕丕	氣沖沖	氣咳咳	氣昂昂
氣炎炎	氣勃勃	氣氲氲	氣扑扑	氣騰騰	情脈脈
情默默	人紛紛	日淹淹	山隱隱	手纖纖	水迢迢
水茫茫	水沖沖	舌刺刺	身凜凜	桑琅琅	勢雄雄
土魯魯	天澄澄	鐵錚錚	涎鄧鄧	心切切	血漾漾
血碌碌	血瀝瀝	雪紛紛	袖飄飄	絮叨叨	夜沉沉
眼巴巴	眼睜睜	意沖沖	意欣欣	意遲遲	意懸懸
意孜孜	煙支支	焰騰騰	玉鏗鏗	月溶溶	月澄澄
雨淋淋	雨颼颼	雨瀟瀟	雲淡淡	雲渺渺	雲滾滾

雲黯黯　　影岩岩　　語刺刺　　語諄諄　　韻悠悠　　志昂昂
嘴巴巴

　　以名詞性成分為 A 組成的 ABB 式形容詞，在結構上可算是主謂結構。這類詞在語感上似乎不太具備詞的資格，特別是在做狀語時最易被認為是一個主謂詞組。例如：

　　　　《倩女離魂》·1：「情脈脈難解自無聊，病懨懨則怕娘知
　　　　道。」

但是這類詞一經組成就不易隨便拆開，特別是直接置於動詞之前充當狀語時表示的是一個完整的詞的意義。

　　(三)　**動詞性**

嗔忿忿	喘吁吁	趷蹬蹬	沸滾滾	沸騰騰	忿嗔嗔
浮颺颺	番滾滾	翻滾滾	喝嘍嘍	叫吖吖	叫吼吼
叫喳喳	哭吖吖	哭啼啼	立欽欽	鬧火火	鬧抄抄
鬧炒炒	鬧咳咳	鬧茸茸	鬧垓垓	鬧啾啾	鬧簇簇
鬧荒荒	鬧嚷嚷	鬧喳喳	扑唐唐	思飄飄	思悠悠
嘆空空	望巴巴	望迢迢	舞旋旋	舞飄飄	吸力力
吸哩哩	笑呷呷	笑欣欣	笑孜孜	笑呵呵	笑咳咳
笑哈哈	笑溶溶	笑吟吟	笑微微	喜孜孜	喜溶溶
喜融融	戰欽欽	戰兢兢	戰篤篤		

　　動詞性成分為 A 組成的 ABB 式形容詞，在結構上也是屬於述補結構。作用與形容詞性成分的 ABB 式一樣：整個詞的基本義由 A 表示出來，BB 只表示附加的意義，產生摹狀描生繪景功能。例如「鬧嚷嚷」，不是說鬧得很厲害，而是把「鬧」的情境描繪出來。

其他詞性如以副詞性爲 A 組成 ABB 式重疊詞等在古典劇作中
亦所在多有。如：

不刺刺　不朗朗　不登登　不鄧鄧　不騰騰　不淹淹

滴溜溜　滴屑屑　滴鄧鄧　非草草　另巍巍　越寂寂

㈣　組合方式

ABB 式形容詞中 A 和 BB 的組合方式有兩種，即：

1. A＋BB：這一種最多，又可分三類：

    ⑴這一類中的 BB 是由前面所提到過的 AA 疊詞充當的，它
        們往往可以作爲獨立詞運用，置於 A 後逐漸虛化爲雙音
        節詞綴，例如：「暗昏昏、白茫茫、翠巍巍、滴溜溜、惡
        狠狠、風習習、光隱隱」等。

    ⑵ A 置於 BB 之後。這類是以 A 爲單音主體詞，而以相同
        的 BB 爲詞素修飾 A。例如：「微微喘、微微笑、醺醺
        醉、哈哈笑、噴噴香、邦邦硬、悠悠路、萬萬千」等。

    ⑶ AB＋B 式，即重疊了雙音節的後一個音節，組成
        「ABB」式重疊詞。例如「翻滾」＋「滾」＝「翻滾
        滾」；「沸騰」＋「騰」＝「沸騰騰」；其他如「古怪
        怪、沉默默、哽噎噎、痛殺殺、重疊疊」等都屬於這類。
        這類重疊詞是劇作家爲了曲文音韻格律的需要而隨機組成
        的，但是一經組成，BB 就逐漸虛化爲詞綴而具有 ABB 式
        重疊詞的各種性質了。

從以上列舉的重疊詞來看，似乎是劇作家在寫作時隨便硬造
的，其實不然，劇作家創造這類詞時都是經過精心選擇與採掘民間
口語靈活處理而成的，運用時往往產生積極的修辭效果。比如以

「碧」爲 A 的重疊詞有：「碧遙遙、碧冷冷、碧澄澄、碧麟麟、碧湛湛、碧聳聳、碧悠悠、碧油油」等。這些重疊詞在曲文中的表現如下：

(一)《朱砂擔》‧2：「還隔著碧遙遙幾重遠岫，又接上白茫茫一帶平疇。」

(二)《金安壽》‧1：「碧冷冷，玉鏗鏗，七政飽爲定。」

(三)《金線池》‧3：「恰便似藕絲兒分破鏡花明，我則見一派碧澄澄。」

《幽閨記》‧19：「〔山坡羊〕翠巍巍雲山一帶，碧澄澄寒波一派。」

(四)《李逵負荊》‧1：「俺則見楊柳半藏沽酒市，桃花深映釣魚舟，更和這碧麟麟春水波紋皺，有往來社燕，遠近沙鷗。」

(五)《李逵負荊》‧4：「這碧湛湛石崖，不得底的深澗……」

(六)《貨郎旦》‧4：「我只見密臻臻的朱摟高廈，碧聳聳的青檐細瓦。」

(七)《張生煮海》‧1：「清湛湛洞天福地任逍遙，碧悠悠那愁他浴鳧飛雁爭喧哄。」

(八)《張生煮海》‧2：「常則是雲昏氣靄，碧油油隔斷紅塵界，恍疑在九天外，平吞了八九區雲夢澤，問什麼翠鳥蒼崖。」

根據上例，略作分析如下：

(一)中的「遙遙」，有幽遠意，把「遠」和「碧」聯繫起來，

「碧」的程度因之加強;㈡「碧玉」只是一件東西,但作者巧妙地把「碧玉」分開描寫:「冷冷」(冰冷的感覺)的是碧色,「鏗鏗」(鏗鏘悅耳的聲音)的是玉聲,因之這種聲色兼具的碧玉給人留下深刻印象;㈢「澄澄」是清亮的意思,加上「碧」,就更顯出池水的碧綠清亮;㈣「麟麟」在這裡等同「粼粼」,形容水波的明淨。作者運用「碧麟麟」,令人有明淨的碧波在蕩漾的動態感覺;㈤「湛湛」原指水深而清碧的樣子:「湛湛江水兮上有楓」,這裡取其深意,即從石崖望下,深不可測,加上「碧」,說明石上有深厚青苔,情境更是陰深恐怖;㈥中的「聳聳」,高深貌,配合「碧」字,使檐瓦更顯得高聳深碧;㈦在「碧」波之中,那種悠然自得之情更重,不受梟雁爭哄的干擾;㈧中的「油油」指波光,與「碧」組合,令人感覺大海的無邊無際,頓使人忘懷塵世的紛擾。

　　從以上的例釋,說明了古典戲劇作家根據劇情具體環境、人物形象刻畫的需要而創造了大量的 ABB 式疊詞。這些疊詞,並沒有拘泥于前人的窠臼,顯得新鮮活跳,看似順手拈來,實際上是劇作家的精心創造,絕不是隨心所欲的雜湊。

　　㈤　**語法功能**

　　ABB 式疊詞的語法功能大致如下:

　　1.做狀語用

　　⑴修飾動詞或動詞性詞組的:

　　《抱妝盒》·3:「他眼瞪瞪瞧我十餘次,我怎敢實丕丕湯著他一棍兒。」⑲

---

⑲　「湯」是挨,碰,觸摸之意。見《近代漢語詞典》,頁766。

《殺狗勸夫》·2：「只怕雪地裡冷冰冰凍壞了你。」

《琵琶記》·5：「我哭哀哀推辭萬千，他鬧炒炒抵死來相勸。」

《陳州糶米》·3：「您您您怎知道窮百姓苦慽慽叫屈聲冤。」

《漁樵記》·4：「道的我羞答答閉口無言。」

《後庭花》·4：「你莫不是氣沖沖話不投機。」

(2) ABB 式疊詞置於句首充當狀語：

《誤入桃源》·2：「香滲滲落松花把山路迷，密匝匝長苔痕將野徑封。」

《誤入桃源》·2：「眼睜睜俺子母每各天涯。」

按：ABB 式置於句首能發揮積極修辭作用，使讀觀者一下子便被劇作者描繪的情境所感染。

2.做定語用

(1)置於名詞之前：

《朱砂擔》·3：「則我這硬邦邦指爪將那廝頭稍來晚，粗滾滾麻繩將那廝脖頸來栓。」

《梧桐雨》·3：「他是朵嬌滴滴海棠花。」

《倩女離魂》·3：「只見這冷清清半竿殘日。」

《漢宮秋》·1：「則他那瘦岩岩影兒可喜殺。」

《魔合羅》·4：「唬的個黃甘甘臉兒如地皮。」

《殺狗勸夫》·3：「破殺殺磚窯靜。」

《魔合羅》·1：「可忘了將我這濕漉漉頭巾去。」

(2)帶有結構助詞「的」：

《望江亭》·4：「他只待拆開我長攙攙的連理枝，生斷擺我顫巍巍的並頭蓮。」

《貨郎旦》·4：「我只見密臻臻的朱樓高廈。」

3. 做謂語用：

《竇娥冤》·4：「呀！今日個搭伏定攝魂臺，一靈兒怨哀哀。」

《救風塵》·1：「倒引的我忍不住笑微微。」

《魔合羅》·3：「傷心處，淚汪汪。」

《虎頭牌》·1：「我爲甚麼語淳淳，單怕你醉醺醺。」

《貨郎旦》·1：「他那裡尖著舌語剌剌。」

《虎頭牌》·1：「見嬭子那壁意欣欣。」

按：由於唱詞格律所限，ABB 式疊詞做謂語時不需要任何語氣助詞的幫助。

4. 做補語用：

《琵琶記》·34：「程途上辛苦，教人望巴巴。」

《望江亭》·4：「兩口兒吃的醉醺醺緊相偎。」

按：次例是一個連動式與程度補語結合式。連動式的前一動詞「吃」帶「的」（得）補語，由「的」引出「醉醺醺」，既表結果，也表程度。

㈥ **運用範圍**

總結古典戲劇中 ABB 式疊詞運用範圍，大致有以下幾個方面：

1. 描寫事物狀態的，例如：「毛聳聳」是形容細毛的狀態；「風習習」是微風吹拂時給人的感覺。

2. 摹寫事物顏色的，例如：寫紅色的有「紅灼灼，紅溜溜，紅馥馥，紅丟丟」等；寫黑色的有「黑洞洞，黑黯黯，黑突突」等；寫黃色的有「黃干干，黃登登」；其他還有「白鄧鄧」，「青森森」，「綠澄澄」等。

3. 摹寫事物氣味的，例如：「香噴噴，酸溜溜，醋滴滴，苦滴滴」等。

4. 描寫事物性質的，例如：「熱烘烘，硬邦邦，軟怯怯，嬌滴滴」等。

5. 描繪動作行爲和活動狀態的，例如：「慢騰騰，笑微微，愁懨懨，喜孜孜」等。

6. 古典戲劇中 ABB 式重疊詞的 A 和 BB 之間結構遠不如現代漢語那樣緊密和凝聚。因爲「現代漢語 ABB 式狀態詞中，A 和 BB 的搭配比較固定。一定的 A 只和各別的 BB 搭配；一定的 BB，只和各別的 A 搭配。」[20]反觀古典戲劇中，這種搭配的選擇要寬闊的多，常常出現同一個 A 和不同的 BB 搭配成的一組組 ABB 式的重疊詞，如「氣沖沖、氣昂昂、氣忿忿、氣扑扑、氣騰騰」等等。同時，古典戲劇也常常出現由同一 BB 和不同的 A 搭配成一組組 ABB 式重疊詞，如：「薄設設、懶設設、軟設設、破設設」等等。這可說是語言發展趨勢的一個例證。

ABB 式疊詞還有一個極其重要的作用，便是作爲摹擬聲音的

---

[20]　楊建國《元曲中的狀態形容詞》，頁 159。

象聲詞。由於它另具特色，將闢一節加以申論。

四、AABB 式

和現代漢語一樣，古典戲劇中的 AABB 式疊詞，有些有相應的雙音節詞 AB，如「子子孫孫、冷冷清清、齊齊整整」等；有些沒有相應的雙音節詞 AB，如「潛潛等等、紛紛揚揚、裊裊巍巍」等。從內部構成方面看，古典戲劇中的 AABB 式疊詞並不爲某一類詞所專有，它是由以下各類詞性語素重疊而成：

㈠ 名詞性語素重疊

子子孫孫	是是非非	言言語語	親親眷眷	花花草草
心心念念	閒閒暇暇	夜夜朝朝	朝朝暮暮	更更點點
思思念念	歲歲年年			

按：以名詞性語素重疊而成的 AABB 式可活用成動詞，充當謂語。如：

《老生兒》·2：「你有錢時待朋友每日家花花草草。」

但仍然有不少充當名詞用，如：

《兒女團圓》·2：「著俺子子孫孫，輩輩兒供養著哥。」

《誤入桃源》·1：「言言語語參雜，是是非非交加。」

㈡ 動詞性語素重疊

啼啼哭哭	拂拂霏霏	搖搖擺擺	尋尋思思	來來往往
哽哽咽咽	偷偷摸摸	扯扯拽拽	閃閃藏藏	扯扯摔摔
牽牽搭搭	鬧鬧嚷嚷	叫叫喳喳	説説笑笑	絮絮答答
絮絮聒聒	遮遮掩掩	嘮嘮叨叨	躕躕蹌蹌	往往來來
掩掩映映	晃晃鑠鑠	閃閃爍爍		

　　按：動詞性成分構成的 AABB 式雖多數充當形容詞，但許多的這類疊詞的動詞性依然很強。如：

　　《馬陵道》·3：「休則管絮絮聒聒，扯扯拽拽。」

　　《陳州糶米》·4：「斷事處搖搖擺擺。」

(三) **形容詞性語素重疊**

痴痴昵昵	層層密密	重重疊疊	澄澄湛湛	端端正正
的的親親	峨峨翼翼	明明白白	明明滅滅	分分明明
紛紛雜雜	紛紛奕奕	堂堂楚楚	柔柔軟軟	老老實實
高高下下	快快活活	光光蕩蕩	孤孤棲棲	赫赫皇皇
歡歡愛愛	歡歡喜喜	慌慌促促	怯怯嬌嬌	冷冷清清
苦苦孜孜	淒淒冷冷	縹縹渺渺	急急煎煎	齊齊整整
深深沉沉	迢迢遠遠	裊裊巍巍	前前後後	清清楚楚
濕濕漉漉	森森嚴嚴	聲聲隱隱	妖妖嬈嬈	陰陰沉沉
悠悠蕩蕩	雍雍肅肅	穩穩安安	隱隱約約	姿姿媚媚
巍巍凜凜	氤氤氳氳	戰戰兢兢		

　　按：用形容詞性重疊而成的 AABB 式疊詞除了充當形容詞用外，還可活用為名詞。如：

　　《瀟湘雨》·1：「受十年苦苦孜孜，博一任歡歡喜喜。」

(四) **數量詞性語素重疊**

　　千千萬萬　萬萬千千　三三兩兩　件件樁樁　對對雙雙

　　《琵琶記》·15：「昭陽殿、金華殿、長生殿……隱隱約約，三三兩兩，都卷上繡箔瑞帘。」

　　《琵琶記》·15：「重重疊疊，萬萬千千，盡開了玉關鎖。」

AABB 式疊詞可以出現在主語、賓語、謂語、狀語、定語與補語位置上。

1. 做主語：

《兒女團圓》·2：「著俺子子孫孫，葷葷兒供養著哥。」

《誤入桃源》·1：「言言語語參雜，是是非非交加。」

《琵琶記》·8：「千千萬萬有誰堪訴？」

2. 做賓語：

《瀟湘雨》·1：「受十年苦苦孜孜，博一任歡歡喜喜。」

3. 做謂語（有時加「的」）：

《合汗衫》·1：「看那街市上往來的人紛紛嚷嚷。」

《蕭淑蘭》·1：「他壁我遮遮掩掩，抵多少等等潛潛。」

《留鞋記》·2：「這個香羅帕香香噴噴，細細膩膩的。」

《馬陵道》·3：「休則管絮絮聒聒，扯扯拽拽。」

《陳州糶米》·4：「斷事處搖搖擺擺。」

《老生兒》·2：「你有錢時待朋友每日家花花草草。」

《秋胡戲妻》·2：「他那裡哭哭啼啼，我這裡切切悲悲。」

《貨郎旦》2：「（丑云）這等孤孤淒淒，怎教我不要傷感？」

《秋胡戲妻》·3：「眼腦兒涎涎鄧鄧。」

《倩女離魂》·4：「每日價煩煩惱惱，孤孤零零。」

《西廂記》·2·楔子：「我從來馸馸劣劣。」

4. 做狀語：

《生金閣》·2：「也不須索遮遮掩掩妝模樣。」

《還牢末》・4：「嚇的我戰戰兢兢，悠悠蕩蕩跪在這塵埃。」

《玉鏡臺》・1：「朝朝暮暮陽臺上，害的他病入膏肓。」

《謝金吾》・1：「口裡嘮嘮叨叨的說個沒了。」

《望江亭》・3：「打出三尺錦鱗，還活活潑潑的亂跳。」

《張生煮海》・3：「我見那大蟲楞楞掙掙倒了。」

《合汗衫》・3：「我辛辛苦苦打殺的一個大蟲。」

《凍蘇秦》・2：「我待去來你覷我衣衫襤襤褸褸不整齊。」

按：在道白中的 AABB 式疊詞多帶「的」字。

5.做定語：

《玉鏡臺》・3：「我則見他姿姿媚媚容儀，我幾曾穩穩安安坐地。」

《貨郎旦》・4：「早做了扑扑籟籟風，點點滴滴雨。」

《鴛鴦被》・4：「依著梅香，尋一個風風流流、俊俊俏俏的好姐夫拖帶梅香。」

《生金閣》・3：「我如今釅下些不冷不熱，兀兀禿禿的酒與你吃。」

《貨郎旦》2：「腳底下踹著滑滑擦擦爛泥漿。」

《酷寒亭》・1：「則你是個腌腌臢臢潑姿娘。」

《竇娥冤》・2：「（張驢兒云）叫我三聲的的親親的丈夫，我便饒了他。」

《生金閣》・4：「照察我這悲悲痛痛、酸酸楚楚、說無休、訴不盡的的含冤負屈情。」

6.做補語：

《貨郎旦》·4：「頭一間打掃的潔潔淨淨，請大人安歇。」

《百花亭》·1：「你看他眼似明星，眉如秋月，生的莊莊重重，是一個好女子也。」

《合汗衫》·3：「被一場天火燒的光光蕩蕩。」

《薛仁貴》·3：「唬的我戰戰兢兢、慌慌張張。」

《金錢記》·2：「（張千云）你看這廝走的慌慌張張的。」

(四) **語素功能**

從古典戲劇中 AABB 式疊詞的語素功能上看，可以分成以下幾類：

1. AA 和 BB 都能成詞。例如：「密密層層、郁郁蒼蒼、花花綠綠」等。AB 重疊後的詞義可表示「既…又…或有的…有的…」等意義，如「堂堂正正」，是說「既堂堂又正正」，「大大小小」是說「有的大，有的小」，但重疊後又增添了整體意義一描述性。❷如果是數詞重疊，如「三三兩兩、千千萬萬」，其意義則是有的喻其多，有的喻其少。

2. AA 可以成詞，BB 卻不能。如：「熱熱乎乎，乾乾巴巴」等。

3. AA 和 BB 都不能成詞。如：「結結巴巴，沸沸揚揚」等。

---

❷　卞覺非《AABB 重疊式數題》，見《語言研究集刊·2》，頁111。

4. AA 不可以成詞，BB 可以成詞。如：「病病懨懨，冒冒愣愣」等。

第 2、3、4 條中的 AA 或 BB 有的不能單獨成詞，一部分原因是某些語素能單獨成詞，但不能重疊，重疊後就不能成詞了。如「病病懨懨」中的「病」。另一個原因是某些語素不管在什麼樣條件下都不能單獨成詞。如：「結結巴巴」，「熱熱乎乎」中的「巴」和「乎」。這主要是一些虛語素。

5. AABB 式疊詞的演進。楊建國說：

> 從意義上看，元曲中的 AABB 式狀態詞的 A 和 B 都是近義成份。現代漢語中，A 和 B 可以是近義成份，如「乾乾淨淨」之類，也可以是反義成份，如「大大小小」之類。A 和 B 由近義成份逐步擴展到反義成份，這是 AABB 式狀態詞自身的一種演進。這種演進，擴展了它表意的外延，加深了它表意的內涵。㉒

楊氏說「元曲中的 AABB 式狀態詞的 A 和 B 都是近義成份」，其實不盡如此，其中也有不是近義成份的，如：

《琵琶記》・15：「右列著濟濟鏘鏘，高高下下的金吾衛，龍虎衛，供日衛，千生衛，驃騎衛。」劇中的「高高下下」就不是近義詞。但為數不多，比不上現代漢語。從這個角度

㉒　楊建國《元曲中的狀態形容詞》，頁 165。

看，那的確是一種演進。

五、ABAB 式

打扮打扮　照覷照覷　掐算掐算　撒和撒和　游玩游玩
一步一步　奈何奈何

除了數量詞「一步一步」重疊後表示動作的連續外，其餘為雙音節詞的重疊，增加了嘗試的附加意義。

從 ABAB 式疊詞的語法功能如下：

㈠ **作謂語：**

《秋胡戲妻》：「你也打扮打扮，似這般蓬頭垢面，著人笑你也。」

《鐵拐李》·2：「你嫂嫂年紀小，孩子嬌痴，你勤勤的照覷照覷。」

㈡ **作狀語：**

《東堂老》·3：「恰才個手扶拄杖走街衢，一步一步蕎入門程去。」

古典戲劇中，貌似 ABAB 式的疊詞多，其實只是修辭上的重複。如：

《陳州糶米》·1：「雖然是輸贏輸贏無定，也須知報應報應分明。」

這種現象俯拾即是，各類詞都能這麼重複一下，但對比上面真正的 ABAB 式疊詞，則可看出它們的明顯差別來。

在現代漢語裡，也存在著另一種 AABB 式的詞語容易和 AABB 式的詞混淆。比如「歇歇走走」、「走走歇歇」、「跑跑停

停」、「停停跑跑」等等，我們認為這是短語㉓的重疊式，重疊後並不是詞而是短語；其次，在 AA 和 BB 之間可以插進別的詞，如我們可以說：「歇歇之後走走」，「走走之後歇歇」，而 AABB 式的疊詞，其語序基本是固定的，詞中間一般也不能插進別的詞。㉔

六、A—A 式

A—A 式是動詞的重疊形式。

挺一挺　擺一擺　覰一覰　指一指　請一請　斷一斷

畫一畫　掐一掐　拈一拈　摟一摟　抱一抱　綴一綴

坐一坐

㈠ 這種重疊詞較原詞增加了一種「輕微」的附加意義。如：

《灰闌記》·3：「我這裡挺一挺聳著肩胛，擺一擺摩著腰胯。」

《謝金吾》·3：「覰一覰剜了眼睛，指一指剁了手腕。」

㈡ 附加「嘗試」的意義。如：

《曲江池》·楔子：「大姐你自家請一請去。」

《神奴兒》·3：「我斷不下來，請你給我斷一斷。」

㉓　短語（或者叫「詞組」）是由詞和詞組成的比詞大的語法單位，它既可以用來造句，又可以作為更大的短語的組成成份。見葉蒼岑《現代漢語語法基本知識》（北京：教育出版社，1986），頁 95。

㉔　王明華《論 AABB 式重疊構詞法》（貴州：貴州師範大學學報〔哲社版〕，1992·2），頁 109-112。

《風箏誤》·4：「（末）韓相公屈你畫一畫罷！」

《救風塵》·3：「若是不肯寫休書，我將他搯一搯，拈一拈，摟一摟，抱一抱，……」

這種重疊詞的主要職務是做謂語。做謂語帶賓語時，賓語還可置於第一個Ａ之後，如：「伴我一伴」「幫我一幫」「覷我一覷」「等我一等」。

《魯齋郎》：「你怎敢罵我，你不認的我？覷我一覷。該死。」

《四春園》：「等我一等，我張千也來送柳先生。」

《魯齋郎》：「消不得拜我一拜。」

《五侯宴》：「誰敢道是湯他一湯，誰敢是觸他一觸。」

加上賓語之後，不能略去「一」而說「拜我拜」、「覷我覷」、「等我等」，如果把賓語放在兩個動詞之後，那就既可說「覷覷我」，也可說「覷一覷我」等。不過，在古典戲劇中還沒有見到這兩種句式。❷⑤

Ａ一Ａ式中間還可加別的詞，如說「推了一推」「推這一推」「看的一看」。如：

《五侯宴》：「著他去見他那親娘一見去，可不好？」

雙音節動詞也可按Ａ一Ａ式的形式重疊。如：

《魯齋郎》·楔子：「你與我整理一整理。」

《燕青博魚》·2：「我與大嫂也去賞玩一賞玩。」

---

❷⑤ 何樂士《元雜劇語法特點研究》，見程湘清主編《宋元明漢語研究》（山東：教育出版社，1992），頁214-215。

第二節　象聲詞的靈活奇絕

擬聲法是漢語裡一種造語用字的方法。說話人爲了表達需要而模仿一種聲音，這便是所謂的象聲詞。呂叔湘說：

> 象聲詞是用語音來模擬實在的聲音或者描寫各種情態。❷⑥

張靜也爲擬聲詞下個定義：

> 用模仿事物或動作的聲音的方法去指明這些事物或動作而構成的詞。❷⑦

馬慶珠對張靜所說不以爲然，他說：

> 這個詞源學的定義不適合於語法描寫，因爲「雞、鴨、鵝、貓、嘓嘓」等詞是指物的，雖然可能是由擬聲而來，但顯然是名詞，而不是語法上的擬聲詞。人們聽到或說到這些詞時，首先想到的是物而不是聲音。「貓」與「咪咪、喵喵」不同，不能混爲一談。
>
> 把詞源和意義綜合起來看，擬聲詞應是模擬事物或動作、變

---

❷⑥　呂叔湘《呂叔湘文集》第三卷（北京：商務印書館，1992），頁481。

❷⑦　張靜《談象聲詞》，見《漢語學習》，1982·4，頁4。

化的聲音，但並不指事物或動作、變化的詞。㉘

格裡森（H.A. Gleason）說：

> 語素是最小的表達成份，它直接同內容結構的某一點相聯
> 繫。㉙

可以這麼說，擬聲詞是由擬聲語素構成的。擬聲語素和擬聲對象相
聯繫，擬聲詞表示客觀事物的聲響，如聽到「喵喵」，就想到是貓
而不是別的動物。擬聲詞在口語和文學作品中經常使用，它可以引
起對聲音和發聲情景的聯想，產生一種表象（idea）。

　　語言能不能十分準確地把擬聲對象的聲響說出來，對於這個問
題，王力說：

> 至於模仿得像不像，和語言沒有關係。㉚

《修辭語法講話》中說：

㉘　馬慶珠《擬聲詞研究》，見《語言學論叢》·4，頁 123。

㉙　H.A.Gleason: An Intruduction to Descriptive Linguistics, (Resived Edition),
　　p.11. 原文：It is the unit on the expression side of language which enters into
　　relationship with the content side.

㉚　王力《王力文集》第一卷第五章，頁 385。

摹狀和擬聲都是象徵性的，不可能像照相機和錄音那樣逼真。❸

雖然，擬聲詞不能逼真地把所擬對象的聲響說出來，但是，聽的人憑著自己的生活經驗便可以體會出什麼聲音來。呂叔湘與朱德熙把擬人及擬物聲音的詞統稱爲「象聲詞」：

象聲詞：包括(1)嘆詞，如「啊」「喲」「唉」；(2)問答詞，如「噢」「嗯」「嗄」；(3)狹義的象聲詞，如「砰」「乓」「嘩拉」。❸因此，爲行文方便，以下一律用「象聲詞」。

古典戲劇的劇本，爲了在演出時能使人聽得懂，劇作家無論是在曲文還是賓白方面，都大量採用民間口語來造語。因此，劇本中保留了眾多的象聲詞，正可反映了當時的語言運用的實際情況。

象聲詞的構詞方式，可分爲以下幾種情況：

一、單音節 A 式

呀 砑 赤 嗤 咚 擦 颯 騰 呼 鋪 颼

單音節 A 式象聲詞只代表一種單純的聲音。在充當定語還是狀語時，都帶著「的」。如：

《㑳梅香》·1：「恰才嗤的失笑，暗的吞聲。」

《忍字記》·2：「那堪獨扇門兒砑。」

《調風月》·3：「〔紫花兒序〕呼的關上櫳門，鋪的吹滅

---

❸　陳建民《漢語口語》，頁 278。

❸　呂叔湘·朱德熙《語法修辭講話》（中國青年出版社，1979），頁 10。

殘燈。」

《中山狼》‧2：「被俺開的弓，拈的箭，颼的一聲，應弦
飲羽，失聲走了。」

單音節象聲詞所摹擬的往往是短促或突然的聲音，如「呼」的
一聲關上櫳門，是短促的，也是突然的。這種摹擬聲音的方法，直
到現代仍舊如此。❸

二、AA 式象聲詞

啊啊　支支　丕丕　吓吓　擦擦　扑扑　吖吖　刷刷　眛眛
圪圪　撾撾　刷刷　嗥嗥　嘖嘖　呀呀　咳咳　埃埃　啞啞
哞哞　踏踏　呷呷　咖咖　哈哈

（一）　**做狀語：**

《黃粱夢》‧4：「殺人劍撾撾帶血磨。」

《梧桐雨》‧4：「刷刷似食葉春蠶散滿箔。」

《綠牡丹》‧12：「〔川撥棹〕聽不得嗥嗥吠聲。」

《綠牡丹》‧17：「〔黃鶯穿皂袍〕人前嘖嘖誇新制。」

也帶「的」或「地」的，如：

《㑳梅香》‧2：「你等著巴巴的彈響窗櫺。」

《硃砂擔》‧1：「則聽的擦擦的鞋底鳴，丕丕的大步
行。」

《哭存孝》‧4：「踏踏的忙那（挪）步，吓吓的不住

---

❸　王力《王力文集》，頁389。

腳。」

《五侯宴》· 1：「我若是少乳些則管裡吖吖的哭，我若是多乳些灌的他啊啊的吐。」

《魔合羅》· 1：「恰便是小鹿兒扑扑地撞我胸脯！」

《楚昭公》· 2：「那一個點鋼槍，支支的把黃幡狠揪。」

(二) **做定語：**

《昊天塔》· 4：「颼颼的雨點傾直打的應心疼。」

《硃砂擔》· 1：「則聽的擦擦的鞋底鳴。」

《中山狼》· 1：「看夕陽恰西下，呀呀寒鴉的落平沙。」

(三) **做補語：句中的動詞多和聲音有關，如「響」「叫」「笑」「鬧」等：**

《兩世姻緣》· 1：「震雷響咪咪。」

《馮玉蘭》· 1：「猛聽得響擦擦似有人。」

《合汗衫》· 3：「聽言罷，不覺笑咳咳。」

《救孝子》· 3：「叫吖吖苦痛殺我。」

《謝金吾》· 1：「只聽得鬧垓垓。」

(四) **做謂語：**

《生金閣》· 3：「傍幾家村雞啞啞，隔半程兒野犬咛咛。」

三、AAA 式象聲詞

忽忽忽　勿勿勿　赤赤赤　疏疏疏　嗤嗤嗤　撞撞撞
刷刷刷　吸吸吸　支支支　扑扑扑

AAA 式象聲詞可以直接修飾名詞做定語：

《倩女離魂》·2：「驚的那呀呀呀寒鴉起平波。」
在句子前修飾動詞，做狀語：

《劉行首》·2：「嗤嗤嗤扯碎布袍。」

《梧桐葉》·2：「嗤嗤嗤鳴紙窗。」

《金安壽》·3：「撘撘撘扯碎俺姻緣簿。」
成為主謂結構的謂語，如：

《繡襦記》·31：「鑼兒鐋鐋，鼓兒咚咚咚，板兒喳喳，笛兒支支支。」

按：此例第一第三句為 AA 式，第二第四句為 AAA 式，顯示出節奏感。或者，獨立成一串聲音，這叫「象聲的獨立成份」。象聲的獨立成份的功用是：「使語言更豐富多彩，準確鮮明」。❸❹象聲詞作獨立成份時不帶「的」字，它是通過記錄聲音來表示動作。如：

《緋衣夢》·2：「我跳過牆，來到這太湖石邊，梅香，赤赤赤。」

《村堂樂》·2：「慢慢的走，赤赤赤！」

《看錢奴》·2：「〔滾繡球〕則俺這三口兒兀的不凍倒塵埃？（做寒抖科；帶云）勿，勿，勿！」

《東堂老》·2：「〔三煞〕你回窯去，勿，勿，勿，少不得風雪酷寒亭。」

按：A 式、AA 式與 AAA 式三種象聲詞的語法意義不一樣，

---

❸❹　周清海《語法綱要》，頁 189。

從描摹聲音的時間長短來看是遞進的。不少單音節象聲詞可以重疊為 AA 式或 AAA 式，如：

> 《硃砂擔》・1：「唬的我騰的撒了抬盞。」

> 《趙禮讓肥》・2：「見騰騰的鳥起林梢。」

> 《倩女離魂》・4：「騰騰騰收不住玉勒，常是虛驚。」

四、AB 式象聲詞

這類象聲詞是由兩個不同的音節構成的，如：

扑騰　扑通　玎咚　丁東　咿啞　七擦　磕扑　必剝　磕叉
支剌　盧都　剝啄　吉玎

(一)　**做定語：**

> 《梧桐雨》・1：「香惹丁東環佩聲。」

> 《飛刀對箭》・1：「二馬相交，吉玎的箭對了飛刀。」

(二)　**做狀語：**

> 《薛仁貴》・2：「我磕扑的在馬前跪膝。」

> 《伍員吹簫》・3：「扑冬的身跳在江裡。」

> 《青衫淚》：「扑通的瓶墜井。」

(三)　**做謂語：**

> 《生金閣》・2：「我提起這銅鍘來，磕叉。」

(四)　**做補語：**

> 《綠牡丹》・16：「夜深聞剝啄，知是好音來。」

五、ABB 式象聲詞

這類象聲詞不是由 AB 式變化而來，而是 BB 前再綴一字而成

的。馬天祥說：

> 這類擬聲詞所摹擬的聲音，開始的聲音短，接著的聲音長，
> 有時尾聲相當長。㉟

不騰騰	赤力力	可丕丕	可撲撲	各琅琅	紇支支
各支支	骨嚕嚕	疙蹹蹹	屹蹬蹬	忽嚕嚕	忽剌剌
撲碌碌	撲騰騰	忒楞楞	支楞楞	廝琅琅	吸力力
鵓嘍嘍	桑琅琅	疏剌剌	撲簌簌	篤簌簌	足律律

(一) 做定語：作名詞修飾語時可帶「的」。

《張生煮海》·1：「聽疏剌剌晚風，風聲落萬松。」

《貨郎旦》·4：「搖幾下桑琅琅蛇皮鼓。」

《硃砂擔》·1：「可正和著各琅琅的搗碓聲。」

《劉行首》·1：「赤力力風操動松韻。」

《竇娥冤》·4：「足律律風兒來。」

(二) 做狀語：也可帶「的」。

《殺狗勸夫》·2：「那裡好篤簌簌避。」

《薛仁貴》·2：「把孩兒撲碌碌推出門。」

《虎頭牌》·2：「則你那匹馬屹蹬蹬的踐路途。」

《燕青博魚》·1：「我會舞劍，偏不能疙蹹蹹敲象板；會
輪槍，偏不會支楞楞撥琵琶。」

㉟　馬天祥《略論漢語擬聲詞的獨立性》，見《人文雜誌》，1980·2，頁 85-
　　69。

㈢　象聲詞置於主謂結構或句子前，間接修飾動詞或動詞性詞
　　組：

　　《㑳梅香》·3：「嚇得我可扑扑小鹿心頭撞。」

　　《昊天塔》·2：「骨碌碌的海沸山崩。」

　　《㑳梅香》·1：「扑簌簌花墜殘英。」

㈣　做謂語：

　　《後庭花》·3：「房上瓦廝琅琅的。」

六、ABC 式象聲詞

　　滴溜扑　吉玎璫　圪搭幫　可磕擦

㈠　做定語：

　　《梧桐雨》·2：「疏剌剌吉玎璫簷馬兒聲不住。」

㈡　做狀語：

　　《牆頭馬上》·3：「吉玎璫掂做了兩三截。」

　　《西廂記》·3·2：「搵上書房門，到得那裡，手挽著垂陽
　　滴溜扑跳過牆去。」

七、AABB 式象聲詞

　　這類擬聲詞的格式是「AB」式的另一種重疊方式，是「AB」
兩個音節分別重疊後組成的。❸

　　扑扑簌簌　蕭蕭瑟瑟　囊囊突突　刮刮匝匝　嘔嘔啞啞

---

❸　同❸，頁 65-69。

咿咿呀呀　玎玎鐺鐺　炒炒七七　碌碌剌剌　轟轟劃劃

㈠　做定語：

《盆兒鬼》·正名：「玎玎鐺鐺盆兒鬼。」

㈡　做狀語：

《盆兒鬼》·題目：「咿咿呀呀喬搗碓。」

《盆兒鬼》·4：「（魂兒云）他道玎玎鐺鐺的說。」

㈢　做謂語：

《黃粱夢》·2：「有甚事炒炒七七。」

《綠牡丹》·18：「他兩個唧唧噥噥像是轉遞了。」

《琵琶記》·15：「五門外碌碌剌剌。」「六宮裡嘔嘔啞啞。」

㈣　做補語：

《琵琶記》·15：「半空中忽聽得一聲轟轟劃劃。」

八、ABAB 式象聲詞

這是 AB 式的重疊格式之一，是 AB 式所表現的聲音週而復始地重現。做狀語：

《氣英布》·4：「俺這心膽還是磕扑磕扑的跳。」

《氣英布》·2：「只消咱佩中劍支楞支楞的響一聲。」

《牡丹亭》·47：「他要娘娘什麼東西？古魯古魯不住的。」

九、ABBC 式象聲詞

這類象聲詞的聲韻結構很特殊，它是在 ABB 式後再加一個與

B 同韻的音節。

赤力力尺 扑通通冬 骨魯魯忽 可忒忒扑 吉丁丁鐺

疏剌剌刷 忒楞楞騰 廝琅琅湯 支楞楞爭

做狀語：

《鴛鴦被》·2：「忒楞楞騰宿鳥串荼蘼架。」

《梧桐雨》·4：「疏剌剌刷落葉被西風掃。」

《倩女離魂》·4：「支楞楞爭斷了不續碧玉箏。」

《倩女離魂》·4：「廝琅琅湯偷香處喝號提鈴。」

　　按：前二例的象聲詞所處位置極易被誤爲是獨立於句子之外的成份或當定語用，其實這類句子都可以把象聲詞移至動詞的前面，成爲動詞的直接成份修飾語，意義並不改變。**❸**例如：

忒楞楞騰宿鳥串荼蘼架　宿鳥忒楞楞騰串荼蘼架。

十、AABC 式象聲詞

做狀語：

《黃粱夢》·4：「〔叨叨令〕那漢子去脖項上婆婆沒索的摸。」

十一、ABCD 式象聲詞

必丟匹搭　必丟不搭　劈丟扑搭　劈溜扑剌　吸裡忽剌

希留合剌　伊哩烏蘆　吉丟古堆　失留疏剌　乞紐忽濃

---

❸　趙金銘《元人雜劇中的象聲詞》，見《中國語文》，1982·2。頁145。

急留骨碌　咭力骨碌　骨碌咭力

（一）做定語：

《魔合羅》·1：「〔油葫蘆〕更那堪吉丟古堆波浪宣城
渠，❸你看他吸留忽剌水流乞留曲律路，更和這失留疏剌風
擺希留了樹，怎當他乞紐忽濃的泥，更和他匹丟扑搭的
淤。❸

《殺狗勸夫》·2：「則被這吸裡忽剌的朔風兒那裡好篤簌
簌避。」

（二）做狀語：

《燕青博魚》·2：「更和一個字兒急留骨碌滾。」

《殺狗勸夫》·2：「越惹他必丟匹搭的響罵。」

《虎頭牌》·1：「口角又劈丟扑搭的噴。」

《謝天香》·3：「我不該必丟不搭口內失尊卑。」

《黑旋風》·2：「〔油葫蘆〕他那裡必丟不搭說。」

---

❸ 「吉丟古堆」是由原式 AB 即 k-t「古堆」：平地上的鼓包或水激起的高
包。也寫作「骨堆」或「孤堆」。今魯西南方言稱土包為「土古堆」。
「古堆」變化而成 kt-k-t 即「吉丟古堆」。這兒是說水面突起的高浪，並
不是水聲。一般註釋家如顧肇倉等解為象聲詞，見顧注《元人雜劇選》，
頁 234。誤。

❸ 「希留急了」，顧肇倉等認為是形容風吹樹木的聲音。但馬思周與潘慎在
《試論元雜劇中四音詞的構成原則》（《語文研究》，1982·2）認為
「希留急了」不是雙聲，是中綴，所以本句中的「希留急了」不算是象聲
詞。這個四音詞是象形，即修飾樹的，不是樹發出的聲音。「希了」亦即
「希剌」，是說路旁稀疏不齊的樹。這種鑲嵌中綴的四音詞，在現代方言
裡形成更多。如「滑裡巴稽，稀拉光湯，堆裡古汰」等。

《李逵負荊》・2：「〔叨叨令〕他這般一留兀涑的睡。」

《凍蘇秦》・楔子：「伊哩烏蘆的這般鬧炒。」

(三)　**做謂語：**

《陳州糶米》・3：「怎麼兩片口裡劈溜扑剌的。」

《幽閨記》・22：「〔淨〕你兩個只管咭力骨碌，骨碌咭力，也不像出路人。」

　　按：以上有些象聲詞如「匹丟扑搭」「必丟匹搭」「劈丟扑搭」等以及「吸裡忽剌」「希留合剌」「吸留疏剌」等都是兩組同聲異寫的四字格。劇作家在描摹聲音時，所顧的是「聲」，並不採用固定的字。還有一些又是象聲詞又是示意詞，如：

《哭存孝》・4：「〔水仙子〕一會兒赤留乞良氣，一會家迷留沒亂倒，天那，痛煞煞的心癢難撓！」

《魯齋郎》・3：「〔上小樓幺〕空教我乞留乞良、迷留沒亂，放聲啼哭。」

這些 ABCD 式的四字格反映了民間口語的特點。因為在民間口語中常用一些既有象聲作用，又有方言特點的四字格作為狀語。「曲中運用這些狀語反映了元曲的口語化，它與人民十分接近。」❹

　　有學者認為「不約兒赤」是「已很難辨識」的象聲詞，❹這是錯誤的，因為「不約兒赤」實際上是「牙不＋約兒赤」，是蒙古

---

❹　何樂士《宋元明漢語研究》，見《元雜劇語法特點研究》，（山東：教育出版社，1992），頁 113。

❹　趙金銘《元人雜劇中的象聲詞》，頁 146。

語，㊷不是象聲詞。

十二、ABAC 式象聲詞

七留七力（也作七留七林，出留出律，赤留出律）

做狀語：

《黃花峪》·1：「〔油葫蘆〕唬的那呆呆鄧鄧的麋鹿赤留出律的撞。」

《黃花峪》·3：「赤留出律驚起些野鴨鷗鷺。」

《謝天香》·3：「可又早七留七力來到我跟底，不言語立地。」

《謝天香》·3：「我見他出留出律兩個都回避。」

十三、其他形式的象聲詞

古典戲劇中還有一些不定式的象聲詞，如：

《玉簪記》·4：「〔清江荷葉〕你看錦繡江山咱統守！海海滴溜溜，姐姐哈喇喇。」

《西廂記》·3·2：「〔滿庭芳〕（白）小姐罵我都是假，書中之意，著我今夜花園裡來，和他『哩也波，哩也羅』哩。」

《西廂記》·3·4：「不知這首詩意，小姐待和小生『裡也波』哩。」

㊷　請參閱本論文第四章「約兒赤」條。

　　《張協狀元》·12：「口裡唱個哩連羅羅連把小二便乘薄
賤。」

　　《遇上皇》·1：「酒甕邊，剌登哩登唱。」

　　《西廂記》二例中的「哩也波，哩也羅」、「裡也波」，這種
聲音寓含「如此這般」的意思，以暗示男女間的交合。王季思注
《西廂記》云：「張炎《詞源·謳曲旨要》：哩羅蓋歌曲結處腔
聲。此處則男女合歡之諱詞也。」吳曉鈴注《西廂記》云：「『哩
也波，哩也羅』，有音無義。猶如現在用『那個』代替說不出的話
一樣。」**❹**

　　至於《張協狀元》中的那一串聲音，錢南揚在《校注》時解作
「指男女調情，不欲明言，故以和聲代之。」這和上述所說的意思
相近。但趙日和認為不正確，並說這種聲音今尚保存在福建地方戲
曲中：1.福州傀儡戲開臺前念的「密咒」，2.梨園戲裡的「連
尾」，一曲終了時後臺演員的齊唱，代替弦絲曲牌以襯托氣氛，或
烘托場景，或刻劃人物內心活動，或描摹人物姿容情態。**❹**實際
上，這種不定式的象聲詞所表達的意義並不一定局限於一定的格式
內，而是隨著劇情需要自然發揮。如上面所舉第一例：劇中人物得
意時自然而然地發出「海海」「哈喇喇」聲，這正是人之常情。

---

❹　見顧學頡·王學奇《元曲釋詞》第二冊，頁331。

❹　趙日和《〈張協狀元〉詞語選釋》，見《中國語文》，（1992·3），頁
　　181。

第三節　結　語

　　綜合疊詞與象聲詞的論析，至少可以歸納成以下這幾方面特點：

一、疊詞與象聲詞方式多樣化

　　在中國古典文學作品中，如《詩經》《古詩十九首》都使用疊詞，但幾全是 AA 式，即使反映唐末五代語言的《祖堂集》中已出現 ABB、AABB 式，其例不多。❹自宋代《董西廂》以至元明古典戲劇作品，便大量採用了當時活躍在民間口語多樣化的疊詞形式，如 ABB 式、BBA 式、AABB 式、AAA 式、ABCD 式等等。促成疊詞多樣化的客觀因素有：

　　㈠從簡單至複雜多樣，這正是人類語言發展的過程。由元明戲劇中所使用的疊詞藝術，明顯地表現出中古時期的語言現象過渡至近代語言現象的特色：即疊詞的口語化和形式的多樣化；

　　㈡古典戲劇是盛行於民間的講唱文學，劇作家為了人物刻劃需要以及為了吸引廣大聽讀者，所運用的語言不僅要音韻諧美，用詞也必須考慮盡量與民間口語一致，自然要引進形式多樣的民間疊詞。

---

❹　太田辰夫《漢語史通考》，（重慶：重慶出版社，1991），頁 119。

二、疊詞與象聲詞的口語化

　　由於戲劇作品結構宏偉，情節曲折多變，人物形象各有不同，因此較能全面地吸收古今書面語和口語的各種疊詞方式。古典戲劇中所運用的古代傳承下來的書面語疊詞不少，出現在 AA 式疊詞中為多，例如「蕭蕭」「纖纖」「丕丕」「兩兩」「油油」「悠悠」等等，這些書面語來自古代詩書子史典籍。但運用得更多的是民間口語疊詞，例如在摹色方面，有「白茫茫」「碧澄澄」「黑洞洞」「紅馥馥」「黃甘甘」「綠茸茸」「青森森」等；在摹形方面，有「曲彎彎」「破設設」「骨岩岩」「直挺挺」等；在摹狀方面，有「病懨懨」「眼巴巴」「昏沉沉」「氣騰騰」「戰欽欽」「醉陶陶」等；摹形方面，有「淅零零」「桑琅琅」「忽魯魯」等。戲劇是代言體，主要通過人物對話來完成，民間口語疊詞純真直樸，感情真摯，作者巧用各類疊詞描摹人際間的各種交往情境狀態，毫無矯揉造作之感。如：運用口語疊詞對美女各方位的描畫。視覺疊詞：「姿姿媚媚紅白」；聽覺疊詞：「腰肢困也微微喘」；味覺疊詞：「視不得也苦懨懨」；嗅覺和觸覺疊詞：「香噴噴地，軟柔柔地，酥胸似雪」。這樣的描畫，不僅感覺到作者對語言運用的揮灑自如，同時對作者所描畫下的人物有真切的感受，極富生活氣息。有些疊詞，現在還引用不絕。

三、疊詞與象聲詞的聲律美

　　古典戲劇講究聲律美是眾所周知的事，而疊詞與象聲詞在這方面扮演極其重要角色。詩詞音樂的中正和平與詩詞句子平仄諧和的

特點是一致的。一句之內平仄兩兩交替，上下兩句平仄相對，剛柔相濟，矛盾統一，這是聲律和諧的基本原則。詩詞中需要表達拗怒、勁峭、急切、跌宕等感情的地方，往往用拗體。❹古典戲劇中有些曲子抒情熱烈痛快，跌宕多姿，曲調繁雜，板式自由，也就使戲曲減少了平仄兩兩交替的規整平順的句子，出現了許多不規則的拗怒句式。如：

> 《倩女離魂》·4：「〔水仙子〕攄著俺老母情（仄仄平）
> 他則待袄廟火刮刮匝匝烈焰生（平仄仄仄仄仄仄仄平），
> 將水面上鴛鴦（平仄仄仄平平），忞楞楞生分開交頸（仄平
> 平平平平平平仄）。疏剌剌沙轇雕撒了鎖鞚（平仄仄平仄平
> 平仄仄仄平），廝琅琅湯偷香處喝號提鈴（平平平平平平仄
> 仄仄平平），支楞楞爭弦斷了不續碧玉箏（平平平平平平仄
> 平仄仄平平），吉丁丁當精磚上摔碎菱花鏡（仄平平平平平
> 仄仄平平仄），扑通通冬井底墜銀瓶（仄平平平仄仄仄平
> 平）。」

第二句連用 8 個仄聲，有一種激烈急切的情調。第四句連用 7 個平聲，第六句連用 6 個平聲，第七、八句各連用 5 個平聲，造成了低抑哀傷多樣情調；而幾個平聲連用後又用仄聲振起，因而哀傷中又有憤憤不平。必須注意的是，連用平仄，疊詞起著非常重要的作用。又如：

> 《鶯鶯被》·2：「〔笑和尚〕吉丁丁當畫檐前敲玉馬，疏

---

❹ 許金榜《北曲音樂和元曲的形式與風格》，見《天津師大學報〔社科版〕》，（1990·6），頁66-72。

刺刺刷正殿裡吹書畫，忒楞楞騰宿鳥串荼蘼，赤力力尺搖翠
竹，骨魯魯忽晃窗紗，可忒忒扑把不住心頭怕。」

其中每句都用四個字的象聲詞。如果沒有這些響亮的象聲詞，又怎
能與活潑跳躍、急管促弦的樂曲相配合？

四、疊詞與象聲詞的表達功能

疊詞中有不少是中性詞。劇作家常常恰到好處地配合使用中性
詞，使它們在一定的語境中具有某種感情色彩，用在實在意義的疊
詞把抽象的感情表達出來。如對象聲詞的運用，象聲詞本身不帶有
感情色彩是很明顯的，但當它們出現在某種語境中，十分妥貼地與
其他詞語配合運用，就能發出如泣如訴，如怨如慕的感情色彩。如
借聲傳情：「聽塞鴻啞啞飛過暮雲重」「淅零零的微雨，率刺刺的
西風」，描繪景色，渲染氣氛，生動傳神。雁聲的悲啼是通過「啞
啞」透過暮雲層，暮雲層由濕顯重，由重顯低，由低顯暗，苦雨淒
風聲是透過「淅零零」「率刺刺」具體地轉入聽讀者的眼簾耳際，
給人以如聞其聲，如臨其境的實感。在三種自然景物浸透寒意的悲
聲交響中，渲染烘托人的悲哀，使悲涼之暮雲由人及物，由物及
人，使物與人融為一體，交相感應。借色傳情：「暖溶溶玉醅，白
泠泠似水」，顏色本身無感情可言，但由於不同色彩對人的生理感
官產生不同的刺激，「白」為冷色詞。「白」加上「泠泠」（涼
意），是作者運用通感手法溝通視覺與觸覺的感受，使所要表達的
感情更為強烈，可謂字字傳情。

古典劇作家大膽而靈巧地運用大量疊詞（包括象聲詞），正是
形成劇作語言清新、自然、通俗、流暢的重要因素。他們運用疊詞

描繪渲染出特有的環境，形象地表現出人物的容貌、動作、情態，
聲音深入地刻劃出人物的內心世界，從而大有助於主題思想的表
達。

第七章　中國古典戲劇中的修辭

第一節　序　論

　　何謂修辭？綜合陳望道❶、張靜❷、鄭頤壽❸等人的說法，修辭的定義當可歸納成一句：修辭是一種語言表達技巧，是創造語言美的手段。因此，凡是運用語言，口頭或書面的，一般的或文藝創作的，都要講究修辭。反言之，衡量文學作品的優劣，不從它的修辭現象❹來考查，那是無法說出一個所以然的。

　　根據陳望道的論析，修辭有兩大分野。他認爲語辭的使用有兩大截然不同的手法：消極的手法和積極的手法，即消極修辭和積極修辭。消極修辭以表達明白精確爲目的，力求所表現的意義不產生

---

❶　陳望道《修辭學發凡》（上海：教育出版社，1987），頁 3。

❷　張靜《語言　語用　語法》（河南：文心出版社，1994），頁 367。

❸　鄭頤壽《修辭過程說》，見《修辭學論文集》第三集，頁 41。

❹　修辭現象：修辭過程中所產生的語文運用的一切現象。修辭現象總是爲表達特定的思想內容服務的，運用時又必定要適應具體的題旨情境。修辭現象必然屬於語文現象的範疇，它是運用語言技巧的結果。見《漢語語法修辭詞典》，頁 451。

歧義，「但求適用，不計華質和巧拙」。所用的語言是概念的、抽象的、普通的、質實的、平凡的、而不是華麗的、奇特的。積極修辭以使人「感受」爲目的，盡量把話說得生動感人。他說：

> 積極的修辭，卻是具體的，體驗的。價值的高下全憑意境的高下而定。只要能夠體現生活的眞理，反映生活的趨向，便是現實界所不曾經見的現象也可以出現，邏輯律所未能推定的意境也可以存在。其軌道是意趣的聯貫。它與事實雖然不無關係，卻不一定有直接的關係。❺

這段話也就是後來鄭頤壽所說的「變格修辭」。他說：

> 變格修辭，就是特殊的，非常規的修辭。從詞語、句子和辭格的修辭來講，它突破了語音學、文字學、詞彙學、語法學和邏輯學的規律，是不能按字面來理解的。❻

例如：賈島寫「鳥宿池邊樹，僧敲月下門」這首詩時，對「推敲」二字推敲許久，最後還得靠韓愈的審定，認爲「敲」比「推」好，因爲「敲」的聲音響亮，以有聲襯無聲，更顯出夜的深沉與靜謐。這裡，「推」與「敲」的改動與否，都合乎語法常規，都能從字面理解它們的含義，所以是「常格修辭」。再如宋祈的《玉樓春》：

---

❺　陳望道《修辭學發凡》，頁 48-49。
❻　鄭頤壽《比較修辭·緒論》（福州：福建人民出版社，1982）。

「綠楊煙外曉寒輕，紅杏枝頭春意鬧。」這兩句也是對偶句，其中「曉寒輕」、「春意鬧」，從言語形式看，主謂配搭超出了常規，這是一種變格的修辭方式。從「春意鬧」來說，「春意」是抽象的概念，它本來是不會「鬧」的，可是詩人別出心裁地用「鬧」和它配搭，這一「鬧」，鬧出了意境來。人們通過它，可以展開想像的翅膀，想到生機蓬勃，欣欣向榮的一派景象。再看「曉寒輕」。「寒」是表示溫度的形容詞，而這裡用上表示重量大小的「輕」字來描寫。這樣就把人們對東西重量的感覺與對溫度的感覺溝通起來了，把「曉寒」寫成好像可以評斤論兩的東西一樣，使抽象的事物形象化了。「春意鬧」和「曉寒輕」，都突破了語法常規，都是不能按照字面理解的，所以是變格的修辭。這種變格修辭，也有人稱之為「語言變異藝術」。❼

簡單地說，所謂語言變異藝術便是對語言常規的偏離。但是，並不是所有偏離常規語言的現象都是語言變異藝術。大致有兩種現象：一種是由於語用者的失誤而造成的，屬於語病；另一種是語用者根據表達的需要，在一定限度內故意偏離語用常規，這是語用變異藝術。作家使用語言變異藝術時，

> 一定要根據特定的目的、特定的對象、場合以及社會文化背景來變更語言，使之具有引人入勝的新奇感。如果離開了使用語言的具體環境，語言的變更就與變異藝術風馬牛不相及

---

❼　葉國泉・羅康寧《語言變異藝術》（廣州：廣東教育出版社，1992），頁1-18。

了。❽

「語言的具體環境」就是「語言情境」，或簡稱「語境」，它是語言變異藝術的基礎。「語境」又是什麼因素構成的？中西方學者都有精闢的解釋。例如：萊文森・斯蒂芬（Levinson, Stephen. C.）的《語用學》Pragmatics 說明了指示（Deixis）的現象。指示關係到話語的語境或說話事件的語法特徵，它也涉及話語如何依靠語境分析來理解所說的話。❾萊昂（Lyons. J）Semantics 也說指示的語法和詞彙是最好用來理解話語將導致的關係和話語的情況：這包括說話者和聽話者之間一對一或一對眾的關係；所有的參與者出現在同一實際環境裡，可以看到對方並且察覺不說話者的反應，也包括說話者和收聽者承擔的角色的反應。❿比這還要早的陳望道就已指出修辭的形成的種種關係：

> 有生活、經驗的關係，有自然社會知識的關係，有見解識力的關係，有邏輯因明的關係，有語言文字的習慣及體裁形式的遺產的關係，又有讀聽者的理解力，感受力等等的關係。

這些關係其實就是造成話語的語境。接著他又認為作文書常說的

---

❽　葉國泉・羅康寧《語言變異藝術》，頁 26。

❾　Levinson, Stephen C., Pragmatics (Cambridge: Cambridge University Press, 1983), p54.

❿　Lyons. J, Semantics Vol. 1&2, (Cambridge: Cambridge University Press, 1977), pp637-738.

「六何」，實際上是語境上的六個分題。這裡的「六何」是「何故」（寫說的目的），「何事」（寫說的事項），「何人」（認清是誰對誰說的），「何地」（認清寫說者當時在甚麼地方），「何時」（認清寫說的當時是甚麼時候），「何如」（怎樣的寫作）。**⓫**

　　歸納各家所說：「語境」就是人們使用語言時的社會環境和自然環境。語境由一系列的主觀因素和客觀因素所構成，包括交際對象、目的、場合、時間、地點、一定的語體、一定的上下文等等，所有這些因素，都對語言材料和加工提煉起著制約的作用。

　　語言變異藝術或積極修辭以語境爲基礎，表現在語音、文字、詞彙、語法和語用等各個方面。古典戲劇作家們之所以創造出生動活潑而又精彩絕妙的語句，都是以具體的語境作爲依據的。因此，我們要眞正理解與欣賞到古典戲劇作家使用語言的藝術魅力，必須把劇作家的語言形式放到它原來的語言環境中去，才能辦到。

　　本文從積極修辭的角度出發（因爲：修辭只能是積極修辭，消極修辭乾脆全部合併到一般寫作中**⓬**），試就古典戲劇作家如何以修辭手法（即調整語辭的手段或技巧。又名「修辭方式」、「修辭手段」、「修辭手法」、「修辭技巧」等。**⓭**）通過各種「修辭格」（簡稱「辭格」，即美辭法。**⓮**）創造出那麼許多精彩美妙的

⓫　陳望道《修辭學發凡》，頁 7-8。

⓬　楊春霖·劉帆主編《漢語修辭藝術大辭典》（西安：陝西人民出版社，1995），頁 2。

⓭　張滌華·胡裕樹等《漢語語法修辭詞典》，頁 446。

⓮　鄭遠漢《辭格辨異》（湖北：人民出版社，1982），頁 1。

語句。

第二節　古典戲劇中的修辭手法

　　以下論析中所引用修辭格名稱與解釋主要根據陳望道《修辭學發凡》。

一、比喻

　　比喻（或稱譬喻）即利用不同事物之間的某些類似的地方，借一事物來說明另一事物。

　　比喻是世界上各民族語言中運用最爲廣泛的修辭手法，因而也是被研究最爲詳細的一個領域。

　　運用比喻寫人敘事，繪景狀物，都可以使形態逼眞，活脫醒目，而又蘊涵深厚。古典戲劇中的巧比妙喻，可謂比比皆是，因而使難寫之景如在目前，讓人有如親臨其境，獲得美的感受。例如：

> 《西廂記》·2·4：「〔杏廂兒〕（旦）其聲壯，似鐵騎刀槍冗冗；其聲幽，似落花流水溶溶；其聲高，似風清月朗鶴唳空；其聲低，似聽兒女語，小窗中，喁喁。」

　　此曲借雜沓紛呈的「鐵騎刀槍」的「冗冗」之聲。暮春三月的落花流水的「溶溶」之聲、「風清月朗」鶴翔夜空高亢的鳴叫之聲、「小窗」裡兒女們細微「喁喁」之聲，分別比喻張生彈奏絲桐時所發出來的「壯聲」、「幽聲」、「高聲」、「低聲」。四個比喻排句構成系列描寫，節奏明快，氣勢雄渾，激起讀者無限的聯想，喚起人們深刻的聲音體驗，表現了寬闊的音域，使人進入一種

溝通歷史、回歸現實、遐想未來的不同空間、不同質感的音樂世界。

比喻辭格一般分爲明喻、隱喻、借喻三類。

㈠明喻。比喻的事物與被比喻的事物同時出現，表明比喻和被喻的類似關係。明喻，又稱直喻。

《蝴蝶夢》·2：「公人如狼似虎。」

此例所表達的意義的確是「灼然可見」，不用詳釋。

《蘇子瞻醉寫赤壁賦》·3：「〔聖樂王〕一枝的曲未終，韻更清。便似子規枝上月三更，低一聲，高一聲。似東風花外錦鳩鳴，恰便似斜月睡聞鶯。」

「一枝的曲未終」直接寫簫韻，其實通過簫韻喻示出月白風清、一片靜謐的赤壁之夜，極有意境。如果說「樂感」還不夠具體、形象的話，那麼，下面接連使用的三個比喻，則彌補了這個不足。頭一個比喻是：「便似子規枝上月三更，低一聲，高一聲。」第二個比喻是：「似東風花外錦鳩鳴。」第三個比喻是：「恰便似斜月睡聞鶯。」這三個比喻，對簫聲作了生動形象的描述，使人如聞如聲；且句式同中有異，富於變化，聲調有疾徐高下之別，韻味也不盡相同。

《琵琶記》第二十出〔孝順兒〕是最膾炙人口的曲文，自古傳頌不絕。

　　糠和米，本是兩倚依，誰人簸揚你作兩處飛？一賤與一貴，好似奴家與夫婿，終無見期。丈夫，你便是米麼，米在他方沒尋處。奴便是糠麼，怎的把糠救得人飢餒？好似兒夫出

　　去，怎的教奴，供給得公婆甘旨。

　　從修辭手法來說，這便是明喻。人吃糠，已經夠感人了，因糠而想到米，而想到貴賤，而想到米糠本在一起，現在卻終無見期。以此來比喻夫妻的別離，非常貼切而動人。難怪有曲論家以神話來渲染了。❺

　　㈡隱喻。即暗喻。喻體和被喻體是相合關係，即「甲就是乙」，比明喻的「甲好似乙」更進一層。這類比喻，本體和喻體的關係更加密切，簡直把兩者等同起來結成一體。亞里斯多德說：「明喻去掉說明，就成了隱喻。」❻一語道出明喻與隱喻之間的關係。隱喻的特點是「它的比喻意義較明喻顯得模糊，語義轉移幅度也較大。」❼例如：

　　　　《魯齋郎》‧3：「他把我衣服扯住，情知咱冰炭不同
　　　　爐。」

　　此曲文寫孔目張圭出家，銀匠李四仍留俗世，思想不相容，因此徑稱「冰炭不同爐」，在語氣上更肯定，所強調的類似點也更加鮮明和突出。

---

❺　《藝苑卮言》：「高明撰《琵琶記》，填至吃糠一折，有糠和米一處飛之句，案上兩燭光，合而爲一，交輝久之乃解，好事者以爲文字之祥，爲作瑞光樓以旌之。」見《琵琶記‧考證》，（新加坡：世界書局，1971），頁9。

❻　亞里斯多德著，羅念生譯《修辭學》（北京：三聯書店，1991），頁160。

❼　陳宗明《漢語邏輯概論》（北京：人民出版社，1993），頁402。

《漁樵記》·1：「（正末唱）總饒你似司馬相如賦子虛，怎比的他石崇家誇金谷。（王安道云）那有錢的怎如你這有學的好也？（正末唱）豈不聞冰炭不同爐，也似咱賢愚不並居。」

這是個明喻與暗喻同在的例子。正末所唱的第一、二與第四句是明喻，第三句是暗喻。

㈢借喻。借喻之中，本體和喻詞都不出現，直接用喻體代表本體。

《望江亭》·1：「〔混江龍〕我想著香閨少女，但是嫩色嬌顏，都只愛朝雲暮雨，那個肯鳳只鸞單？」

此曲文中，借「朝雲暮雨」喻「男女歡會」，借「鳳只鸞單」喻「男女間的孤居獨處」。借喻的喻體和本體的關係比隱喻更模糊，一般都可以從喻體想到本體。這裡的喻體寫來可說是既含蓄又簡潔。

二、借代

在特定的語境中，不直接用表示某一事物的詞語，而借用表示與這一事物有密切關係的另一事物的詞語來代替。被替代的事物叫本體，替代的事物叫借體。❶借代又分為兩類：一為旁借；二為對代。

㈠旁借。借主體事物所伴隨或附屬的事物，代替事物的主體。

---

❶　鄭子瑜《中國修辭學史》（臺灣：文史哲出版社，1990），頁 494。

古典戲劇在這方面的表達方式如：

1.借事物特徵或標記代事物本體

《王粲登樓》·1：「我雖貧呵，樂有餘；便賤呵，非無憚；可難道脫不的二字飢寒。」

「二字飢寒」是借代飢寒二字所標記的生活狀況。

又如：

《西廂記》·2·3：「〔攬箏琶〕」他怕我是賠錢貨，兩當一便成合。據著他舉將除賊，也消得家緣過活。弗了甚一般那，更待要結絲蘿：休波，省人情的奶奶忒慮過，恐怕張羅。」

《琵琶記》·12：「（生唱）俺自有正兔絲和那的親瓜葛。」

《文選·古詩十九首》：「與君爲新婚，兔絲附女蘿。」所以這裡把「結絲蘿」這一特徵借代婚姻之事；把「兔絲」借代爲妻子。

2.事物和事物的所在或所屬相代

《風箏誤》·3：「愛娟居長，淑娟居次，年俱二八，未定朱陳。」

「朱陳」，村名。在今江蘇省豐縣東南。傳說這個村只有朱陳兩姓，世代互結婚姻。後人多以「朱陳」借代締結婚姻。

《桃園結義》·3：「（劉末云）不敢不敢！量某有何德何能，有勞二位尊前錯敬。常言道：四海皆兄弟。同席飲酒，正當歡樂也。」

「四海」是「四海之內」的縮稱。這裡以「四海」代「四海之內的人」。

　　《玉簪記》·2：「〔園林好〕奈蕭瑟庭幃景幽。」

「庭幃」指父母居住的內室，此代「父母」。

　　《拜月亭》·1：「又隨著車駕，車駕南邊甚的回？」

　　《拜月亭》·3：「我想那受官廳，讀書舍，誰不曾虎困龍
　　蟄？」

上二例中的「車駕」代指皇帝；「受官廳」代官衙中人（即指官
宦），「讀書舍」代讀書舍中人（即指學士）。前例指所在，後例
指所屬。

　　3.事物和事物的作家或產品相代

　　《五侯宴》·3：「幼習黃公智略多。」

此例的「黃公」代「兵書」。黃公著有兵書《黃石公三略》三卷。
⓳這是借作家代產品。

　　4.借事物制作的資料或工具相代

　　《玉鏡臺》·4：「我如今舉起霜毫，舒開繭紙，題成詩
　　句。」

　　《青衫記》·15：「家人有空房在外，權且住下，待等干戈
　　寧靜，還家便了。」

第一例的「毫」代「毛筆」。「毫」乃細長而尖之毛也。第二例的
「干戈」代「戰爭」。干戈指戰爭時使用的工具。

　　㈡對代。即事物兩個相應方面的互相代替。

　　1.部分代全體

⓳　黃公即黃石公，又稱杞上老人，秦漢時人，著有《黃石公三略》三卷。

《西廂記》·5·4：「〔幺篇〕朝中宰相賢，天下庶民富；
萬里河清，五谷成熟；戶戶安居，處處樂土；鳳凰來儀，麒
麟屢出。」

這裡的「五谷」代替了「全部的農作物」。

《琵琶記》·20：「（外唱）我骨頭未知埋在何處所？」

「骨頭」代屍首。

2.全體代部分

《玉環記》·17：「（旦）爺爺暫息雷霆且寬恕。（生）常
言此處不留人，須知更有留人處。」

所謂「人」並非指全體人，只是指「人中的不被接受者」。

《謝天香》·1：「〔醉扶歸〕他道是種桃花，砍折竹枝，
則說你重色輕君子。」

這裡以「色」代女色。

3.特定代普通

《玉鏡臺記》·31：「罷了，千死萬死，無過一死，若還苦
逼禁，遲早請將頭來斷。」

《琵琶記》·5：「（旦唱）妾的哀腸事，萬萬千。」

以「千」與「萬」代極多次。

4.普通代特定

《西廂記》·2·1：「〔寄生草〕想著文章士，游旋人；他
臉兒清秀身兒俊，性兒溫克情兒順，不由人口兒裡作念心兒
裡印。」

第一個「人」特指「張生」，第二個「人」特指「鶯鶯」。

5.具體代抽象

《西蜀夢》·4：「〔叨叨令〕耳聽銀箭和更漏。」
「銀箭」「更漏」，皆古時計時器，這裡代指「時間」。❷

　　《救風塵》·1：「遮莫向狗溺處藏，遮莫向牛屎裡堆，忽
　　地便吃了一個合扑地，那時節睜著眼怨他誰！」
「狗溺處」「牛屎裡」代有污於人的品行節操的骯髒去處。

　　6.抽象代具體

　　《漢宮秋》·3：「佇立多時，徘徊半晌，猛聽得寒雁南
　　朝，呀呀的聲嘹亮，卻原來滿目牛羊，是兀那載離恨的氈
　　車，半坡裡響。」
曲詞裡的「離恨」代「充滿離愁別恨的王昭君」。

　　《裴度還帶》·2：「（白）今日無甚事，方丈中閑坐。」
例中的「方丈」代指當家和尚的寢室。

　　7.原因代結果

　　《哭存孝》·2：「〔哭皇天〕今日個俺可便偃武修文。」
這裡以「偃」代「息」。按：「偃」，放倒的意思，「偃武」，謂
放下武器。有放下武器的「因」，才有息武之「果」。

　　8.結果代原因

　　《單鞭奪槊》·1：「有甚汗馬差，且權作行軍副元師。」
以「汗馬」代征戰。

　　借代格在《比較修辭》裡歸入「詞語的變格修辭」。這是詞語
藝術化的一種手段。古典戲劇作家恰當地運用了這種手段，創下累

---

❷　唐朝宋之問《壽陽王花燭圖》：「莫令銀箭曉，為盡合歡杯。」

累的碩果。概言之，古典戲劇在這方面的成果如下：㈠突出了事物的特性，增強語言的形象性。例如「我骨頭未知埋在何處所」中以「骨頭」代屍首，語感因之增強；㈡使語言簡練，增強了曲文的含蓄美。例如以「旖旎人」中的「人」代張生，以「不由人口兒裡作念心兒裡印」中的「人」代鶯鶯，無形中以一個「人」字代表了兩個人物，的確是語簡而蘊義含蓄；㈢寓以愛憎感情色彩，增添了語言的魅力。例如以「狗溺處」「牛屎堆」代有污於人的品行節操的骯髒去處，形象可感，能引起人的憎惡感，例中的勸導之語因而變得易於接受。

三、映襯

將兩類相關、相對或相反的事物，或者同一事物相關、相對或相反的兩個方面，放置在一起，使它們彼此相形，相映相襯，用以表達一種意蘊深遠的情景，或說明、強化一種道理。

《西廂記》·3·2：「〔三煞〕（紅）他人行別樣的親，俺根前取次看，更做道孟光接了梁鴻案。別人行甜言美語三冬暖，我根前惡語傷人六月寒。我為頭兒看：看你個離魂倩女，怎發付擲果潘安。」

以上曲文，用黑體標出的部分就是人物關係本身的映襯。鶯鶯在張生與紅娘面前的兩種態度，兩種心情，形成鮮明的對照。從面襯托出紅娘這栩栩如生的人物形象。

這種「烘雲托月」的修辭手法，又叫「襯托」。它是一種傳統的修辭方式和語言技巧，與比喻、誇張、對比、借代等辭格一樣，早在《詩經》和先秦散文中，就已廣泛地運用。「映襯」多運用於

文學作品中，具有很強的描繪作用。它可以加濃藝術形象，突出事物特徵，強化思想感情，分清主次，使美的事物更美，醜的事物更醜。

四、摹狀

即運用修辭手段，把現實生活中豐富多彩，千變萬化的客觀事物的顏色、聲音、形狀、氣味、景象、情態等準確生動地描摹出來。又稱爲「摹繪」。❷

㈠摹視覺的。將視覺所及的人或景物的形狀樣貌摹繪出來。

《殺狗勸夫》·1：「白茫茫雪迷了人蹤跡，昏慘慘雪閉了天和地，寒森森凍的我還窰內，滴溜溜絆我個合扑地，黑嘍嘍是誰人帶酒釅釅醉，我我我定睛的覷個眞實。」

曲詞中的「白茫茫」、昏慘慘」、「寒森森」、「黑嘍嘍」等都是一個形容詞加上兩個疊字後綴構成的口語化的形容詞生動形式。以這種語言來描繪事物的形態狀況或人物的動作方式和情態，形象生動活現，文字清新質朴，的確令人耳目一新。

㈡摹聽覺的。這個辭格摹寫聽覺的尤爲常見，所以通常稱爲摹聲格。

《梧桐雨》·4：「原來是滴溜溜繞閑階敗葉飄，疏刺刺刷落葉被西風刷，忽魯魯風閃得銀燈爆，廝琅琅鳴殿鐸，扑簌簌動朱箔，吉丁當玉馬兒向檐間鬧。」

---

❷　楊春霖·劉帆主編《漢語修辭藝術大辭典》，頁 1187。

作者用一系列的摹聲詞把落葉聲、風聲、鳴殿聲、朱箔聲、鐵馬擺動聲，寫得雜沓紛繁，聲聲可聞。

《西廂記》·1·3：「對著盞碧熒熒短檠燈，倚著扇冷清清舊幃屏。燈兒又不明，夢兒又不成；窗兒外淅零零的風兒透疏櫺，忒楞楞的紙條兒鳴；枕頭兒上孤另，被窩兒裡寂靜。
你便是鐵石人，鐵石人也動情。

這是一幅綜合畫面，由色形聲具備的多個景物組合而成。在這段張生思念鶯鶯的唱詞中，四個三字格疊字，分別描寫了「燈」、「幃屏」、「風」、「紙條」的色彩、形狀、聲音，傳達出夜晚悽涼孤寂的環境氣氛，將張生的眷眷戀情，摹寫得眞切動人。

㈢摹味覺的。將人們感覺到的，客觀事物的氣味的味道描寫出來。多用二字格或三字格的形容詞性疊字。在摹寫嗅覺和味覺的同時，十分注重感情的抒發。

《西廂記》·2·3：「來回顧影，文魔秀士，風欠酸丁。下工夫將額顱十分淨，遮和疾擦倒蒼蠅，光油油耀花眼睛，酸溜溜螫得人牙疼。」

「酸溜溜」是味覺，用味覺描寫張生見鶯鶯時著意打扮，這是視覺與味覺的互通，活脫脫地畫出了一個一見鐘情的酸秀才形象。

㈣摹情態的。即把人或事物的情態摹寫出來。情態包括神情和外貌，所以，摹情態常常成爲刻畫人物精神面貌和性格特徵的重要手段之一。

《趙氏孤兒》·1：「見孤兒額顱上汗津津，口角頭乳食噴，骨碌碌睜一雙小眼兒將咱認，悄促促箱兒裡似把聲吞。
緊繃繃難展足，窄狹狹怎翻身，他正是成人不自在，自在不

成人。」

這是對藏在箱中孤兒的一段描寫。五個三字格的疊字，分別從額、眼、形、足、身等方面描摹孤兒的侷促、緊張、天眞、危難的情態。

五、雙關

作品在特定的語境中，利用漢字形、音、義的特點，使得一字、一詞、一語或數語，能關連兩重意思。這兩重意思，一明一暗；表面說明，目的在暗；以暗為主，以明爲輔。這兩重意思，有的緊密相連，有的僅僅表面相連，實際上毫不相干。

㈠諧音雙關。就是利用漢字同音特點，使得一字雙關。

《單刀會》·3：「（魯云）你擊碎菱花。（正云）我特來
破鏡！」

例中關公單刀赴會，見了魯肅，問有否埋伏，若有埋伏則以菱花鏡爲例，說罷就一劍將菱花鏡擊碎，所以魯肅說：「你擊碎菱花」，關公便說：我特來破鏡！「鏡」與「敬」同音，「破鏡」便是破「敬」（魯肅字子敬）的意思。巧妙地達到一字雙關的目的。

《救風塵》·1：「（正旦云）你如今嫁人，莫不還早哩？
（外旦云）有甚麼早不早？今日也大姐明日也大姐，出了一
包兒膿；我嫁了，做了一個張郎家婦，李郎家妻，立個婦
名，我做鬼也風流。」

例中的「大姐」與「大癤」諧音，故說「出兒膿。」表明出嫁的決心。

《漁樵記》·2：「（正末云）兀那潑婦，你休不知福。

（旦兒云）甚麼福？是是是，前一幅，後一幅，五軍都督府，你老子賣豆腐，你奶奶當驕夫，可是甚麼福？（正末云）有人算我明年得官也。我若得了官，你便是夫人縣君娘子，可不好那？（旦兒云）娘子娘子，倒做著屁眼底下穰子；夫人，夫人，在磨眼兒裡。你砂子地裡放屁，不害你那口磣！動不動便說做官！投到你做官，你做那桑木官，柳下官，這頭踹著那頭掀。吊在河裡水判官，丟在房上晒不乾。」

此例中的「幅」、「府」、「腐」、「夫」與「福」諧音。「穰子」「娘子」諧音。「穰子」是瓜果種子，不容易消化，故說「屁眼底下穰子」。「夫」諧「麩」，即麩皮，就小麥磨後羅過剩下的皮。「桑木官」、「柳木官」之「官」與「棺」諧音。這一段對白中十多處用了諧音，詞匯豐富，語言潑辣，鋒芒畢露，的確精彩萬分。這裡，諧音的作用充分顯示出來了。

㈡同字雙關。就是利用相同的字，以關乎兩重意思。

《西廂記》·3·4：「〔小桃紅〕（紅唱）桂花搖影夜深沉，酸醋當歸浸。（末云）桂花性溫，當歸活血，怎生制度？（紅唱）面靠著湖山背陰裡窨，這方兒最難尋。一服兩服令人恁。（末云）忌什麼物？（紅唱）忌的是知母未寢，怕的是紅娘撒沁。（吃了呵，）穩情取使君子一星兒參。」

這段曲文中的「知母」「紅娘」明指藥名，實為指人。王季思說：「小桃紅全曲，徐士范曰：『隱藏六藥名，謂桂花、當歸、知母、紅娘、使君子、參也』。友人蔣雲從曰：『歸浸與歸寢』雙

關。」❷鶯鶯在這裡通過紅娘向張生轉達了「賴簡」的緣由，並提出了再次與張生幽會時應注意的事項（即曲文中所說的「忌什麼物？」）。以言下之詞達言外之意，可謂此格的獨特妙用。

㈢意義雙關。就是作品於一定的語境中，在一句或幾句話上，表達出兩重意義。

《金線池》·3：「〔醉春風〕（正旦云）我看了這金線池好
傷感人也！（接唱〔石榴花〕）恰便似藕絲兒分破鏡花明。」

例中「藕絲兒分破鏡花明」，一面形容金線池好像鏡面上落下一根藕絲把池水劃成兩部分，一面又借景抒情，語意雙關地說出杜蕊娘與韓輔臣愛情破裂的苦惱。

除了上面三種類型的雙關之外，還可從另外的角度分為多種，如比喻形式的雙關，借代形式的雙關，歇後語形式的雙關等等。其中歇後語形式的雙關，比較巧妙多趣，在古典戲劇中有不少這樣的例子，如：

《曲江池》·1：「（正旦云）你與那村廝兩個作伴，與他
說什麼的是！（外旦云）姐姐，我瞎漢子跳渠，則是看前面
罷了。」

此例中的「瞎漢子跳渠——看前面」是句歇後語，「前面」又和「錢面」諧音。意思是說，我只是看他有錢，才和他作伴。

《麗春堂》·3：「出落的滿地江湖，我可也釣賢不釣
愚。」

---

❷　王季思注《西廂記》（上海：古籍出版社，1993），頁132。

「賢」諧音「閑」；「愚」諧音「魚」。意思是江湖滿地，以
釣養閑。

> 《神奴兒》·3：「（丑扮外郎上詩云）自家姓宋名了人，
> 表字臢皮，在這衙門裡當令使。你道怎麼喚作令使，只因官
> 人要錢，得百姓們的錢，得百姓們的使；外郎要錢，得官人
> 的使，因此喚作令使。」

這裡有兩處運用諧音法：一是把外郎姓名定爲「宋了人」，諧
「送了人」，即「送命」之意。又以「臢皮」爲外號，暗示「貪
污」；二是把「令使」解爲官人得百姓的錢「使」，而令使又得官
人的錢「使」，是間接得百姓的錢「使」，讓「使」過渡到同音字
「史」。兩次採用諧音詞，均寄寓深意，而且增添了笑料。

雙關是突破明確性原則的變格修辭。❷歧義的詞句，往往使人
首鼠兩端，莫衷一是，極大地妨礙對語言內容的領會。所以，說話
寫作時應力求明確。但有時說寫者又故意語含歧義啓發聽讀者由表
及裡，由此及彼，從表面信息聯想到潛在信息裡，達到一箭雙雕的
表達效果。古典戲劇作家爲了適度地、形象地刻畫人物的個性，往
往根據語境需要，巧妙地利用同音歧義的藝術手法，不但使劇中人
物個性突出，形象生動，而且增添了語言的情趣，耐人尋味。

六、引用

文中夾插先前的成語或故事的部份，叫做引用辭。古文中的

---

❷ 邢向東《簡論突破言語規範的變格修辭》，見《內蒙古民族師院學報》，
1987，頁 35-40。

「用典、引經、稽古、出新」等就是今文中的「引用」。古典戲劇
在引用方面，不但在量上爲其他文章所不及，在質上也經過錘煉改
裝，有它的獨特神采。

㈠引用成語

古典戲劇中所引用的成語，除了偶爾遷就聲韻稍有倒置改字之
外，幾乎一概存眞；其中十之八九，到今日仍在民間口語中流行。
由於數量太多，這裡只舉數例加以印證。

> 《牡丹亭》·16：「（老旦）今生怎生？偏則是紅顏薄命，
> 眼見的孤苦仃俜。」

曲文中的「紅顏薄命」、「孤苦仃俜」是成語。

> 《鳴鳳記》·4：「（丑）自家趙文華，浙江慈溪人也。名
> 登黃甲，官拜刑曹，只是平生貪利貪名，不免患得患失；附
> 勢趨權，不辭吮癰舐痔；市恩固寵，那知瀝膽披肝。且是舌
> 劍脣槍，有一篇大詐若忠的議論；更兼奴顏婢膝，用幾許爲
> 鬼爲蜮的權謀。」

此例中所引用的成語有：「患得患失」、「附勢趨權」（即趨
炎附勢）、「瀝膽披肝」（披肝瀝膽）、「舌劍脣槍」（脣槍舌
劍）、以及「奴顏婢膝」。其他雖不是成語，卻是一種一四言形式
組合而成的四字句：「大詐若忠」、「吮癰舐痔」、「市恩固
寵」、「爲鬼爲蜮」，❷用來也十分得心應手，增添語言運用的風

---

❷　其中有兩個典故：即「吮癰舐痔」，語出《莊子·列御寇》，喻寡廉鮮
　　恥；「爲鬼爲蜮」，語出《詩經·小雅》。蜮，短狐，三足，一名射工，
　　在水中含沙射人，使人得病。後用作使用陰謀詭計的人。

采。

> 《合汗衫》·1：「〔青哥兒〕你道他一世兒爲人，舉世兒
> 孤貧，氣忍聲吞，何日酬恩。則你也曾舉目無親，失魄亡
> 魂，繞戶趿門，鼓舌揚脣，唱一年家春盡一年家春。」

例中的「氣忍吞聲」（忍氣吞聲的倒置）、「舉目無親」、
「失魄亡魂」是成語。至於「繞戶趿門」、「鼓舌揚脣」則是四字
句。

總之，古典戲劇中成語的引用俯拾皆是，不勝枚舉。成語言簡
意賅，凝煉生動，結構規整，音調和諧，因而大大增強了古典戲劇
語言的表現力和節奏感。

(二)引用詩詞

古典戲劇引用詩詞之處，比比皆是。令人深感欽佩的是：劇作
者自然引用現成詩詞，而無斧鑿痕跡。現略舉數例加以說明：

> 《琵琶記》·3：「（淨）道是人生七十古來稀。」

引用杜甫《曲江》詩句。

> 《漢宮秋》·3：「紅顏勝人多薄命，莫怨春風當自嗟。」

引用歐陽修《明妃曲》詩句。

> 《拜月亭》·38：「（生）東邊日出西邊雨，道是無情卻有
> 情。」

引用劉禹錫《竹枝詞》詩句。「情」，原詩作「晴」。

> 《琵琶記》·27：「但願人常久，年年同賞明月。」同出：
> 「〔古輪臺換頭〕閒評，月有圓缺與陰晴，人世有離合悲
> 歡，從來不定。」

引用蘇軾《水調歌頭》詞，字句略有改動。

《單刀會》・4：「〔新水令〕大江東去浪千疊，引著這數
十人駕著這小舟一葉。……〔駐馬聽〕水涌山疊，年少周郎
何處也？不覺的灰飛煙滅，可憐黃蓋轉傷嗟。破曹的檣櫓一
時絕，鏖兵的江水猶然熱，好教我情慘切！（云：這也不是
江水，）二十年流不盡的英雄血。」

化用蘇軾《念奴嬌・赤壁懷古》詞句。這蛻化出來的曲文，所
引發的激情並不亞於原詞，其中奧妙就在於作者把人物性格的刻畫
完全交融在環境的描寫裡，形成了一個情景相生的獨特的藝術境
界。

古劇作家所引用的多是名詞名詩，又用得恰切妥貼，妙合無
痕，所以曉暢易懂，流利自然。

㈢引用經史

所引用的範圍甚廣，舉凡著名的經典史書諸子，都能巧妙地引
入曲文之中。如：

《荊釵記》・22：「（旦）死生有命，富貴在天。不須憂慮
淚漣漣。」

引自《論語・顏淵》。

《拜月亭》・11：「〔玉芙蓉〕（生）胸中書富五車，筆下
句高千古。鎮朝經暮史，寐晚興夙。」

「學富五車」引自《莊子》；「寐晚興夙」化引自《詩・小
雅》。

《殺狗記》・6：「（淨）常言道人無遠慮，（丑）定必有
近憂來至。」

引自《論語・衛靈公》。

　　《殺狗記》·6：「（丑）昔唐太宗殺兄在前殿，囚父在後
　　宮。」
　引自《新唐書·高祖本紀》。
　　《琵琶記》·22：「（旦）論來湯藥，須索是子嘗方進與父
　　母。」
　引自《禮記·曲禮》。
　　《牡丹亭》·31：「（眾）北門臥護要耆英。（外）恨少胸
　　中十萬兵。」
　前句引自《新唐書·裴度傳》，後句引自《宋人軼事匯編》卷
八。

　四引用典故
　　使事用典是中國古典戲劇作家所運用的一個重要藝術手法。
如：
　　《牡丹亭》·55：「（旦）聽的是東窗事發。」
　「東窗事發」也作「東窗事犯」。元·孔文卿有《東窗事犯》
雜劇。此典故指秦檜夫婦於東窗下密謀殺害岳飛事，爲人所揭發。
後以「東窗事發」喻陰謀敗露。
　　《長生殿》·3：「全憑仗金投暮夜，把一身離阱穴。」
　「金投暮夜」源自《後漢書·楊震傳》。其義爲：秘密行賄。
　　《西廂記》·2·2：「（紅唱）你明博得跨鳳乘鸞客，我到
　　晚來臥看牽牛織女星。」
　「跨鳳乘鸞」源自漢劉向《列仙傳》卷上。其義爲：求得佳
偶。
　　《琵琶記》·10：「休道是七步成章。」

　　「七步成章」源自劉義慶《世說新語·文學》。其義爲：才氣過人，文思敏捷。

　　《桃花扇》·12：「這也是莫須有之事。」

　　「莫須有」源自《宋史·岳飛傳》。其義爲：無罪被冤。

　　《薛仁貴》·1：「一年間三謁茅廬。」

　　「三謁茅廬」源自諸葛亮《前出師表》。其義爲：專誠拜訪和邀請。

　　《殺狗勸夫》·2：「似這雪呵教買臣懶負薪，㉕似者雪呵教韓信怎乞食？㉖似這雪呵鄭孔目怎生迭配？㉗晉孫康難點檢書集。㉘似這雪呵韓退之藍關外馬不前，㉙孟浩然霸陵橋

㉕　買臣負薪——買臣，即朱買臣，西漢大臣。字翁之，吳人。家貧好學，賣薪自給。其妻嫌貧棄之另嫁。武帝時，拜爲中大夫。後因上書告發御史張湯之陰事，湯自殺後，他也被殺。

㉖　韓信乞食——韓信，西漢軍事家，劉邦的大將。韓信在出仕前，非常貧窮，常在他人出寄食，人多厭之。

㉗　鄭孔目迭配——事見楊顯之雜劇《鄭孔目風雪酷寒亭》。迭配，宋代的一種刑罰，即把罪犯押往指定地點去充軍。亦逕作「配」。宋·王溥《五代會要》：「韓延嗣徒二年半，刺面，配華州。」

㉘　晉孫康點檢書集——晉代人孫康，家貧沒有油點燈，於是便在晚上映雪讀書。事見唐·徐堅《初學記》卷二引《宋齊語》。

㉙　韓退之藍關外馬不前——元和四年（819）正月，憲宗命人從鳳翔法門寺迎佛骨入宮供養。韓愈進諫極言其弊，因而觸怒憲宗，被貶爲潮州刺史，途中作《左遷至藍關示侄孫湘》詩，中有「雪擁藍關馬不前」句。藍關，地名，在今陝西省藍田縣東南。

驢怎騎？❸似這雪呵教凍蘇秦走投無計，❹王子猷也索訪戴
空回，❷似這雪呵漢袁安高臥竟日柴門閉，❸呂蒙正撥盡寒
壚一夜灰。❹教窮漢每不死何爲？」

此例一連用上十個典故，精彩萬分。全是有名的人物與故事。
劇作家不僅點出所提到的人名，而且扼要地舉出有關事由，毫無隱
晦之處。同時，十個典故所有表達的含義一致，便是劇作家最後點
出的：「教窮漢每不死何爲？」明確地總結了上述典故的含義，的
確令人嘆爲觀止。此例用典如此繁複，如此顯豁直露，如此大量排
比人名事由，在詩詞中是絕無僅有的，但這卻正是古典戲劇語言運

---

❸ 孟浩然霸陵橋驢怎騎——孟浩然，唐著名詩人。曾官荆州從事。年輕時隱
居鹿門山。傳說他常在風雪中騎驢尋詩。馬致遠曾作《風雪騎驢孟浩然》
雜劇，今已不存。

❶ 凍蘇秦——蘇秦，戰國時縱橫家，倡合縱之說，聯合六國，與秦國對抗，
蘇秦名震天下。當其未遇時曾遭冷待，備受折磨。參見《凍蘇秦衣錦還
鄉》。

❷ 王子猷訪戴空回——王子猷，即王徽之，晉代書法家王羲之之子。《晉
書·王徽之傳》：「（徽之）嘗居山陰，夜雪初霽，月色晴朗，四望皓
然，獨酌酒詠左思《招隱詩》，忽憶戴逵。逵時在剡，便夜乘小船詣之。
經宿方至，造門不前而返，人問其故，徽之曰：『本乘興而行，興盡而
返，何必見安道（戴逵字）耶？』」其事亦見《世說新語·任誕》。

❸ 漢袁安高眠竟日柴門閉——袁安，後漢汝陽人。累任楚郡太守、河南尹、
太仆、司徒之職。不得意時，客洛陽，值大雪，安閉門僵臥。

❹ 呂蒙正撥盡寒壚一夜灰——《宋史·呂蒙正傳》：「初龜圖（蒙正父）多
內寵，與妻劉氏不睦，並蒙正出之。頗淪躓窘乏，劉誓不復嫁。」宋元南
戲《呂蒙正風雪破窯記》和王實甫雜劇《呂蒙正風雪破窯記》均根據《宋
史》所記呂蒙正未達時的事跡敷演而成。

用的特點。

七、拈連

　　甲乙兩項事物經常連說，而把適用於甲事物的詞語順勢拈來用在乙事物上，這就是拈連。拈連是以特定的語言情境爲其存在條件的。本來無關的兩類事物，在特定的語言環境中，放在一起敘述，產生了某種內在的聯繫，使得適用於甲事物的詞語，能夠順勢拈來巧妙地用於乙事物上，獲得良好的表達效果。例如：

　　　　《西廂記》·2·2：「〔滿庭芳〕來回顧影，文魔秀士，風
　　　　欠酸丁。下工夫將額顱十分掙，遲和疾擦倒蒼蠅，光油油耀
　　　　花人眼睛，酸溜溜螫得人牙疼。」

　　說到「光」便「耀」人眼花，說到「酸」便「螫」人牙疼。順勢而拈，自然成章。

　　　　《陳州糶米》·1：「〔金盞兒〕你道你奉官行，我道我奉
　　　　私行。俺看承的一合米，關著八九個人的命，又不比山麋野
　　　　鹿眾人爭。你正是餓狼口裡奪脆骨，乞兒碗底覓殘羹。我能
　　　　可折升不折斗，你怎地圖利不圖名？」

　　「奉官行」和「奉私行」相反，「折升」和「折斗」相反，「圖利」和「圖名」相反。這樣的反連，兩下正好針鋒相對，乾脆有力地揭露了官吏爲非作歹、徇私舞弊的腐朽行爲。古典戲劇作家運用拈連辭格，加強了事物之間的內在聯繫，有力地揭示出事物的本質，加深作品的內在含義，又使作品結構緊湊，聯想巧妙，語言新鮮，令人回味。

八、移就

遇有甲乙兩個印象連在一起，作者就把原屬甲印象的性狀形容詞移屬於乙印象。這裡所說的「性狀」是指事物的性質與狀態。如：

> 《西廂記》・3・2：「〔朝天子〕（紅唱）張生近間，面顏，瘦得來實難看。不思量茶飯，怕待動彈；曉夜將佳期盼，廢寢忘餐。黃昏清旦，望東牆淹淚眼。（旦云）請個好太醫看他症候咱。（紅云）他症候吃藥不濟。（紅唱）病患、要安，只除是出幾點風流汗。」

「風流」原是屬人或事，這裡移屬於「汗」，仔細品味，趣味無窮。

> 《玉簪記》・18：「〔桂枝香〕（旦）雲堂松舍，清燈長夜。聽鐘兒敲斷黃昏，擁被兒臥看明月。」

試問「黃昏」如何「敲斷」？這是作者運用了移就修辭手法而創造了超越常規的現象，但所帶來的意境卻是美妙的。

> 《李逵負荊》・2：「〔端正好〕（末）抖擻著黑精神，扎煞開黃髭髯，則今番不許收拾。俺可也磨拳擦掌，行行裡，按不住莽撞心頭氣。」

「精神」本是無形無色的，作者卻賦予它顏色，顯然這不是一般的精神狀態。「莽撞」是指行動的魯莽冒失，在這裡卻與「心頭氣」配搭，充分刻畫了李逵急躁粗魯的性格與心理活動。清凌廷堪《論曲三十二首》特別贊賞此曲，詩云：

> 語言詞氣辨須真，比似詩篇別樣新；拈出進之金作句，風前

抖搜（擻）黑精神。**㉟**

《竇娥冤》·1：「滿腹閑愁，數年禁受，天知否？天若是
知我情由，怕不待和天瘦。

「天」是無所謂肥和瘦的，用「瘦」來描寫「天」，是把人的
主觀感情和客觀景物相融後，來獲取修辭效果。

移就格與英語 Transferred Epithet 的意義基本相同。

根據 A Handbook to Literature, "transferred epithet" 的定義為：

*An adjective used to limit grammatically a noun which it does
not logically modify, though the relation is so close that the
meaning is left clear.* **㊱**

英、漢移就格的修辭方式，從邏輯關係來分析，是不合常規
的，但在具體語言環境中卻恰到好處，而且揮發出很強的藝術魅
力。中國古典劇作家多善於運用這種超越語言常規的修辭手段，寫
下許多妙語奇句。

㉟　陳多・葉長海《中國歷代劇論選注》（長沙：湖南文藝出版社，1987），
　　頁 348。

㊱　胡曙中：《英漢修辭比較研究》（上海：外語教育出版社，1993），頁
　　60-361。

九、比擬

將人擬物和將物擬人都是比擬。比擬的特點是作者憑借客觀事物，充份展開想像，使作品中的人與物，此物與彼物，生物與非生物，抽象概念與具體事物，在習慣、特徵上相互擬用，造成思想和情感上的跳躍，借以激發讀者的聯想，獲得異乎尋常的形象感和生動感。

(一)擬人。如：

《西廂記》·2·4：「〔小桃紅〕玉容深鎖繡幃中，怕有人搬弄。想嫦娥，西沒東生有誰共。怨天公，裴航不作游仙夢。這雲似我羅幃數重，只恐怕嫦娥心動，因此上圍住了廣寒宮。」

這裡的「雲」同人一樣有思想感情，並能訴諸於行動，令人耳目一新。

《牡丹亭》·10：「〔好姐姐〕遍青山啼紅了杜鵑。茶蘼外煙絲醉軟。春香呵！牡丹雖好，它春歸怎佔的先！」

青山會「啼」，茶蘼會「醉軟」，其實是人的感情在起變化。寫來有聲有色，動人以情。

(二)擬物。如：

《揚州夢》·3：「濃妝呵，嬌滴滴擎露山茶；淡妝呵，顫巍巍帶雨梨花。」

「擎露山茶」，「帶雨梨花」均為婦人的面容。

《西廂記》·4·4：「〔收尾〕四圍山色中，一鞭殘照裡。遍人間煩惱填胸臆，量這些大小車兒如何載得起？」

　　此例所「物化」的不是人，而是人的感情。填滿胸臆的「人間煩惱」，原本是精神狀態的東西。無所謂輕、重，也不能用車載斗量。但語言的運用是一門藝術，比擬修辭竟能夠將感情「物化」成本質的物質，於是便誕生了「遍人間煩惱填胸臆，量這些大小車兒如何載得起」這樣的絕妙佳句。

　　《西廂記》·5·4：「〔落梅風〕（末唱）你硬撞入桃源路，不言個誰是主。被東君把你個蜜蜂兒擋住。不信呵去那綠楊影裡聽杜宇，一聲聲道不如歸去。」

　　此例綜合運用了兩類比擬：前部分「擬物」說鄭恆這個「蜜蜂兒」不識好歹，硬「撞入桃源路」；後部分「擬人」，一是勸說鄭恆仔細聽「綠楊影裡」「杜宇」的「話」：「不如歸去」。張生含蓄中語帶譏諷地數落了鄭恆。

　　在情感飽滿，物我交融的時候，最適合運用比擬的修辭手法。古典戲劇作家掌握了便於抒發感情特點的比擬修辭手法，加以隨景運用，結果使語言更具形象性，極富感染力。

　　比擬不同於移就。移就是把屬於甲事物的性狀移屬於乙事物，只「移」不「擬」，是寓情於物而物不變。移用的詞語只是局部和個別的，而比擬則把甲乙兩種事物合在一起，彼此交融，「擬人」人變，「擬物」物變，前後要作整體性描寫。移就也不同於拈連。雖然二者都有「兩項相連」的結構特點，但是拈連的兩項中，有一項是起引導作用的，二者的關係不是修飾被修飾，或陳述被陳述的關係，而是相連的描述。移就的甲乙兩項在同一句中，拈連的甲乙兩項分屬於不同的語句中。

十、諷喻

諷喻是假造一個故事寄托諷刺或說明事理的一種措辭法。大都用在本來不便明說或者不容易說得明白親切的時候。但說了故事，往往仍把本意說了出來，目的是爲了增加啓發，教育或諷刺，譴責的表達作用。如：

> 《琵琶記》·4：「（淨）你卻有言語勸我兒，我有個故事說與聽：在先東村有個李員外孩兒，他爹爹每日只閒炒，只是教孩兒去做官。他吃不過爹爹閒炒，去到長安，那裡無人抬舉他，流落教化，見平章宰相，疾忙田地上拜著。丞相可憐見他，道：我與你個養濟院頭目，去管你爹娘。這個人道：做養濟院頭目，如何去管得爹娘。比及他回來，爹娘果在養濟院裡。他爹問他娘道，我教孩兒去的是，今日我孩兒做頭目，人也不敢欺負我。你今日去，千萬取個養濟院頭目，卑田院大使回來，也休教人欺負我。」

諷喻的故事，多是隨機捏造的，故事裡的人物也多是應境捏湊，但是要爲寫作目的服務，也就是說，所假造的故事內容與所說明的事理必須吻合，不能牽強附會，否則將會使人難以理解，失去諷喻的意義。

十一、示現

示現是憑作者的想像，把實際上不見不聞或尚未見未聞的事物寫得如聞如見的修辭方式。示現可分爲追述的，預言的，懸想的三類。

㈠追述的。即把過去的事跡說得仿佛還在眼前一樣：

《東堂老》·3：「〔紅繡鞋〕你往常時，在那駕鴦帳底，那般兒攜雲握雨。哎！兒也，你往常時，在那玳瑁筵前，可便饌玉噴珠，你直吃得滿身花影倩人扶。」

這是東堂老對揚州奴過去沉溺於風花雪月奢侈浪費生活的追述。

㈡預言的。即把未來的事情說得好像已經擺在眼前一樣：

《西廂記》·2·2：「（惠）遠的破開步將鐵棒颩，近的順著手把戒刀鉹；有小的提起來將腳尖撞，有大的扳下來把髑髏勘。瞅一瞅，骨都都翻了海波；晃一晃，廝琅琅振動山崖。腳踏得赤力力地軸搖，手攀得忽剌剌天關撼。」

這是惠明和尚的一段唱詞。其內容是：表明他有沖破孫飛虎的重圍、爲張生寄書蒲關的武功和力量。「遠的、近的、大的、小的」是指他所即將遇到的敵人，「鐵棒颩」、「戒刀鉹」、「腳尖撞」、「把髑髏勘」則是他殲敵的威武姿態。接著又以誇張的手法描寫了自己翻江倒海、撼天動地的英雄氣概，讓人如見如聞，驚心動魄。

《救風塵》·2：「（正旦）我到那裡，三言兩句，肯寫休書，萬事俱休。若不肯寫休書，我將他捏一捏，拈一拈，摟一摟，抱一抱，著那廝通身酥，遍體麻。將他鼻凹兒抹上一塊砂糖，著那廝舔又舔不著，吃又吃不著。賺得那廝寫了休書，引章將的休書來淹的撇了。我這裡出了門兒。」

趙盼兒爲了打救遭受周舍極盡虐待的宋引章，想出色誘的方法。她洞悉周舍是個好色之徒，必然會上當「寫下休書」，然後將

休書「淹的撇了」。雖然「色誘」之事尚未發生，但情境已歷歷如在目前。

> 《竇娥冤》·3：「我不要半星熱血紅塵灑，都只在八尺旗槍素練懸。等他四下裡皆瞧見，這就是咱萇弘化碧，望帝啼鵑。你道是暑氣喧，不是那下雪天，豈不聞飛霜六月因鄒衍。若果有一腔怨氣噴如火，定要感的六出冰花滾似綿，免著我尸骸現；要什麼素車白馬，斷送出古陌荒阡？你道是天公不可期，人心不可憐，不知皇天也肯從人願。做甚麼三年不見甘霖降，也只為東海曾經孝婦冤。如今輪到你山陽縣，這都是官吏每無心正法，使百姓有口難言。」

身蒙冤屈的竇娥，臨刑前發下三大預言式誓願：血濺素練；六月飛雪；三年大旱，以示對黑暗社會的反抗。這三個誓願被寫得奇異、悲壯、真切、動人。作者運用極其豐富的想像力，將歷史傳說與現實相結合，顯示了竇娥的悲憤和反抗所產生的超自然的巨大力量。從修辭學角度上講，這個描寫片斷屬於預言式示現。

㈢懸想的。即把想像的事情說得如在眼前一般，同時間的過去與未來全然沒有關係。

> 《梧桐雨》·1：「他此夕把雲路鳳車乘，銀漢鵲橋平。不甫能今夜成歡慶，枕邊忽聽曉雞鳴。卻早離愁情脈脈，別淚雨泠泠。五更長嘆息，則是一夜短恩情。」

這是唐玄宗與楊貴妃在長生殿慶賞七夕時貴妃感嘆牛郎織女一年只見面一次，轉眼又分離，玄宗便唱出他所「懸想」的情境。

示現格是跨越客觀情景、跨越廣闊時空的非常辭格。劇作家通過示現修辭手法給讀觀者以直觀的情景，使讀觀者如歷其境，如見

其人，如聞其聲，愛憎劇作家之所愛憎。

　　運用示現修辭，要有豐富的生活閱歷和想像力。具體運用中又要特別注意線索清晰，標誌鮮明。古典戲劇作家在這方面的修辭手法是勝任有餘的。

十二、呼告

　　在說話中，由於感情激動，突然撇開聽者或讀者，直呼話中人或物並對其說話。

> 《竇娥冤》·2：「〔採茶歌〕（正旦）打的我肉都飛，血淋漓，腹中冤枉有誰知！則我這小婦人毒藥來從何處也，天那！怎麼的覆盆不照太陽暉！〔黃鐘尾〕我做了個銜冤負屈沒頭鬼，怎肯便放了你好色荒淫漏面賊？想人心不可欺，冤枉事天地知，爭到頭，競到底，到如今待怎的；情願認藥殺公公，與了招罪。婆婆也，我若是不死呵，如何救得你？」

> 《竇娥冤》·3：「〔滾繡球〕（正旦）有日月朝暮懸，有鬼神掌著生死權，天地也，只合把清濁分辨，可怎生糊突了盜跖顏淵：為善的受貧窮更命短，造惡的享富貴又壽延。天地也，做得個怕硬欺軟，卻元來也這般順水推船。地也，你不分好歹何為地？天也，你錯勘賢愚枉做天！哎，只落得兩淚漣漣。」

　　受盡壓迫冤屈的竇娥欲訴無從，在走向刑場時，向舊社會的神聖支柱——天地鬼神發出強烈的控訴與詛咒。她對當時黑暗現實作最猛烈、最尖銳的抨擊，對最高統治者的大膽指責和否定，異常深刻，震撼人心。這正是作者運用呼告修辭手法的成功之處，也顯示

出了作者運用語言的高超水平。

　　《西廂記》·1·1：「〔柳葉兒〕呀，門掩著梨花深
院，……小姐呵，只被你兀的不引了人意馬心猿？」

　　《西廂記》·2·4：「〔東原樂〕這的是俺娘的機變，非干
是妾身脫空；……張生呵，怎教你無人處把妾身作誦。」

　　作者運用呼告修辭方式，形象地再現出一對彼此戀慕，卻爲不
能自由披露情懷而再三吟哦，低回流連的年青人，收到了「當如撞
鐘，清音有餘」的效果。

十三、誇張

　　作者爲了增強表達效果，有意擴大或縮小事物的形象、特徵、
程度、數量和作用等而運用的修辭方式。誇張一方面看來是「言過
其實」，而另一方面，誇張又是「以實爲據」。誇張重在主觀情意
的暢發，不重在客觀的記錄。它在一定的語境裡讓聽讀著在明知其
命題含義不可能符合現實的情況下理解其抽象的引申義。

　　《西蜀夢》·2：「〔牧羊關〕我直交金鼓傾人膽，土雨滅
的日無光，馬蹄踏碎金陵府，鞭梢兒蘸乾揚子江。」

　　馬蹄雖強，也不會「踏碎」金陵府，鞭梢兒雖多，也不會「蘸
乾」揚子江。這種組合，看似無理，卻把劇中人物諸葛亮對東吳的
憤恨和輕蔑心情，表現得淋漓盡致。

　　《西廂記》·2·2：「〔上小樓〕請字兒不曾出聲，去字兒
連忙答應；早飛去鶯鶯跟前，姐姐呼之，喏喏連聲。」

　　這是速度上的誇張。「請」字未出聲，「去」字連忙答應。通
篇沒有寫出一個「急」字，而張生的「急相」已顯露無遺。作者意

猶未盡，「可早鶯鶯根前，『姐姐』呼之，喏喏連聲」，超前誇張的連續使用，使張生的迫不及待、情不自禁、恨不得馬上做乘龍快婿的那幅「急相」，刻畫得極其生動。這活潑風趣的對話，給作品增加了不少情趣。

《金線池》·2：「東洋海洗不盡臉上羞，西華山遮不了身邊醜，大力鬼頓不開眉尖鎖，巨靈神劈不斷腹中愁。」

《雙獻功》·1：「我喝一喝骨都都海波騰，撼一撼赤力力山岳崩。但惱著我黑臉的爹爹，和他做場的歹斗，翻過來落可便吊盤的煎餅。」

以上這二例有一個共同點，便是連用誇張修辭法。連用此法，鋪張揚麗，抒情深厚強烈，氣勢壯闊磅礴。

由此可見，這種誇張詞句的組合，從理性邏輯來分析是無理的，但一經劇作家妙用，便化為充滿魅力的語言，取得常規語言所無法取得的藝術效果。

十四、反語

反語即使用與本意相反的語句，表達本意，也稱反話，反辭。使用反語是說寫的一種藝術，它是突破詞義褒貶及修辭色彩同情境氣氛相協調原則的變格修辭。

《隨何賺風魔蒯通》·4：「（正末云）丞相，我想漢王在南鄭之時，雄兵驍將，莫知其數，然沒一個能敵項王者。後來得了韓信，筑起三丈高臺，拜他為帥，殺得項王不渡烏江，自刎而死。如今天下太平，更要韓信做什麼？斬便斬了，不為妨害。且韓信負著十罪，丞相可也得知麼？（樊噲

云）你説屈殺了韓信，可又有十罪。休説十罪，則一樁罪過
也就該死無葬身之地。（蕭何）蒯文通，既是韓信有十罪，
你對著這眾臣宰根前，試説一遍咱。（正末云）一不合明修
棧道，暗渡陳倉；二不合擊殺章邯等三秦王，取了關中之
地；三不合涉西河，虜魏王豹；四不合渡井陘，殺陳余並趙
王歇；五不合擒夏悦，斬張全；六不合襲破齊歷下軍，擊走
田横；七不合夜堰淮河，斬周蘭、龍且二大將；八不合廣武
山上小會垓；九不合九里山十面埋伏；十不合追項王陰陵道
上，逼他烏江自刎。這的便是韓信十罪。（蕭何嘆介云）此
十件乃是韓信之功，怎麼倒是罪來？」

　　劉邦手下的謀士蒯通曾勸韓信反叛劉邦，將天下三分，韓信沒
有接受，終於被殺。韓信被劉邦殺害後，蕭何將蒯通抓來拷問。蒯
通巧用「反語」，列數韓信十大「罪狀」。從表面上看，眞是十惡
不赦；從實際內容看，卻是十大功勞，説得蕭何無言以對。如不正
意反説，蒯通不僅不能壓倒對方，反遭災禍。綜觀蒯通細訴韓信屢
建殊勛時，感情憤激，語言鏗鏘，明貶實褒，震撼人心。

　　《西廂記》·1·2：「你借與我半間兒客舍僧房，與我那可
　　憎才居止處兒相鄰。」
「可憎」是戲劇中習見的男女間愛極相詈的倒辭。

　　《西廂記》·1·1：「數了羅漢，參了菩薩，拜了聖賢。正
　　撞著五百年前風流業冤。」
「五百年前風流業冤」也是愛人的倒辭。

　　正話反説，寓貶於褒或寓褒於貶的寫法，是古典戲劇作家常用
的一種語用變異手法。

十五、矛盾

　　就是把通常相互矛盾的兩個詞語結合在一起的修辭方式。它的作用是揭示一件事物的矛盾性，把一對反義概念的詞語放在緊密的語法聯繫之中，雖然從表面來看，這樣的表達方式是不合邏輯的，但正是思維的立體性與語流的線性的差異所造成的反差，引起聽讀者的注意，加強對感官的刺激，以增加對語言代碼的理性信息之外的美學信息和風格信息等的傳送和接收效果，從而收到運用其他表達方式所收不到的修辭效果。

　　《長生殿》·窺浴：「我做宮女第一，標致無人能及。腮邊花粉糊涂，嘴上脂胭狼藉。秋波俏似銅鈴，弓眉彎得筆直。春纖十個擂槌，玉體渾身糙漆。柳腰松段十圍，蓮瓣灘船半只。楊娘娘愛我伶俐，選做霓裳部色。只因喉嚨太響，歌時嘴邊起了霹靂。身子又太狼尢，舞去沖翻了御筵桌席。皇帝見了發惱，打落子弟名籍。登時發到驪山，派到溫泉殿中承值。」

　　劇作者在特定的語境下，運用矛盾修辭方式刻劃這個醜宮女的形象。作者用主觀臆想和客觀實際所造成的不和諧構成諷刺、幽默的效果。在傳統戲劇中丑角的插科打諢的方式，常能引起觀眾發笑，起到「醒睡」的作用。這種使名與實的矛盾形成極其強烈的反差，產生妙趣橫生的戲劇效果，是語法、邏輯無法達到的。

十六、設問

　　胸中早有定見，話中故意設問。它不同於一般的疑問。一般的

疑問句是有疑而問，發問的目的是爲了解疑；設問是明知故問，目的是爲了強調語意。而古典戲劇作家所運用的設問方式，目的是故意撥動語言的波瀾，使語勢起伏不定，迭宕有力。這種設問共分兩類：

㈠提問：這種設問必定有答案在下文。

《蘇武牧羊記》·3：「〔回回曲〕天上的娑婆什麼人栽？九曲的黃河什麼人開？什麼人把住三關口呀？什麼人和和北番的來？〔前腔〕天上的娑婆李白栽，九曲的黃河老龍王開，楊六郎把住三關口呀，王昭君和和北番的來。」

這種問答方式，在民間特別受歡迎。明清流行的吹腔戲「小放牛」，全是採用這一方式演唱的。

《陳州糶米》·2：「（范學士云）那權豪的老相公待要怎麼？（正末唱）他便似打家的強賊，俺便似看家的惡狗。他待要些錢和物，怎當的這狗兒緊追逐。只願俺今日死明日亡，慣的他千自在，百自由。」

問的只是那麼一句，答案卻是連說帶答。這便是設問的技巧，目的是引人注意下文，提問只是導出中心的引子。

《爭報恩》·1：「〔天下樂〕您做事，可甚人不知鬼不曉？他把這房也波門房門可早關閉了，你可便走將來輕將這門扇敲。（正旦云）你到這稍房兒裡去做什麼？（搽旦云）我在這裡拌草料喂馬來。（正旦唱）這裡又無那盛料盆，又無那喂馬槽。妹子也，你可甚空房中來和草？」

這是層層的一問一答，尋根究底，務求找出答案。

古典戲劇作家經常運用「莫不是」設問手法來渲染氣氛，加強

語勢。例如在《黑旋風仗義疏財》第二折的〔紅繡球〕和〔幺〕二支曲文中一連用了十支「莫不是」來提問，令人嘆為觀止。在《西廂記》第二本第五折〔天淨沙〕中也連用了八個「莫不是」句，足見古典劇作家的善於鋪排特色：

> 「莫不是步搖得寶髻玲瓏？莫不是裙拖得環佩丁冬？莫不是鐵馬兒簷前驟風？莫不是金鉤雙綰，吉丁璫敲響帘櫳？〔調笑令〕莫不是梵王宮，夜撞鐘？莫不是疏竹瀟瀟曲檻中？莫不是牙尺剪刀聲相送？莫不是漏聲長滴響壺銅？潛身再聽在牆角東，原來是近西廂裡結絲桐。」

以一連串的設問表達種種設想，四面盤旋，最後一句作答，畫龍點睛地點出贊詠對象。前面的大段描寫，表面上看似離題，實際上句句是對琴聲的比喻。這八個設問句又形成整齊的排比形式，節奏鏗鏘，韻腳響亮，比喻生動，構思巧妙，既有意境美，又有音樂美，令人回味無窮。

(三)反問

反問又叫反詰、詰問、激問，是一種運用疑問形式表達確定思想內容的修辭方式。反問有別於提問。反問與提問都是無疑而問，但提問是自問自答；反問卻只問不答，由聽讀者從問話的反面去理解答案。戲曲中的唱白，經常把反問句放在結尾部分。如：

> 《竇娥冤》·3：「〔二煞〕你道是暑氣喧，不是那下雪天，豈不聞飛霜六月因鄒衍。若果有一腔怨氣噴如火，定要感的六出冰花滾似錦，免著尸骸現；要什麼素車白馬，斷送

出古陌荒阡？

《殺狗勸夫》·1：「〔油葫蘆〕他罵道孫二窮廝煞是村。
便待要趕出門，則著我自敦自遜自傷神。現如今爹爹奶奶都
亡盡。但願得哥哥嫂嫂休嗔忿，爲什麼單罵著我？你敢是錯
怨了人？」

《幽閨記》第十出的〔攧拍〕四支曲文中，每支曲文結尾處都
用同樣的問句：

「一別後，涉水登山；今日去，甚時還？」

反問法，即反詰，是劇作家故意發出無疑之問，不作回答，讓
聽讀者自己領會。這裡再舉一個反詰的例子，以見劇作家對語言運
用的驚人功力：

《西廂記》·4·2：「（紅云）當日軍圍普救寺，夫人所許
退軍者，以女妻之。張生非慕小姐顏色，豈肯區區建退軍之
策？兵退身安，夫人悔卻前言，豈得不爲失信乎？既然不肯
成其事，只合酬之以金帛，令張生舍此而去。卻不當留請張
生於書院，使怨女曠夫，各相早晚窺視，所以夫人有此一
端。目下老夫人若不息其事，一來辱沒相國家譜；二來張生
日後名滿天下，施恩於人，忍令反受其辱哉？使至官司，夫
人亦得治家不嚴之罪。官司若推其詳，亦知老夫人背義而忘
恩，豈得爲顯哉？紅娘不敢自專，乞望夫人臺鑒：莫若恕其
小過，成就大事，捆之以去其污，豈不爲長便乎？」

紅娘這段話，共使用五個反問句，其中三句是肯定的語氣表達

否定的內容，有兩句是用否定的語氣表達肯定的內容。只見她左右開弓，刀箭齊上。這五個反問句，處處擊中老夫人的要害，逼她步步被動，無言以對。最後不得不成全張生與鶯鶯。

總的來說，劇作家運用設問技巧，的確是做到了加強句子的氣勢，表達激動的情感，增強語言的魅力。

十七、感嘆

感嘆是一種借助某些嘆詞或某些感嘆助詞來表達深沉思想和強烈感情的修辭方式。

感嘆和摹擬中的摹聲容易混淆。尤其是在人物對話中，感嘆本身就有摹擬人物說話聲音的特點；但是二者還是可以區別的。感嘆是為了強化思想感情，而摹聲主要在摹擬某種聲音。

《琵琶記》·42：「（生）兒不孝有甚德？蒙岳父特主維。
呀！何如免喪親，又何須名顯貴？可惜二親飢寒死，博換得
孩兒名利歸。」

這是蔡伯喈對得了功名卻喪雙親而發出無奈的悲嘆。

《西廂記》·2·3：「〔雁兒落〕荊刺刺怎動那！死沒騰無
回豁！撋支剌不對答！軟兀剌難存活！」

全曲用呼聲和類似呼聲的詞句表示，充份表達了鶯鶯對母親悔婚的怨憤傷痛之情。

《王粲登樓》·3：「〔石榴花〕現如今寒蛩唧唧向人啼，
哎！知何日是歸期？想當初只守著舊柴扉，不圖甚的，倒得
便宜。則今山林鐘鼎俱無味，命矣時兮。哎！可知道枉了我
頂天立地居人世，老兄也恰便是睡夢裡過了三十。」

　　王粲在羈旅客鄉思歸未得以及功名不得的情況下，聽到「寒蛩唧唧向人啼」，更加激起他的思鄉之情，發出了「何日是歸期」的感嘆。曲詞是歌與詩的結合體，都是感情的產物。似這樣一唱三嘆，音有盡而意無窮，令人留下無限回味與思索的餘地。

十八、析字

　　文學作家常常利用漢字結構上的特徵，將它拆開重新組合成一種奇特的藝術技巧，這就是析字的修辭方式。這裡提到的析字法便是陳望道所說的「化形析字」❸⑦古典戲劇作品中常提到這種「析字法」。如：

　　《金線池》·3：「拆白道字，頂針續麻，搊筆撥阮，你們都不省的，是不如韓輔臣。」

　　《救風塵》·1：「俺孩兒拆白道字，頂針續麻，無般不曉，無般不會。」

　　所謂「拆白道字」便是析字。

　　在古典劇作家運用析字手法的具體例子如下：

　　《西廂記》·5·3：「〔調笑令〕（紅）你值一分，他值百十分，螢火焉能比月輪？高低遠近都休論，我拆白道字辯與你個清渾。（淨）這小妮子省得什麼拆白道字，你拆與我聽。（紅唱）君瑞是個肖字這壁立個人，你是個木寸馬戶尸巾。」

---

❸⑦　陳望道《修辭學發凡》，頁149。

「肖」字旁邊立「人」是「俏」字，「俏」是俊美意；「木寸馬戶尸巾」組成「村驢屌」三字，是罵人話。

> 《西廂記》·3·2：「〔耍孩兒〕幾曾見寄書的顛倒瞞著魚雁，小則小心腸兒轉關。寫著這西廂待月等待更闌，者你跳東籬『女』字邊『干』。原來那詩詞兒包籠著三更棗，簡帖兒裡埋伏著九裡山。他著緊處將人慢，您會雲雨鬧中取靜，我寄音書忙裡偷閑。」

「女」邊「干」，合為「奸」字。

> 《東堂老》·1：「（淨）不養蠶桑不種田，全憑馬扁度流年。」

> 《玉簪記》·20：「（小淨）不想他千不肯，萬推辭，花言巧語，馬扁他不會，如何是好？」

「馬」加「扁」即「騙」字。

> 《殺狗記》·12：「（淨）我與你講過了，七錠以外都是我的，不是我一個人要，還有那一位官人要八刀。」又：同劇14出：「爛小人，難道我就獨得了不成？少不得都拿出來八刀。」《白兔記》·4：「自今以後，誠誠志志，志志誠誠。停一會香會錢，與老哥兩個八刀。」

以上的「八刀」都是「分」字。

> 《贈書記》·7：「生涯個個不相同，小子從來業貝戎，左手將來右手去，越奸越巧越貧窮。」

「貝」加「戎」即「賊」字。

漢字除少數獨體字外，大都由兩個或兩個以上的偏字組成合體字。這些偏旁組合成漢字的方式有兩種，一種是會意，一種是形

聲。不管是形聲字還是會意字，當兩個或兩個以上的偏旁組成一個
字的時候，只能當作一個字形的單位來運用，而不能隨便把偏旁分
拆出來變成幾個字來解析，這是常規。但是析字法卻是違反漢字的
結構規律，通過巧妙地運用，也可成一種曲折表達方式。

十九、析詞

　　析詞就是為了一定的表達目的把多音節的合成詞或者成語、諺
語等固定詞組拆開來用的一種修辭方式。換句話說，就是把詞和固
定詞組內不能獨立運用的語素當作詞來用。

　　析詞和析字有共同點：即把字（包括單音節的詞）或多音節的
詞與語拆開了用。不同的是，析字的重點是離合字形或者增減字
形，除析字中的析意外，一般不作意義上的分析；而析詞的重點不
僅是拆，更重要的是析，也就是把那些在詞或固定詞組中不能獨立
運用的語素意義上進行引申和變化後當作詞來用。這種違反語言常
規的修辭方式，目的是使語言透徹、深刻，造成輕鬆活潑、幽默詼
諧的情調。

　　　《牡丹亭》·9：「（貼）原來是陳師父，俺小姐這幾日沒
　　　功夫上書。（末）爲甚？（貼）呵呵，〔前腔〕甚年光！忒
　　　煞通明相，所事關情況。（末）有甚麼情況？（貼）老師還
　　　不知，老爺怪你哩。（末）何事？（貼）說你講《毛詩》，
　　　毛的忒精了。小姐呵，爲詩章，講動情敘〔

　　文中的《毛詩》即《詩經》。據說爲魯人毛亨和趙人毛萇所
傳。盛行於東漢以後。作者先將「毛詩」一詞拆開，然後將指代
「毛氏二人」的「毛」拈用爲動詞。作「講解」的意思。用法奇特

而風趣。

二十、疊字

這是一種緊相連接而意義相等的修辭格。疊字在古典戲劇中的運用已達登峰造極地步，開中國文學史上前古未有的盛況。這裡僅舉數例以修辭手法的角度加以說明劇作家如何巧用疊字。

> 《張生煮海》·1：「〔寄生草〕他一字字情無限，一聲聲曲未終；恰便似顫巍巍金菊秋風動，香馥馥丹桂秋風送，珊珊翠竹秋風弄。咿呀呀，偏似那織金梭攙斷錦機聲；滴溜溜，舒春纖亂撒珍珠迸。」

每句都用疊字形式，把人事景物的狀態、氣味、聲色寫得具體生動，令人神往。

> 《雲窗夢》·3：「〔堯民歌〕早忘了急煎煎情脈脈冷清清。早忘了撲簌簌淚零零。早忘了意懸懸愁戚戚悶騰騰。早忘了骨岩岩心穰穰病縈縈。多情多情。逢志誠。休學李免王魁辛。」

前四句全用「早忘了」帶起後面一連串的疊字，整齊明朗，音節鏗鏘悅耳；句式反覆鋪排，至情感人。

> 《西廂記》·1·3：「〔斗鵪鶉〕側着耳朵聽，躡着腳步兒行：悄悄冥冥，潛潛等等。〔紫花兒序〕等待那齊齊整整，裊裊婷婷，姐姐鶯鶯。」

此二曲所用疊詞「悄悄冥冥，潛潛等等」，寫張生暗中摸索，走走停停，不敢出聲，小心謹慎等待著；「齊齊整整，裊裊婷婷」寫鶯鶯體態端莊勻稱，姿色秀麗嫵媚，「姐姐鶯鶯」則點明了張生

所等待的美人兒就是鶯鶯，名字前面冠以親切的「姐姐」的稱呼，表露出張生極度傾慕鶯鶯的心理狀態，洋溢著對於幸福的憧憬與追求。

> 《西廂記》·4·4：「〔雁兒落〕綠依依牆高柳半遮，靜悄悄門掩清秋夜，疏剌剌林梢落葉風，昏慘慘雲際穿窗月。
> 〔得勝令〕驚覺我的是顫巍巍的竹影走龍蛇，虛飄飄莊周夢蝴蝶，絮叨叨促織兒無休歇，韻悠悠砧聲兒不斷絕，痛煞煞傷別，急煎煎好夢應難捨，冷清清的咨嗟，嬌滴滴玉人兒何處也！

這是長亭送別後，張生在草橋店夢見鶯鶯後的一段唱詞。12個疊字分別繪景、狀物、抒情。「物」「我」相襯，「情」「景」相融，整齊而又抑揚頓挫的音節，抒發了熱戀中的張生純眞而熱烈的情懷。

疊字的修辭功用，大致如下：

㈠增添親昵的感情色彩

由疊字構成的名詞充當的稱呼詞，除了使語音諧和外，還呈現一種親昵的色彩。如上例的「姐姐鶯鶯」。

㈡表示概括和強調的意味

語言通過音、義的重疊，便可以最簡潔的形式達到最大的概括、強調的作用。如：上例的「字字」「聲聲」。

㈢加重語氣

借聲音的繁複增進語感的繁複，運用疊字以加重語氣，是修辭上的一個很重要的功用。如：「那時重重相謝，決不虛言。」（《幽閨記》·22）

㈣減輕程度

疊字也可以起到減輕程度的修辭作用。如：「瑞蓮款款扶者娘慢行。」（《幽閨記》·18）

㈤描摹聲音

運用疊字來描摹各種聲音，構成摹聽覺的象聲詞。古典戲劇中的象聲詞極其豐富，且能引起聽讀者的共鳴。如：「更月黑雲愁疏刺刺風狂雨驟。」（《竹葉舟》·3）

㈥描摹色調

這是一種描摹視覺的疊字。運用得好，能有助於對景物的描寫與烘托，起到身臨其境的效果。如：「黑暗暗雲迷四野。」（《魔合羅》·1：）

㈦描摹形狀

運用疊字來描摹人與事物的各種形狀，這也是劇作家常用的修辭手法。如：「奈無人古廟蕭蕭。」（《魔合羅》·2）

㈧描摹情狀

運用疊字有助於生動、細致地描繪人物的情感或神態，使人物的形象栩栩如生，躍然紙上，從而令聽讀者如聞其聲，如見其人，達到真切感人的修辭效用。如：「怎不教我痛煞煞淚濕琵琶。」（《倩女離魂》·2）

此外，還有用疊字來表示語氣的緩和或延長、招呼及應諾的。

二十一、節縮

節縮語言文字，叫做節；縮合語言文字，叫做縮。節縮都是音形上的方便手段，對於意義並沒有什麼增減。

《繡襦記》·12：「（外）宗祿，慌慌張張，爲者甚事？」
例中的「甚」，是將「什麼」縮合成的一個字。

《西廂記》·5·3：「〔金蕉葉〕他憑著講性理齊論魯論，
作詞賦韓文柳文，他識道理爲人敬人，俺家裡有信行知恩報
恩。」

「齊論魯論」是齊國本《論語》與魯國本《論語》的節短；
「韓文柳文」則是韓愈文章與柳宗元文章的節短，即人名的節短。

《竇娥冤》·楔子：「讀盡縹緗萬卷書，可憐貧殺馬相如；
漢庭一日承恩召，不說當爐說《子虛》。」

「馬相如」即司馬相如的複姓「司馬」節短，亦即節姓；子虛
即《子虛賦》，是書名的節短。「漢庭」，是指漢朝廷，此處爲了
避諱而借用。例中的節縮是爲了協調音節而致。全篇是七字句，唯
有節縮才能調整語言文字的結構。

《綠牡丹》·21：「〔醉太平換頭〕（生）越庖，何妨屬
草？」「越庖」即越俎代庖的節縮。

《包待制智斬魯齋郎》·4：「你休只管信口開合，絮絮叨
叨，俺張孔目怎肯緣木求魚，魯齋郎他可敢暴虎馮河。」

「暴虎馮河」語出《詩·小雅》：「不肯暴虎，不敢馮河；人
知其一，莫知其他。」邢昺疏：「空手搏虎爲暴虎，無舟渡河爲馮
河。」後節縮爲「暴虎馮河」，比喻勇猛果敢。

《綠牡丹》：「碑頭謬欲題黃絹，許望龍門豈偶然！」

「黃絹」是「黃絹幼婦外孫齏臼」八字的節縮。這是一種析字
格複合體的例子。其構成方法，是重用化形衍義兩類基本方法：如
「絕」先化形作「色絲」，再衍義作「黃絹」；「妙」先化形作

「少女」，再衍義作「幼婦」。**㊳**

　　劇作家運用節縮的修辭手法，目的是：㈠精煉，使語言變得簡潔明快，從而表現出人物性格和特定語境；㈡有利於協調音節。如以上《竇娥冤》例，爲了調節音律而把「司馬相如」節縮爲「馬相如」，把《子虛賦》節縮爲《子虛》等；㈢增添行文的情趣。

二十二、警策，也叫警句或精警

　　這是陳望道《修辭學發凡》中的術語，指語簡言奇而含意精切動人的一種修辭手段。警策的修辭效果主要是含蓄、幽默、深刻、引人深思，從而達到令人深感其妙，經久不忘的修辭目的。所以說：「文中有了它，往往氣勢就此一振。」**㊴**換句話說，劇作家運用警策這種修辭手段製作警句和妙語以表達精確、深刻、令人玩味的含義的效果。例如：

　　　　《西廂記》・5・4：「〔清江引〕永老無別離，萬古常完聚，願普天下有情的都成了眷屬。」

　　曲文的最後一句：「願普天下有情的都成了眷屬」，爲歷來聽讀者所贊頌不絕，已成爲人們口口相傳的名句。

　　　　《香囊記》・35：「（生）思家戀闕共沾襟。（外）迢遞關河思不禁。（末）正是路遙知馬力。（淨）須知日久見人心。」

　　兩件或兩件以上的事物，其間沒有什麼內在的聯繫，甚至是相

㊳　陳望道《修辭學發凡》，頁 159-160。
㊴　陳望道《修辭學發凡》，頁 188-189。

互矛盾，但劇作家把它們交織在一起，往往就構成了許多新鮮深刻
的道理。例如曲文中的「路」與「日」，「馬力」與「人心」，都
是無關的，但連用就有深刻的含義。瞭解了這種造語的規律，劇作
家就可以創造出許多新穎感人的好句。如：

> 《楚江情》·35：「快些乘馬。（生作乘馬介）請了，路遙
> 知馬力，義重識交情。」

有時，劇作家把人人都懂得的，本來用不著再作判斷或敘述的
事理或生活現象，特意再作一番判斷或敘述。這些看似平常的語
句，實則意味無窮，給人以深刻的啓發和教育。例如：

> 《浣紗記》·2：「拚把春衣沽酒，沉醉在山家。唱一聲水
> 紅花也羅，更衣變服，究古論今，較勝爭強，不知何年才
> 罷。哭你驅馳榮華，還是他們是他；哭我奔波塵土，終是咱
> 們是咱。追思今古，都付於漁樵話。」

這裡所抒發的是山林歸隱者心聲。「他們是他」，「咱們是
咱」，劃清了「驅馳榮華」者和「奔波塵土」者的界線，追思今
古，萬分感慨，盡在兩語中。

其他如：「打是惜罵是憐」（《青衫淚》·2）；「人能克己
身無患，事不欺心睡自安」（《岳陽樓》·2）等等甚多。這都是
古典劇作家長期對各種事物的道理，進行了細致的觀察，深刻的分
析，精闢的概括和歸納以後所得出的結果。

二十三、反覆

爲了突出某個意思，強調某種感情，有意使用同一詞語或句
子，甚至是段落反覆出現的修辭方式，叫做反覆。

　　常言道，話說三遍淡如水。囉裡囉嗦地將同一個意思顛來倒去說個沒完，只能教人煩厭。因此，無論說話還是寫作，都忌重複。但是，杰出的文學作家無論強調某種對象和感情，表達事物間的內在聯繫，消除信息干擾，連接篇章結構，作家往往又有意識地重複某些詞句，從而突破了表達的簡潔性原則。

　　《西廂記》·4·3：「〔叨叨令〕見安排者車兒馬兒，不由人熬熬煎煎的氣，有甚麼心情花兒靨兒，打扮得嬌嬌滴滴的媚；準備著被兒枕兒，則索昏昏沉沉的睡；從今後衫兒、袖兒，都搵做重重疊疊的淚。兀的不悶殺人也麼哥？兀的不悶殺人也麼哥？」

　　作者重複用「兀的不悶殺人也麼哥」，刻畫了鶯鶯不願與張生分離的愁苦心情而發出無可奈何的悲嘆。

　　《白兔記》·6：「〔憶多嬌〕自恨時乖遭困厄，暮打朝嗔，暮打朝嗔，如何過得？」

　　重複運用「暮打朝嗔」，強調了自己的不幸遭遇。

　　有時劇作家在對話裡重複使用同一語句，增加了感染力。如：《玉簪記》第四折：在兵荒馬亂中，母親不斷呼喚「嬌蓮！嬌蓮！」「嬌蓮！嬌蓮！」這一聲聲叫喚，感人肺腑。

　　以上為「連接的反覆」，還有一種是「隔離的反覆」。❹如《生金閣》第四折中，包待制為了誘使龐衙內拿出寶物，便不斷地

---

❹　陳望道《修辭學發凡》，頁198-199。

向衙內說我們是「一家一計」，❹反覆在曲文賓白中出現了十次，使衙內完全以為包待制與他是「一家人」，毫無防備之心。

1. （正末云）：「衙內請坐，老夫年紀高大，多有不是處，衙內寬恕咱。從今已後，咱和衙內則一家一計。」

2. （衙內云）：「老宰輔說的是，和咱做一家一計。」

3. （正末云）：「衙內，老夫難的見此寶物（即生金閣），怎生借與老妻一看，可不好那？」

4. （衙內云）：「老宰輔將的去，咱則是一家一計。」

5. （衙內云）：「咱則一家一計，吃個盡興方歸。」

6. （正末唱）：「龐衙內有錢有勢，更和俺包龍圖一家一計。」

7. （衙內云）：「咱則一家一計。」

8. （正末云）：「婁青，將紙墨筆硯來，著衙內畫個字者。（婁青云）：理會的。耶，依著畫個字，左右一家一計。」

9. （衙內云）：「我左右和老包是一家一計。」

10. （婁青做拿科，云）：「耶，請出席來，左右一家一計。」

---

❹ 近代文學作品中常用成語。有三種含義：①一夫一妻的家庭。《切膾記》·2：「〔紅繡鞋〕把似你守著一家一計，誰著你收拾下兩婦三妻？」②一家人一條心。《調風月》·2：「〔醉東風〕交我沒思沒想，兩心兩意，早辰古自一家一計。」③一家人。《拜月亭》·1：「〔賺煞〕倆做個一家一計，且著這脫身術漫過這打家賊。」

　　等到包待制掌握確實證據後判衙內死罪，衙內才如夢初醒說：
「這個須不是一家一計！」也有連續使用的，如：

　　　　《中山狼》・15：「〔北朝天子〕俺這木牛兒有光，火牛兒

　　　　無像，怎當、怎當、怎怎當？休殺那蠢堆堆無功戰象，無功

　　　　戰象。請回家，休痴想，請回家，休痴想。」

　　反覆和重疊都是一種對語言單位的反覆使用，但是表達作用、
運用範圍、語言形式等方面都有顯著的不同。

　　從表達方面講，反覆側重於思想感情的突出和強調；重疊的重
點卻是描繪事物，增強語言的音樂性。

　　從運用範圍講，反覆的語言單位大，或詞語、或句子、或段
落；重疊的語言單位小，僅限於字，有時是詞，也將它當作字看
待。

　　從語言形式看也不一樣。疊字是將字緊相連接地疊起來用，其
中的複辭，字與字之間雖有隔離，在書寫上沒有標點符號的間隙；
而反覆則必須用標點符號把反覆出現的詞語或句子隔開。

二十四、對偶

　　說話中凡是用字數相等，句法相似的兩句，成雙作對排列成功
的，都叫對偶辭。這一修辭格整齊對仗，易於誦唱，所以廣泛地被
採用於曲詞中。

　　古典戲劇中的對偶句與詩詞不同之處：古典戲劇中的對偶句，
不但三句對、多句對爲詩詞所無，而且它的雙句對也多半不同於詩
詞的對偶。它們大都不是嚴整的對仗，而是靈活自由的散體對句，
並且常常連續使用。例如：

《西廂記》·3·1：「〔油葫蘆〕一個睡昏昏不待觀經史，一個意懸懸懶去拈針指；一個絲桐上調弄出離恨譜，一個花箋上刪抹成斷腸詩；一個筆下寫幽情，一個絲上傳心事：兩下裡一樣害相思。」

連用三個對句，循環往復，交插描寫男女雙方，把他們的相思情狀寫得淋漓盡致，哀怨纏綿。金聖嘆《西廂記》批語說：「連下無數『一個』字，如風吹落花，東西夾墮，最是好看。乃尋其所以好看之故，則全為極整齊、卻極差脫，忽短忽長，忽續忽斷，板板對寫、中間又並不板板寫故也。」❷正確地指出了古典戲劇對偶的靈活性。

古典戲劇中的對偶形式如下：

㈠正對

《單刀會》·4：「飢餐上將頭，渴飲仇人血。」

《竇娥冤》·1：「催人淚的是錦爛花枝橫繡闥，斷人腸的是剔團欒月光掛妝樓。」

《拜月亭》·1：「一點雨間一行淒惶淚，一陣風對一聲長吁氣。」

《西廂記》·4·3：「這憂愁訴與誰？相思只自知，老天不管人憔悴。淚添九曲黃河溢，恨壓三峰華岳低。到晚來悶把西樓倚，見了些夕陽古道，衰柳長堤。」

《桃花扇》·餘韻：「問秦淮舊日窗寮，破紙迎風，壞檻當

---

❷　金聖嘆評《繪圖西廂記》（北京：北京師範大學出版社，1993），頁156。

潮，目斷魂消。當年粉黛，何處笙簫？罷燈船端陽不鬧；收
酒旗重九無聊。白鳥飄飄，綠水滔滔。嫩黃花有些蝶飛；新
紅葉無個人瞧。」

　　正對是指上下句並列的兩種事物，事異義同，可以互相發明和
印證，增加劇中人物的思想感情或處境氣氛的色彩。

　　㈡反對

　　　　《竇娥冤》·3：「爲善的受貧窮更命短，造惡的享富貴更
　　　　壽延。」

　　　　《雷峰塔》·15：「莫信直中直，須防仁不仁。」

　　　　《女丈夫》·11：「落花有意隨流水，流水無情戀落花。」

　　　　《萬事足》·28：「酒逢知己千杯少，話若難聽半句多。」

　　反對是並列相反的事物，相得益彰，起的是相反相成的作用。
英語對偶（antithesis）和漢語對偶中的反對非常類似，因爲二者都
是將意義相反的句子或句子成份排列在一起，互相映襯、對照。例
如狄更斯的著名小說《雙城記》（Charles Dickens, A Tale of Two
Cities）開始時的一段：

*It was the best of times, it was the worst of times, it was the age
of wisdom, it was the age of foolishness, it was the epoch of
belief, it was the epoch of incredulity, it was the season of Light,
it was the season of Darkness, it was the spring of hope, it was
the winter of despair, we had everything before us, we were all
going direct to Heaven, we were all going direct the otherway.*

連續七個英語對偶，從一開始就鮮明而又深刻地揭露了社會中充滿著各種各樣的矛盾衝突。英語的這一修辭手法正與漢語修辭的反對類似。

㈢扇面對

《西廂記》·1·4：「〔駐馬聽〕法鼓金鐸，二月春雷響殿角；鐘聲佛號，半天風雨松梢。」

扇面對是隔句相對，第一句對第三句；第二句對第四句，故又稱隔句對。

㈣鼎足對

《李太白匹配金錢記》·1：「〔那吒令〕俺則見香車載楚娃，各剌剌雕輪碾落花；王孫乘駿馬，扑騰騰金鞭裊落花；游人指酒家，虛飄飄青旗揚落花。」

鼎足對俗稱為「三槍」。因三句一組，互為對仗，有如鼎足之三足並立，故名。

二十五、排比

把結構基本相同，語氣基本一致的三組或三組以上的句子，排列一起，以表達相近或相關的內容。這就是排比的修辭手法。劇作家運用這種修辭手法以增強語勢，提高了表達的效果。

《揚州夢》·1：「〔那吒令〕天有情天亦老，春有意春須瘦，雲無心雲也生愁。」

曲詞之末三句為排句，也是以物擬人：天、春、雲乃自然界之事物，若果稍有靈性，也會為這位佳人所動。「天有情天亦老」引用李賀《金銅仙人辭漢歌》中句；「雲無心」則化用陶潛的《歸去

來辭》「雲無心而出岫」句；而「春有意春須瘦」則是作者喬吉自創，融入其中，頗見機巧。三句都是反跌之筆，言外之意是：無情之物尚且如此，人將何以堪呵！

　　《竇娥冤》‧1：「〔寄生草〕愁則愁興闌珊咽不下交歡酒，愁則愁眼昏騰扭不上同心扣，愁則愁意朦朧睡不穩芙蓉褥。」

三排句反覆強調竇娥的「愁」，實際上是對蔡婆再嫁的不滿。

　　《桃花人面》‧1：「〔鵲踏枝〕俺不是待回廊月轉低，俺不是望東牆花影移，俺也不是夜犯星槎，俺也不是繫馬楊堤。俺只是倦尋芳相如病渴，因此上輕扣朱扉。」

崔護尋春，來到蓁兒門前，口渴求飲。為了表明已意，便一連用了四個「俺不是」排比句，強調自己不是登徒子。確實令人感到趣味盎然。

運用排比說理，更能把觀點闡明透徹。運用排比抒情，更能把情感抒發得淋漓盡致。

排比不同於對偶。從形式上辨別：對偶是對稱組織，排比是連串組織；對偶要求字數相等，排比不拘泥於字數；對偶要求盡量避免字面相同，排比的各項則以出現同形詞語為常規。從內容表達作用上辨別：對偶只表達相近相對、相反的意思；排比的各項是獨立而平等的。

二十六、層遞

層遞是把事物明顯地分為幾層，或由淺漸深，由低漸高，由小漸大，由輕漸重；或由深漸淺，由高漸低，由大漸小，由重漸輕。

層層排列，有條不紊地說去。

《西廂記》·4·1：「〔寄生草〕多豐韻，忒慇色。乍時相
見教人害，霎時不見教人怪，些兒得見教人愛。今宵同去碧
紗廚，何時重解香羅帶。」

「乍時相見」「霎時不見」「些兒得見」和「害」「怪」
「愛」，都是時間和情態上的層遞，一步一坎，步步跟進，十分精
彩。

《魯齋郎》·楔子：「（沖末扮魯齋郎引張龍上）（詩云）
花花太歲為第一，浪子喪門再沒雙，街市小民聞我怕，則是
權豪勢要魯齋郎……現官嫌官小不做，嫌馬瘦不騎，但行處
引的是花腿閑漢，彈弓粘竿賊兒小鷂，每日價飛鷹走犬，街
市閑行。但見人家好的玩器，怎麼他倒有我倒無，我則借三
日玩看了，第四日便還他，也不壞了他的。人家有那駿馬雕
鞍，我使人牽來，則騎他三日，第四日便還他，也不壞了他
的。我是個幸福的人，自離了汴梁，來到許州，因街上騎著
馬閑行。我見個銀匠鋪裡一個好女子，我正要看他，那馬走
的快，不曾得仔細看。張龍，你曾見來麼？（張龍云）比及
爹有這個心，小人打聽在肚裡了。（魯齋郎云）你知道他是
什麼人家？（張龍云）他是個銀匠，姓李，排行第四，他的
個渾家生的風流，長的可喜。（魯齋郎云）我如今要他，怎
麼能夠。」

這段是狗官魯齋郎的惡德劣行自白。「但見人家好的玩器」等
五句，自述強奪別人玩器，為第一層；「人家有那駿馬雕鞍」等五
句，自述強奪別人駿馬，為第二層；「我是個幸福的人」句至末

尾，自述還要強奪銀匠美麗的妻子，爲第三層。由奪玩器至奪駿馬，進而奪人妻，一次比一次厲害。觀眾對他的卑鄙行爲也就越來越憎恨。

層遞不同於排比。排比的各項是獨立而平等，所以各項之間只是並列關係和連貫關係，不能是其他關係；但如果是一連串的語句排列著，各項之間的關係是遞進關係，那便是層遞的修辭方式。

二十七、頂眞

頂眞是用前一句的結尾來做後一句的起頭，使鄰接的句子頭尾蟬聯而有上遞下接趣味的一種措辭法。頂眞也叫連珠，頂眞續麻。

頂眞盛行於宋元時代。曾有人說它是一種文字游戲，❸但從古代戲劇語言運用的角度來看，它卻是語言巧用。它突破簡潔性原則，用相同詞語首尾相連，使各分句上遞接，天衣無縫，體現了事物間環環相扣的連鎖式關係。

> 《㑳梅香》・1：「〔賺煞〕你道信步出蘭庭，庭院悄人初靜，靜聽是彈琴的那生，生猜咱無情似有情，情知咱甚意來聽，聽沉罷，過初更，更闌也休得消停，停待甚，忙將那腳步幾行，行過那梧桐樹兒邊金井，井闌邊把身軀兒掩映，映著我這影兒呵，好者我嫌煞月兒明。」

嚴守句與句間一字相承，顯示出作品的音樂美。

> 《鐵拐李》・3：「〔梅花酒〕不爭我去的遲，被郡家使心

---

❸　顧肇倉選注《元人雜劇選》（北京：人民文學出版社，1978），頁 56。

力；使心力，廝搬遞；廝搬遞，賣東西；賣東西，到家裡；
到家裡，看珠翠；看珠翠，寄釵篦；寄釵篦，定成計；定成
計，使良媒；使良媒，怎支持；怎支持，謊人賊。」

這段曲詞，是寫岳壽借尸還魂之後，擔心妻子爲人所奪，急於
回到自己家裡。爲表達這段經過，作者採用「頂眞」修辭手法，使
相鄰的句子遞承緊湊，這就恰好維妙維肖地反映了流氓分子乘虛謀
佔寡婦時所發出的連鎖程序。

《曲江池》：「少年人乍識春風面，春風面半掩桃花扇，桃
花扇輕拂垂楊線，垂楊線怎繫錦鴛鴦，錦鴛鴦不鎖黃金
殿。」

此段曲詞寫得形象旖旎，音韻優美，具有明麗圓轉的特色。

《漢宮秋》·3：「〔黃花酒〕呀，俺向者這迥野悲涼。草
已添黃，兔早迎霜。犬褪得毛蒼，人搠起纓槍，馬負著行
裝，車運著餱糧，打獵起圍場。他他他，傷心辭漢主，我我
我，攜手上河梁。他部從入窮荒，我鑾輿返咸陽。返咸陽，
過宮牆；過宮牆，繞回廊；繞回廊，近椒房；近椒房，月昏
黃；月昏黃，夜生涼；夜生涼，泣寒螿；泣寒螿，綠紗窗；
綠紗窗，不思量。〔收江南〕呀！不思量，除是鐵心腸！鐵
心腸，也愁淚滴千行。美人圖今夜掛昭陽，我那裡供養，便
是我高燒銀燭照紅妝。」

此曲詞自「返咸陽」起，劇作家運用「頂眞」修辭手法，每三
字一句，每兩句一組，每組首尾兩句同前後組的首尾句重複相連，
使得曲調急促而有頓挫，節奏鮮明而淒婉，悲苦的泣訴中混合著不
平的怨憤，準確地表現了漢元帝內心深處的痛楚，接著一個「呀」

字，是無可奈何的長嘆，又是絕望的哀鳴，催人淚下。

頂眞格並不是一般人所說的文字游戲，也不是壯夫不爲的鵰蟲小技，而是中國人民喜聞樂見的修辭方式。例如，當代人諷刺當道的某些單位，便說：「大幹不如小幹，小幹不如不幹，不幹不如搗亂，搗亂就能做官」，「幹著的不如坐著的，坐著的不如唱著的，唱著的不如搗亂的」，或「幫人要幫心，幫心要知心，知心要誠心」，用的便是頂眞格。可見適當而靈活地運用頂眞格，不但突出文字的節奏感，同時更能具體地表達作者的迴環復沓的感情。

二十八、倒裝

爲了使句式新穎，語意突出，語氣順暢，聲音和諧，或者使句子的某個成份突出，故意顛倒一般的詞語順序，造成特殊句法。

《梧桐雨》·3：「見俺留戀著他，龍泉三尺手中拿，便不將他刺殺，也將他嚇殺。」

一般習慣用法是「三尺龍泉」，但倒裝來用可加強語勢。從語法的角度看，這是個動賓結構，一般是動詞在前，賓語在後。相反的，便是漢語動賓結構的倒裝。

《西廂記》·3·2：「從今後相會少，見面難。月暗西廂，風去秦樓，雲斂雲山。他也訕我也訕，請先生休訕，早尋個酒闌人散。」

一連用了三個倒裝句，把賓語「月」、「風」、「雲」置於主謂結構之前，突出了賓語成份。這樣安排，不但增強了語勢，同時引人聯想，收到語反而意寬的藝術效果。

這種現象，與英語詞語倒裝法 anastrophe 大致相同，如：

Talent Mr. Micawber has, capital Mr. Micawber has not.
(Charles Dickens, David Copperfield)

把賓語 talent 和 capital 置於主謂結構之前，這樣就突出了賓語成份，自然容易引起注意。❹

《調風月》·2：「〔醉春風〕交我沒想沒思，兩心兩意，
早晨古自一家一計。」

順說應是「早晨古自一家一計，兩心兩意，交我沒想沒思」。這樣順說，雖符合思維本身的邏輯，但缺乏一種強有力的藝術魅力。

《五侯宴》·4：「〔集賢賓〕則聽的扑冬冬鼉皮鼓擂，韻悠悠鳳管笛吹。」

順言當爲「鼉皮鼓扑冬冬擂，鳳管笛韻悠悠吹」。現把形容詞狀語「扑冬冬」提到句首，都是爲了突出和強調語勢，給聽讀者以強烈的聲色美。

《單刀會》·3：「〔幺〕你道是先下手強，後下手央。……臂展猿猱，劍掣秋霜。他那裡暗暗的藏，我須索緊緊的防，都是些狐朋狗黨，小可如千里獨行五關斬將。」

這個倒裝句不僅爲了強調賓語「臂」和「劍」，同時也是爲了押韻的關係。「霜」與「強」「央」「藏」「房」「黨」「將」相應。

---

❹ 《英漢修辭比較研究》，頁399。

二十九、跳脫

語言因爲特殊的情況，例如心思的急轉，事象的突出等等，有時半路裡斷了語路的，叫做跳脫。跳脫在形式上一定是殘缺不全或者間斷不接，猶如今之所謂半截話，這在語言上本是一種變態，但若能夠用得切合實情實境，卻是不完整而有完整以上的情韻，不連接而有連接以上的效力。

由於跳脫在語言表達形式上總是支離破碎的，所以書面上總要用破折號或省略號。

《幽閨記》·17：「〔扑燈蛾〕（旦）有一個道理。（生）有什麼道理？（旦）怕問時……（生）怕問時卻什麼？（旦）奴家害羞，說不出來。（生）娘子，沒人在此，便說有何妨？（旦）怕問時，權……（生）怎麼又不說了？權什麼？（旦）權說是夫妻。」

瑞蘭（旦）與世隆（生）邂逅相遇，「權說是夫妻」對一個大家閨秀來說是難於啓齒的，故在語言中時常跳脫。無獨有偶，在同劇第二十五出中，王鎮父女在招商店巧遇，兩人談起別後的經過，王鎮問道：「我兒，你一身見在誰行？」女兒答：「我隨著個秀……」「什麼秀？」「我隨著個秀才棲身。」這裡說出一個「秀」字便噎住，到父親追問時才脫口而出，與前面說出一個「權」字便噎住，有異曲同工之妙，同樣表現了深沉含蓄的語言特色。

《西廂記》·3·楔子：「（紅上，云）姐姐喚我，不知有甚事，須索走一遭。（旦云）這般身子不快呵，你怎麼不來

看我？（紅云）你想張……（旦云）張甚麼？（紅云）我張
著姐姐哩。（旦云）我有一件事央及你咱。（紅云）甚麼
事？（旦云）你與我望張生去走一遭……

這裡的中斷把紅娘的心直口快、無拘無束但又充滿機智的性格
和鶯鶯的嬌羞難言及種種疑慮的複雜心理以及對眞摯愛情的嚮往和
追求表現得如此生動傳神。

《西廂記》·3·2：「（紅云）對人前巧語花言……沒人處
便想張生……背地裡愁眉淚眼。」

以上曲辭中，敘述語被說明語（即襯字句）岔斷，也是此種修
辭手法之一類。

三十、鑲嵌

有時爲要話說得舒緩些或者鄭重些，故意插進個別的字詞，這
種修辭格名爲鑲嵌。在古典戲劇中，這種修辭格被認爲是巧體，叫
「嵌字體」。鑲嵌的修辭手法以嵌數字爲多。例如：

《中山狼》·2：「動地驚天勢兒大，七魄三魂陡的駭。」

張德鑫說：

數字，在教學中是枯燥的，但在文化學中卻可以是美的。數
字美中有一種姑且名之爲「序數美」，即把一、二、三、
四、五、六、七、八、九、十（還可加上百、千、萬等）順
序或正或倒完整排列下來，當給它們賦予某種文化內容和形
式後，就可產生一種獨特的藝術美。在華夏文化中，尤其講
究這種序數美，它是中華民族追求圓滿完整、盡善盡美的傳

統哲學觀、美學觀和民俗觀的一種反映。……中國人最喜歡
講「十全十美」，就是說，滿十爲全，全即美也。❹

　　中國古典戲劇作家對唱詞的美是非常講究的，因此對一至十序
數的運用也十分廣泛。或嵌句首，或嵌句中，或順序，或倒序，甚
是靈活巧妙。正如王驥德《曲律》中所說：

元人以數目入曲，作者甚多。句首一至十，有順去逆回
者。❹

現略舉數例如下，以見古典劇作家的修辭手法：
　　《荊釵記》·1：「〔臨江仙〕一段新奇眞故事。須教兩極
馳名。三千今古腹中存。開口驚四座。打動五靈神。六府齊
才並七步。八方豪氣凌雲。歌聲過往九霄雲。十分全會者。
少不得仁義禮先行。」
　　《風箏誤》·12：「（淨）叫你去買一袋京香。兩柄官扇。
三朵珠花。四支翠燕。五兩綿繩。六錢絲線。七寸花綾。八
寸光絹。九幅裙拖。十尺鞋面。樣樣要揀十全，不可少了一
件。」

---

❹　張德鑫《漢字文化中的序數美》（上篇），見《中國文化研究》1995　頁
　　110-114。
❹　《中國古典戲曲論著集成》冊四（北京：中國戲劇出版社，1982），頁
　　136。

以上二例都是由一嵌至十。其間的「二」均用「兩」替代。

《牡丹亭》·39：「〔小措大〕喜的一宵恩愛。被功名二字驚開。好開懷這御酒三杯。放著四嬋娟人月在。立朝馬五更門外。聽六街裡喧傳人氣概。七步才。蹬上了寒宮八寶臺。沈醉了九重春色。便看花十里歸來。」「〔前腔〕十年窗下。遇梅花凍九才開。夫貴妻榮八字安排。敢你七香車穩情載，六宮宣有你朝拜。五花誥封你非分外。論四德似你那三從結願諧。二指大泥金報喜。打一輪皂蓋飛來。」

《倩女離魂》·3：「〔十二月〕元來是一枕南柯夢裡，和二三子文翰相知。他訪四科，習五常典禮，通六藝有七步才識；憑八韻賦，縱橫大筆；九天上得遂風雷。」「〔堯民歌〕想十年身到鳳凰池，和九卿相、八元輔、勸金杯。則他那七言詩，六合裡少人及。端的是五福全，四氣備，佔掄魁，震三月春雷。雙親行先報喜，都爲這一紙登科記。」

後二例都先順嵌由一至十的數目字（《倩女離魂》例〔十二月〕嵌至「九」，再從次曲的「十」逆嵌順勢而下。「十」便具有承前啓後的作用），再逆嵌由十至一的數目。這是難度極大的技巧，非善於語言運用者不易爲也。

三十一、藏詞

要用的詞已見於習熟的熟語，便把本詞藏了，取熟語部分代替本詞，含義由聽讀者自己揣摩領會。但在一般情況下，解釋的部分和比喻的部分，總是同時出現的。姜宗倫認爲「藏詞也叫歇後

語」。❹其實，藏詞原分為「藏頭」、「藏腰」、「藏尾」三種形式。❹這三種形式中，只有「藏尾」才算得上是歇後語。這三種形式雖然都曾有人用過，陳望道說：

> 但一向是歇後佔了極大的多數，到了最近，在口頭的習慣上，更是歇後佔了藏詞的全部。……原因大概由於歇後把要用的詞藏在後面，比較地容易想得出，又不必倒推，也比較地來得順，所以經過多年的試用之後，便把那說出成語的後部來教人猜想前部的藏頭語淘汰下去，沒有人再在口語上運用了。❹

古典戲劇作家的用例如下：

《牡丹亭》·5：「將耳順，望古稀，儒冠誤人霜鬢絲。」

耳順：六十歲。《論語·為政》：「六十而耳順。」古稀：七十歲。杜甫《曲江》：「人生七十古來稀。」上例用的是藏頭詞，具有諱飾、婉曲的修辭作用。

《長生殿》·7：「傳聞闕下降絲綸，出得朱門入戟門。何必君恩能獨久，可憐榮落在朝昏。」

《禮記·緇衣》：「王言如絲，其出如綸。」以后人們把這句藏頭代指「王言、聖旨」。

---

❹ 姜宗倫《古典文學辭格概要》（雲南：人民出版社，1984），頁 219。
❹ 《漢語修辭藝術大辭典》，頁 931。
❹ 陳望道《修辭學發凡》，頁 162。

《風光好》·3：「兀的其一夜夫妻百夜恩，則是眼內無
　　珍。」

成語「有眼無珠」，說的是無眼力。珍珠一詞習用。此曲文因
押韻關係而用「珍」，將「珠」隱藏，顯帶歇後意味。

《白羅衫》·賀喜：「有人賀友壽，其友因不做生日，先期
　　躲避，鎖門而出。一日路遇，此人慣作歇後語，對友曰：前
　　兄壽日，弟拉了許多喪門吊（客），替你生災作（禍，諧音
　　賀），誰料你家的入地無（門），竟披枷帶（鎖）了。」

此例以成語作藏詞。所藏之詞為「客賀門鎖」。的確收到亦諧
亦謔的效果。

《殺狗記》：「呸！破燈籠不盛氣。他是孫大哥家裡使喚
　　的，倒與他結義做兄弟，沒志氣。」

「不盛氣」就是「不成器」。「盛」音諧「成」，「氣」音諧
「器」。

《西廂記》·3·1：「沈約病多般，宋玉愁無二，清減了相
　　思樣子。只你那眉眼傳情未了時，中心日夜藏之。怎敢因而
　　有美玉於斯，我須教有發落歸著這張紙。憑著我舌兒上說
　　詞，更和這簡帖兒裡心事，管教那人兒來探你一遭兒。」

「有美玉於斯」代「韞櫝而藏諸」。這話出自《論語·子
罕》。此處用來比喻珍重書信的意思。「因而」即隨便意，將就
意。「我須教有發落歸著這張紙」是「我須教這張紙有發落歸著」
的倒裝。

古劇作家恰當地運用藏詞手段，使得語言簡練、含蓄、活潑、
幽默，並給人以想像的餘地。

三十二、諱飾

諱飾是一種對忌諱的事物或不便直接說出的事情，改用旁的話語來迴避掩蓋或裝飾美化的修辭方式。

《西廂記》・4・1：「（末云）小姐這一遭若不來呵！〔寄生草〕安排著害，準備著抬。想著這異鄉身強把茶湯挨，只爲可憎才熬得心腸耐，辦一片志誠心留得形骸在，試著那司天臺打算半年愁，端的是太平車約有十餘載。」

這裡的「害」即害病，謂身體之災；「抬」謂抬棺材，即死意。凶死病災，一般都是人們犯忌的事，所以講到這類字眼時，往往不直說而用別的話美化過去。

三十三、轉品

說話上把某一類品詞移轉作別一類的品詞來用時，名叫轉品或轉類。轉品修辭手法，可使語言簡潔生動，新穎別致，形象含蓄，幽默風趣。通過改變詞性，使詞語具有雙重語法特點，從而擴大語言的表意容量，增強語言的表達力量。

《中山狼》・1：「則今時遇秋天氣候，俺帶著虞人們，牽了犬，臂了鷹，架烏號之弓，挾肅愼之矢，到中山地面打獵一回咱。」

「臂了鷹」就是胳膊上架著鷹。名詞「臂」轉類爲動詞，除保留名詞的意義外，還增添了動感，不僅如此，還跟「牽了犬」構成形式工整的對仗，非常簡潔生動。

《幽閨記》・22：「（生）酒保，你多少年紀？（淨）我四

十歲了。（生）唐明皇開元到今，有四百餘年，你怎麼說親眼見？（淨）自不曾說謊，略謊得一謊，就露出驢腳來了。」

「謊」即「謊言」，是名詞。轉類為動詞後，增添了幽默感，顯得新穎別致，具有鮮明個口語色彩。

三十四、飛白

明知其錯故意仿傚的，名叫飛白。所謂白就是白字的「白」。故意運用別字白字，便是飛白。

飛白是一種語言藝術化手段，其特點是將錯就錯，其目的是為了存真增趣。

> 《綠牡丹》‧2：「（生）大家輪流掌會，便出題目。今日小弟叨佔起了，已出，有題目在此。（淨看念介）杜再賊。（丑）差了，是壯舟賊。（生笑介）牡丹賦。（淨）正是牡丹賦，一時眼花了。（丑）我原是識的，故意騙他取笑。」

「牡」、「杜」、「壯」；「丹」；「再」、「舟」；「賦」、「賊」，這些形似字在淨丑看來，似乎都是一個模樣，於是便鬧出笑話來。這則「飛白」，對於目不識丁，卻要故作斯文，好為人師的人，是一個有趣的諷刺。

三十五、錯綜

為避免語言的呆板、單調，在前後相連的語句中，有意地將可能相同的詞語或可能有的整齊句式，變換成別異的詞面或參差不齊錯落有致的表達形式的修辭方式叫錯綜。

《西廂記》· 4 · 3：「聽得一聲去也，鬆了金釧；遙望見十
　　里長亭，減了玉肌：此恨誰知？」

此例的「鬆了金釧」是「減了玉肌」的結果，反過來說，因爲
「減了玉肌」，才會「鬆了金釧」。兩句的意思都是：忽然間消瘦
了許多。但字面大不一樣。

《西廂記》· 3 · 2：「〔快活三〕分明是你過犯，沒來由把
　　我摧殘；使別人顛倒噁心煩，你不慣，誰曾慣？」

「你不慣，誰曾慣」便是運用直陳句和設問句相錯綜。

《秋胡戲妻》· 2：「你道是鸞鳳則許鸞鳳配，鴛鴦則許鴛
　　鴦對，莊家做盡家勢。留著你那村裡鼓兒則向村裡擂。其實
　　我便覷不上也波哥，其實我也覷不上也波哥。我道你有銅錢
　　則不如抱著銅錢睡！」

此曲有排比，反覆，借代等修辭方式。全部曲文寫來既可以產
生回環往復的纏綿之情，也可以產生浪浪相推的奔涌之勢。

《玉簪記》· 4：「〔皂角兒〕亂紛紛地滾天翻，軟怯怯孤
　　身羞面。雁聲孤月露江煙，鶯啼怯風愁雨怨。到如今誰投
　　奔？水程長，山路遠，地冷雲寒。兒遭分散，娘歸那邊。繡
　　鞋兒不禁嬌顫，塞北江南。」

此曲運用了疊字、對偶、設問等修辭方式。曲文勾畫了一個紛
亂逃難的張惶失措場面，情景如眞。

第三節　結　語

根據以上的例釋，可以看出中國古典戲劇作家在語言運用技巧

上，的確有異軍突出的表現。他們在求新求美求深刻感人的基礎上，運用各種積極修辭手段來塑造形象和表達劇情，往往突破一般性的表達原則以及邏輯常規原則，使語言更為活潑生動，發出驚人的藝術魅力。

這裡，簡要地說明一下劇作家運用積極（或變格）修辭方式以突破語言規範的情形以及與其他文體修辭方式的不同之處。

㈠突破一般性的表達原則方面：

1.運用反覆（包括頂眞、對比等）修辭方式以突破簡潔性原則。簡潔是反覆的對立物，而反覆的魅力恰恰在於對簡潔性原則的突破。它在偏離一般表達規範的同時，已跨入了表達的另一層次，從而達到了常格修辭所難於達到的表達效果。

2.運用雙關修辭方式以突破明確性原則。雙關的修辭手法，目的是使表面信息模糊，不明確，由於突出了所要強調的事物，充份調動、體現了交際雙方的智慧和悟性，因而獲得了「明確的」表達不可能得到的修辭效果。例如：《漁樵記》第二折朱買臣妻子運用了許多諧音雙關語對丈夫肆意冷嘲熱諷，眞是寓意豐富，言語尖酸潑辣，令人印象深刻。

3.運用反語修辭方式以突破詞義褒貶及修辭色彩同情境氣氛相協調原則。語言詞彙中的部份含有相互對立的褒貶評價和表情色彩。在一般情況下，褒義詞和帶有喜愛色彩的詞應該用於褒揚的對象，貶義詞和帶有厭惡色彩的詞應該用於貶斥的對象，使詞義褒貶及表情色彩同情境的特定感情氣氛相協調。但是，就以反語修辭手法來說，它是有意識地打破了這一規範。例如《隨何賺風魔蒯通》第四折蒯通的正話反說，明貶實褒，的確精彩萬分。由於劇作家選

用這修辭手法塑造人物形象極其成功，竟使蒯通這個角色被譽爲中國「戲曲舞臺上最早出現的雄辯家形象」。⑩

　　㈡突破邏輯常規原則方面：

　　1.運用誇張的修辭方式故意誇大其詞，以強調言語的某一方面。誇張是有違事理，不合邏輯的。可是，正是這種對邏輯常規的有意違悖，賦予它強調、突出的功能，使被誇張的對象給人留下極其深刻的印象。在特定的語境中、由於人們一聽即明白說話者是在誇張，因此，能夠容忍或接受這種在邏輯上不合理的表達方式，而著力去把握說寫者所突出強調的事務。可以說，聽讀者在接收信息的過程中，已經自覺地還原了被誇大了的事實。例如：《西廂記》第二本第二折中的「請」字尚未出聲，「去」字連忙答應。通篇沒有寫出一個「急」，但聽讀者通過劇作家的誇張手法很清楚地看到張生那顯露無遺的緊張興奮萬分的「急相」。

　　2.運用精警的修辭方式製作警句和妙語通篇邏輯常規以表達精確、深刻、令人玩味的含義的效果。自相矛盾是說話行文的大忌，但是，有些很深刻的道理是通過似乎矛盾的言語表達的，如《青衫淚》第二折中的：「打是惜罵是憐」。有時爲了深化語義而運用這種手法，例如《西廂記》第五本第四折中的：「願天下有情的都成了眷屬」。

　　㈢古典戲劇修辭手法的特點

　　顯然的，劇作家在運用修辭手法上往往與其他文體作家的不

⑩　王季思《我國戲曲舞臺上最早出現的雄辯家形象》，見《文藝理論研究》，1980・2，頁 155-160。

同。

1.為了遷就音律，劇作家不得不變更字句，顛倒詞序，但又不露痕跡。例如《蝴蝶夢》：「唬的我手忙腳亂，使不得膽大心粗，驚的我魂飛魄喪，走得我力盡筋舒。」這裡一連引用幾個成語，其中一個應是「膽大心細」，但為了押韻，改成「膽大心粗」，前面再加上「使不得」，語意同「膽大心細」。這種修辭手法在詩詞散文方面沒見用上。

2.古典戲劇中的巧體如「對偶」修辭方式也與詩詞的不同：戲劇中的三句對，多句對為詩詞所無，而且它的雙句對也多半不同於詩詞的對偶，它們大都不是嚴整的對仗，而是靈活自由的散體對句，並且常常連續使用。

3.戲劇是代言體，劇作家往往為了刻畫人物場景，大膽突破傳統書面的局限。如運用疊字方面，劇作家運用疊字數量之多，牽涉面之廣，其他文體作品實難相比。例如《長生殿》〔彈詞〕，一百四十八字之中竟能容納三十四對疊字。再如引用詩詞經史中的成句，除了在量上取勝外，在質上也經過錘煉改裝，成為劇作家的「產品」，不必原裝引用，不必用引號，更不必說明出處，更可大量用典、排比人名事由，這也是與詩詞等文體的不同之處。例如《單刀會》：「大江東去浪千疊，引著這數十人小舟一葉」，作者把蘇軾《念奴嬌·赤壁懷古》詞句化用得妙合無痕。又如「設問」修辭手法在戲劇中也有較大的發展空間。《黑旋風仗義疏財》第二折曲文中連用十支「莫不是」來提問，這在其他文體是難於辦得到的。

第八章　結　論

　　中國古典戲劇是一種載歌載舞、說、演並重的藝術。它綜合了詩詞歌賦、話本、音樂、舞蹈、武術、雜技等多方面的因素，全面運用唱、念、做、打等各種藝術手段來演示故事，可說是中華民族獨具特色的完整的一種戲劇體系。時至今日，古典戲劇所敷演的故事尚依稀在各地的地方戲劇舞臺上流傳著，但表演程式與樂律已非古貌，所運用的戲劇語言有的也與前不同。古典戲劇劇本中所保存的近代漢語語言寶藏只有通過案頭的閱讀去探索了。

　　戲劇文學是代言體，因此語言顯得無比重要，它是戲劇的基本元素，無論是劇本中的唱詞、道白、科諢，都由語言組合而成。人物形像的塑造，情節結構的鋪敘，戲劇衝突的形成，也全靠劇本的文學語言提供根據。今人閱讀古典戲劇劇本，語言也一樣是決定性的因素。這一語言關通不過，就會令人掩卷而嘆，也就無法領會古典戲劇語言的生香活色。因此，在古典戲劇語言方面進行探索研究是值得做的工作。但是，「戲劇語言」題目大，也不易談好，因為古今中外已有很多學者闡述了有關戲劇語言的文章，寫起來容易重複。爲了避免這一點，本論文根據古典戲劇作家在劇本中所留傳下來的語料進行多角度多層次的探討，期能獲得較具體與全面的認識。

　　古典戲劇語詞方面，在前輩們的披荊斬棘下，已大有收穫，但

畢竟曲海浩瀚，其中還有許多方言詈詞熟語未被發掘或深究，甚至
被誤解。主要是過去一些清高文士，崇奉文人士大夫的文學，忽視
排斥民間創作；反映在語言問題上，就是以「雅言」爲貴，鄙視方
言熟語，認爲方言熟語是不登大雅之堂的語言，當然更不屑於方言
熟話等的研究。因此，在重要的辭書典籍裡，有關這類語詞的解釋
往往付之闕如。正如張相所說：

> 詩詞曲語辭者，即約當唐宋金元明間，流行於詩詞曲之特殊
> 語辭，自單字以至短語，其性質泰半通俗，非雅詁舊義所能
> 賅，亦非八家派古文所習見也。自來解釋，未有專書。❶

這種現象，直至五四前後才大爲改觀，通俗文學堂皇步入廳堂。但
儘管如此，古典戲劇語詞的研究比之於詩詞，算是較弱的一環。在
這方面，本論文就現當代學者對古典戲劇語詞的考證文章中，以及
在一些方言辭書中，探尋出部份古典劇作中的方言語詞的解釋，排
比歸納，其中也有根據材料作出個人的推斷。

　　研究探討過程中，也覺察一些值得深思的問題。在此，僅舉一
事加以說明。焦菊隱說：

> 戲劇語言是四川、河北、安徽、北京四種方言混合在一起產
> 生的一種特殊語言。❷

---

❶　張相《敘言》，見《詩詞曲語辭彙釋》，頁1。
❷　焦菊隱《焦菊隱文集》（北京：文化藝術出版社，1986），頁192。

但是,在古典戲劇中竟也存在著閩粵潮海南等地的方言語詞。例如:古典戲劇中使用率相當高的「攛掇」(從旁鼓動或慫恿人去做某事):

《秋胡戲妻》‧3:「〔上小樓〕你待要諧比翼,你也曾聽杜宇,他那裡口口聲聲,攛掇先生不如歸去。」

《桃花女》‧2:「兄弟,你也知我在周公家佣工三十年了,豈無些主人情份?便是我曉得他要求親的意思,也該替他攛掇。」

當今的海南人也是這麼說的。《海南音字典》:

攛掇(海南音讀如 suan-duo):慫恿,勸誘別人做某種事情。

例如:「你就是攛掇他,他也不去。」「你自己不幹,爲什麼攛掇我呢?」❸

爲什麼古典戲劇劇本中同時存在著南北方人的方言語詞?到底「攛掇」是北方方言還是南方方言?這值得語言學家探討。但也說明了焦氏所說的話需作進一步的闡析。根據歷史記載,中國北方人民曾有幾次大規模南遷。張建民與吳必虎《歷史移民對蘇北地區方

---

❸ 梁猷剛主編《海南音字典》(廣東:人民出版社,1988),頁 148。

言景觀形成的影響》❹中說：

一、東漢末，董卓等軍閥亂起，徐州等地人口移向廣陵（今
　　揚州）、江南等地，官話開始對蘇北吳語有滲透作用。

二、建安十八年（公元 213 年），曹操恐江頻郡縣爲孫權所
　　略，征令內徙，結果人民轉相驚駭，「自廬江、九江
　　（今安徽定遠西北）、蘄春、廣陵戶十餘萬，皆東渡江」
　　（《三國誌·魏志·蔣濟傳》）。這説明其時淮夷語、江淮
　　吳語至漢末時也向江南推移。

三、晉永嘉喪亂，北方移民南下，淮揚一帶接受大量流民，
　　同時有些人南遷，使蘇北吳語的底層再次受到侵蝕。

四、南北朝至五代，蘇北地區戰火鋒起，百姓一再南渡避
　　亂，蘇北的官話也隨之南遷。

五、宋靖康之難，金兵南侵，北方人口再次紛紛南下。

　　從以上的資料看，説的雖是北人南遷至蘇北江南一帶，但其實
也同時遷入閩粵等地。❺不同方言爲不同地區人民的溝通工具，經
過漫長的歷史發展以及語言本身發展和演變過程中，必然發生南北
方言互相滲透借用的事實，其結果是南人方言雜有北人方言，反之

---

❹　見廖序東主編《漢語研究論集》（北京：語文出版社，1992），頁 147-
　　159。

❺　中國大百科全書總編輯委員會編《中國大百科全書》（語言文字卷）（北
　　京·上海：中國大百科全書出版社，1988），頁 138。

亦然。這種語言現象的產生，語言學家自然非常清楚，而且也有不少語言學家已經從事了各項方言的研究，成績顯著。但是，通過古劇中的方言熟語來進行古今方言與各地方言流變滲透借用的現象的研究卻罕見。事實上，經過本論文的探討，古典戲劇確然蘊藏著豐富可貴的方言材料，有待於全面地加以蒐集、整理和研究。

中國古典戲劇成熟時期，正值蒙古人統治中國時期。漢蒙人民群居雜處，語言避免不了會參雜爲用。因此，古典劇作中參用了不少的蒙古語和一些少數民族的語言。雖然，對於古典戲劇中的少數民族語詞的詮釋工作已有人做了，但還有不少問題存在。我參考有關蒙古語的辭書文章，並把劇作中的少數民族語言給整理出來。從中發現漢蒙語言中的語詞有互相借用與轉義現象，也有新的發現，如：「吃飯」的「吃」與「口吃」的「吃」是兩個不同的詞，但有人不瞭解這點，反而把正確的譯語當成是錯的。有些漢字無法清楚地準確地標出蒙古元音，結果在劇作中有不少相同漢字的蒙古語，但意義全然不同。到目前爲止，劇作中尚存在著一些無法解釋的蒙古語，即使以之向當今蒙古人求教，也不得其解，原因是古今蒙古語言與語音已起了變化，加上以漢字標音也未必準確。這方面確實需要精通漢蒙語言的漢蒙學者專家共同進行研究，以解決一些懸而未決的問題。

古典戲劇中，劇作家們運用了大量的熟語，這也可說是曲文中的精彩部分。本論文把熟語分成諺語、歇後語、慣用語和成語等四個屬概念分別析述。這樣做，主要是使之眉目清楚。從研究中得知古典戲劇中的熟語不少是承續古代的熟語並展延至現代。今日讀了這些熟語，還是覺得它們還是那麼的神采依然。尤爲可貴的，從社

會語言學的角度來看，這些熟語活生生地反映了近代社會人們在生活中應對交際的眞實面貌。更可作爲大學課堂上的文化教材。

自詩經以降，文人便喜愛創用疊字與象聲詞這種手法。但是，這種手法的運用至古典戲劇時更爲登峰造極，在中國文學史上開創前所未有的盛況。論者多嘆爲觀止。本論文試從語法功能上，把疊字與象聲詞的運用加以論析。從中足可看出劇作家在表情達意上，在刻劃人物形像上，在意境的營造上，在聲音的摹擬上，確實是煞費苦心的。

古典戲劇中的積極修辭方式，前人少有論及，而這恰恰是劇作家運用語言的技巧所在。這裡把劇作家突破語言常規的修辭手法做一番論述。本研究大體上引用中國修辭學權威陳望道《修辭學發凡》中的修辭格，少數例外。舉例之餘，儘量析說劇作家運用語言的技巧所在。這有助於欣賞與理解古典戲劇語言之美。

總的來說，本論文主要遵照兩條主線進行研究，即：一、古典戲劇語詞的考釋探討，涵蓋以上所說的方言、詈語、少數民族語詞以及熟語等方面；二、劇作家的語言運用技巧，包括劇作家對疊字與象聲詞的創用以及對語言修辭方式的探討。結合這二條路線的研究，便是本論文古典戲劇語言運用研究的內容。這是多年來閱讀探討古典戲劇的心得，不敢說有什麼成果。因爲我深知所面對的是治戲劇者一向視爲謎團，望而卻步的難題，而有些難題的解決恐怕也不是個人可以勝任的。現在不揣讀陋完成此論文，希望藉此拋磚引玉，與同好作進一步的交流切磋，以便發掘與解決更多這方面的問題。本論文若能對學者提供有用的資料或線索，那更是難得的收穫。

國家圖書館出版品預行編目資料

中國古典戲劇語言運用研究

王永炳著.— 初版.— 臺北市：臺灣學生，
2000 [民 89]
面；公分.— (中國文學研究叢刊；76)
ISBN 957-15-1029-7 (精裝)
ISBN 957-15-1030-0 (平裝)

1.　戲劇—中國

2.　中國戲曲

824.8　　　　　　　　　　　　　　　　89009973

中國古典戲劇語言運用研究

著　作　者：王　　　　永　　　　炳
出　版　者：臺　灣　學　生　書　局
發　行　人：孫　　　　善　　　　治
發　行　所：臺　灣　學　生　書　局
臺北市和平東路一段一九八號
郵 政 劃 撥 帳 號 ： 0 0 0 2 4 6 6 8
電　話：(0 2) 2 3 6 3 4 1 5 6
傳　眞：(0 2) 2 3 6 3 6 3 3 4

本書局登
記證字號：行政院新聞局局版北市業字第玖捌壹號

印　刷　所：宏　輝　彩　色　印　刷　公　司
中 和 市 永 和 路 三 六 三 巷 四 二 號
電　話：(0 2) 2 2 2 6 8 8 5 3

定價：精裝新臺幣四九〇元
平裝新臺幣四二〇元

西 元 二 〇 〇 〇 年 十 月 初 版

臺灣學生書局 出版

中國文學研究叢刊